日の丸が島々を席巻した日々

フィリピン人の記憶と省察

レナト・コンスタンティーノ 編
水藤　眞樹太 訳

柘植書房新社

日の丸が島々を席巻した日々　フィリピン人の記憶と省察◆目次

【凡例】

1　「残酷な戦争の落ち穂を拾う」章中の「原著者注」は、本文中の該当語句に1、2、3などの注番号を付し、310ページに「原著参考文献」として掲載した。
2　本文中、（　）は原著者による注を示す。文章を読みやすくするために部分的に割注にした。
3　同じく［　］は訳者による注（訳注）を示す。同じく、部分的に割注にした。
4　長文となる訳注は、本文中の該当語句に1、2、3などの注番号を付し、各章末に「訳注」として掲載した。また訳者による補足も文中に《訳者補足》として注番号を付し、各章末に掲載した。
5　書籍名は『　』を付した。
6　原著でスペイン語、タガログ語の表記がある語句は訳語を統一した。たとえば「集落」（スペインで「バリオ」、タガログ語で「バランガイ」など）。
7　同じく、原著の表現を残したほうがいいと思われる用語については、訳語にルビを付した。
8　カタカナ表記をなるべく少なくするため、可能な限り日本語に訳出した。
9　人名・地名などについてはなるべくフィリピンでの発音に則した。
10　文中の年齢は英語版の初版当時（一九九三年）のもの。

序

レナト・コンスタンティーノ

アジア太平洋における第二次世界大戦の勃発から半世紀が過ぎた。冷戦、日本の経済大国としての台頭、日本と被占領諸国との関係正常化、そして時間の経過そのものが日本の占領によって引き起こされたさまざまな情念を和らげてしまった。しかし、あの酷い時代を生きて苦しんだ人々にとって、戦争時代の記憶は今も色あせていない。

戦時体験は戦後まもなくのころ、雑誌や書籍に記録された。しかし、それらの多くは今日の読者たちにとって容易に手に入るものではない。戦争を生き延びた世代が姿を消してしまう前に、せめて彼らの物語の幾つかを再び収録し、今日の読者にあの酷かった時代における苦難や収奪、恐怖と苦悩、精神的、肉体的な拷問、残虐と戦慄を伝えていくことが大切である。征服された国の民が示した臨機応変の才や度量の広さ、勇気と不屈の精神、尊厳や愛国心、そしてまた、征服者側のある者たちによって示された人間性の事例の中に幾筋かの光明が見出せるかもしれないからである。

本書は当初、日本人読者向けの出版物として企画されたが、体裁が整うにつれて英語による原文を出版することも同じように有益だろうという思いが強まった。

戦争と占領という試練を潜り抜けた人々の体験をもう一度、語り直すことを通じてこそ、戦争にノーと言い、平和な世界を実現するための行動力を倍加させる義務を人々に思い出させることができる。今や世界の諸国民が殺し合いの戦争に直面し、アジアの諸民族が帝国主義・日本の再来の可能性に向かい合っている時、現実にあった侵略と占領は思い起こすに値する。

日本人はこの間の年月、他国を占領した自国の軍隊が犯した残虐行為と罪について知ることを故意に妨げられており、かかる歴史の意図的な歪曲ゆえに、先の戦争においては侵略者ではなく犠牲者であったという考え方が再び広まっているという点で、本書の物語は日本人が自分たちの過去と向き合うのに役立つであろう。

執筆者四人は、日本人占領者と直接に触れ合った体験をもつ人々が何を感じたのかを後世のために残そうと、共通の努力をした。その記述は年齢や職業、地域を網羅している。

アンヘリート・サントス博士は（占領時代の）政治的文脈を準備し、対日協力問題についての民族主義者としての分析という枠組みの中で、自身の行った幾つかのインタビューを提供している。また、彼は国民言語と国民文学の領域における占領の肯定的な側面を指摘している。

ジョーン・オレンダイン氏は戦争中、子どもだった人々にインタビューした。彼女が設定した年齢上限は一六歳である。占領期の三年間、子どもたちがそれぞれの住んでいた場所で占領の各局面をいかに経験したかを追っている。彼女はインタビューの相手から戦争の歳月に心の奥底で何を感じ、どう反応したかを引き出すことに成功し、彼らの試練を生き生きと描き出しているが、それは彼女自身が戦争に巻き込まれた子どもの一人であったからなのだ。

ヘレン・メンドーサ博士自身も戦中の出来事の目撃者であり、自分の家族と日本人とのかかわり合いに言及するとともに、戦争に引きずり込まれた二人の予備士官訓練課程学生の体験を紹介している。彼女は戦時中の家族の遍歴を語り、敵との交流における人間的側面を描き出している。

ベルナルド・カルガニーリャ氏は、自分の教え子たちの手になる、たくさんのインタビュー記録を処理し、インタビューに応じたさまざまな人たちがこの国の異なる地域で体験した多様な状況を分類、整理した。彼はさまざまな証言をひとまとめにする簡明な解説を試みた。それはサントス博士が第一章で導入した枠組みへの対位法的視点となっている。

ここに収められた四論文は全て、公的史料では決して伝達できない温かい人間性にまつわるフィリピン史の重要な一面を思い出させるのに役立つと言えよう。筆者たちは、語るべき経験を持つ多くの人々がそれを書き留めて残し、フィリピンの過去というタペストリーをますます豊かにしてくれるよう望んでいる。

筆者たちはまた、日本人がこれまで用意周到に隠されてきた自国の過去の一時期について検証するよすがになることを願っている。

日本語版へのまえがき

日刊マニラ新聞は二〇一二年五月三日、創刊二〇周年を迎えました。フィリピンで唯一の邦字紙として読者に支えられてきた長い年月に思いをいたし、お礼を兼ねて、何か記念事業をやってみたいと考えだしたとき、創刊当時からやり残しているあることが脳裏をよぎりました。

それは、今は亡き畏友レナト・コンスタンティーノ教授と二人三脚で立案し、結果的に、英文だけの出版となってしまった一冊の本の日本語版出版です。コンスタンティーノ教授が「序」で紹介しているように、本書はもともと、日本人の読者を念頭に企画された出版物だったのです。いま、やっと英語版と日本語版をまとめて上梓することがかない、安堵しております。

ちょうど三〇年前、一九八二年にわたしは初めてフィリピンを訪問しました。当時、東京で出版事業も手掛けており、アジア関係本のアイデアを得る目的の旅でした。準備のため、事前にコンスタンティーノ教授の大著『フィリピン民衆の歴史』（邦訳全四巻、勁草書房）を読んでいました。この旅で、偶然にもコンスタンティーノ教授に出会う機会を得ました。わたしにとって、文字通り「人生の岐路」になる遭遇でした。

その後、一〇年間でコンスタンティーノ教授は日本を二〇回、わたしもフィリピンを三〇回以上来訪し、親睦を深めました。ある年のクリスマス、教授に英字紙アサヒ・イブニング・ニューズの年間購読券をプレゼントしました。

すると、日本に対する教授の見方が徐々に変わっていく様子が感じ取れました。確か、当時自衛隊の国連平和維持活動（ＰＫＯ）への参加問題が日本で大論争になっていました。コンスタンティーノ教授は相変わらず、フィリピンの論壇で日本の軍国主義の復活に警鐘を鳴らしていました。

しかし、日本の英字紙で論議の展開を追っていた教授は、日本はそう簡単に軍国主義へ先祖がえりしないと考えるようになった節がありました。身近にいたわたしにはそう感じられました。このエピソードがきっかけで、日本とフィリピンの関係で足りないのは相互理解だと確信しました。

かくして、マニラ新聞が誕生しました。本書で紹介されている戦時中の帝国翼賛「マニラ新聞」と対極をなす、中立公正を編集綱領とする新マニラ新聞です。久しく、新聞は「第四権力」と言われてきました。新聞には「権力を監視する権力」という本来の役割があり、その役割を果たすという編集方針を創刊以来、最大限に貫いてきました。手前味噌で恐縮ですが、海外日系新聞放送協会から数々の賞をちょうだいしてきたことは、マニラ新聞の誇りです。

コンスタンティーノ教授はまさに、そんなマニラ新聞の共同創始者と言っても過言ではありません。教授には、同時に発刊した英字紙〝News Asia〟の編集者を教育するため一年間、ほぼ毎日、事務所でフィリピン人編集者三人に三時間ほど講義していただきました。本書の第一章「残酷な戦争の落ち穂を拾う」を執筆した故アンヘリート・L・サントスは、その一人です。アンヘリートはコンスタンティーノ教授と同じく、国立フィリピン大学の教授でもありました。

実は、マニラ新聞創刊時の全事務職員と記者も教授の面接で採用が決まりました。「わたしの名前が出ると、新聞に色が付いていると思われてしまうから」と、教授は最後まで影武者の役に徹しました。

そんな一九九二年のある夜。夕食のテーブルで、日本で出版された『聞き書き フィリピン占領』（一九九〇年、勁草書房）が話題になりました。今こそフィリピン人の手で書くべきだという結論が出るまでに、さほど時間がかからなかった記憶があります。早速、書き手四人が選ばれ、その翌週には全員で初会合を開きました。

わたし自身は、戦争の悲惨な局面、日本軍の残虐行為などについて、それなりの知識はもっていました。しかし、本書でもページを費やしたバタアン「死の行進」は実際、どうだったのか、フィリピン人はどう思っているのだろうか、アメリカ軍の宣伝で歴史的事実が歪曲されているのではないかなど、尽きぬ疑問がありました。

英語版はその翌年、一九九三年に刊行しました。日本語版については、一部完成した翻訳をマニラ新聞に掲載しました。残念ながら、その後が続かず、結局、マニラ新聞創刊二〇周年の年の瀬に出版する次第になりました。

本書の翻訳をお願いした水藤眞樹太氏は、巻末の訳者紹介にありますように、アジア通のベテラン記者であり、日刊マニラ新聞の編集担当を五年間、お願いしました。歴史と軍事にも造詣が深く、本書の翻訳者として、最適

＊二〇一二年一二月八日発行のマニラ新聞社刊の「日本語版へのまえがき」より

であると自負しております。本書の編集は、日刊マニラ新聞の編集担当、竹田保孝と広告担当の橋本信彦が担当しました。当初は、五月の日刊マニラ新聞の創刊二〇周年記念日をめどに、出版する予定でした。

しかし、竹田、橋本は日常業務のあいまに編集作業をせざるを得ず、そのため、出版が大幅にずれ込んでしまいました。また、慣れない書籍編集だったため、不備があるかもしれません。いずれも、社長であるわたしの責任であります。不行届きがあれば、ご寛恕のほどをお願いします。

最後に、本書の刊行が日本とフィリピンの友好強化につながる小さな架け橋になれば、と願っています。その意味で、できるだけ多くの方々に本書を手に取っていただければ幸甚です。とりわけ、フィリピンでは、在住日本人とフィリピンの友人とで、一緒に読んでいただければ幸いです。同時に、日刊マニラ新聞へのご鞭撻とご支援を引き続き、よろしくお願いいたします。

二〇一二年一二月一日

マニラ新聞社長　野口　裕哉《ひろちか》

現在のフィリピン地図

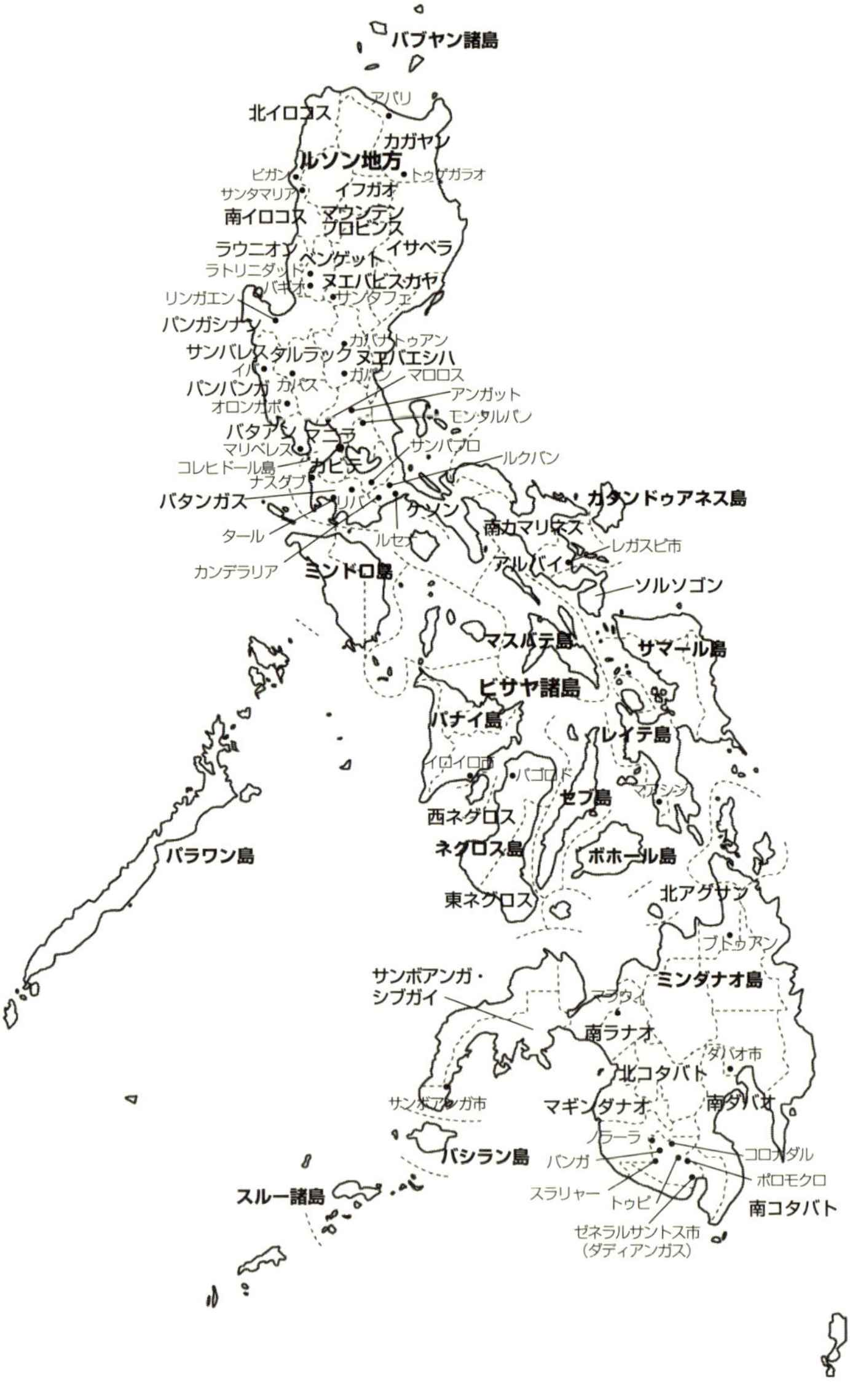

バブヤン諸島
アパリ
北イロコス
カガヤン
ルソン地方
ビガン
トゥゲガラオ
サンタマリア
イフガオ
南イロコス
マウンテン
プロビンス
ラウニオン
ベンゲット
イサベラ
ラトリニダッド
バギオ
ヌエバビスカヤ
リンガエン
サンタフェ
パンガシナン
カバナトゥアン
サンバレス
タルラック
ヌエバエシハ
イバ
カパス
ガパン
マロロス
パンパンガ
アンガット
オロンガポ
モンタルバン
バタアン
マニラ
マリベレス
サンパブロ
ルクバン
コレヒドール島
カビテ
ナスグブ
カタンドゥアネス島
バタンガス
リパ
ケソン
ルセナ
タール
南カマリネス
レガスピ市
カンデラリア
ミンドロ島
アルバイ
ソルソゴン
マスバテ島
サマール島
ビサヤ諸島
パナイ島
レイテ島
イロイロ市
バゴロド
セブ島
マアシン
西ネグロス
ネグロス島
ボホール島
パラワン島
東ネグロス
北アグサン
ブトゥアン
サンボアンガ・
シブガイ
ミンダナオ島
マラウィ
南ラナオ
ダバオ市
北コタバト
サンボアンガ市
マギンダナオ
南ダバオ
ノラーラ
バンガ
コロナダル
バシラン島
ポロモクロ
スラリャー
トゥピ
スルー諸島
南コタバト
ゼネラルサントス市
（ダディアンガス）

I　残酷な戦争の落ち穂を拾う

アンヘリート・L・サントス

戦争のすべての犠牲者への祈念碑、「メモラーレ・マニラ 1945」。(マニラ市イントラムロス)
—Memorare-manila 1945 monument—

「日本占領期」は総体として見るならば、フィリピンに植民地支配の時期をもう一つ付け加えるものであった。かかる事象として、それは現在も今後も、常に日本人がフィリピン人民に残した憎むべき負の遺産とみなされるであろう。

人間が選択の自由の行使を妨げられてもやむを得ない時期とは、どう考えても人間であることが不可能だと自認する時、すなわち、温かさや思いやり、愛を分かち合うことが不可能な時のみである。この観点からすれば、「日本占領期」がフィリピン人にとって何か良いことであったという見解をとれるのは性差別主義者、人種差別主義者、ファシストといった救いようのない偏屈の輩だけであろう。同じ意味で、「日本の占領」どころか、いかなる外国支配も事実上、自分と人民にとっての恵みとして掛け値なしに受け入れられるのは、フィリピン人でも自尊心の極端に低い人だけである。

日本の戦争機構はフィリピン人にとって不必要な無数の苦痛を効果的に作り出した。数多くのフィリピン人から財産、生産力、そして生命すら奪った。フィリピンの歴史的、文化的発展を後退させた。スペインの植民地支配と日本占領期を挟んだアメリカの植民地支配と同様、フィリピン国民に何かしてやろうなどとは考えもしなかったのである。

アメリカ合州国と日本がフィリピン人を使い捨てのチェスの駒として利用した二つの戦争勢力であったことは明白である。両国にとって、フィリピンはどうでもよい戦場の一つであって、そこでの善悪は倫理概念であるよりむしろ、アメリカもしくは日本の利害という狭い尺度で測られた功利概念のそれであった。アメリカ人や日本人がフィリピン人民の利益のために祖国を植民地化しようとしたのだと信じたフィリピン人は自らを欺いたのである。

とはいえ「日本の占領」という悪いパン種は「歴史的《ヒストリカリー》に正しい《コレクト》」、つまり歴史的諸条件を所与とすれば妥当な文化的介入によって発酵し、その結果として偶然かつ複合的な恩恵ももたらした。その恩恵とは元来、フィリピンに住む人民の知的、文化的な伝統、特にタガログ語の舞台芸術やタガログ語文学の再生である。ただし、その再生が当時も今日と同様、フィリピン文化産業の中心地であるマニラだけに限られていたことを強調しておかねばなるまい。

けだし、いわゆる「解放」に続くアメリカ人の「再来」が、短命だった日本占領期に得られた文化的な実りをいかに徹底して払拭してしまったかを考えれば、より重要な恩恵があの時期に胚胎していたかもしれないし、もしそうであれば、それは眠っている占領期の記憶の中から拾い集められるに相違ない。この小論を提示するのはこうした発想、すなわち、フィリピン人が忘れ去ったままの教訓を学習し直すのに役立ちそうな歴史の転換期研究のため、データベースの強化を目指すべきこと。ナショナリズムが依然としてフィリピンの政治的、経済的発展にとって必要な構成要素であること。外国勢力がいかに慈悲深く善意を抱いていようと、わが国のように新興の発展途上国とは常に必ず利害が衝突するだろうということからである。

抑圧のくさびに利用された愛国心

「日本の占領」とは、愛国的言説を官僚の言葉遣いで仕立て上げた軍事支配体制であった。まさに、日本帝国軍隊がフィリピン国民に押し付けた賦課は全て、文化振興事業や国家建設計画というお題目で正当化された。「大東亜共栄圏」の傘の下にある民族国家としての利益に比べれば、国民に背負わされるさまざまな抑圧的措置などは「ちっぽけな犠牲」にすぎないという理屈付けであったが、ホルヘ・バルガス政権と次のホセ・P・ラウレル政権という二つの暫定政府によって消極的とはいえ支持されたのである。

「日本の占領体制」は歴史の磁石とも言えるのであって、フェルディナンド・マルコス政権が一九七二年、二度目で最後の政体転換、すなわち、専制的ながらカリスマ的でもあった大統領制度を悪どい戒厳令政治に移行させた際の理屈付けに、そつなく掘り起こして利用された。マルコス政権は反対派の弾圧を合法化するために国益を持ち出し、二期目の最終任期だった一九七三年どころか一九八六年まで権力の座に居直ることができたのである。

いずれの国、いつの時代でも自己目的化した政権では、政権のために最も巧みな弁舌を使う輩が官僚機構に取り込まれるものだが、この二つの統治下でそうであったことは偶然のめぐり合わせではない。マルコスは、ケソン・コモンウェルス政府大統領を真似する利点をよく学んでいた。つまり、民族国家の主権と社会正義のために働くことを建て前とする権力の内部サークルを作り、時に民族主義者的な言辞を弄しつつ、与野党の最も優秀な人材を支配体制に取り込んだのである。そして、このような内部サークル内では当然ながら独裁がまかり通った。

日本占領時代の模倣といえば、外国支配下の権力内サークルで、限られた数の官職をめぐってエリート層構成者たちを互いに競わせるのもそうである。

マルコス政権は日本時代のやり方を「掘り起こした」のだから、両者が気味悪いほど似たのはわかり切った話だが、類似点を挙げてみよう。まず、(両権力とも)民族団結と規律の必要性を掲げたスローガン。次に、西側ないしアメリカ帝国主義を根こそぎにし、アメリカ植民地主義に支えられた権力構造である寡頭支配を打破すると銘打つ派手な政府の計画事業。そして、「新生フィリピン人」のための「新しい社会《ニュー・ソサエティー》」の創出を追求する諸組織の拡充である。

あと知恵になるが、両時期の官僚機構がいわゆる自意識を持つに至ったことを背景として見て取るのは容易である。初期のフィリピン人官僚、すなわちアメリカ植民地統治下における行政、立法、司法機構の官僚たちや下級職員は一九〇〇年代初期、新しい人間像、「ニュー・メン」としての自意識を持つようになり、自分たちが骨の髄から反逆と改革の精神が染み込んだ一八八〇年代の開明知識人《イルストラード》たちに取って代わると考えたのと同じである。アメリカが持ち込んだ普通教育の制度には、この国で最も理想主義的で有能かつ献身的と思えるフィリピン人教師の一群が配置され、それが自立的な植民地官僚機構を形成、再生産するための最も有効かつ永続的な仕組みであることを証明した。

言い換えると、「日本占領期」は、科学と技術を信奉した人たち(ほぼ全員が法曹人なのが特徴的)が新任ないし留任、あるいはその両方で政府の重要ポストを占めた時代とみてよいかもしれない。当時、政府部内で働く人間は皆、自分が国事に必要な洞察力《ビジョン》と道義性、意志力、強烈な個性を備えているからこそ、国民の負託によって職務に就いていると信じ込んでいたのである。

彼らがどんな類の人間だったかを知るには、両時期の新聞、雑誌、定期刊行物、書籍をちょっとめくるだけでよい。一九四二年から四五年にかけて登場する戦時下の官僚たちや自称、他称の政権代弁者たち(ホセ・P・ラウレル、クラロ・M・レクト、ベニグノ・S・アキノ、カミロ・オシアスほか)の発言は、マルコス戒厳令政権の顔ぶれ(マルコス、ホアン・ポンセ・エンリレ、セサール・ビラタ、ハイメ・ラヤ、O・D・コルプスほか）とそっくりである。両政権とも、人民の支持と政治的正統性を確保するため、耳障りなほど大衆迎合的《ポピュリスト》、愛国的な言説をふりまいた。両グループともその時代の文学作品を生み出し、それらは全体として技巧的に優れ、個々の作品は精彩に富みつつも、孤立した識見が多く存在していた。これだけ多くの精彩に富む人々が強大な権力を手にしながら、両時期とも民族のために継続性のある政治的安定と文化的発展を実現できなかったこと、それはある意味で、フィリピン政治・文化史上で何かが誤っていたことを象徴している。

一九四二年、日本がフィリピンの島々を完全に掌握した時、フィリピンはそれまでに約三七〇年間、植民地支配の残忍な仕打ちを経験した後で、文化的再生の新段階に入る機が熟していた。フィリピン文化の体系的な再生は一八八〇年代の「プロパガンダ運動」に始まった。「アメリカの占領体制」に対する抵抗運動は一九二〇年代まで英雄的に持ちこたえ、「プロパガンダ運動」〔訳注1〕の努力の成果を証明したのだった。この再生過程は結局、二〇世紀に代わる時期、アメリカの新しい統治組織内の「心理戦争」専門家が始めた「平定化」の宣伝工作によって野垂れ死んでしまった。その後の四〇年間、ポストコロニアル文化としての「カティプナン文化」は「誤った教育」を受けた、言い換えればアメリカ化されたフィリピン人の心情から綺麗さっぱり拭い去られてしまったのである。

長く感じられた三年間、日本帝国軍隊の軍政機関（日本軍政監部）はアメリカの文化的抑圧に対抗する「文化洗浄」の政策をやり続けたが〈訳者補足1〉、この政策によって他の部門では不毛だった風土にカティプナン文化が生き延び、わずかに残った部分が新しく根を下ろした。新しい文化の芽が占領軍の宣伝工作という不潔な場所から滋養物を摂取したという事実からは逃れられない。とはいえ、民族主義的文化は蘇り、この時期を通して、童話「ジャックと豆の木」の魔法の木のように雲立ちこめる天界に届くほど伸び育ったのである。

人民の利益に奉仕し、人民が危機的状況を凌いで生きるのを可能にすることは善である。この見方に立てば、戦時下マニラの文化的再生は善であった。

タガログ演劇の復活

反アメリカ的かつ反抗的な先住民の演劇形態、「モロモロ」や「サルスエラ」はヨーロッパのメロドラマ〔一七世紀から一九世紀初めまで人気があったロマンチックな音楽劇〕と中世物語詩から派生したもので、約二〇年間、人気となり、その人気にふさわしい実質を備え続けたが、一九三〇年代までに首都圏など都市部からほとんど姿を消した。これらの演劇はハリウッド映画が侵入し、国産の模倣作品が広がって好みが変わった犠牲になり、市や町や集落の祭り《フィエスタ》の際に演じられるだけになってしまった。

しかしながら、戦時中、大衆演劇とアメリカの影響を受けた「リアリズム」（物まね性が低く、普通の人間が平凡な生活を送る中での些細な試練と勝利を描くこと）の様式的融合による舞台劇が嵐のようにマニラを席巻した。原因は主として、戦前演劇の大敵だった映画が乗り越えられない障害にぶつかったことだった。つまり、宣伝映画以外の映画は全く製作用資材の入手が不可能になったのである。[原注1]

以下のように考えてよいと思うが、日本の占領軍が落ち着き、慣れない言葉やしぐさ、挙動に対して疑念を持たなくなったのは、ようやくバタアン半島の失陥〔一九四二年五月〕以後であり、そうなってからマニラ市民は都市部に戻ったのである。あくまでマニラに留まった人たちの場合で言うと、生死にかかわる問題ではなくて些細な用事であえて外出するようになったのは、その時期以降だった。

劇場が再開されると、映画・演劇好きの人たちは間もなく、検閲済みで再上映を許可された古いタガログ語映画やアメリカ映画を繰り返し観ることに飽きてしまったようだ。映画館の経営者たちは、観客たちが再び来てくれそうな魅力を見つけ出さなければならなくなった。ほどなく退屈した都会人は舞台劇を見るために座席を求め、立見席にも行列ができるようになった。主な演し物は上演時間一時間半ほどの国内物のハッピーエンド通俗劇だったが、前座に俳優の一人芝居やそれに類する見世物、たとえば即興寸劇と「レビュー」と呼ばれた軽演劇をセットにした一時間のショーが付いた。

エメレンシアーナ・アルセリャーナ[訳注2]は、アメリア・ボニファシオ[原注2]とのインタビューの中で、一時間の出番でもらった五ペソがその当時、住み込みメイドの給料一カ月分に相当したと回顧している。アルセリャーナにとって、ジーン・エダデスを演出家に擁したユニバーシティ・ブレイヤーズ劇団の四つの演し物が日本占領の初期における主な収入源だった。[訳注3]

ユニバーシティ・ブレイヤーズ劇団があちこちで上演したレパートリーは四つ。「夫たちの問題」、「ホセフィーナの教育」、「求む、お手伝い」。アルセリャーナはもう一つの題名を思い出せなかった。彼女はホセファ・リャネス・エスコーダがヌエバエシハ州ボンガボン近くの強制収容所で「求む、お手伝い」を上演した際、役をもらって出演したことを憶えていた。[訳注4]アルセリャーナがインタビューで話したように、それは演劇人がフィリピン人とアメリカ人の捕虜たちを慰問するため、劇場以外でやった初めての興行だった。そして、出演者たちはリャネス・エスコーダに率いられた興行関係者と共に、占領軍の新聞から褒められたのである。

今は八五歳になる実業家で市民的自由主義者のエメリート・ラモス氏は当時の興行界に活気があふれていたことを覚えている。彼はJ・アマド・アラネタの持つ「DMHM」チェーン（DMHMは「エル・デバテ」、「マブハイ」、「ヘラルド」、「マンデー・メール」の各新聞の頭文字）という新聞企業が閉鎖されたために失業した美術家スタッフを全員、雇い入れることができたと話した。

DMHMチェーンは戦前、アラネタ一族が支配する企業帝国の一部だった。この会社をケソン大統領の取り巻き資本家であったビセンテ・マドリガルから買収する工作を受け持ったのがラモス氏である。アラネタは映画撮影所の「フィリピン・フィルムズ社」オーナーであったが、同社もラモス氏を通じてアメリカ人のスチュアート・テイトから買収した［アラネタ家は一七世紀のガレオン船貿易時代から続くスペイン北部バスク人系財閥。現在も首都圏ケソン市の大商業施設、アラネタ・センターを所有する］。

ラモス氏は戦時中、ライフ劇場の建物に事務所を構えていた。ライフ劇場はアラネタの秘蔵っ子の一人、ジョー・ヘネロソが経営していたが、彼は国立フィリピン大学のホルヘ・ボゴボ第五代、ラファエル・パルマ第四代学長の秘書を務めた。[原注4]ヘネロソはアラネタのフィリピン・フィルムズ社のために働き、ライフ劇場で軽演劇を立ち上げた人物でもあった。ラモス氏自身はフィリピン総合病院、サンラサロ病院、北部総合病院、ウエルフェアビル病院、サイコパティック精神病院の五つの病院にマニラ近郊ナボタス町で水揚げされるミルクフィッシュを納めており、集金用の事務所が必要だったのである。[原注5]

ともあれ、ラモス氏は失業した美術家たちに仕事を世話するため、ライフ劇場、当時、ランベルト・アベリャーナが経営していたアベニュー劇場、戦時中、舞台ショーの興行主として財をなしたブラカン州のホセ・ロケが経営するカピトル、リリック、ステイト三劇場の支配人と交渉し、舞台の背景に使われる垂れ幕《テロン》を描く仕事を全部やらせてほしいと申し入れた。この話はうまくいき、ラモス氏によると、美術家の中には開演に間に合わせるため毎晩、事務所に寝泊まりさせてくれと頼んで来る者もいた。家族のために金を節約する狙いもあったのである。

　最初に仕上げた垂れ幕《テロン》は帆布《カンバス》に描かれたが、戦況が悪化するにつれて厚いマニラ紙［マニラ麻を原料にした丈夫な紙］が使われるようになった。

マニラ市エスコルタ地区に残るカピトル劇場の廃墟（2012年）

　ラモス氏が確認してくれたことだが、演劇ビジネスが活況を呈する中、劇場は娯楽やビジネスの中心としてだけでなく、抗日戦士たちの連絡センターという二重の役割を果たしていた。彼の事務所にはゲリラたちがよく集まって情報交換したり、事務所のボンド紙［ボンド紙は印刷や筆記に適した良質の厚地用紙］とタイプライターを使って通信文書を準備したりした。

　ライフ劇場の舞台裏で何があったのかを知れば、有名なプゴ（マリアーノ・コントレーラス）とトゴ（アンドレス・ソロモン）のコンビがこの劇場に出演していたことがわかりやすくなる。しゃべくりコメディアンのプゴとトゴは知識人と一般大衆《ホイ・ポロイ》［ホイ・ポロイはギリシャ語で「多数」の意味。転じて大衆、多数派］の双方から喝采を受けたが、戦時下の愚行を誰彼となく、日本の軍人すら皮肉ったため、刑務所行きになった（たとえば、日本兵は死人の腕時計を集めた。これにヒントを得た役づくりで[訳注5]、プゴとトゴは自分たちの腕や足に腕時計をいくつもはめて登場したのである）。

　このコンビはとても愛され、プゴがツッコミ、トゴがボケ役を演じる機知《ウィット》に富んだ舞台のひやかしはこの時代の「最も知的な雑誌」だった「フィリピン・レビュー」にも掲載された（この時期の知的傾向を非常によく示していると言ってよいが、同誌はほとんど毎号、上演された舞台ショーから拾い集めたしゃれや警句を一、二ページ分掲載した）。

今も往時も変わらず、フィリピン人はコメディアンを自分たちの代弁者とみなしており、特に抑圧的な政権を攻撃する場合にそうである。権力がいかに愚かなほど尊大かつ冷酷かを示して、憎まれている政権に一矢報いるのがフィリピン大衆文化に広く見られる現象である。民衆の笑いのネタになった指導者はすでに奈落の底をのぞき込んでいるのだ。

戦前から戦中にかけて子役俳優だったリカルド・パシオン（六二）は、やせっぽちのプゴと太っちょのトゴが演じた舞台の一つを今も思い出す。

　プゴとトゴが腕時計をたくさん身にくっつけて現れた。プゴがトゴに尋ねる。「アメリカの飛行機をたくさん撃ち落とすほど強力なものは何？」。トゴが次から次ぎへと答えを出す。「機関銃かい？」「対空砲かい？」「大砲？」「味方の飛行機かな？」。プゴは全部違うと言う。トゴがお手上げになると、プゴは「答えが知りたければ、持っている時計を全部渡せ」と言う。それからプゴはおもむろに答えるんだ。「新聞だよ」（当時、とても信じられない数のアメリカ軍機が毎日、撃墜されたと報じていたというのがオチである[原注6]）。

ラモス氏の事務所は市民的自由同盟（ＣＬＵ）の機関誌だった「フリー・フィリピンズ」の配布センターであった。この機関誌が当局に発見され、ＣＬＵメンバーの数人（Ｊ・Ｂ・Ｌ・レイエス、アパシブレ、トニー・バウティスタ、ラモン・デ＝サントス、ロセス）が逮捕され、フォート・ボニファシオ[訳注6]で処刑された。非メンバーも同じ運命をたどった（「フリー・フィリピンズ」を印刷していたファハルド・プレスの所有者、ファンとドミナドール・ファハルドの父子、デサントスとラモンの友人だったドミナドール・パブロら）。

ＣＬＵは創設されたアメリカ植民地時代当時の政治姿勢を保ち続けたクラブ組織だった。機関誌の第一面には、全てのフィリピン人は基本的な市民の権利が国家によって侵害されないよう守られるのに値し、われわれはその原則に一身を捧げるという趣旨が書かれていたが、そうした「法曹人としての姿勢」を愛する著名な弁護士やジャーナリストたちのクラブでもあった。ラモス氏は投獄を免れ、それによって多分、死も免れたのだが、ケンペイタイ（憲兵隊）の情報提供者が彼の名前を間違えたためだった。日本兵たちは「エルネスト・ラモス」なる人物を逮捕しようとしていたので、ラモス氏は自分の軍用通行証を見せたのだ。「フリー・フィリピンズ」事件に連座し、ケンペイタイによって投獄された者で、生きてサンチャゴ要塞から戻れたのは、元最高裁判事でCLUの活動家だったJ・B・L・レイエス氏ただ一人だが、ラモス氏によれば「頭が切れた」からである。ラモス氏はそれ以上明かさなかった。

ともあれ、舞台装置の注文はたくさんあり、元DMHMスタッフを含め九人の美術家とその家族の生活を支えるのに十分だった。このことは、フィリピン演劇界が当時、活況だったことの証拠になる。

ラモス氏が先に言及した劇場を含め、マニラの全ての映画劇場はレビュー一座を抱えた。戦前、戦中、戦後にかけて五五年以上にわたり舞台で活躍し、五〇〇本以上の映画に出演した俳優、レオポルド・サルセドは幾つもの劇場を掛け持ちしたことをこう回想している。

私は全部の劇場で出演したよ。アベニュー劇場が一番大きく、私はそこの大看板役者だった。もっと給料が欲しかったのでねちねち文句を言った。センター劇場から五〇〇ペソ超の条件で引っこ抜かれた。そしたらダリサイ劇場も五〇〇ペソ超を申し込んできたよ。

あのころは良い演し物があったさ。幕が上がる前からお客さんがもう拍手しているんだ。おんどりがときの声を上げるみたいな音響効果が実にリアルだったね。今時の舞台なんかそれに比べたら顔面蒼白さ。

あのころは随分アドリブをやった。初日の前夜に一回稽古するだけだったからね。あとは舞台で好きに演じたさ。舞台に出てセリフを忘れちまったら、共演の役者が合図して即興で新しいセリフをしゃべり、次のセリフにつなげた。何しろ、プロンプター［セリフを物陰から教える担当者］なんていなかったからね。

舞台が拍手喝采で七回も中断したことだってある。アドリブでやった場面の一つを特に覚えているよ。三人の子どもたちが肺を病む母親にどうやって自分たちの愛情を表現するかという場面だ。観客は感動して大変な拍手喝采だった。時々、霊感が湧いて、うまいセリフが浮かんでくるんだよ。フィリピン人の習慣や伝統、歴史に絡んでね。

　劇場はどこも満員だった。暑くて、男たちはシャツを脱いだね。あのころはエアコンなんてなかった。

　アベニュー劇場が一番大きくて最高の芝居小屋だった。戦時中の一座の仲間はエステル・マガローナ、エディー・インファンテ、それにアニタ・リンダ[訳注7]だよ。今も映画やテレビに出演しているアニタ・リンダをスカウトしたのは私さ。舞台がはねた後、劇場の前を歩いている彼女を見つけたんだ。ハッとするほどきれいだった。それで声をかけ、舞台に出ないかと聞いたんだ。アリス・レーンが彼女の本名だ。次の日から彼女はもう舞台に立ったよ。(原注7)

　サルセドの話によると、演し物は通常、まず一時間のコメディで、ほとんどが風刺の寸劇で構成された。それから一時間半の「ドラマ」と呼ばれた世話物が上演された。一日三回の上演で三カ月間続くことが多かった。

　イサベル・A・サントスと妹のロウルデス・S・ビリャコルタは戦争が始まった時、フィリピン女子大学の教育実習生だった。二人は大学当局がラグナ州ピラに転勤させるまでの約一カ月間、寮に住んでいた。その後、二人はモンテンルパの後見人の元へ行った。父親のパウリノ・サントスはモンテンルパにあった監獄局長（現在は法務省矯正局）を務め、一九三六年にフィリピン・コモンウェルス政府［アメリカが承認した独立準備の自治領政府］の初代陸軍参謀長に任命された。一九三八年、現在のジェネラルサントス市に所在した国家拓殖庁の長官となった。彼女たちは戦時中の演劇公演に夢中になってしまい、木炭で動くバス[訳注8]ののろさや（日本軍の）哨所を通るたびにバスから降りなければならない不便さなど、その週の新しい演し物を見る楽しみのためなら安い代価だと思っていた。ビラコルタはこう話した。


　ビルス（イサベラ）と私は文化に触れるためには何でもしたのよ。モンテンルパからマニラまでの間に少なくとも五カ所の検問バリケードがありました。検問所に着くたびに私たちは車を降りて歩哨の兵隊にお辞儀しなければならないの。バスを降りて兵隊の前でお辞儀してバスの周りを回って再び乗り込むだけのことだから、実際はたいして時間がかからなかったわ。

　演し物は公演が延長されない限り毎週変わりました。アテネオ大学出身のルーカスとヘスのパレデス兄弟、バート・アベリャーナなどが私たちのひいき役者でした。特に幾つかのキリスト受難劇と「ふくろうの爪」という英語劇の翻訳物を覚えています。その翻訳劇はヘラルド・デレオン博士［訳注9］の演出でした。彼はあのころの最高の演出家でした。

　もちろん、私たちはボードビルも観に行きましたよ。本格物にせよ軽喜劇風のレビューにせよ、また観に来たいという気にさせられたものです。（原注8）

抵抗派の劇場もあった。二〇世紀初頭の反アメリカ扇動劇と同様、これらの演し物のほとんどは「ダブル・エンテンドレ」（言葉に二重の意味を込める）の手法を多用する即興劇だった。寺見元恵氏の推定によると、演劇関係者の八〇％は直接、間接にゲリラとつながりがあり、残りの一五％もゲリラ同調者だったという。（原注9）おそらく正しい推定であろう。

　パシオンはこう述べている。


　戦争が勃発した時、私はエキゾティック・フィルムズ社と多くの映画を撮る予定になっていましたが、フィルム不足で映画制作は全て中止になりました。バート・アベリャーナと私の仲間たち、つまりロサ・アギレ、ミゲル・アンスレス、リタ・リベラ、マルタ・ディソン、レオポルド・サルセド、エステル・マガローナ、それにベン・ルビオやエセキエル・セゴビアたちが「イナ（母）」「アマ（父）」、「夜明け（ブカン・リワイワイ）」などの舞台劇をやったんですよ。


アベニュー劇場にいたころ、日本が資金を出した劇「夜明け」を上演した。

　スペイン植民地時代にカティプネロス［当時のフィリピン人独立革命主義者］を助けた日本の軍人を描いた劇でした。第二次世界大戦になって、その日本軍人の息子がレオポルド・サルセド演じるアメリカ極東軍《ＵＳＡＦＦＥ》の将校に出会う筋書きです。その中に、とても劇的な場面があって、舞台だけではなくラジオ局のＤＺＲＨから放送されました。

　パレン・ポル［レオポルド・サルセドの愛称で友人のポルの意味］が（舞台で）こう言ったんです。「いや、私は降伏などしない。彼らはいずれ戻って来る。アメリカ人たちは戻ってくるだろう」。その場面で観客は熱狂的に拍手しました。観客は自分たちの本当の気持ち、どっちに味方しているかを示したんです。日本人のスポンサーはパレン・ポルにアメリカ人に関する部分をカットするように要求しました。ポルは思い出さないかもしれませんが、私は覚えています。（原注10）

もちろん、日本軍の宣伝映画に使われた演劇人もいた。たとえばフェルディナンド・ポー・シニアである。彼は筋骨隆々だったが、一緒に仕事した人は誰でも彼が紳士で、本の虫であることに感銘を受けた。レオポルド・サルセドもその一人だった。サルセドは、映画「夜明け」での自分の役について、こう回想している。


　私はその映画でフィリピン人大尉役《訳者補足2》だった。けれども映画が三分の一まで進んだところで殺されてしまうんだよ。フィリピン人の映画監督、ゲリー・デレオンがダリサイ劇場で出番に備えてシャワーを浴びていたところにやって来た。日本人の演出者も一人いたけどね。彼はぶち込まれたくなかったら、映画に出ろって言うんだ。他に返事のしようがないじゃないか。

　この映画の仕事は大変だった。もちろん映画監督は日本人で、出演者の誰かがちょっとでも間違うと、そのたびに全員が罰を食らった。

　私たちは英語をほとんどか、あるいは全く解さない兵隊たち、あの「バカども《マガ・ガゴ》」に見張られていた。一度なんか、銃殺するから整列しろと言われたよ。奴らの機関銃はもう据え付けてあったさ。

　あれはこうして起きた。捕虜収容所があったヌエバエシハ州で撮影していた時のことだ。一人のアメリカ兵がアンヘル・エスメラルダにパサイ市に住んでいる妻に宛てた手紙を渡した。アンヘルは手紙を受け取って持っていた。

　撮影がバタアン州に移った時、一人の日本人大尉がいた。意地の悪い奴だったぜ。そいつが手紙を差し出せとアンヘルに要求した。私は将校の命令をアンヘルに何度も伝えたが、彼は手紙を燃やしてトイレに流してしまったと言うのさ。その大尉は切れる男だったよ。なぜ灰までトイレに流さなきゃならなかったのかと切り返してきた。私は外交辞令（ノルマン・マンボラ）が上手だから、大尉にこう言ったのさ。「日本人はとても勇敢でアメリカ人の比ではありません。アンヘルは怖くてヒステリーを起こしたのです。だから、怖がって手紙を焼いたばかりか、灰までトイレに流してしまったのです」とね。アンヘルは殴られずに済んだ。その時、私が彼を助けたのさ。（原注11）

サルセドは後に日本軍に投獄された。当時のことを彼は説明する。

逮捕されたのはダリサイ劇場だった。その時捕まったのは一一人。私はその中で生き残った四人の一人だよ。私は、ニノイ・アキノの父、ベニグノ・アキノ・シニアに助けられた（私の義母がベニグノ・アキノ夫人のアウロラの代母《コマドレ》だったからね……）。監獄には三週間いたよ。逮捕した奴とその後、友人になった。藤原文夫大尉〈訳者補足3〉だ。

監獄の所長は東京帝国大学で英語の教授だったカタヤマ大佐だ。ラストネームは知らない。彼は好人物で、頭が良くて品行方正だった。教育がある人だった。戦後になって一九六一年に、この二人と東京で昼食を一緒にしたよ。（原注12）

タガログ語作家、リワイワイ・アルセオは、一九四三年の映画「三人のマリア」〈訳者補足4〉で、三人の主要登場人物の一人を演じたが、それは彼女にとって最初（で最後）の映画出演だった。彼女によれば、（日本帝国）陸軍の軍人たちと一緒に働いたのは悪夢のような体験だった。

映画出演中に嫌だったのは唯一、日本の軍人たちがいたことでした。あのころ、私は病弱で、人目につかないようにいつも隠れていました。一つ例を挙げると、映画の中で村娘の役でしたが、真昼時にアスファルト道路をはだしで走らされたのです。振り付けを受け、（その場面の）リハーサルをしただけで私はくたびれてしまいました。翌日、私はふらふらしていました。足がちっとも言うことを聞きません。あの人たち（日本の軍人）は私が撮影を妨害していると思いました。兵隊たちは怒りました。

そのころ、兄はフィリピン軍にいてオーストラリアに行く予定だったのですが、潜水艦に乗り遅れてしまったんです。それで「果たすべき任務」だと言ってロケに付き添ってくれました。それで怖かったんです。兄が兵隊に見つかってしまうのではないかってね。私は動くのがつらいほど疲れていて、兵隊が怒るたびに兄の素性を見破ったのではないかと思ったんです。でも、私は虐待されなかったし、よくみんなが思い出す「コラッ、コラッ」も言われませんでした（原注13）。

不幸なことに、日本占領下マニラにおける演劇の栄光の時代は戦後、映画やテレビ、ラジオがそろって復讐するように返り咲いたので幕引きとなった。大学の演劇集団を除けば、メディアが仕掛ける絶え間ない消耗戦を何とか生き延び、舞台の上演活動を続けているのはフィリピン演劇教育協会、レパートリー・フィリピンズ劇団、そしてフィリピン文化センター劇団など限られた演劇グループのみである《訳者補足5》。

タガログ語の知的言語化とタガログ語文学の興隆

戦時中、タガログ語文学が繁栄したのは、日本語以外にタガログ語が日本占領下の公用語にされたことだけに起因するのではない。タガログ語演劇の場合と同様、タガログ語文学もまた、日本帝国軍隊がフィリピンの政治経済を大東亜共栄圏構想に組み入れるのと同時並行的に進めた方策の一つである反アメリカ的「文化浄化」政策の恩恵に浴した。当時も今と同様、マニラがフィリピンの知的、文化的生活の中心であり、その共通語《リンガ・フランカ》がタガログ語であった。

この言語面での「浄化政策」の最も顕著な効果と言えば、英語作家たちが気が付くと、自作を掲載する定期刊行物が非常に限られ、しかも、その全部が政府統制下にあることだった。その刊行物とは「サンデー・トリビューン・マガジン」、「フィリピン・レビュー」、「ピラーズ」、フリー・フィリピンズ社の二つの刊行物、「フリー・フィリピンズ」と女性誌「フィリピーナ」、そしてマニラ紙の「シティー・ガゼット」である（原注14）。

戦前にあった「フィリピン・フリープレス」、「フィリピン・マガジン」、「グラフィック」そして「ヘラルド・ミッドウィーク」誌は廃刊となった。

ロセス一族が所有していたTVTチェーンの姉妹紙誌（タガログ語紙「タリバ」、スペイン語誌「ラ・バングアルディア」、英語紙「トリビューン」）は週刊誌の「リワイワイ」と共に日本の庇護を受けて復刊した。主力紙として「毎日新聞」を発行・印刷しているマニラ新聞社の傘下で、「トリビューン」紙日曜版が一九四二年の中ごろ、日本びいきのフランシスコ・B・イカシアーノ（後に「フィリピン・レビュー」編集長に就任）の編集責任で復刊したが、それは文学作品と宣伝工作用記事の発表の場であった。「タリバ」もまた、テオドリーコ・C・サントス編集長が選んだ作品を掲載した。

日本の宣伝工作部隊によって、たくさんの新刊行物が出現した。「新時代文化研究所」のフィリピン人によって編集された「ピラーズ」、日本語、タガログ語、英語による画報誌の「新世紀・バゴン・アラウ・ニューデー」、タガログ語、日本語による「フィリピーナ」、月刊誌「フィリピン・レビュー」である。

テオドロ・アゴンシリョ[訳注10]は意地の悪い言い方でこう評している。

その時期の定期刊行物は大変な発行部数でうけに入ったが、それは人々がニュースや作品に飢えていたからだけでなく、物売りや商人たちが品物を包む紙に困っていたからだった。タバコを巻く紙もなかった。[原注15]

マニラ新聞
尊し・開戦の聖断
世界史的聖業に協力
東亞人たる誇を持て
軍政監・比島民衆に親しく訓示
東條首相 大戰第二年の指針闡明
戰力増强に突進
銃後も決戰即應態勢へ
思想的先達なり
臺灣銀行 マニラ支店
大阪貿易株式會社
デイアパルサー
横濱正金銀行

戦争中にマニラで発行されていた「マニラ新聞」（昭和17年12月9日号）

それもそうだったろうが、ビエンベニード・ルンベラ（原注16）は、雑誌「リワイワイ」がモダニズムの詩人集団、「パニティカン（文学）」による文学革命を起こす場になっていたと述べている。

シンブンシャ（マニラ新聞社）から任命された「リワイワイ」の編集スタッフは、保守的なホセ・エスペランサ・クルスが編集長だったが、彼以外は若手の偶像破壊的な作家たち、A・B・L・ロサレスやクロドゥアルド・デルムンドらだった。これら若手の努力によって、「リワイワイ」は新しい作品に門戸を開き、それを文学好きのシンブンシャ社主、イシカワ・ケンイチ〔訳注11〕が歓迎したのである。

傀儡「共和国」が樹立されて、タガログ語は国語になった。作家組織である「ピリピノ語作家同盟」（KAWIKA）が結成された。この組織の後援を得て、毎週、タガログ語講座が開かれた。「国語研究所」の所長としてロペ・K・サントスが講座を取り仕切った。採用の理由はさまざまだが、英語作家の中で参加したのは、フランシスコ・アルセリャーナ、エミリオ・アギラル・クルス、アマデオ・R・ダカナイ、リナ・フロール・トリニダード、N・V・M・ゴンサレス、パス・ラトレーナ、ファン・C・ラヤ、サルバドール・ロペス、マリア・ルナ・ロペス、ヘルナンド・C・オカンポ、そしてリディア・ビリャヌエバ・アルギーリャであった。ゴンサレスは一九四三年に「リワイワイ」が選んだ優秀短編で入選、受賞した。ラヤは活発なタガログ語文学の批評家として登場し、戦後、目利きの選集編者となった。オカンポは小説の創作とともに、タガログ語による最初のシュールリアリズム詩を書いた。

英語刊行物が足りないことで、英語作家たちの多くは自分たちの表現媒体をタガログ語に替えたり、ないしは替える努力を迫られた。しかしながら、筆者は、それだけでは当時のタガログ語著作活動の活力を説明するのに十分ではないという考えに傾いている。

英語作家たちが占領時代に苦しい状況に陥ったのは間違いなく真実である。文学部門のナショナル・アーティスト〔フィリピン政府の文化功労賞受賞者。日本の文化勲章に当たる〕であったフランシスコ・アルセリャーナ〔訳注12〕ですら絶望し、彼にとって戦時中に最も価値の高い財産ともいうべき蔵書を売り払おうとした。もっとも、彼は蔵書が売れる市場がないと知って安堵し、結局、その失敗談を書くことになっただけだった。

しかし、アルセリャーナ自身の言葉によれば、自身を含めて多くの作家の生活が「台無しになった」戦時中でも、アルセリャーナが英語作家であり続けた事実は変わらない。(原注17) しかも、「フィリピン・レビュー」に発表された二作品は彼の最高傑作なのである。

同様にN・V・M・ゴンサレス[訳注13]が戦時中に英語で創造力に満ちた作品を書けなかったことである。この時期の作品で最もよい英語作品『顔』は彼がタガログ語で書き、他の一作品とともに(リワイワイ短編小説コンテスト)三位の賞を受けた『都市、集落、そして人工湖(ルンソッド・ナヨン・アット・ダガットダガタン)』が持つ力強さにほど遠い。しかも、そのタガログ語作品ですら一九四三年に発表されたタガログ語の最優秀作品二四編の多くと比べると迫力を大きく欠いている。私見だが、マカリオ・ピネダ[ブラカン州在住の短編作家。一九一二—五〇]の作品、『田起こし(スユアン・サ・トゥピガン)』は最優秀四作品に選ばれなかったけれども、はるかに優れた作品として評価する。

論点は以下の通り。フィリピンの英語作家たちがタガログ語に転向しようと試みる一方、タガログ語作家たちも書き手としての腕を上げたのだが、その理由の一つはタガログ語作家たちがより多くの目の肥えたカトリック教徒の読者を持ったことである。

戦前から戦中にかけてのタガログ語創作活動の発展には継続性がある。仮に日本がこの国に侵攻しなかったとしても、タガログ語文学は内的発展を遂げた、言い換えれば、作家が文学の生産者としても作品の消費者としても成長し、向上したことだろう。

日本の占領が果たした役割は、この発展プロセスの加速である。加速化は作家たちにより大きな意味での自負心を与えることによって生じたが、自負心は煎じつめれば創造のプロセスを構成する大切な要素である。執筆活動は多大な努力を要求する作業であり、作家が傑作を生み出すには、どうしても書かずにいられない気持ちに追い回される必要があるのだ。

一九四三年のタガログ語短編小説コンテストで二位になったタガログ語作家、リワイワイ・アルセオ[タガログ語の女性作家で戦後も活躍した。一九一五—九九]は当時、文学界の台風の目の中にいたので、この事態の転換を最良の事柄として回想している。

アルセオの受賞作品、『乾いた土地の渇き《ウハウ・アン・ティガン・ナ・ルパ》』は、彼女がわずか一七歳の時に書いた処女作で、一九四一年に出版された。この作品が当時、タブー視されていた「愛人(妻以外の女性)」を扱った内容だった点は意義深い。語り手として登場する少女は両親の愛情と関心にどれほど飢えていたかと回想するのだが、両親の一方は愛を失い、他方は心が乱れているようなのである。最後に、父親は死の床にあって愛人の名前を呼び求め、これに対して母親は妻としては拷問のような苦しみに耐えつつ、夫が幸せに死んでいけるように雄々しくも愛人になりすます。

> 自分の作家人生は一九四一年に始まったのに、その前からタガログ語作家としてはやっていけないと思っていました。ところが、私の作家人生は日本の占領期に花開いたのです。私だけではありません。多くの英語作家たちも発表先を失ってタガログ語で書いたのですから。（原注18）

彼女の考えでは、大東亜共栄圏の「アジア人のためのアジア」という文化政策がタガログ語とフィリピンの民族文化を大きく後押しした（ただし、彼女は「フィリピノ語ではなく、私はタガログ語作家です」と強調する）。当時も今と同様、フィリピノ語の国語としての普及問題の一端は、タガログ語作家の多くがフィリピノ語、すなわちタガログ語を基盤とする公用語をタガログ語の改良版もしくは発展形態というよりも、一種の粗悪品と考えていることなのだ。

「『大東亜共栄圏』が持ち込んだのは私たちには私たちの国の文化があるっていうことでした」と彼女は言う。「タガログ語の著作やタガログ語それ自体を見下していた」コモンウェルス政府（独立準備政府）の時代とは違ったと言う。

確かなことは、フィリピンのタガログ語作家たちが「日本占領期」に自分たちの声を発見し、以来ずっと普通のフィリピン人のために力強く明瞭な発言を続け、そのお返しとして普通のフィリピン人が舞台で、印刷物で、そしてラジオやテレビで作家の仕事を支援し続けていることである。

戦争のエピソード――必要な余話

日本の占領期には主流の芸術（文学、絵画、音楽、演劇など）が花開いたが、場所がマニラであったことは確かである。なぜなら地方は文化の飛び地すらほとんど存在しない荒野にすぎなかったからである。地方とは戦争の影すらなく、飢餓や疫病、死の恐怖ではなくて倦怠だけが仇敵という地域のことであった。

例を挙げると、国立フィリピン大学の英語教授を退官したダミアナ・ユーヘニオは故郷のヌエバエシハ州ガパンの村落にいた。ユーヘニオは戦前、長く英文学あるいは英訳でヨーロッパ文学作品を研究する学究生活を送った。ところが、日本の占領が彼女にタガログ語文学作品を読む面での「遅れを取り戻させる」ことになった。彼女があらためてフィリピン文学に没頭したことが、後に彼女をフィリピン民話伝承の専門家にさせ、カリフォルニア大学ロサンゼルス校から博士号を受けることにつながったと言ってよいだろう。(原注19)

ユーヘニオの牧歌的な戦時生活よりも典型的なのは、南イロコス州サンタマリアで戦時をほとんど過ごしたヘルミニア・エスコバル・パトロン（六九）の経験であろう。典型的というのは、たまたま戦争の恐怖を実体験しなかったり、あるいは、絶えざる逃亡によってそれを回避したりしたという点である。

　占領の初期をラスラスン・スールという集落（南イロコス州サンタマリア町内の集落）で過ごしました。日本の兵隊は見たことがありません。というのは私が住んでいた村落には早期警戒態勢があったからです。男たちが村一番の大木を見張り塔にして、日本人が近づくと大声をあげて警戒させたのです。

　何も持たずにただ逃げました。一カ月ほど経って集落の仲間がもう大丈夫だと言うのを信じて家に戻りました。生活は全て元通りでした。また日本兵がやって来るまでのことですけどね。

　日本人たちは住家も稲刈り前の田んぼも焼き払いませんでした。彼らは必要な食料以外は何も持って行きません。自分たちの食料品、コメや砂糖、塩を垣根のそばに置いたかめ《ブマイ》に入れておいて逃げたのです。戻ってみるとそのまま残っていました。(原注20)

パトロンさんの話から受ける印象はほとんど楽しんでいたようで、やたらに場所が広い隠れんぼさながらだ。しかし、他の場所の多くの人たちには、彼女にとって隠れんぼ遊びが陰惨な鬼ごっこ、言い換えれば、猛獣が獲物をつけ狙うサバイバル・ゲームだったのである。

ネリー・マヨ・カラウさん（七七）によると、占領期のバタンガス州リパ市にあったのは偽りの「市民的平和」

だった(原注21)。

リパ市民のほとんどは占領初期に家を離れました。家具を含めて大切な品物を田舎に持って行きました。安全な場所だと思って教会の聖堂に預けた人もいました。うまく組織された大脱出でした。金のある連中はずっと前からコメや砂糖、塩、料理油のような生活必需品、それにガスまで買い溜めしていました。住む人が逃げ出した家のほとんどが荒らされました。ローズ・パッキング社のハムなどを製造する食肉工場が町の中心から二キロほど離れた所にありましたが、マヌエル・ロハス博士[訳注14]一族が逃げてしまうと、掠奪者どもが手当たり次第に物を持ち出して大変な騒ぎでしたよ。

占領の間、市民の暮らしは平穏でしたよ。エステバン・マヨ将軍[訳注15]が指揮するゲリラが役場の役人たちの動きをスパイしていたけれど、一般市民が敵味方の十字砲火に巻き込まれないよう、本格的な戦闘は仕掛けて来ませんでした。

戦時中のドミナドール・ルス市長は多くのリパ市民を助けました。市の民政府はとても厳格で、特に一切のごまかしに厳しかったです。日本人はとても正直でした。女性にも礼儀正しかったですよ。ところが、一九四四年になると民家を襲撃するようになり、女性や子どもまで殺しました。四二年から暮らしは辛く危険になって、それが四四年の終わりまで続いたんです。日本人がすごく冷酷なのは、四二年でも四四年でも同じでした。四四年末になると、アメリカの飛行機が機銃掃射や爆撃を加えるようになりました。それで当時は、どの家にも防空壕があったのです。

しょっちゅう停電しました。輸送には、木炭を燃料にする乗合自動車や乗合馬車《カレテラ》がありました。つい最近、亡くなった先代のフェリックス・マランバが奥さんの兄弟のヒラリオン・ヘナレス・シニアと一緒に初めて木炭車を設計したのです。「ピポピー」という命名でしたが、「パクパクパクパクパク」と呼ぶことの方が多かった。すごい騒音でしたからね。マランバはリパで実験したのです。夫はマランバの姻戚で、陸運局事務所で働いていたので直接に見聞きしました。

戦争前は学校の教師をしていました。戦時共和国が誕生するまで全て休校でした。それから授業が再開されたけど、午前中はずっとラジオ・タイサン（ラジオ体操のこと）をやりました。市役所も同じでした。日本人は米穀購買所を設置して、ここに学校教師のほとんどが雇われました。私も交替制でそこで働き、領収書を作ったり、もみ米《パライ》を量ったりしました。［フィリピン人の主食はコメで、タガログ語でイネやもみ米はパライ、精米はビガス、米飯はカニンと言う］。

私自身が日本人の残虐な仕打ちを経験したことはなかったけれど、たくさんの人が「水責め」を受けるのを見ましたよ。仰向けに寝かされたゲリラ容疑者の口の中に二人の兵隊が交代でホースを突っ込む。別の兵隊二人が容疑者の胃の辺りに幅約一フィート（約三〇センチ）、長さ四フィート（約一メートル三〇センチ）以上の板を置き、その上でシーソー遊びをやるんです。

マニラ市ルネタ公園でラジオ体操をする市民（1943 年）

こんなこともありました。戦前にアメリカから輸入された形が不ぞろいで半端なサイズの布地を「レタソ」と言うのですが、それを縫い合わせて衣服なんかを作る「余り切れ」商売が戦時中、リパでは主要産業になっていたのです。この商売で競争相手だった上流のご夫人二人が言い争いをしたら一日中、両腕を広げた格好で座らされる刑罰を受けました。

私たちは今はホセ・カラウ・シニアと呼ばれてい

る通り（近年、夫の名に因んで改名したのです）の自宅に戻りました。隣のレアル通りの一画にソリス家［市長を出したリパ市のスペイン系名家］の邸がありました。そこは警察署長になったケンペイタイのサカイ大尉に接収されたのですが、この大尉は少し英語を話し、缶詰を持って来て私たちと友人付き合いになりました。兵隊もいましたよ。家の裏庭からその家で起きた事を一部始終見ることができたのですが、拷問もありました。兵隊たちはドラム缶を熱して入浴し、そのためのドラム缶がたくさんありました。彼らは生の魚をたくさん食べました。

占領も終わりに近づいたころ、日本軍は「ソナ」[訳注16]を実施しました。男の住民を全員、家畜みたいに集めたのです。多くの人たちが殺されました。リパには、このソナで男が一人も生き残らなかった集落が二つあります。生きながら深い井戸に投げ込まれたのです。兄の一人、ペペ・マヨがケソン州（当時はタヤバス州）チャオンのソナで捕まり、私たちは彼に食料を渡すために荷車で駆けつけなければなりませんでした。兄は当時、独身だったのです。リパからチャオンまで四時間かかりました。

一九四四年も押し詰るにつれて食料が不足し、四五年初めにブラクニンへ移りました。一〇〇人ぐらいのグループでした。そこからバレテまで歩き、バンカ（フィリピンの伝統的なボート）でタール火山[訳注17]のふもとにある小島に渡りました。そこでカッサバ［ブラジル原産のトウダイグサ科イモノキ属の食用植物］やエビをとって命をつないだのです。その後、タール町内に移り、リパに戻ったのは爆撃が終わった四五年三月でした。

リパ全体で無傷で残った家はたった一〇軒にすぎません。自宅はその一つでした。

一九四二年五月、マニラ市パコ地区で戦争中に生まれた赤ちゃんを育てていた三六歳の母親は大胆にも、一九歳で軍隊に徴用されたたった一人の弟を探しに、汽車でカパス（タルラック州）の強制収容所まで行ったばかりではなく、マニラとバタンガス州ナスグブの間を定期的に往来した。今や八六歳になったこの女性、ロウルデス・ルス＝サマニエゴは往時を振り返る。（原注22）

リャネス・エスコダ夫人の「上流子女たち」が強制収容所で戦争捕虜たちの世話をしていると聞いて

弟を探しに行く決心をしました。（中略）一九二九年の卒業前、国立フィリピン大学でエスコダ夫人と知り合いだったので、彼女が手助けしてくれると信じ切っていました。

　汽車の旅がどれだけ大変だったか、もう覚えていません。車中で特段のことがあったとも記憶していません。でも、カパスでは「上流子女たち」がいる前でエスコダ夫人が私のことを思い出さず、心が傷ついたことを覚えています。

　結局、弟の居場所を見つける助けは得られませんでした。今でも彼の身に何が起きたのかわからないままです。

　四二年八月、馬が死んで戦争中の乗合馬車商売がダメになり、私はバタンガス州ナスグブの祖父の大きな屋敷に移ることに決めました、そこで親戚の人々がたくさん暮らしていたのです。

　主に私の赤ちゃんにヤギの乳を手に入れるためでした。たまにはマニラまで「バイ・アンド・セル」［小口の行商、かつぎ屋］をしに行ったものです。ある時、マニラ中央市場でサント・トマス大学で教え子だったタガログ語作家のヘノベーバ・エドロサに出会いました。彼女は自分がやっていた戦時商売の手ほどきをしてくれました。アクセサリーの行商です。怖くなんてありませんでしたよ。当時は、多くの女性が行商していましたから。考えてみると、怖がるべきだったんでしょうけど。他の用途から転用して改造されたエンジンを付けたバスがエンコしてしまうか分からなかったし、そうなったら一晩ぐらいは立往生したでしょう。

　ちょっと奇妙なのは、サマニエゴがおじのアルセニオ・ルス［訳注18］に戦時中、会ったはずなのに話に出てこないことである。ルスは戦前、「フィリピン・ヘラルド」紙を編集していたペンネームの「生粋のヒ素《オリジナル・アーセニック》」その人だが、むしろ一九二〇年代にウォレス・フィールドで美人コンテストを主催した「フィリピン・カーニバル・アソシエーション」の会長として有名である。戦時共和国では情報・公共安全局長を務めた。

　ルミカオ家に生まれた三人姉妹とその家族がヌエバビスカヤ州ソラノを起点とした長い漂泊生活は、当時、ゲリラやゲリラの身内であることを知られてしまった人々が味わった苦難の典型的な物語といえよう。三人はヒラリオ・バヤウアと結婚したマリア、バレンティン・V・サントスと結婚したエロスことヘネローサ、そしてバレンティンの弟、ガドンことドミナドールと結婚したイネスの三人である。

ヒラリオとマリアの息子、フェリックス・バヤウア（六五）によると、ルミカオ一家は一九三八年から四一年までイフガオ州キアンガンで暮らしていたが、戦争が始まってからソラノに引っ越した。

三姉妹の家族はルミカウ家の家父長、ユスタキオと共にシナファルという集落に行き、それからマジャンガット（現ケソン州の町）へ移った。そこでバヤウア一家はヒラリオの兄弟、マリアーノの家族と合流した。一方、他の二家族はシナファルに戻り、それからさらに山間のマアシンに移っている。しかしマジャンガット滞在も四三年後半までで、バヤウアの家族はさらに曲がりくねって流れるマガット川を一〇回ほど横切ってはバガバッグに移動した。

バヤウアの思い出話はこうである。

フィリピン国鉄タルラック駅（1943 年）

一九四四年四月、私はアメリカ極東軍第一四歩兵部隊に民間労働補充要員の一人として加わりました。私は解放時、まだ一七歳でしたが、筋骨ががっちりしていて実際より年長に見えました。四五年に（抗日）ゲリラとして（アメリカ政府に）宣誓登録してもおかしくなかったのです。とにかく四三年の早い時期からゲリラの伝令役を務めましたから。何度か戦場に居合わせたこともありますが、まるでエキストラを含めて出演者が数千人の映画の撮影現場みたいでしたよ。退却する日本兵たちが無数のアリの群れのようでした。私は（アメリカから）未払い分の報酬は受け取っていませんが、そんなことに関心はありません。あの地獄のような中で生き残ったのですから。望んだのは働いてお金を稼ぐことだけでした。人の手にかかったのではないにせよ、戦争が父と兄の命を奪い、私が家族に残されたたった一人の男手でした。四七年まで学校に戻りませんでした。そうしたのは、母が製材会社の仕事を無理やり辞めさせたからです。（原注23）

フランシスコ（愛称、パキート）・サントス（六二）は、政府機関で法務担当職員をしていたが、この話をさらに詳細に語ってくれた。（原注24）

父、バレンティンは死後にアメリカ陸軍からパープルハート勲章［戦死者、戦傷者に授与される勲章］を授かっていますが、弟のガドンおじとともに戦前、教育主事を務めていたんです。父はソラノ・バヨンボン地区、ガドンおじはバギオのルクバン地区を担当していました。戦争が始まると、二人は軍務を志願しました。

二人とも、アメリカ極東軍司令部からエンリケスス大佐という人が隊長のサンタフェ部隊に配属されました。一九四一年も押し詰まってのこと、マニラからサンタフェ［ヌエバビスカヤ州南西部］まで直行するのは無理になったので、二人はモンタルバン山系を抜けてブラカン州とヌエバエシハ州にまたがる平野部に出る別ルート［日本軍の進路を避けたとみられる］をたどりました。所属部隊に到着するまで二、三週間かかりました。

家族をシナファルに避難させた後、父とおじはバスカラン［ソラノの東北東にある小村］のフランシス・キャンプに所在していたゲリラ司令部に戻りました。二人の任務は部隊の資材調達将校でした。

そんな任務で二人はトラブルに遭遇しました。というのは、二人が一部の調達物資を「ボンバイ」と呼ばれるインド人の取引業者から仕入れていたからです。業者たちが「革命税」を強要されたと町の警察に訴えたのです。ほどなくサントス兄弟はケンペイタイに追われるようになりました。

指名手配者は襲撃を引き付ける磁石みたいなものですから、ゲリラ指導者たちは二人に家族と一緒にもっと安全な場所に移るように言いました。家族も嫌がらせの対象になる可能性がありましたから。それで二人はマアシン山地に移り住んだのです。

二組の家族にはゲリラ兵三人が護衛に付きました。家族はリナとリンダという双子の女の赤ちゃんを含めて九人でした。ガドンおじとイネスおばには三人の娘がいました。それにエスタキオおじさんと彼のいとこ、アゴ（サンチャゴ）・バヤウア、メイド（お手伝い）で一〇人ぐらい一緒でした。八人の子どもたちはまだ一〇歳にもならず、エスタキオおじさんも付き添いが必要になっていました。

マアシンで家族全員が暮らせる広さの仮小屋を建てた後、ゲリラ兵三人は自分たちの家族を訪ねようと立ち去ったのです。ところが、マジャンガットでゲリラたちは結婚式の披露宴に出席して酔っ払ってしまいました。彼らはデフィエスタ某という名前のソラノ地区警察主任に捕えられ、その男がケンペイタイに通報したんです。

憲兵隊はすぐさま、私たちの宿営地に向かって追跡にかかりました。三人のゲリラ兵は捕えられて拷問されたのです。今も名前を覚えていますが、ペドロ・プラデラ、ルフィーノ・タリュガン、そしてフアニーノ某でした。ケンペイタイの日本兵七人を道案内してきたのです。

彼らが宿営地に接近した時のことでは笑ってしまいます。メイドの一人が父の所に走って来て、中国人が近づいてくるって報告したのです。「アッダ・インスチック[訳注19]、アッダ・インスチック」ってね。

私たちは走って逃げました。曲がりくねった小川を少なくとも七回横切りました。言ってしまえば、私たちの集団には子どもが多すぎました。これ以上逃げ回っても無駄だということにすぐなりました。男たちだけなら逃げられたかもしれないが、そうすれば子どもを見殺しにしなければなりません。

山道でへとへとになって座り込んだ時、父が「奴らが追いついたぞ《アッダダン》」と叫んだんです。皆はそれぞれに隠れましたが、父とガドンおじは二人とも武器を持っていなかったので隠れませんでした。彼らは流血沙汰を避けようと武器をどこかに隠したに違いありません。

父は、子どもたちにじっとして声を出さないようにと身振りしている時、至近距離から額を撃ち抜かれました。私は、ガドンおじさんが泣きながら日本兵に向かって「なぜ、私の兄を撃ったんだ」と叫ぶのを耳にしました。

ケンペイタイの通訳をしていたのはヘガシ中尉という人で、ラトリニダード渓谷［ルソン島北部のコルディリェラ行政地域ベンゲット州都がある地域［訳注20］］でガドンおじの生徒だった日本人とイゴロット人の混血でしたが、「そいつが逃げようとしたんだ」と答えました。「逃げようとなんてしていなかった」「私に目がついてないとでも言うのかい」と、やり取りが交わされました。

ケンペイタイは、ガドンおじが銃器を持っていないと言っても信じませんでした。あいつらは私たちの宿営場所を捜索して散弾銃を発見していたのです。アゴおじさんの銃でした。

ガドンおじが銃の所持を否認したため、日本の兵隊たちはその散弾銃の銃把でおじを殴り始めました。

イネスおばは怒りのあまり、アメリカのジョンソン社製のベビーパウダー缶をつかむとおじを拷問している連中に投げつけました。日本兵たちは何事か相談していましたが、やがてヘガシが「大尉殿がお前たち全員の射殺を決めた」と言いました。

イネスおばは八カ月の身重でしたが、静かに「おやりなさいよ」と言いました。すると、日本兵たちは大笑いしたんです。

どういうわけか、日本兵たちは私を大人たち（おじいさん、ガドンおじ、アゴおじや二人の男の使用人）と一緒に拘束しませんでした。母、イネスおば、女の使用人や子どもたち全員と一緒に釈放されました。

山道を降り切る前に日本兵はおじいさんと二人の使用人を殺しました。三人が単に体が衰弱したためだったのか、それとも弱る前にひどく殴られたのか、わかりません。

翌日、私たちはマジャンガットから戻りました、ヒラリオおじと彼の兄弟のマリアーノおじがおじいさんを埋葬しました。それから私たちは半焼した小屋に戻り、父を両刃のイゴロット・ナイフ（山刀）と一緒に埋葬した後、眠りました。覚えているのは、母が埋葬場所に一番近い木の幹にナイフで夫の名の頭文字「V」を刻んだことです。その日以来、母はぼんやりするようになり、病気がちになりました。

ガドンおじとアゴおじはバヨンボンでの獄中生活を生き延びました。ガドンおじは後になって、あのヘガシが人に黙って食料を特配してくれたからだと言っていました。

釈放された後も、ガドンおじは四六時中監視されたので、家族を生まれ故郷のタルラック州マヤントック町に連れて行くことに決めました。そこには、サントス一家の女家長であるアナおばあさんが住んでいました。

バギオ市内にある戦争中の憲兵隊の建物。現在は「バヤニハン・ビル(2012年)

ガドンおじのおじに当たるパウリノさんとはパウリノ・サントス将軍のことで、戦時共和国の国家警察軍長官を務めていたので助けてくれたのかも知れません。正直なところ、よく覚えていません。私たちも一緒に行けたのですが、母が父の遺骨をもう一度取り出すまではソラノを離れないと言い張ったのです。ソラノを離れませんでしたが、母が父の遺骨を再び見ることはありませんでした。

パウリノ将軍はフィリピン人の味方であって、親日じゃありませんよ［戦時中、演劇の熱狂的なファンとなったイサベル・サントスの父として前出］。彼のイゴロット出身の従卒はマウンテンプロビンス州撤退作戦の生き残りでしたが、後になっておじいさんが彼の担当医とされていた日本人医師に毒を注射されたと報告してきました。彼は当時、すでに病気がちだったんです。

山岳地帯への撤退に先立って、パウリノ将軍はソラノの監獄にいたゲリラの妻たちを全員釈放する命令を出しました。ケンペイタイに、妻たちは兵士ではないと説いたんです。なぜ彼が日本軍と行動を共にしたのかって。分かりません。彼が解放前、マヤントックでゲリラ部隊を組織するのを助けていたのは知っているでしょう。彼の生涯についてもっと研究するべきですよ。

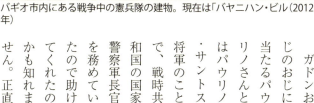

パウリノ・サントス将軍の三人の娘（イサベル・サントス、ロウルデス・ビリャコスタ、エリサ・アスクエ）と唯一生き残った彼の息子のレミヒオは、彼らの父がラウレル政権の国家警察軍長官への任命を受け入れた理由についてはごく単純に、この人事を戦時共和国のために働く自分の義務と考えたのだと説明している。イサベルはこう話している。

軍人であることを父は生涯、愛したのです。一九〇九年に一兵士としてスタートし、二六年には将軍の要職にありました。彼にとっての大きな転機は、一年以上も独学して受けた一四年の国家警察軍幹部学校への競争率の高い入学試験で合格者四八人中、二番の成績を収めたことです。そして学年総代として卒業しています。でも、父は政府の文官部門で働くために軍から二回、身を引いています。最初は三〇年一二月二一日、国家警察軍中佐で退役しました。翌日、監獄局長という文官の職務に就いたのです。三六年五月五日、陸軍准将の肩書で軍務に呼び戻されました。

二度目は、三八年一二月三一日で、彼は陸軍少将でフィリピン国軍参謀長の職を退任しました。彼は国軍司令官としての勤務延長要請を断っています。翌日、彼はケソン大統領が推進していた「社会正義計画」の移住事業を実施する指導機関である「国家拓殖事業局」の局長になりました。彼がこの職務権限で「建設した」のは現在のジェネラルサントス市はじめ、トゥピ、コロナダル、ポロモロク、スラリャー、バンガ、ノラーラなど、いずれも南コタバト州の町です。[原注25]

ビリャコルタは若いころレスビアン《トンボイ》だったが、後にマルコス大統領時代のマラカニアン宮殿（大統領府）で社交担当秘書官を務めた。彼女の話を付け加えよう。

父が最後の日々をどう過ごしたのか。詳細な事実をもたらしてくれたのはマルコス大統領ご自身でしたが、父の従卒だったフアン・アブラン（Juan Ablang）というイロカノ人軍曹の名前も含まれていました。私たちはそれまで従卒の名をアブラン（Ablan）だと思っていたのです。

父は一九四三年一二月、ラウレル大統領からミンダナオ・スルー地方司政長官に任命されました。そんなわけで父はミンダナオ地方に在勤して、ラガウ地域（現ジェネラルサントス市内とダディアンガスと呼ばれる栈橋付近、ブアヤンと呼ばれ、当時は飛行士訓練学校があった現空港などの一帯）の移住事業管理者としての仕事をしていました。四四年五月、国家警察軍長官に任命された後、戦時政府所在地になったバギオ市に移動したラウレル大統領の一団に加わるよう求められたのです。それで父、妹のビルスと私は同年一一月、マニラへ向かいました。父の直接の上司になった内務長官のテオフィロ・シソンは新しいお嫁さんをもらったばかりでした。二度目の奥さんで、とても若くてすぐ動揺してしまう神経《ネルビョ》質《サ》な人でした。当時のフィリピン・ナショナル銀行[訳注21]頭取が父の友人で、父に装甲車を使えと提供してくれたのです。それを聞いてシソン夫人がその装甲車を使いたがりました。父は私たちの出発を遅らせて、シソン一家をまずバギオに行かせてやったのです。このシソン一家の移動が可能だった最後のバギオへの旅になったのです。それ以後、ケノン道路[訳注22]は戻って来たアメリカ軍の空襲で通行不能になってしまいました。

私は当時（四四年一二月一六日）、結婚したばかりで、私と夫、そして妹のビルスはマラカニアン宮殿の前にあった母方のおばの家に住んでいました。父はそのころ、ケンペイタイ隊長だった増岡賢七将軍[訳注23]と一緒にバギオへの道路事情調査のため北部へ向かうので、私たちをマヤントックにある自分のただ一人の妹の所へ連れて行くことにしました。増岡将軍がバヨンボン[訳注24]にしばらく滞在することに決め、父はソラノにある甥の家に滞在することにしました。

そこで父は多くの人の命を救いました。その中にはベルギー人の神父、二人の弁護士、ソラノ元市長がいましたし、バヨンボンに捕われていた約一五〇人のゲリラの妻子たちも救ったのです。

父は当時、バギオに家畜を送っていました。戦後、バギオでラウレル大統領と一緒にいた人から聞いたのですが、もし父が送った牛や水牛《カラバオ》、ヤギなどがなかったら人々はおそらく飢餓に襲われていただろうということでした。この人はまた、父が水牛かヤギの肉しか送れなかった時、ラウレル大統領に詫び状を送ったと教えてくれました。父は大統領一行がどんなにひどく食料を必要としていたのかを知らなかったのだろうとのことでした。

　ロムロ・マンリケス大佐率いるゲリラ部隊[訳注25]が父に対して、ゲリラに加わり、できれば指揮をとってほしいと申し入れた際、父が受けていたら死なずにすんだかもしれません。しかし父は、もし自分がゲリラ側に寝返ったらバガバッグ、バヨンボン、ソラノの住民を皆殺しにすると日本軍からすでに警告を受けていると伝えて、理解してもらったのです。父は増岡将軍（当時、第一四方面軍憲兵隊司令官）の人質としてキアンガン山中で死にました。父の側近の話では、父は日々の食事にも事欠いて相当弱っていたそうです。アブラン軍曹が父を五キロ離れた病院に移すよう申し入れたのですが、増岡は拒絶したばかりか、日本人の医師に何かを注射するよう指示しました。そのすぐ後、亡くなったのだから毒物だったのでしょう。戦後になって母は父の従兵だったジョニー・アブランと会っています。母はその時彼が学業を継続するなら資金援助してあげようと言ったのですが、アブランは辞退し、小さな商売を計画していると言うので渡した現金を受け取っただけでした。家族が彼を見たのはそれが最後です。[原注26]

ナタリア・ベルソ・ウルスリーノ（八四）はケソン州（当時はタヤバス州）の一部だが、海で隔てられた島にあるアラバットの町に日本軍がマカピリたちの支援を得て交代制で駐留していたと話している。[原注27]次に私たちが焦点を当てるのはマカピリである。

マカピリとしてのサクダル党員

「マカピリ」とはどんな人たちだったのか。一九四二年当時、まだ五歳ぐらいだったエドゥアルド・ディソンは私たちに貴重な内情を伝えてくれる。[原注28]

　当時、ほんの小さな男の子でした。ですから戦争についての最も強烈な思い出は解放にまつわる話です。たとえば空中戦のような。しかし、とても幼かったとはいえぞっとする思い出が今も残っています。

　覚えている最も恐ろしい出来事は、目の辺りに二つの穴が開いたバヨン（地元で「ブリ」と呼ばれるヤシの葉で編まれた住民が使う袋）を頭から被ったマカピリたちの姿を見たことでした。それほど頻繁ではありませんが、見かけた時はいつも日本兵に警備され、紐で縛られた男たちと一緒でした。彼らは町民を日本兵に密告する裏切り者だったのです。

私は元々、バランガ（バタアン州）からハゴノイ（ブラカン州）にかけて散らばる大きな氏族に属しています。フィリピン・アメリカ連合軍がバタアンに退却を始めた時、住民は皆、町を離れて安全な場所に移りました。私たちは「バンカ」と呼ばれるアウトリガー（舷の外に張り出した滑り板）付きの大きなボートを数隻持っていたので、全員そろってハゴノイに向けて出発することに決めました。バランガを最後に離れたのは私たちです。

町を離れる前、炎上する町の市場を通りかかったのを思い出します。そこで兄たち（私は七人兄弟の五番目です）を含め身内の年かさの人たちは持ち主が逃げた商店の棚から固形食品を持ち出しました。調理油や塩、砂糖、缶詰などでした。だから石鹸は占領期間中、ふんだんにありました。お陰で私たちは戦争の間、物不足で困らなかったのです。

バランガに戻るまでの一、二カ月間、ハゴノイで暮らしたのですが、日本軍の巡察部隊がやって来ると聞くたびに、父は兄や姉を海上に避難させました。けれど一、二カ月すると日本兵たちはもうそれほど恐ろしくありませんでしたよ。連中は落ち着きを取り戻したのです。フィリピノ語で「ナグレラックス・ナ」、つまりリラックスしたのです。

私たちには日本人の友だちが数人いました。戦争が始まる以前からです。おじの一人が町長で、日本人のスパイたちが彼の家に間借りしていたのです。このスパイたちは自分たちの任務について全く開けっぴろげでした。彼らはおじに調査活動の許可を求めました。その一人が日本へ帰り、戻ってきた時はいつも良い土産をくれました。たとえば釣り道具などでした。

日本の時代になると、このスパイたちは本当に若い連中でしたが、フィリピノ語で「執務室を持っている《マイ・カトゥンクラン》」、つまり相当な地位にあることがわかりました。連中は私の兄弟たちを雇い入れてバンカボートで弾薬などを運ばせました。支払いは良かったですよ。食料をくれて、保護してくれました。

バランガの公立学校の校舎は全部、兵舎になりました。一〇〇〇人以上の兵隊がいました。一時的には五〇〇〇人いたでしょう。すでにアメリカ軍の空襲が始まったころでした。だから学校が完全に破壊されたんです。日本軍はこの町から出て行こうとしませんでした。随分経ってから彼らは山に向かって去っていきました。私たちの地域には山がたくさんありますから。

私たちは日本人の友だちをかわいそうだと思いました。しかし、彼らを匿ってもすぐに発見されて殺されるのが分かっていました。なので沈んだ気持ちで彼らが出て行くままにしたのです。

戦後何年経っても、私たち家族は時々、日本人の友だちがどうなったのかと思い出話を楽しんだものです（いいえ、彼らの名前は思い出せません）。

マカピリとは、親日組織「マカバヤン・カティプナン・ナン・マガ・ピリピーノ」（フィリピン愛国同志会）の頭文字を取った言葉で、この組織とその構成員の両方を指した。元々の組織はベニグノ・ラモスによって一九三一年に創設され、三四年にサクダル党に変わった「サクダル運動」にさかのぼる。三八年総選挙の時に向けてガナップ党になり、四四年のマカピリ結成に到る。「サクダル」と「ガナップ」は満ち足りて完全なという意味の同義語だが、隠喩としては聖書に由来する言葉として霊的あるいは心理的な恩寵を受けた状態を示している。しかしながら、サクダルには動詞として告発する、もしくは裁判に持ち込むという意味もある。

寺見元恵氏の博士論文、「サクダル運動　一九三〇—四五」（一九九二年）はこの大衆運動についての研究としては最も新しい。寺見は、サクダリスタと呼ばれた構成員たちが、カティプナン運動に始まるフィリピン史の神話の一つ、日本こそフィリピンの約束された救世主であるという神話を奉じていたと主張している。

サクダル党員たちは三五年五月二、三日、過去一〇〇年間に起きた多くの失敗した人民蜂起の中で、おそらく最もよく知られている「革命」を起こした。サクダル党は戦前の因習的なフィリピン政治にあって最も影響力のある急進的な運動で、三四年総選挙では三人の下院議員、一人の州知事、そして多くの地方行政官を当選させて新しい局面を切り開いた。また、この運動はクリサント・エバンヘリスタ率いるフィリピン共産党とペドロ・アバド・サントス創設のフィリピン社会党との最終的な合併に組織モデルを提供した。アメリカ人研究者の言葉によれば、サクダル運動こそ、現存する体制下で何が可能で、何が不可能であるかの道筋を照らし出し、それによって「誠実な小作農、信心深い日雇い労働者と独断的な唯物論者を一緒にした働く者の連合組織」の形成を可能にしたという。（原注29）

重要なのは、サクダル党員の大半がパトリシオ・ディオニシオの「自由市民友愛団」の団員九万七〇〇〇人からの参加者だったことである。この団体はディオニシオがケソン大統領の顧問団の一員になった後、解散した。ディオニシオと同様、ラモスは「民族図書館《アクラタン・バヤン》」というホセ・P・ラウレル［後の戦時下大統領］も所属していたタガログ語詩人グループの一員だった。これは重要なことである。なぜなら、一八八〇年代の開明知識人《イルストラード》によるプロパガンダ運動を別とすれば、多くの社会・政治運動で一流のフィリピン人作家が大衆動員においても優秀だったという事例はそれほど多くないからである。

テオフィロ・タニャグは、ロオク村の初期のサクダル党員たちがパワ将軍の兵士たちの残党であったと述べている。（原注30）彼によれば、第一次フィリピン共和国における唯一の中国人出身将軍であったパワ［訳注26］はビコール地方でさらに退却する前、この集落で兵士たちと休息したという。

この主張を実証するのは容易ではないが、ラグナ州カランバ地区サンピルハンの集落長《バランガイ・キャプテン》だったサクダル党員の息子であるピジョンやバタンガス州タナウアン町のクルスナダアン集落の年老いた住民の証言によって幾分、補強されている。

ピジョンはこう証言する。

> サクダル党員になるというのがどんなことか、理解するには私は幼なすぎました。覚えていることといえば、彼らが時々、街中で教練をしていたことだけです。予備役将校訓練課程の軍事教練で私たちもよくやった、あれですよ。しかし、サクダルが反米だったか、反日だったかなどは知ろうともしませんでしたよ。ここでは入党した家は少数で、わずか一〇世帯前後でしょう。このサンピルハンの土地に最初に定住した人たちでした。（原注31）

カタリーナ・オリバレス（六九）も、サクダル党員だった自分の父親が日本占領期に六〇歳代だったと証言している[原注32]。この父親はアプラヤ村（ロオックとサピルハンという地区で構成される集落）の最初の定住者の一人だった可能性があり、比米戦争中に退却してきたカティプナン軍の残党の一人だ。彼女によれば、父親はカトリコ・セラード（スペイン語で頑固なカトリック信者という意味）と呼ばれた篤信のカトリック教徒で、当初はアメリカ人を尊敬していたが、カティプナン党員の白い「同盟者」として信義を裏切るという背徳行為をしたのに幻滅したという。

アナスタシオ・トリニダード（七六）によると、村のサクダル党員たちは五月三日の「革命」前に五〇歳代や六〇歳代になっていた年寄りたちだったという[原注33]（タナウアン町クルスナダアン村では、少数のサクダル党員たちの娘や息子たちにインタビューに答えてもらったが、名前を出さないよう求められた）。

トリニダードは回想する。

> 彼らは通りで落ち合っていたよ。他の町などから来たサクダル党員たちと一緒に村の境界外に出て行ったものさ。人数は少なくて一〇人ぐらいだったかな。全員がじいさんだった。彼らは村の他の人々とは離れていたよ。
>
> 女性は一人だけいて、このグループのリーダーの女房だった。私は当時、連中の仲間に入るには若すぎたさ（二〇歳だった）。彼らは年寄りだった。私は他にすることがあった（他の若者と同じように）。
>
> 集まるごとに笑い合ってにぎやかだったよ。約一年の間、一カ月に一度の割合だ。けれどもこの集まりはカブヤオで戦闘があってから沙汰やみになった。
>
> 彼らの中の一人が後に「リサール協会」を作った。それからまた、しょっちゅう集まった。ある時なんか、ホセ・リサールその人が現れるなんて言っていた。そんなこともしばらくするとお仕舞いになったな。
>
> 戦争中、彼らはここに残っていた。他の村人たちは森に逃げ込んだのに。
>
> 戦争も終わりに近づいて日本軍が退却を始めたころ、連中は日本人たちから協力者として認められなかった。日本人に助けてもらえなかったのさ。

あるサクダル運動に関する研究報告[原注34]は創設者であるべ

ニグノ・ラモスをこう評している。言い逃れと政治的ごまかしに巧みな、掛け値なしのカリスマ型デマゴーグ。イメージ作りの天才だが、他のほとんど全てのことではペテン師、汚い選挙のトリックをかばんに詰めた大衆扇動者。

この評価は一九三四年一一月、ラモスがケソン大統領のアメリカ訪問と合わせるようにいわゆる「独立工作」に乗り出したタイミングが疑わしいことに基づく。ラモスは自分がアメリカ政府高官たちの目にはケソン大統領と同等の存在に見えていると支持者たちにひけらかそうとした。さらに彼は党の言いなりになる新聞、「サクダル」の一面に自分がアメリカのルーズベルト大統領と会談している合成写真とハリウッドの映画女優と一緒にいるケソン大統領の写真を並べて掲載させるという意図的で詐欺的なこともさせたのである。

ラモスのアメリカ訪問ではフランクリン・ルーズベルトに正式な抗議文を書く以外の用は何もなく、大陸横断旅行などしなくても済むことだったことを示唆する証拠がある。彼は視察名目の大名旅行に出かけたように見受けられた。アメリカ大統領との会見の約束を取り付けるよりむしろ、カリフォルニア州ストックトンにサクダル党支部を設立する努力に時間を費やした。

さらに、彼はアメリカへ向かう途中、日本に寄り道し、如才なく三〇年以上もアメリカの支配に逆らい続け、フィリピン人の抵抗の生きた象徴であったアルテミオ・リカルテ将軍《訳者補足6》を訪問した。表向きは自分が始めた新聞「サクダル」に掲載するインタビュー記事のためと称したが、実際はリカルテから自分と党への支持を取り付け、さらには日本の狂信的な汎アジア主義者たちとのリカルテ人脈を利用するためだった。かつてカティプナンは比米戦争中に日本の支援を要請した。日本が農民などフィリピン社会の取り残された階層の人々が起こした独立運動への同調者、少なくとも潜在的な同盟者であるという認識は、アルテミオ・リカルテ将軍、またの名、ビボラが上海でフィリピンのアメリカ植民地政権に雇われた一人のアメリカ人警察官による逮捕をうまく逃れた後、日本（そうでなければ、少なくとも日本の超国家主義者とファシスト）が一九一五年に将軍を迎え入れた事実によって補強されるからであった。

ラモスは抜け目なく、当時はまだ影響力のない、非主流集団であった日本のファシストとのつながりをつけるため、リカルテの助けを求めたのである（これらのグループは、東條英機首相が戦争直前に政府の支配権を握ると、日本政治の権力集団の一角を形成した)。

ラモスのもくろみのこの部分が明らかになったのは、一九三四年一一月、ラモスがタイディングス・マクダフィー法[訳注27]の撤回を働きかけるため、ワシントンに向かうと発表しておきながら、三五年五月二、三日の蜂起への資金援助などを得ようと日本に直行した時であった。

日本人のリカルテ将軍賛美者たちは当時、周辺的なグループだったので、ラモスは政府当局の支援は得られなかった。にもかかわらず彼の宣伝工作における非凡さは失われなかった。彼は「フリー・フィリピノ＝フィリピノス・リブレス＝マラヤン・タオ」を発刊する機会をつかんだのである。

このタブロイド判四頁の新聞は英語、スペイン語、タガログ語、日本語で書かれた記事を掲載した。その中で、日本語による二つの記事は、フィリピン独立の旗手であるサクダル党への日本の支援を訴える記事であった。英語で書かれた七つの記事は、アメリカのフランク・マーフィ・フィリピン高等弁務官とキンティン・パレデス下院議長を「フランケンシュタイン」、ケソン大統領とオスメーニャ上院議長、さらにラグナ州知事であったカイリェス将軍[訳注28]を含めて「アメリカ人の砂糖奉仕人」と悪態をついている。他の英語記事はホセ・リサールら革命の英雄や一九三一年にルソン島中部パンガシナン州タユッグで起きたタングーランの決起で犠牲となったフィリピンの若者たち、そして、もちろんラモス自身とサクダル党を称賛する記事であった(原注35)。

これらの記事がサクダル党員たちが三五年五月二、三日に決起するのを扇動することに成功したと信じてよいだろう。主としてフィリピンにいるサクダル党員に読ませる新聞が日本で発行されたということの隠れた意味が、ラモスが日本という国家の強大な勢力から強い支援を受けていることだとなっておかしくないからである。

フィリピン演劇芸術の復活、タガログ語とタガログ語文学の開花を連動させた宣伝工作、総体的にいえば、フィリピン文化と言語の組織的な脱アメリカ化は全て、戦時下日本の国粋主義的イデオロギーである「大東亜共栄圏」に根拠を置いていたことは将来も想起されるだろう。その思想は、「アジア人としての自己認識」が生まれるように、フィリピン人に非白人・非西洋人の兄弟《ブラザー》としての関係を敬わせることであった。今日のジェンダー的中庸の語彙を使えばきょうだい《シブリング》である。

日本の軍政当局者はもちろん信条、希望、慈善の立場からそうしたわけではなく、自分たちのためだけだった。しかし、日本人の宣撫政策の建て前、すなわち日本人はフィリピン人に独立をもたらすために来たという建て前はフィリピン人大衆、中でもサクダル党員たちの心に共鳴した。それはある意味で不可避であった。

日本は明治維新後の二〇年間でアジアにおける新興の列強国になったことを自覚していた。日本は中国、ロシアを続けざまに打ち挫き、自国民に人種主義すれすれの民族的自尊心を植え付けた。中国人が他の民族を「夷狄（未開人）」とみなしたとすれば、日本人は自分たちを世界とは言わないまでも、アジアの選ばれた盟主とみなしたのである。一九〇九年に一六歳でフィリピンに移住した日本人、金ヶ江清太郎は以下のように述べている。

リサール公園内にあるリサール像。リサールはこの場所で処刑された（2012 年）

昔、「成功」という名前の雑誌がありました。（中略）二〇世紀の最初の一〇年間のころの話です。（中略）海外で生活する日本人先覚者たちの生活ぶりを紹介していました。（中略）日本は当時、日露戦争に勝利した結果、国際社会で列強の一角に加わろうとしていたのです。（中略）若くて野心に燃える日本の若者がたくさんいました。（中略）満州や南米、東南アジアに行って夢と冒険を追い求めようという開拓精神を持っていたのです。（原注36）

事実、ホセ・リサールは早くも一八八三年、日本における軍事技術改革が進んでいることを書き留めており、日本支配層が採用した国家建設の合理的な方法論、すなわち科学的、技術的自己改革に羨望を感じていた。

パリにいる日本人の大半が砲術や工学を研究しているのに対し、われわれ（フィリピン人）は法学と医学を研究している。なぜわれわれは専門技術や産業について学ばないのか。（原注37）

それから五〇年のうちに近隣のアジア諸国の眼前に日本がさらに巨大で強力な姿を現していた。「大東亜共栄圏」の言説の中でサクダル党員たちが強く反応したのは、アメリカから独立を「賜わる」時期を早めようという共通の政治日程表すら合意できない「平和時」（戦時の反対語として）の政治家たちに対する弾劾であった。

一九四二年の時点で、日本人にはフィリピン人の解放者であると主張するに足る高次の道義的基盤があるとされたのはこの意味合い、すなわち、フィリピン人はアメリカナイズされた己自身から守られ、解放されなければならないという意味合いからであった。

「日本による占領」は民族主義再興の可能性をもたらしたが、それは無駄になってしまった。レナト・コンスタンティーノを引用しよう。

「フク団」《訳者補足7》を含めて、ゲリラたちは同じ過ちを犯した（それは彼らの先輩たちが一九世紀から二〇世紀に移るころ、自分たちの自由のために闘う機会を無駄にしてしまったのと同じである）。アメリカに依存した長い年月がわれわれの抗日抵抗運動《レジスタンス》にも影響を及ぼした。というのは、この依存はわれわれの中に両国の利害の差異を認識できないような意識を形成させたからである。もし一八九六年の革命が全国民にとって本物の体験になっていたら、革命の目的が清新かつ活力を持続していたら、日本の占領は独立のための運動を再開する機会を提供しただろう。しかし、そうはならなかった。われわれはアメリカが友邦であり、アメリカはわれわれのために用意周到に準備した独立を与えてくれるはずだと信じるようになっていた。われわれは一度は独立していたことを忘却してしまっていた。（原注38）

一八九六年の教訓を真に学んでいたのは大衆であった。しかし守旧的な「政治家《プリティコス》」とその選挙地盤である教育を受けた階層はその後の数十年間、その教訓を学びとらなかったばかりか、忘れようとすらした。アメリカの影響という強い束縛からこの国を解放しようとする日本心酔者たちの努力を挫折させたのは、やはりアメリカ植民地政治のわが国指導者に対する強靭な呪縛であったことを以下で示したい。

アメリカ植民地としての政治状況の日本的局面

日本は純粋に軍事的理由から、一九四二年にフィリピンを支配下に収めた。すなわち、目的はアメリカの軍事基地を無力化するためであり、それによって東南アジアの他の場所で行う作戦のための前哨基地を確保するためであり、この国の天然資源、特に武器弾薬の増産に使用できる鉱産物をわが物にするためであった。[原注39] フィリピンが日本帝国軍隊将兵のための衣・食供給源になったのは後のことで、それは侵略者たちが傲慢に予測したより戦争が長引いたためであった。

戦前、日本はフィリピンを増加する自国人口の一部を吸収できる地域とみていた。実際、一九一〇年代に一〇〇〇人だったこの国の日本人在住者は三〇年代まではダバオ市だけでも約三万人に増えたのである。[原注40]

そういう事情があって、一九二四年、アメリカ議会は日本人移民を排斥するための移民法を採択したが、在住日本人の数は減るどころか増え続けた。[原注41] 公式統計の数字に従うと、ダバオには一万八〇〇〇人弱、マニラには五〇〇〇人弱、その他地域で約一〇〇〇人の日本人がいたとされる。[原注42] しかし、金ヶ江が回顧録で指摘したように、日本人移民の多くは非合法入国者であった。

にもかかわらず、グラント・グッドマンによる研究の結論は、日本にとってのフィリピンの魅力はそれほどではなかったとしている。

> 潜在的生産性を秘める未墾地が二〇〇〇万エーカー〔約八万一〇〇〇平方キロ〕、一平方マイル〔約二・六平方キロ〕当たり人口密度が日本の三七六人に対して一一〇人、そして人口一一〇〇万人の潜在的な市場といえども、満洲や中国本土が持つ特大の誘引力に比肩するとは考えられていなかった。フィリピンへの経済的膨張が日本人に政治的浸透の先ぶれとして考えられたこともなかった。魅力ははっきりと存在していたが、全て「潜在的」という概念内に分類されていて、この島国に直接統治を広げるわずらわしさと経費に引き合うとはみなされなかった。日本軍部の緊急対応計画においてすら、フィリピン制圧の戦果は戦略的重要性以上のものとしては想定されなかった。かくして

一九三〇年代を通じて両国関係の規模拡大とペースは（中略）せいぜい両国社会における国民の生活に内在する要因の反映であって、日米関係の悪化という文脈からは外れていると理解されていた。（原注43）

プリシラ・マナラン［訳注29］によると、マヌエル・L・ケソン独立準備政府大統領には「日本びいきだった時期があり、私たち、一九三〇年代の国立フィリピン大学学生に講義した際、国民の規律のなさを取り上げ、日本人を規律という美徳の手本として持ち上げた。彼によれば、フィリピン国民はあまりにも快楽的であった。彼はやがてバタアン半島で戦い、『死の行進』に加わって、死ぬことになる若者たちを叱りつけたのだ」。

ケソン大統領は日本のサムライの武士道精神、特に権威に対する服従を説く処方箋をフィリピンの若者が見倣うべきだと考えていた。（原注44）

日本がこの国を侵略した時、ケソン大統領は「日本人びいき」の時期から完全に脱していたわけではなかった。金ケ江によれば（原注45）、日本軍司令部はケソン大統領がアメリカ亡命から戻ってくるものと期待していた。

ニック・ホアキン［現代フィリピンで最高の評価を受ける作家。二〇〇四年死去］も情報源はよくわからないが、ケソンについて以下のように力説している。

> 苦悶する男、ケソンは祖国から無理やり連れ出される必要があった。マッカーサー［当時はアメリカ極東軍司令官］に先立つこと三週間前、コレヒドール島を後にしたが、三月一八日にはまだフィリピン国内におり、国に残らなければならないと言い張っていた。どうしても自分に国を離れることを納得させられなかったのである。彼は最終的にほとんど力づくでミンダナオ島まで連れて来られたが、そこでもオーストラリア行きの飛行機に乗ろうとせず、ダンサラン［訳注30］へ逃げている。オスメーニャ（副大統領）がオーストラリア行きの飛行機が待つデルモンテ社の大農園《アシエンダ》［ミンダナオ北部ブキドノン州所在］まで一緒に行ってくれるようケソンを説得するのに一週間かかった。しかし、大農園に到着した時、ケソンは家族全員を連れて再び姿を消し、山間部の一軒家にいるところを発見された。彼は「ルーズベルト［当時のアメリカ大統領］から助けてもらえないのはフィリピンだけだ」とうめいた。三月二六日夜、彼はついに飛行機まで運ばれたが、目撃者たちによると、大《ブレ》

統領《シデンテ》は力づくで機内に押し込まれたように見えた（原注46）。この記述はアルマンド・J・マライの記述（原注47）と全く合致しているが、カルロス・キリノのそれ（原注48）とは一致しない。ともあれ、ホアキンの記述に戻ろう。

二月になるとコレヒドール島にいたコモンウェルス政府の高官たちの間でアメリカ政府から「見捨てられた」とか「売られた」というささやきがもれ始めた。ルーズベルトがヨーロッパに数千機の航空機を輸送中だとラジオで発表し、それをケソンが聴いた。ドン・マヌエルは怒りを爆発させて叫んだ。「三〇年の間、私は国民のために働き、希望を捨てないできた。今になってみれば国民は自分たちを守れない旗（アメリカ国旗）のために家を焼かれ、死んでいるのだ。神よ、全ての聖人たちよ、英国やヨーロッパのことばかり言っているのには、もう我慢なりません。この恥知らずが威張っていた飛行機は一体どこに行ったんだ。畜生。娘が奥の部屋でレイプされるというのに、アメリカ人はどうして遠くにいるいとこの運命に悲しみもだえていられるのだ」。ケソンには計画があった。フィリピンを独立させて中立を宣言すれば、日本もアメリカも軍隊を引き揚げるだろうというものだった。ルーズベルトはその提案を拒否して、「アメリカの国旗がフィリピンの地にある限り、フィリピンをわが将兵が死を賭して守るだろう」と約束した（原注49）。

アメリカがフィリピンの独立と中立というケソン大統領の提案に同意したとして日本がこの国を占領し続けたかどうかはわからない。そうだとしても、マニラはおそらく、世界で二番目に大きな破壊を受けた都市にはならなかったろう（筆舌に尽くしがたいほど荒廃した広島、長崎、ドレスデンを数に入れなければ、世界でワルシャワに次いで二番目という意味である）。それに、おそらくバギオも「解放」戦争とやらで受けたほどの酷い被害ではなかったかもしれない（原注50）。

もちろん、数多くの前提条件付きの話である。

ホセ・P・ラウレル（戦時大統領）は、コンスタンティーノや金ヶ江の記述によれば、傀儡としての第二共和国指導者として日本帝国陸軍の筆頭候補ではなく、彼らなりのやり方でケソンが失敗したことをやろうと試みた。つまり戦争中ずっと死傷者や破壊をできるだけ少なくするように国家の舵取りをしたのである。

重要なことだが、サルバドール・ラウレル[訳注31]は父親の政府の特徴が「一種のスパルタ式規律」にあったとみている。

> 戦時中、私たち家族はマラカニアン（大統領府）でいつも粗食でしたよ。なぜって父は国民が腹を空かしている時に、おいしい食事を楽しもうなどと考えることすら我慢できなかったからです。

清廉潔白でもあった。

> 父は職掌柄、富を増やすこともできました。当時、戦時通貨はマラカニアンで印刷されていたのです。父は紙幣の増刷で一家が欲しい物を何でも買えたはずです。彼はそうしませんでした。父が戦争中に手に入れた唯一の財産といえば六本木［東京都港区六本木で、戦前、戦中は住宅地だった］の邸宅です。それも結局、家族が政府に寄付しました。母のローンで買ったものです。[原注51]

アルトゥーロ・トレンティーノ[訳注32]の指摘では、ラウレル政権の閣僚はケソン政権の閣僚でもあって、「それまでで最高の内閣」だったという。

> あのころはケソン大統領の党［ナショナリスタ＝国民党］が支配政党だった。野党は無視できるような存在だ。だから、ケソンは自分にとって必要な最良の人材をピックアップできた。彼は他の政党からも人材を勧誘するのをためらわなかった。ケソンが国を出た後、日本軍が使ったのはこれらの人材、（ホルへ・Ｂ・）バルガス[訳注32]であり、ラウレルだったわけだ。
> ラウレル政権は傀儡政府だった。しかし、ラウレルの行動やその動機を注意深く観察すると、彼の政府は非常に良い政府だったと思う。なぜなら、彼は国民のために自分の命を危険にさらしたのだ。彼は国民の守護者として奉仕した。[原注52]

コンスタンティーノのラウレル政権に対する評価は示唆に富む。

> ラウレルには救世主の面影があった。戦前、彼はフィリピン社会の中で違和感を抱くことが少なから

ずあった。そして、今やケソンの独裁に近い支配から自由になり、またアメリカの権力が植民地の政治家たちに押し付けていたさまざまな制約からも解き放たれ、ラウレルは自分の民族主義的感情をはっきりと口に出し、自分の社会改革を推進することができると考えた。

彼の策略は究極的には反日となる想念を密かに扇動する目的を持って、本質的に反植民地的な計画を展開しながら、それを反アメリカ的な計画として進めていくことだった。(中略)フィリピン社会は規律、中央集権的支配、民族的目標を欠いているが、ラウレルの意見では、これら三つこそ日本の急速な発展に寄与してきたものだった。彼は日本人とその政治制度を手本にすることによって、これらを持ち込もうと提唱した。(中略)

彼の反植民地的立場と民族の誇りを高めようとする努力は有意義だった。われわれはまた、彼の戦前の社会に対する批判やフィリピン人の国民性を改革しようとした目的には同意できる。しかし、彼がビジョンとして描いた社会は、民族主義的であるとはいえ専制的色合いが濃かった。彼は、私有財産関係を変える計画を持たず、社会再編成への国民の真の参画も考えていなかった。逆に、賢明で慈愛深く、博愛的で強力な大統領に率いられたエリートの政府が上からの改革を押し付けることになりそうだった。(中略)

ラウレルの悲劇は、彼の民族主義的感情やその他の有意義な説教が、彼の提案が何であろうと日本の意に沿うものとみなされたため、全く迫力を欠いたことであった。(原注53)

対日協力を愛国心として理解する

ラウレルの民族主義には疑問の余地がない。彼は愛国者であった。彼が「日本占領軍」に協力したのは当時の状況下ではそうすることが、彼にとって国家に奉仕できる最善の方法だと考えたからにすぎない。

ともあれ、ラウレルや彼の同僚たちの対日協力を愛国心の一形態として理解するには、一五七二年から一九四六年に至るスペイン、アメリカ、日本の植民地統治に対するフィリピン人の協力の全形態、三七四年間のフィリピン植民地史そのもの、さらには一九四六年から現在までのフィリピンにおける新植民地主義支配についての審問を再開する他はない。

ここでは、この問題を細かく議論しないが、この小論文の目的のために、ベニグノ・ラモスとマカピリたちの対日協力がラウレルの愛国主義的な戦時政策の対極にあるというよりむしろ、その変種であったことに注目しておこう。以下の文献抜粋がそれを明かすことになろう。

ベニグノ・ラモスが日本のボスたちから受けた公然たる支持はガナップ党最高指導者としての野望をいたく刺激した。組織工作にかけては悪魔のような才能を持つこの人物は、もし良い教育を受けていたら卓越した人物になったことだろうが、(自ら提唱した自然防衛省の長に座るなど) 閣僚ポストに就くことには失敗したものの、一九四四年一二月八日、アルテミオ・リカルテ将軍、A・ピオ・デュラン、その他の日本心酔派の後押しを得て骨の髄からの親日組織「マカピリ」を旗揚げした。結団の日付は偶然の一致ではない。(フィリピンと日本の地方時による) 日本の真珠湾奇襲攻撃の記念日であった［欧米では一二月七日］。性格としての大物気取りも仰々しく、この創設者はマカピリが「一個の非政治的、非宗派的、非党派的組織」であり、「(国の) 内外の民族の敵を破滅させ、(中略) 国民を助けるために」、そして何よりも「共和国を侵略から守るために」創立されたと宣言した。この組織は日本軍政の祝福を受けて創設され、日本人と一緒に戦うことになったが、それこそラウレル大統領が拒み通したことだった。

ベニグノ・ラモスは総裁という大層な職位に就任した。多分、古代ローマの皇帝たちが自分の特徴を示す通称を持ち、ベニート・ムッソリーニが「ドゥチェ」、スペインの独裁者フランコが「カウディーリョ」と呼ばれたことが念頭にあったろうが、ラモスは自分を「タンディス」と命名した。彼が大衆心理を熟知していたことはだれも否定すまい。ピオ・デュラン［訳注34］は、マカピリたちが副総裁に推し上げた。アルテミオ・リカルテ将軍を最高顧問に祭り上げた。

彼らは、自分たちの組織が過去の偉大なフィリピン革命結社、「カティプナン」を踏襲していると主張し、フィリピン国旗の色を下地に大きな「K」の文字を入れた旗をデザインした。しかし、この字は「Z」と見まがうほど字形を崩すことで一つの伝承をダブらせた。「皇国の興廃、この一戦にあり」[訳注35]というわけである。フィリピン国旗の太陽の八つの光線は一八九六年に武装蜂起した八州を象徴したものである。これに対し、マカピリは太陽シンボルに彼らの忠誠心を鼓舞する旭日《ライジング・サン》の意味を与え、八光線は普遍的同胞愛を意味する「八紘一宇」の精神を示していると言っていた。(原注54)

　この一節は、歪曲が甚だしいホセ・P・ラウレルの一伝記からの引用で、サクダル党員が語った以下の状況描写とは対照的である（原文はタガログ語）。

　フィリピン人は団結を欠いていました。全く。ホセ・リサールの時代ですらそうでした。だから、今でも貧乏人は見捨てられたままなんです。ベニグノ・ラモスは大統領選挙に出ましたが、負けてしまいました。あの人は、私たちがアメリカ人と一緒にはやっていけないと言っていたんです。私たちを奴隷にしてしまうだけだと言うのです。この国は金やゴム、鉄、ガソリンなんかに不自由していません。わが国の発明家も頭がいいです。でも、政府から助けてもらったことがありません。ラモスは日本びいきなんかではありませんでした。あの人が言うには、「トラ」という呼び名は日本人がつけたんです。本に書いてあります。ある物知りの男が書いた『ビブロス』という本の中です。聖書《バイブル》じゃありません。

　今、検討の対象にしている歴史の時代区分の中で、最も重要でありながら最も困惑させられる変遷の一つはベニグノ・ラモス［原文はベニグノ・アキノとなっているが、文脈から判断すると、ベニグノ・ラモスの誤記とみられる］。人物像の異様な変容である。一九三〇年代中ごろには総勢三〇万人のサクダル党員の敬愛を集めた指導者であったが、一般的な歴史記述では、愛国者から国家反逆人に、英雄《ヒーロー》から悪役《ヒール》に変わった。

　もし、問題になっているのが一人の狂的な愛国主義者の人物評価であれば、そんな困惑はとっくに歴史のくずかごの中に捨てられてしまっただろう。この人物は「タンディス」[訳注36]、つまり、自分の国をスペイン植民地時代以前のタガログ語族の集落《バランガイ》連合体と考えている「見当違い」ないしは「無知な」フィリピン人の選ばれた指導者だったのだから。煎じ詰めれば、歴史とは現実政治《レアルポリティーク》の容赦なき闘技場であって、ある人物がしたかったことではなく、究極的に行動の結末がどうであったかで判断するものなのだ。

歴史物の作家たちは歴史家とは違って、自分を悲劇作者とみなしていることが多すぎる。彼らは現実の人間、あるいは真っ当な人間の証しとしては言行一致までは求めないまでも首尾一貫性であるという古典的な定則にこだわっている。彼らはまた、頻繁に変化する歴史の諸条件、まれなケースでは全く変化しない歴史的諸条件を考慮に入れるのを忘れている。

思考や発言、行為の一貫性は明らかに歴史と芸術では重要な要素であるが、歴史も芸術も結局のところ、一定の社会で権威付けされた（すなわち支配的階級構造の現状維持を良しとする）経済的、政治的、社会的文化という上部構造の礎柱なのである。皮肉なようだが、体制内の歴史家や芸術家は実質的に宮廷の相談役や道化師と変わらず、権力保持者の庇護下にある家来にほかならない。

非体制派（反体制とは異なる範疇）の歴史家は庇護関係の負い目を持たず、己の心情や表現能力を束縛してでも恩返しをするような庇護や愛顧のヒモ付きではない。その意味で、これらの人々は知的、道義的な過不足という人それぞれの素質の違いはあるにせよ、真実のためにのみ、あるいは歴史家として奉仕を志す国民が真実へ向かう道筋のためにのみ、発言する。

戦争といわゆる「解放」の後、対日協力者たちをいじめの対象にすることが流行になった。ベニグノ・アキノは領主のように支配していたタルラック州の選挙で打ちのめされた。また、ベニグノ・ラモスは敬愛を一身に集めた愛国者だったはずだが、非難の中で忘れ去られ、無視された。リサール死後、三〇年以上にわたってフィリピン民族主義の生ける象徴であったアルテミオ・リカルテ将軍も同じであった。

個人の栄枯盛衰や、実物より大きく見えた人物の世評は本人に属しているだけではない。彼らをかつて崇め奉った国民にも帰属する。これこそ歴史が作業対象とする事柄であり、共有されて文化を形成する記憶、人々を一つの共同体に結び付ける記憶なのである。その意味で、国家の存続いかんは過去のもつ発展の可能性、もしくは有用性、すなわち歴史それ自体にかかっていると言える。

ベニグノ・ラモスを祖国への反逆者として、日本の軍事支配に積極的に協力した者として裁くのは至極容易である。しかし、事実とは前提あっての事実にすぎない。そして、この場合、ラモスの反逆行為を事実とするのならば、その前提とは、当時のアメリカ植民地体制とフィリピン・コモンウェルス（アメリカ自治領）から出現するはずだったフィリピン共和国の双方の利益が全く同一であるということになるであろう。

そんな前提は馬鹿げている。アメリカ人たちは一つの政治日程を組んでいたが、フィリピン人に対する「国家保持者としての訓練」の優先順位はおそらく千番目だったはずだ。

より困難な作業はまさに、ラモスの愛国主義の質を判定することである。

ラウレル大統領の銅像（マニラ市ロハス大通り沿い、2012年）

一見、それは何といっても反アメリカ的な民族主義の一つであり、フィリピン人のために即時かつ完全な独立を求める民族主義であった。

思い出されるのは一九三〇年当時、上院議長だったケソンがお気に入りの人物のために設けた部門、「上院記事調査室」の長だったラモスを罷免した件である。それは、アメリカ人教師がフィリピン人生徒に人種差別的な暴言を吐いたことに対する抗議運動でラモスが先頭に立ち、そして手を引くことを拒否したためであった。

また、ラモスはタガログ人首長《ダトゥ》の最高位に当たる「タンディス」という称号を用いていた。

一九三四年選挙前と後のラモスの訪日はこの文脈上にある。二度の訪日で、ラモスはタガログ語の「スゴ」、すなわち即時独立のために活動するフィリピン人の「使者兼預言者」だった。最初の旅では、ラモスはアメリカの首都ワシントンでルーズベルト大統領に会うための工作より、アルテミオ・リカルテ将軍を通じて日本の複数の国粋主義集団と接触を図ることに多大な時間を費やした。アメリカ大統領については、ホワイトハウスに正式な抗議文書を提出しただけであった。一九三四年一一月末の二回目の訪日では、彼は日本に直行、三五年五月三日に実行された、いわゆる「革命」への後方支援を得ようと、猛然と活動した。もちろん何の成果もなかったが、ラモスが接触したのは日本で影響力のないグループにすぎなかったからである。

しかし、カランバ（ラグナ州）のロオク集落《バランガイ》の首長を務め、頑固なサクダル党員でもあるエドゥアルド・タニャグ（六九）はこんなことを覚えている（ただし事実誤認がある）。

ラモスがアメリカに行った時、彼はアメリカ人たちにこう言われたのさ。「大統領選に出なさい。あなたが勝ったらわれわれはあなた方に独立を与えよう」ってな。ラモスは出馬したがケソンに敗れた。それで、わが国の独立は一九四六年、ロハスのグループに与えられたんだ。(原注56)

逆境にめげず、ラモスは東京からボニファシオ［独立革命時のカティプナン最高指導者］の役を演じ、ともかく敗北する運命にあった武装蜂起を起こさせた。

リーライ・マナラード（七七）は今でも、始まったのは革命だったと思っている。

カブヤオ（ラグナ州）の集落は全部、五月三日革命に参加したね。そうですよ。それは本物の革命で、ホナサンのグループがやったのと同じさ。〔訳注38〕わかるだろう。政府と戦争したんだ。山刀《ボロ》で武装しただけで、まさに竹槍部隊《バンブー・アーミー》だったがね。〔訳注39〕

アメリカの国旗を降ろしたよ。それからフィリピン国旗を掲揚した。しかし夜が明けてみれば、連中の死体はコンクリートの壁のところにコメ袋みたいに積み上げられていたよ。(原注57)

単純に言えばこういうことである。蜂起に加わったサクダル党員たちは信じ込んだか、信じ込まされていたのだ。この国をスペイン統治期以前の地方自治体連合《コミュナリズム》の国に戻そうとすれば、あまり血が流れない社会革命に全国民が集まってくるだろうと。だがサクダル党員にとっては、「ラグナ州知事で独立革命当時は将軍だったカイリェス［前出の地方政治家］が到着するやいなや、直ちに発砲した」(原注58)のは青天の霹靂だった。

失敗した革命の後は魔女狩りが続いた。

国家警察軍は恐怖をまき散らすやり方をした。奴らは民家を襲ったんだ。それで、わしらはアリの穴に潜る以外のことは何でもして逃げ隠れたよ。(原注59)

当然だったが、ケソン大統領はその年、一九三五年半ばを過ぎると、ラモスはサクダル党と同様、もうおしまいだと自信満々で言明した。

サクダル党員の事態認識がいかに不正確であったか、つまりラモスが公職選挙に一度も立候補したことがなく、一度もアメリカ当局者たちと話し合わなかったこと、カブヤオの町役場を占拠したサクダル党員たちが最初に発砲したことなどを考えると、ラモスは宣伝工作にかけて天才的だっただけの扇動政治家《デマゴーグ》にすぎなかったのか。

ここでダドン・タニャグを再登場させよう。

ラモスが一九四二年、アルテミオ・リカルテ将軍と一緒にここに来た時、まだ若くて一七歳でした。ラモスはたくさん話をしましたが、私が覚えているのは、ラモスが「もし、われわれフィリピン人が自国の歴史の教訓を学ばなければ、あっちこっちの大国が欲しがっている宝物を失うことになる。漂流するバンカボートのようになり、助けてくれそうな人などどこにも見えなくなる」と言ったことです。もう一つ覚えているのは、自分がフィリピン大統領になるようなことがあったら、外国専門家の入国を阻止するだろうと言ったことです。この国の若者たちを詰め込み教育《ピガイン》すれば、他の国と同様に自動車だって製造できると言ったんです。

大統領になったら、ラモスは二五年から四〇年ぐらい、この国に外国製品の持ち込みを禁止するつもりだったようです。なぜって、ラモスは、この国の若者たちに欠けているのは政府の支援だけだと思っていたからです。それは本当です。同じ集落に住んでいたオニアを見ればわかります。私はあいつが月面走行車を発明した男だと思っています。彼はアメリカの航空宇宙局（NASA）にいる技術者です。ここに来る時はいつも、アメリカの兵隊がトラック満載で付き添っていますから。フィリピン人は頭のいい人間なんです。

それなのに、安全ピンやくぎを製造する会社すらまだありません。本当です。こうした会社がなくて、全て輸入しているんです。

ラモスとサクダル党員たちは国に奉仕することだけを目的にしていました。自分たちの産業基盤を持てるかもしれませんからね。この国には独立に必要なものは何でもそろっているし、自分たちの努力で生活するのに必要な物は何でもあります。大国の後ろにくっついているのでは、国の進歩はとても無理です[原注60]。

　ここでは自力更生や自給自足経済の問題を議論しないが、一つだけ指摘しておく。一九九〇年代に入ってアメリカ、日本、ヨーロッパ連合（ＥＣ）など第一世界諸国は世界中の国々に対して、大前研一言うところの「ボーダーレス世界」を創出するため、国境を開放するよう要求したが、自分たちは国境に保護主義の障壁を築こうとしているではないか。原始的な地方自治体連合《コミュナリズム》についても一つだけ指摘しておくと、国家という意識は調和のとれた社会関係の上に築かれる共同体意識から成長してくるものなのだ。

　日本が自国の救世主になるというサクダル党員たちの希望は永久に砕け散ってしまった。寺見元恵氏によれば、ラモスの日本滞在中、大亜細亜協会[訳注40]から通訳として派遣されたことがある日本軍の一中佐の説得ですら、日本帝国陸軍のラモスに対する評価を変えさせるには十分ではなかった。日本軍は当初、ラモスをほとんど役に立たない追随者と考えており、それから占領軍に役務提供するフィリピン人労務者との調整役として役に立つという見方に変わっただけであった[原注61]。軍人たちが考えたように、サクダル党員たちは日本軍にとって砲弾の餌食になる使い捨て要員だったにすぎなかった。

　残酷な戦争が終わった直後の廃墟の中でフィリピン人は再び自分たちの存在理由を失ったが、個々のサクダル党員の喪失感はもっと大きかった。フィリピン人は再びアメリカを祖国の救世主とみなすことになった。

　再び、フィリピン人は魂を失った[訳者補足8]。

結論めいた結び

　一九七二年に戒厳令が布告された時、私はまだ一〇代であった。若さ故に、父親と国事について随分議論した。父は私のスローガンずくめの物言いにうんざりしたに違いない。

こうした議論の中で、父は私に武装闘争がわくわくするものでも生産的なものでもないことを納得させようとして、自分の戦時日記を見せてくれた。さまざまなことが記された中で、父とおじが一九四二年一月二日、「無防備都市」となったマニラから途方に暮れていた大学生三人（ルソン島北東部イサベラ州出身者で、二人は彼らの賭け事が終わるのを待ってやった）を連れて、所属予定の軍部隊に出頭するため、ヌエバビスカヤ州まで山行したことが書かれていた（二人とも戦前は学校主事という仕事に専念していたが、四一年一二月に志願して日本人侵略者との戦いに身を投じた）。一行はリサール州マカバッド、モンタルバンを経てブラカン州ノルサガライに到り、そこからヌエバエシハ州の平野部に出たのだが、その間、多くの夜を歩き続け、時には空き地で野宿した。一月一四日、ヌエバビスカヤ州南部のサンタフェでビア中尉、ギリェルモという名前だったと思うナカール大尉に報告した後、州北部のソラノに一五日に到着した。

二人はフィリピン・スカウト［アメリカ軍に編入されていたフィリピン人部隊］の中尉と大尉としての任命書をもらうためにマニラ入りしていた。書類の手続きに一二月二七日までかかり、それからサンタフェ所在の第一軍区司令部に出頭するために戻ったのだが、タルラック州サンホセへ通じる道路がすでに封鎖されていた。二人は二七日中に州都のタルラック市まで達したが、新たな指示を受けようとマニラに戻った。ところが、アメリカ極東軍司令部に使われていたファー・イースタン大学には担当将校がいなかった（アルトゥーロ・トレンティーノによれば、彼も同じ経験をした。彼も大尉の任命書をもらうため、ファー・イースタン大学に行ったが遅すぎた。すでにアメリカ極東軍司令部はバタアン半島に移動中だったのである）。

父とおじはＹＭＣＡで友だちや親類たちと無駄な時間を過ごし、それから市内のトゥベリアスにあった妻のいとこ、レイムンド・ドゥムラオの家へ行った。途中、エスコルタでイサベラに帰りたいという三人の若い学生たちに出会ったが、彼らは賭け事が終わるまで出発したくないようだった。

以下は、父の戦時日記に記された一九四二年一月五日から一二日までの旅の記録である（この記述を含めて、日誌への記入の仕方を点検すると、日誌はずっと後、父が紙に向かって考えをまとめる時間を持てるようになった日本占領期になって書かれたもののようである）。

日々、私たちは早朝から夜遅くまで「山越え、谷越え」して旅をした。全員が旅を成功させるだけの精神力を備えており、毎日、新たな活力が生まれた。来る日も来る日もスリルと胸の高鳴りを経験し、旅は全てが面白く生気にあふれ過ぎるほどであった。

　旅の途中、田舎の人たちが示してくれた親が子に対するような愛情や友情を決して忘れないだろう。貧しく孤独に暮らしている人もいたが、どこでも旅人へのあふれるような好意があった。家畜の乳しぼりをしている男に出会えば、代金など取ろうともせず（グラティス・エト・アモーレ）、ミルクをふるまってくれた。毎日のように事情をのみ込んだ親切な道案内が見つかったものだ（中略）。

　道筋にあたる州によって、それぞれ人間の違いがあって、それが私たちの遇し方に表れた。もてなしや私たちの大義に対する共感の念ではブラカン州の人々が一番で、共感の点ではヌエバエシハ州の人々が最低だった。奇特なことに、この州には心底から支援ともてなしが期待できる親類がいたため、他の州よりくつろぐことができたのだ。（原注62）（後略）

彼らはヌエバエシハ州内の幾つかの地区で歓待さずつらい思いをしたが、日誌はおそらくガナップ党員「ベニグノ・ラモスが創設したサクダル党の後身」が関与したと思われる忌まわしい「カバナトゥアン事件」「カバナトゥアンはヌエバエシハ州都」を暗示している（残念なことに日誌はこの点について明確ではない。おそらく日誌を書いた時の父は思うところをぼやかして書く必要を感じていたのだろう）。

　父は生涯、「戦時中の対敵協力者」を一切理解しようとせず、許さなかった。このことが戦後、父に沖縄での三年間の軍務契約に応じさせることになったのかもしれない。父は一九四八年に四〇歳の若さで引退し、故郷の町、タルラック州マヤントックに引きこもったが、その時すでに世の中に嫌気がさしていた。とはいえ、時が全ての傷を癒し、父は一九八〇年に亡くなるまで小さな町の献身的な教育者となった。そもそも「日本占領期」を知っているフィリピン人の大半は、占領についてほとんど良く言おうとはしない。占領時代を生き、若い時期に家庭や学校で、さらには映画館で、あるいは放送や活字メディアを通じて反日・親米の宣伝活動《プロパガンダ》の爆撃を浴びた人たちだからだ。

　そう考えて当然である。結局のところ、勝者は自身の側からの見方で歴史を書くか、もしくは書かれるようにする。そればかりか、敗者がかつての敵対的な立場を否認するか転向するように強制し、さもなければ死に追いやるのである。フィリピン人を「解放」したアメリカ人たちは一時期、こうしたことを簡単にやり通せたのである。全くのところ、一九四五年当時のフィリピン人のほとんどにとって、自分たちが真に解放されたと確信する必要などなかった。「解放」なるものがもたらした荒廃や苦難を認識したにもかかわらず、そうしたことは己の大義に絶望して半ば狂気に陥った退却中の日本軍将兵が犯した殺人、レイプ、略奪といった狂乱に決着をつけるためには十分に小さい犠牲にみえたからである。

敵に暴力を振るい、辱しめることが戦争では容認されるどころか奨励される。憤怒、理性を欠いた怒りがそのような異常な時代には恐怖よりも良しとされる。征服したフィリピン人に対する日本人の戦争犯罪が比米戦争中にアメリカ人が行った戦争犯罪、四世紀以上にわたる植民地支配に反抗して周期的に起きた武装蜂起を鎮圧する際のスペイン人の戦争犯罪に比べて、残虐の程度が大きいとも小さいとも言えないのである。

一九四五年にいわゆる「解放」が訪れた時、日本軍による残虐行為を生き延びた人々にとって、その記憶は思索の中で見直すには生々しすぎたと言うのはたやすい。無残な戦争について冷静に語ることと、そうした戦争を経験することとは別のことだ。その意味で、日本人の戦争捕虜や対日協力者に対する戦争裁判に随伴したヒステリー現象は理解することができる。戦争が終わって丸々四八年が経った［一九九三年当時］という事実にもかかわらず、戦争を生き延びた人の多くはいまだに戦争を忘れようとも忘れられないでいる。残酷な戦争の記憶は、思い出されるたびに残酷さを増している。

つい最近、戦時中の日本軍部によって奴隷化された従軍「慰安婦」の存在が表面化し、人々の記憶の一部として蘇った。彼女たちが話した物語に基くと、日本軍国主義者たちの戦争初期における成功は、部分的であれ全体であれ、地域的戦争を計画し、遂行するに当たっての彼らの非人間的なまでの精密性と徹底性に由来したと結論するのはたやすい。ブシドー（武士道）の規範を礎として創設された名誉ある軍隊が、隷属させられた人民の中から「慰安婦」部隊を供給することを考えつき、実行したなどとは思いもよらないことだが、論争の余地がない事実なのである。この戦争犯罪はドイツ軍によるユダヤ人の大量虐殺に匹敵し、非人間性の極致である。現在、セルビア人によって進められている「集団レイプ」や「民族浄化」だけがこれら二つの犯罪、そしてヒロシマとナガサキへの原爆投下と比肩できる犯罪である。

こうしたさまざまな形態の言語に絶する戦時の残虐行為を経験した人の心理的、肉体的トラウマは適切に表現しきれるものではなく、まして定量化など不可能だ。だから、人はあえて自分をさらし者にして補償を求めるために進み出た人たちの勇気に驚嘆するのだ。これらの戦争犠牲者たちが耐え抜いたことに比べれば、対敵協力に問われた者の経験などは比較にならないほどくだらない。「慰安婦」としての体験に比較し得る経験といえば、「マカピリ」と呼ばれて日本の占領軍に心にもなく、「慰安婦」さながらに性の奴隷以外のことで奉仕した男女のそれのみであろう。日本人の協力者に裏切られ、奴隷のように扱われたマカピリの経験は心がねじ曲がってしまうほどの出来事であった。今日に至るまで、マカピリたちはいまだ戦争のショックから十分に立ち直れず、自分たちも戦争と日本の植民地支配の犠牲者だったことにすら気付いていない。

このことは、「ヨーイン」［要員ないしは傭員のフィリピノ語化］と呼ばれる「軍属」（軍に雇用された民間人）の一員として、占領軍のため銃弾製造などの作業に従事したことが明白にもかかわらず、対日協力者だったことを否定しているエドゥアルド・タニャグとリーライ・マナラードの証言でもはっきりしている。

「弾作りに加われば、家族のためにサツマイモやコメをもらえたのだから、どうして参加しないはずがあるんだ」と、マナラードは反問している。(原注63)

おまけに、その行為が彼らにとってまさにアメリカ帝国主義からの祖国の自由・独立《カラヤアン》という大義に奉仕する道だったのだから、なぜ参加してはいけなかったのか。

タニャグと地方の短大で教育助手をしている息子のテオフィーロは実際、サクダル党員たちが対日協力者に姿を変えたことは恥じることではないと今も言い続けている。

テオフィーロはこう言う。

彼らはアメリカ人たちと手を切ったのです。なぜって、あの連中は私たち貧乏人を救わなかったからです。それだけじゃない。もし日本が戦争に勝っていたら、アメリカ人と一緒に活動した者たちが今、

対敵協力者にされていたでしょう。マカピリではなくてね。(原注64)

さらに、ロベルト・コリェヒオは、マカピリの多くが戦争後すぐに集落から立ち去ったにもかかわらず、アマド・ラウレル大佐などの（抗日）ゲリラに狩り立てられたと語っている。

戦争が終わると、マカピリたちはゲリラに狩り立てられたのです。捕まると、必ずひどく殴打されました。誰でも自由に彼らを殴ったり蹴ったり、大小の棍棒でひっぱたいたりすることができました。彼らが数珠つなぎにされてトラックに乗せられ、バタンガス（州都）まで運ばれるのを何回も見ました。少なくとも五〇〇人、おそらく一〇〇〇人ぐらいはいたでしょう。彼らを運ぶトラックが通りかかった時、私も自分のパチンコで一人か二人に当てたことがありました。

彼らは二度と戻って来ませんでした。また、少なくとも五〇人のマカピリたちがやはり数珠つなぎにされて、バンカボートで海に連れ出されるのを見ました。彼らも二度と戻って来ませんでした。(原注65)

意味深いことだが、対日協力者に同情はせずとも心情を理解できるはずの人々、たとえばカランバ地方の郷土史家、デメトリオ・ヒルベロのような人物ですらマカピリたちも戦争と日本帝国主義の犠牲者だったことを理解しない。ヒルベロは言う。

この町の「日本占領期」体験に関する私の記述の中では、マカピリの素性を明かす場合、身元を隠すために名字だけを明らかにしています。後になってマカピリの中には町の有力者になった人もいます。(原注66)

ヒルベロは賢明な人で、ラグナ州におけるサクダル運動の根源を州内の農地の不平等分配までたどっているのだが。

こうしたことを受けて、「日本占領期」の経験から学ぶべき教訓は二つに集約できるだろう。第一に、国家主権が善であるためには実存していなければならないということである。国会の長老政治家であり、最近、選出された上院議員の言葉を引用しよう。

（フィリピンの）将来の世代から見れば「日本占領期」は、他国の人間がこの国を席巻した歴史の一つの出来事であったにすぎない。われわれが外部の強い力にずっと隷属させられてきたという歴史の一挿話である。大東亜共栄圏は軍事目的を隠蔽するものであった。軍事的な征服行為を覆い隠すために。チョコレートで中身を包んだようなものだ。しかし、今や同じことが起きつつある。日本による経済的な征服がアジアを覆い、今やアメリカにまで広がっている。日本は、かつて刀によってなし得なかったことをドルや円で成し遂げつつある。ただし、日本も変わって軍国主義の度合いは小さくなっている。アジア人のためのアジアを言う前にまず、フィリピン人のためのフィリピンを実現すべきだと考える。なぜなら日本や中国のような他の国々がアジアを席巻し、われわれの存在理由《アイデンティティ》が失われるかもしれないから(原注67)だ。

言説としては、文字通り頼りないレベルの話だが、トレンティーノは憲兵隊による投獄生活を生き延びた人間であるにもかかわらず、サルバドール・ラウレル［日本占領期のラウレル大統領の子息。前出］の意見、すなわち、マキシモ・カラウ［訳注41］の用いた概念である「アジア的モンロー主義」が、状況次第では植民地主義的侵略よりこの国にとって好ましかっただろう、という意見に賛成している（彼が生き延びたのは、戦前にレスリングが上手だったため、彼を捕えた連中から繰り返し柔道の技をかけられた時、「正しい」受け身で倒れる方法を知っていたことが理由の一つであった）。

第一に、われわれ自身を鍛えなければならない。わが国は今やアジアの全ての国に遅れをとっている。われわれは目を覚まさなければならない。何と言ってもまず、国際通貨基金（ＩＭＦ）や世界銀行のくびきを脱し、取り除くべく試みなければならないと思っている。私の考えでは、これら債権者たちがわが国の進歩を大いに妨げているのである。そのためには、アメリカに対して立ち上がる力を持たなければならない。

だからこそ、私はマルコス政権の時代にすら、マルコスにこう言ったのだ。「大統領閣下、ＩＭＦや世銀、手短かに言えば、アメリカと手を切らないかぎり、わが国はどうにもならないと思います」と。しかし、それを実行するとなれば、しばらくの間、一定の困難を耐え忍ぶ必要があると国民を説得しなければならない。もし、政府指導者がこの困難を耐え忍ぶ模範を身をもって示せば、国民はついて来るだろう。しかし、国家の指導者たちが耐乏や規律を論じるのを耳にする一方、目にするのは指導者たちの富の見せびらかしばかりであれば、国民をついて来させることなど決してできないだろう。[原注68]

特に、ラウレルは日本の植民地的支配がもう一、二年続いていたら、この国はもっと規律のある国、もっと進歩した国に変わっていただろうと考えている。[訳注42] そうかもしれず、この意見はおそらくレオカディオ・デアシスの主張、すなわち、「日本占領」で最も良かった点は「西側植民地主義の終焉」を画したことだという認識につながっている。[原注69] デアシスは戦前、戦中を通じフィリピン国家警察軍の幹部で、「新生フィリピン」の指導者たるべき強化訓練を受けるため、日本へ派遣された最初の軍幹部一〇人のうちの一人だった。一九四四年に日本から帰国すると、彼は当時の内務長官、テオフィロ・シソンの副官になった。ラウレルの内閣が日本軍によってバギオから東京に移された時、彼は（抗日）ゲリラ側に移った。彼は現在、「日本留学同窓生」として定期的に日本を訪れている。

日本の帝国主義的支配がもう数年続いていたら、フィリピンとフィリピン人はどんな風になったかという、あいまいな見解は残念ながらもはや検証不能である。フィリピン史における「日本期」は、フィリピンの植民地政治、アメリカの政治的、後には経済的、文化的な植民地主義支配の幕間にすぎなかったことが今や明白になっている。

このことから、無残な戦争から学ばなければならない第二の教訓が出てくる。すなわち、民族主義は依然、私たちの時代と世代において有効な問題点であるということ、その必然の結果として、「日本占領期」の真実の記述こそレナト・コンスタンティーノ言うところの、われわれが「継続する過去」の一部であることを事実として提示するだろうということである。

アメリカ人、ジェームズ・A・アレン（アメリカのマルクス主義者で歴史学者のソル・アワーバークのペンネーム）はその回顧録『大戦直前の左翼過激派　ある政治的な回想』[原注70] の中で、ケソン大統領の業績について戸惑いを感じさせる評価をしている。アレンは断言する。ケソンは「手先でも操り人形でもなかった。彼の全行動は自分の所属する階級への忠誠心と、アメリカ帝国主義者と手を結べば得られる、彼の階級のための便益を十分に認識してのことであった。（中略）。公的な経歴を通じて、彼は最も術策にたけた政治家たちを出し抜き、文句の言えない与党、ナショナリスタ党の指導者になった。（中略）。『私は、権力が民衆に依拠するということを常に実感していた』（と言って、ケソンは早い時期に学んだ教訓を捨てることはなかった）」と。

ホセ・P・ラウレル、ベニグノ・アキノ、クラロ・M・レクトらの傑出した政治家たちの戦前の履歴にも同じ評価を下すことは可能である。(原注71) はっきりしているのは、彼らがいずれもアメリカと日本の植民地政治の犠牲者だったことである。もしも歴史的諸条件が彼らにとってより好都合であったなら、彼らの業績はさらに大きいものがあったであろう。彼らは個人的な目標と野心と民族としての目標、野心との間でバランスをとることで、わが国の歴史概説書に書かれているような姿になったのである。

アメリカ軍基地が遂にフィリピン政府に引き渡されたこと〔一九九二年〕に伴って、今や新しい指導者たちがフィリピン国民が民族の福祉のために働くように組織することが可能になったといえるかもしれない。それが政府部内であろうと外であろうとである。

今や、傲慢なダグラス・マッカーサーがケソン大統領に政治家として最悪の過ちを強いたようなことを繰り返すのだけは防げるはずである。つまり、人民戦線（フレンテ・ポプラル、一九四一年一〇月に結成されたフィリピンの反ファシズム団体・政党の連合体）が祖国防衛のための自衛部隊を即刻、組織すべきだと警告したのに、ケソンが関心を向けなかったような過ちである。

だが、疑問はまだ残る。それは一体、誰がわが国の指導者と国民そのものに逆らって警告を発するのか、そして、その警告が信じてもらえる、少なくともまともに受け取ってもらえることを期待できるだろうか、という疑問なのである。

■原注

原注1　フィリピン文化センター・カリナンガン・ピリピノ美術

館（CCP―MKP）職員によるリカルド・パシオンとのインタビュー（CCP、一九九二年四月二八日）。この事項のさらなる詳細にわたる議論のためには、Motoe Terami, "Strategy in Culture: Cultural Policy and Propaganda in the Philippines, 1942-1945" in Gina Barte, editor, *Panahon ng Hapon: Sining sa Digmaan, Digmaan sa Sining* (Museo ng Kalinangang Pilipino, 1992), 23-33. を参照。

原注2　Amelia Lapeña Bonifacio,"Theater and Viewer : An Eyewitness Account" in Barte, *ibid*, 139-145.

原注3　エメリート・ラモスとのインタビュー（一九九二年一二月七日、ケソン市アルタビスタにて）。

原注4　Motoe Terami, "Filipino Theater During the Japanesen Occupation" in Barte, ed., *op.cit*, 93-105.寺見元恵は、ライフ劇場の支配人としてジョー・クリマコの名を挙げている。

原注5　「毎日、午後六時が歩行者も車両に乗った者も通行禁止となる時間でしたが、エメリート・ラモスは勇敢にも哨兵に自分の軍発行パスを見せながら頭を下げ、アベニーダ・リサールからナボタスまで歩いて通ったのです。次いでラモスはそこから荷馬車を借り上げて魚を病院に配りました。マニラの街路は日が暮れるまでに強制的に人影がなくなり空っぽになったのですが、彼は午後一一時半か午前零時までにはナボタスに到着していました」（一九九二年一二月七日のインタビュー）。

原注6　1と同じリカルド・パシオンとのインタビュー。

原注7　CCP・MKP職員によるレオポルド・サルセドとのインタビュー（一九九二年四月二四日、アロハ・ホテルにて）。

原注8　イサベル・サントス、ロウルデス・ビリャコルタ、レミヒオ・A・サントス、エリサ・S・アスクエとのインタビュー（一九九三年三月八、一〇日。ケソン市ニューマニラとフィルアム・ホームズにて）。

原注9　Terami, *op.cit.*

原注10　リカルド・パシオンとのインタビュー（前出）。

原注11　レオポルド・サルセドとのインタビュー（前出）。

原注12　11と同じ。

原注13　CCP・MKP職員によるリワイワイ・アルセオとのインタビュー（一九九二年七月一六日、ケソン市プロジェクト6にて）。

原注14　Ricard T. Jose,"The Japanese Occupation and Philippine Culture: An Overview", in Barte, *op. cit*, 9-20.

原注15　Teodoro A. Agoncillo,*The Fateful Years: Japan Adventures in the Philippines, 1941-45*, vol. II (Q.C. : R.P Garcia Publishing Co., 1965).

原注16　"Alliance and Revolution : Tagalog Writing During the War Years" in Barte, ed., *op. cit*, 47-57.

原注17　フランシスコ・アルセリャーナとのインタビュー（一九九二年一二月七日、フィリピン大学ファカルティ・センターにて）。

原注18　リワイワイ・アルセオとのインタビュー（前出）。

原注19　ダミアナ・ユーヘニオとのインタビュー（一九九二年一二月二六日、マカティ市にて）。

原注20　ヘルミンタ・エスコバル・パトロンとのインタビュー（一九九二年一一月、フィリピン大学にて）。

原注21　ネリー・マヨ・カラウとのインタビュー（一九九三年一月、マカティ市にて）。

原注22　ロウルデス・ルス・サマニエゴとのインタビュー（一九九二年一月二七日、ケソン市にて）。

原注23　フェリックス・バヤウア、フリータ・バヤウア、アントニオ・L・サントス、バレンティン・G・サントスとのインタビュー（一九九二年一二月から九三年一月）。

原注24　パキート・L・サントスとのインタビュー（一九八〇年四月、タルラク州マヤントクで。九三年一月、ケソン市パナイ通

りにて）。

原注25　イサベル・A・サントス、ロウルデス・ビリャコタ、レミヒオ・A・サントス、エリサ・S・アスクエとのインタビュー（前出）。

原注26　25に同じ。

原注27　ナタリア・ベルソ・ウルスリーノとのインタビュー（一九九三年一月二四日、パラニャーケ市にて）。

原注28　エドゥアルド・ディソンとのインタビュー（一九九三年一月二三日、マニラ市パコにて）。

原注29　David R. Sturtevant, *Popular Uprisings in the Philippines : 1840-1940* (Ithaca and London: Cornell University Press, 1976), 195-255.

原注30　テオフロ・タニャグとのインタビュー（一九九二年八月九日、ラグナ州ロオクにて）。

原注31　愛称「ピジョン」という男性とのインタビュー（一九九二年七月二七日、ラグナ州カランバ町サンピルハンにて）。

原注32　カタリーナ・オリバレスとのインタビュー（一九九二年七月二九日、前出サンピルハンにて）。

原注33　アナスタシオ・トリニダードとのインタビュー（一九九二年七月二二日、バタンガス州タナウアン町クルスナダアンにて）。

原注34　Grant K. Goodman, *Four Aspects of Philippine-Japanes Relations, 1930-1940* (Yale University SEA Studies, No. 9, 1967), 133-190.

原注35　Motoe Terami, "Ang Kilusang Sakdal: 1930-1945" (CSSP University of the Philippines, 1992).参照。

原注36　Seitaro Kanegae,*The Path to Friendship : A Tale of a Japanese Immigrant in the Philippines* (Makati : Lahi, Inc., 1937 ; Tr. by Shimamura K. and Misuno T. ; Ed. by Carlo L. Cruz), 327.

原注37　*Letters Between Razi and Family Members* (Manila : National Heroes Commission, 1964), p.127 ; as cited in Vivencio R. Jose "Japan in Rizal's Intellectual Odyssey" p. 2, paper presented to the international Conference on the Continental of the Publication of Dr. Jose Rizal's *El Filibusterismo*, September 18-22, 1992, held at Diliman, Quezon City.

原注38　"The Miseducation of the Filipino", *The Filipinos in the Philippines and other essays* (Quezon City ; Renato Constantino, 1966), 39-40.

原注39　Ricard T. Jose, "The Japanese Occupation and Philippine Culture : An Overview" in Barte, *op. cit.*, 9-20.

原注40　Kanegae, *op. cit.*, 61.

原注41　Goodman, *op. cit.*, 4.

原注42　*Ibid.*, 39.

原注43　*Ibid.*, x.

原注44　"Up in the Thirties" *The Univercity Experience* (Quezon City ; Univercity of the Philippenes Press, 1991), 36.

原注45　Kanegae, *op. cit.*

原注46　Quijano de Manila (Nick Joaquin), "What Really Happened In Bataan? ", in *Discouses of the Devil's Advocate*, (Manila: Cacho Hermanos Inc., 1983) 22-23.

原注47　*Occupied Philippines* (Manila: Filipiana Book Guid, 1983), 23.

原注48　*Quezon: Paladin of the Philippine Freedom* (Manila; Filipiana Book Guid, 1971), 328-348.49.

原注49　Joaquin, *op. cit.*,21-22.

原注50　Theodore Friend, *Between two empires: the ordeal of the Philippines, 1929-1946*, Yale University Press, 1965, and Nick Joaquin, "They Called it Liberation", *op. cit.*, 47-64.参照。

原注51　サルバドール・ラウレルとのインタビュー（一九九二年七月一六日、マンダルーヨン市にて）。

原注52　アルトゥーロ・トレンティーノとのインタビュー（一九九二年八月一二日、ケソン市にて）。

原注53　Renato and Letizia R. Constantino, *The Philippines : The Continuing Past* (Quezon City: The Foudation for Nationalist Studies, 1978), 124-125.
原注54　T. del Castillo and J. del Castillo, *The Saga of Jose P. Laurel* (Manila and Palawan: Associated Authors' Company, 1949), 337-338.
原注55　リーライ・マナラードとのインタビュー（一九九二年七月一九日、ラグナ州カランバ町ロオクにて）。マナラードは元サクダル党員で、カランバ副町長選でのガナップ党からの立候補者、パネル某の事務局長を務めたこともある。パネルは一九三八年四月九日に完全独立のために戦う組織として結成されたSamahang Makabayan ng Mga Kababaihang Pilipino（フィリピン女性愛国者連盟）の地方支部長だった。
原注56　エドゥアルド・タニャグとのインタビュー（一九九二年八月九日、カランバ町ロオクにて）。タニャグはロオクの集落長を数期にわたって務めた。
原注57　マナラードとのインタビュー（前出）。
原注58　同。
原注59　同。
原注60　タニャグとのインタビュー（前出）。
原注61　Terami, *op. cit.*, 318.
原注62　未出版のドミナドール・V・サントスの日誌。一九四一年一二月から四五年一一月まで。
原注63　マナラードとのインタビュー（前出）。
原注64　タニャグとのインタビュー（前出）。
原注65　ロベルト・コレヒオとのインタビュー（不詳）。
原注66　デメトリオ・ヒルベロとのインタビュー（一九九二年一〇月二五日）
原注67　アルトゥーロ・トレンティーノとのインタビュー（一九九二年八月一二日、ケソン市にて）。
原注68　同。
原注69　レオカディオ・デアシスとのインタビュー（一九九二年七月二九日）。
原注70　James S. Allen, *The Radical Left on the Eve of War: A Political Memoir* (Quezon City: The Foudation for Nationalist Studies, 1985).
原注71　「政治は足し算である」という原則で動く人が注目すべき例外には、一九三四年にケソン大統領から閣僚のポストを提供されて辞退したベニグノ・ラモスのほかに、クリサント・エバンヘリスタがいる。彼は閣僚ポストを二回も辞退した。もちろん、エバンヘリスタは政党連立が出現しつつある時期を通じてラモスのように国政の主要な登場人物の一人であったが、どんなに想像力の翼を広げてみても、守旧的な政治家ではなかった。

■訳注

訳注1　スペイン植民地時代の末期、一八八九年から九五年まで発行された「ラ・ソリダリダード」誌を中心に展開された民族主義的な啓蒙運動で、マルセロ・デル＝ピラールらが活躍した。
訳注2　国立フィリピン大学政治学教授で、異色の政治家、クラロ・レクト評伝で知られる。日本軍がマニラに侵攻した一九四一年当時、一七歳だった。後にナショナル・アーティストの栄誉を受ける文学者、フランシスコ・アルセリャーナと結婚したが、日本軍の蛮行を避けるための結婚だったという。
訳注3　ジーン・エダデスは日本占領下のマニラで暮らした数少ないアメリカ人女性。フィリピン人の夫と結婚、フィリピン大学の英語教師のかたわら、演劇活動に従事した。日本の占領体験

を綴ったエッセイの著作がある。
訳注4　ホセファ・リャネス・エスコーダはフィリピン・ガールスカウトの創始者として知られる。一九四四年八月、夫のアントニオに続いて日本軍に逮捕され、サンチャゴ要塞に収容された。四五年一月、日本軍により殺害されたとみられる。享年四七歳。
訳注5　トゴは一九五〇年代に死んだが、プゴは喜劇映画で活躍してフィリピンの喜劇王と呼ばれ、一九七八年に死去。二人は戦時中、プギン、トギンと改名していたが、その理由はトゴの発音が日本の東郷元帥に近いからだった。日本の憲兵隊は何度も二人を検挙したが、短時日で釈放した。
訳注6　フォート・ボニファシオはアメリカ植民地支配時代に第二五代アメリカ大統領に因んだウィリアム・マッキンリー基地として建設され、日本占領時代は「桜兵営」の名でフィリピン管轄の第一四軍司令部が置かれた。一九四九年五月、アメリカ軍からフィリピン軍に返還され、独立運動の英雄の名を冠してフォート・アンドレス・ボニファシオとなり、陸軍司令部が置かれた。基地の大部分は現在、民間に払い下げられ、首都圏タギッグ市グローバルシティとして最高級商業地になっている。
訳注7　アニタ・リンダはフィリピン映画界の最長老女優。二〇一〇年、台北での「アジア太平洋映画祭」で出品作「ローラ」の演技により女優賞に輝いた。一九二八年、アメリカ軍人を父に首都圏パサイ市で生まれた。本名はアリス・レークが正しい。若いころから演技派女優で知られ、一九七〇年代からは中高年の女性を演じる脇役女優として存在感を示し続けている。
訳注8　木炭自動車は木炭を燃やして発生する一酸化炭素ガスと水素ガスでエンジンを動かして走る。第二次世界大戦中、ガソリンの欠乏でドイツ、フランス、日本、中国などで広く用いられた。フィリピンでは石油、石炭が日本軍に徴発されたため、占領期に入るとすぐ、木炭で走る乗合自動車が出現した。
訳注9　ヘラルド（ゲリー）・デレオン（一九一三―八一）は戦後も映画監督として活躍。ホセ・リサールの名作「ノリ・メ・タンヘレ」「エル・フィリブステリスモ」を映画化した。
訳注10　テオドロ・アゴンシリョ（一九一二―八五）はレナト・コンスタンティーノと並んでフィリピンで最も有名な歴史家で詩人、エッセイスト。フィリピン大学歴史学教授。一九五八年に出版されたフィリピン独立革命の悲劇的な指導者、アンドレアス・ボニファシオの伝記、『大衆の反乱』で一躍有名になった。日本占領期をテーマにした『ザ・フェイトフル・イヤーズ』（一九六五年）は一部邦訳されている。邦訳書は『運命の歳月―フィリピンにおける日本の冒険　一九四一―四五年』（井村文化事業社）。
訳注11　石川欣一氏のこと。大阪毎日新聞から派遣されていた。東京帝大英文科卒業後、アメリカのプリンストン大学に留学した。東京日日新聞のロンドン支局長、後身の大阪毎日新聞で文化部長を務めた後、マニラ新聞に出向した。戦争末期、ルソン島の山中を逃げ回り、四五年九月、新聞関係者二二人を率いてアメリカ軍に投降した。著書に『比島投降記　ある新聞記者が見た敗戦』（一九四六）がある。毎日新聞退社後は、サン写真新聞社長。一八九五―一九五九。
訳注12　フランシスコ・アルセリャーナ（一九一六―二〇〇二）。短編小説と詩に優れ、一九九〇年、ナショナル・アーティストに選ばれた。前出、エメレンシアーナの夫。
訳注13　一九一五―九九。戦後、アメリカに留学し、大学での教職のかたわら英語で多くの作品を残した。
訳注14　占領下のラウレル政権で経済企画庁長官を務め、戦後の一九四八年、大統領に就任した。日本軍の進駐後の一時期、ミ

ンダナオ島に逃避した。
訳注15　リパの名家出身。戦前、戦後にわたり四回、三〇年近くリパの町長、市長を務めた。抗日ゲリラを率いた時期、将軍と言われた模様。
訳注16　地区掃討作戦。ソナは英語の「ゾーン」で、特別に指定された地区を指す。当時の村田省蔵駐比日本大使は「集団拘留」という訳語を当てている。
訳注17　タール火山はマニラ首都圏の南約六〇キロのタガイタイにある活火山。総面積約二三平方キロという火口湖に大小の島々が浮かぶ。フィリピン屈指の観光地。
訳注18　フィリピンの文豪で英雄のホセ・リサールの初恋の人とされるセグンダ・ソリスの息子である。
訳注19　インチックはフィリピン各地で中国人の意味で使われるが、差別的なニュアンスがあるため、現在はチーノが一般に使われる。インチックの語源に定説はないが、福建語の引叔（彼のおじ）ではないかといわれる。文中のインスチックはメイドの言い間違え。
訳注20　ルソン島北部の山岳地帯住民の総称で、主な種族としてはイロンゴット族、イフガオ族、ガンドック族などがある。
訳注21　フィリピン・ナショナル・バンクは一九一五年、実質的な中央銀行として設立されたが、戦後は政府系銀行となった。現在は完全民営化されている。
訳注22　ベンゲット山地で中心都市バギオと低地部のラウニオン州ロサリオを結んだ山岳道路。アメリカ工兵隊の指揮下で、日本人労働者らが建設に従事、一九〇五年に完成した。以前はベンゲット道路と呼ばれた。工事後、現地に残って結婚した日本人移民も多く、その家族たち、特に日比混血児は戦後も日本人として迫害を受けるなど悲劇の人となった。
訳注23　増岡賢七陸軍少将。初代の第一四軍憲兵隊司令官。一九四五年、第一四方面軍憲兵司令官に再任されていた。戦争犯罪人として有罪。禁固一〇年。一九六四年一月死去。
訳注24　バヨンボン町はヌエバビスカヤ州庁所在地。日本軍が戦争末期、補給基地を置き、多くの邦人もバギオ市からこの町に避難した。
訳注25　ルソン北部には日本軍に投降しなかったフィリピン軍大隊約一一〇〇人がゲリラ化し、在フィリピン・アメリカ軍ルソン北部隊となった。その三代目の隊長がマンリケス大尉だが、ゲリラとしては大佐と呼ばれていた。アメリカ軍の指揮系統では第一四連隊と呼ばれ、若き日のマルコス大統領が部下の一人だった。しかしマンリケス氏は戦後、マルコスが語る手柄の事実は一切、存在しないと証言している。
訳注26　著書『想像の共同体』で知られる東南アジア学者、ベネディクト・アンダーソンは二〇〇六年、フィリピン革命史をグローバルな視点で再構成した研究書、『三つの旗のもとに――アナーキズムと反植民地主義的想像力』を公刊したが、その中で比米戦争に参加した中国人の将軍、ホセ・イグナシオ・パワの略歴について、フィリピン人研究者の著述を引用しながら触れている。パワは一八七二年、福建省の貧村に生まれた純粋な中国人で、本名は劉亨賻。一八歳でマニラに渡り、鍛冶職人として生計を立てた。中国の武術を副業にしたという。革命運動に参加してエミリオ・アギナルド初代大統領に気に入られたが、主たる功績は中国人の鍛冶屋仲間とともに武器工場を立ち上げたこと。カビテ州で教会の鐘などをつぶして武器を製造、修理し、極端に銃器が不足していた革命軍に供給した。ビコール地方ではアギナルドの命令で中国人やメスティーソから三八万ペソという巨額の献金を集めたという。戦場でも非常に有能な指揮官で、フィリピン人の兵士たちも心服した。アンダーソンは革命軍にキューバ人、フランス人、イタリア人、英国人、米黒

人に混じってごく少数の日本人も参加していたとしている。

訳注27　一九三四年に成立したフィリピン独立に関するアメリカの法律で、一〇年後の独立を約束した。同法に基づいて翌三五年に独立準備政府ができ、選挙の結果、マヌエル・ケソン大統領が就任した。

訳注28　一八七一―一九五一。バタンガス州出身のフランス系フィリピン人。対スペイン独立戦争から比米戦争まで戦闘を指揮したが、アメリカ軍に降伏した。ラグナ州知事を三回にわたって務めた。

訳注29　国立フィリピン大学教育学部教授を務め、フィリピンの地方の学校に関する著作が国際的に知られる。

訳注30　南ラナオ州の都市。ケソン大統領は潜水艦でコレヒドールを脱出、イロイロ、ネグロス経由でダンサランに到着した。

訳注31　ホセ・ラウレル戦時政府大統領の五男。父とともに日本に亡命した経験を持つ。マルコス独裁政権に民主野党連合を率いて反対し続け、ピープルズ・レボリューション（民衆革命）後の一九八六年から九二年までコラソン・アキノ政権の副大統領。

訳注32　一九一〇―二〇〇四。マルコス政権の副大統領でピープルズ・レボリューション後に同政権を継承しようとして失敗した。弁護士出身で海洋法の権威。

訳注33　一八九〇―一九八〇。ケソン大統領の命令で一九四一年、無防備都市となったマニラの市長として日本軍の占領を迎え、日本軍政下で実質的な首相である行政委員会の長を務めた。ラウレル政権が発足した四三年から終戦まで駐日大使。戦後は財界で活躍した。

訳注34　ピオ・デュランは熱狂的な日本心酔の代表的人物。弁護士として名声を得た後、大農園経営にも成功した。人種差別的なアメリカ統治に反発して、日本びいきとなった。日本軍政下では行政府委員となり、ベニグノ・アキノらとともに翼賛政党、新生フィリピン奉仕団を創設した。戦後、対日協力者として投獄されたが、恩赦されて政財界に復帰した。日本企業との関係も深かった。一九〇〇―六一。

訳注35　Z旗は万国共通で黄、赤、青、黒の信号旗で、日露戦争の日本海沖海戦で決戦開始の指令伝達のために掲げられた。一八〇五年、英海軍のネルソン提督がトラファルガーの海戦で使ったのが最初とされる。

訳注36　バランガイは村落共同体で、原義は「舟」。現在は最小行政単位の呼称。タンディスはバランガイ連合の長という意味がある。

訳注37　公立マニラ北高校でアメリカ人女性教師が三〇年二月、フィリピン人を「バナナ食いの猿」と侮辱する発言をしたとされる事件。マニラの高校生たちが同盟して登校拒否した。当の教師はデービス総督によって帰国させられ、事態が収拾した。

訳注38　陸軍中佐で一九八六年のピープルズ・レボリューションで反マルコス政権の立場で活動したが、その後のアキノ政権に対して数回にわたり軍事クーデターを企てた。冒険主義者だが、一部の庶民の間で人気が高い。上院議員。

訳注39　一九世紀末の対スペイン独立戦争で、革命軍は銃器を欠き、竹製の弓矢などで戦ったので「バンブー・アーミー」と自称した。文字通りの竹槍部隊である。

訳注40　孫文の大アジア主義に共鳴した松井石根退役陸軍大将が設立発起人になって一九三三年に設立された民間団体だが、近衛文磨らの政治家も加わった。日本を盟主とするアジア共同体の創設という発想で、大東亜共栄圏構想の推進役となった。

訳注41　一八九一―一九五五。ケソン・コモンウェルス大統領の個人秘書を務めた学者。国立フィリピン大学初代政治学部長。

訳注42　L・デアシスは戦時中の「南方特別留学生」の一人で、

警視庁富士見署などで警察官の訓練を受けた。著書二冊の訳書が日本で出版され、読まれている。南方特別留学生は一九四三―四四年にかけて東南アジア諸国の若者約二〇〇人が来日したが、フィリピン人が最も多く五一人。

■訳者補足

《訳者補足1》

軍政実施の基本要綱

一九四一年一一月二〇日、大本営政府連絡会議で決定された「南方占領地行政実施要領」をもとに、大本営は同月二五日に「南方作戦ニ伴フ占領地統治要綱」を、二六日には「占領地軍政ニ関スル陸海軍中央協定」を発令した。「南方占領地行政実施要領」の「二、要領」には、

一、軍政実施ニ当リテハ極力残存統治機構ヲ利用スルモノトシ従来ノ組織及民族的慣行ヲ尊重ス

二、作戦ニ支障ナキ限リ占領軍ハ重要国防資源ノ獲得及開発ヲ促進スヘキ措置ヲ講スルモノトス

占領地ニ於テ開発又ハ取得シタル重要国防資源ハ之ヲ中央ノ物動計画ニ織リ込ムモノトシ作戦軍ノ現地自活ニ必要ナルモノハ右配分計画ニ基キ之ヲ現地ニ充当スルヲ原則トス

（中略）

七、国防資源取得ト占領軍ノ現地自活ノ為民生ニ及ホササルヲ得サル重圧ハ之ヲ忍ハシメ宣撫上ノ要求ハ右目的ニ反セサル限度ニ止ムルモノトス

八、米、英、蘭国人ニ対スル取扱ハ軍政実施ニ協力セシムル如ク指導スルモ之ニ応セサルモノハ退去其ノ他適宜ノ措置ヲ講ス

枢軸国人ノ現存権益ハ之ヲ尊重スルモ爾後ノ拡張ハ勉メテ制限ス

華僑ニ対シテハ蒋政権ヨリ離反シ我施策ニ協力同調セシムルモノトス

現住土民ニ対シテハ皇軍ニ対スル信倚ノ観念ヲ助長セシムル如ク指導シ其ノ独立運動ハ過早ニ誘発セシムルコトヲ避クルモノトス

九、作戦開始後新ニ進出スヘキ邦人ハ事前ニ其ノ素質ヲ厳選スルモ嘗テ是等ノ地方ニ在住セシ帰朝者ノ再渡航ニ関シテハ優先的ニ考慮ス

という項目がある。

《訳者補足2》

出演映画は「あの旗を撃て」（東宝製作。阿部豊監督、小国英雄、八木隆一郎共同脚本。出演は日本側が大河内伝次郎、河津清三郎、月佗一郎、真木順、フィリピン側がフェルナンド・ポー・シニア、レオポルド・サルセド、ノーマ・ブランカフロー、ロサ・アギレ）とみられる。戦闘場面にはアメリカ人捕虜約三〇〇人がエキストラとして動員されていたが、ロケ見物に来たマニラ市民がたばこや食物、通貨などを投げ与え、逮捕者が出た。寺見元恵氏によると、日本軍が製作した劇映画は「あの旗を撃て」「三人のマリヤ」の二本だけ。『神聖国家日本とアジア』（鈴木静夫・横山真佳編著、勁草書房発行、一九八四年八月一五日初版の二四七―二四八頁。

《訳者補足3》

藤原文夫氏は第一四軍憲兵隊マニラ水上憲兵分隊所属の曹長が正しい。津野海太郎氏によると、藤原曹長は一九四二年後半、

抗日ビラの「マハリカ通信」を発行する組織を突き止め、その関連でサルセドを逮捕した。俳優の卵と偽って楽屋で面会し、そのまま憲兵隊に連行したという懐古談を残している。『物語・日本人の占領』（平凡社ライブラリー、一九九九年一一月発行）の一一二—一一四頁。

《訳者補足4》

寺見元恵氏によると、「三人のマリア」は陸軍報道部の製作で、当時、「フィリピン共和国初めての映画」とか「日本を除く大東亜共栄圏初の映画」とか喧伝された。製作は一九四四年五月に始まり、同年一〇月の共和国誕生一周年記念行事として上映された。ホセ・エスペランサ・クルスのタガログ語小説が原作で、軍に徴用された映画監督、沢村勉が脚色した。陸軍報道部がアルセオに対して、マリアの名を持つ三人の姉妹の中で農村に残ったマリア・カリダッド役での出演を申し入れた。（前掲書の二四九頁）

《訳者補足5》

日本軍のフィリピンにおける文化政策とフィリピン人の抗日文化戦線の動きについての日本語基本文献に、寺見元恵氏の小論文「日常時の中の戦い——フィリピンにおける文化戦線」がある（倉沢愛子編『東南アジア史のなかの日本占領』二五九—二九二頁、二〇〇一年一月、早稲田大学出版部刊）。放送、印刷・出版、演劇の三分野で、日本軍政府が「フィリピン人のためのフィリピン」というスローガンを掲げたことを利用して、若手文化人たちは合法的にフィリピン固有の文化を発展させるべく活動した。

《訳者補足6》

アルテミオ・リカルテ将軍は一八六六年、ルソン島北部の北イロコス州バタック町に生まれ、サント・トマス大学を卒業後、一八九六年の独立革命に身を投じてアギナルド大統領から軍総司令官に任じられた。あくまでアメリカの植民地統治に反対してグアム島に流刑された。一九〇三年、アメリカへの忠誠の誓いを拒否、その後も反米活動を繰り返して香港に追放された。一五年、右翼の大立者、頭山満らの支援を受けて上海の監獄から逃亡、日本に亡命して日本名「南彦介」を名乗り、二一年からは横浜の海外殖民学校のスペイン語教師となって生計をしのいだ。三〇年代、上院議員だったケソン大統領の訪問を受けるなどフィリピンと日本の関係の橋渡し役となっていたが、太平洋戦争の勃発とともに帰国を決意。四一年二月一九日、空路、ルソン島最北のアパリに到着、日本軍政監部顧問となった。日本軍は故国に残っていたフィリピン人政治指導者を利用する基本方針から、リカルテ将軍を優遇しなかった。タガログ語の自伝のほか、『武士道を訓く』などの著書がある。将軍の副官を務めた太田兼四郎氏の著書、『鬼哭』（財団法人・フィリピン協会発行、七三年）によると、リカルテ将軍一家は日本軍の敗色が濃くなった四四年一二月、バギオ市に移り、バヨンボンでの防空壕生活を経て、四五年六月から山中放浪生活に入った。同月二五日、第一四方面軍の山下司令官、武藤参謀長と会った後、七月三一日、マウンテン・プロビンス州フンドアンで衰弱死。最後にカモテ二本を喜んで食べて死んだという。アゲダ夫人らもシエラマドレ山中で死亡したされるが、リカルテ将軍の近親約二〇人がマニラ攻防戦の前後、日本軍によって処分されたという話もある。一方、マカピリの総帥、ベニグノ・ラモスもバギオに滞在していたが、その消息は今も不明。リカルテ将軍は旧宗主国スペインとアメリカのヤミ取引によって革命闘争の成果である独立を奪われたことを最後まで認めず、日本に支援を求めたが報われなかった。その鮮烈な民族主義者としての生涯は日本ではほとんど知られていない。横浜市の山下公園に記念碑がある。

《訳者補足7》

「フク団」とはフィリピン共産党系のゲリラ「抗日人民軍」（フクバラハップ）。日本軍の占領直後の一九四三年三月、タルラック、パンパンガ、ブラカン州などルソン島中南部を中心にゲリラ部隊を組織し、日本軍部隊に奇襲攻撃を加えた。最高指揮官はルイス・タルク。アメリカはフィリピン奪回後、フク団を武装解除し、タルク最高司令官らを投獄するなど徹底的に弾圧した。

《訳者補足8》

一九三九年七月一五日、日本では「国民徴用令」が施行され、四一年一〇月に入って、軍属として文学者の海外派遣が実施に移された。ドイツのＰＫ部隊の日本版。陸軍参謀本部に宣伝班長として町田敬二中佐が就任、陸軍画報社の中山正男、大宅壮一らが第一次選考に当たり、徴用は四四年の第三次まで続いた。文学者のほかに、画家、漫画家、写真家、映画人、演劇人、放送関係者、ジャーナリスト、印刷関係者、宗教関係者、通訳などが徴用され、占領が進むにつれて多くの小学校教師も占領地での日本語教育のために徴用された。フィリピン方面の派遣者は、石坂洋次郎、上田広、尾崎士郎、今日出海、沢村勉、柴田賢次郎、寺下辰夫、生江健次、火野葦平、三木清、山上伊太郎、安田貞雄。転向した哲学者、三木清は日本軍政当局が発表する文書の草案作成を任務にしていたのではないかという最近の研究がある。主要作品には尾崎士郎の『戦影日記』『人生劇場　離愁篇』、今日出海の『比島従軍』ほか、火野葦平の『兵隊の地図』、上田広の「地熱」、石坂洋次郎の『マヨンの煙』『手品師ヤッコオ』などがある。戦後の作品では今日出海の『三木清における人間の研究』がある。

フィリピン関係のまとまった従軍記としては、『バタアン・コレヒドール攻略戦　大東亜戦争陸軍報道班員手記』（文化奉公会編、大日本雄弁会講談社から四二年七月刊）、『比島戦記』（比島派遣軍報道部編、文藝春秋社から四三年三月刊）がある。

石坂洋次郎の場合、四一年一一月、白紙召集されて同年一二月二四日、第一四軍部隊に従軍してリンガエンに上陸、司令部があったタルラック州バウアンに移る。四三年一月五日、陸軍宣伝班員としてマニラ入城。ベイビュー・ホテルに入った。同月一一日、バタアン半島ナティブ山攻略作戦に短期従軍してヘルモサに滞在。二月からは人見潤介中尉の宣撫班に所属、ビコール地方を回った。三月にマニラに戻り、コレヒドール陥落には現地入りしたもよう。七月には「第一回新比島文化建設懇談会」に出席、一二月に帰国。四三年三月から九月まで再びフィリピンに派遣された。『手品師ヤッコオ』では、日本軍に協力したフィリピン人庶民の姿を描いている。

火野葦平の場合、四二年二月、陸軍報道班員として白紙召集を受け、三月四日、リンガエンに上陸。バタアン攻略戦には尾崎士郎、石坂洋次郎、今日出海、画家の向井潤吉らと従軍。四月三日からの総攻撃には渡辺隊に所属。「バタアン死の行進」のころの捕虜の光景を目撃した。一七日にはオードネル捕虜収容所（タルラック州カパス）を視察。九月には捕虜教育に参加。一〇月にコレヒドール島を見学。一二月帰国。バタアン作戦については従軍記はじめ多くの作品を発表した。火野は三七年から三九年まで兵士として中支戦線を転戦し、芥川賞作品『麦と兵隊』を発表していた。火野はバタアン従軍記の中で、敵軍の大半がフィリピン人であることに困惑したと記している。親比感情が反米感情に裏打ちされていた。短編集『敵将軍バタアン戦話集』の中で、火野は「比島人自身はいかにしても比島人たることをやめることができないのだ。そのやうなきびしさにこそ、真に言葉のみでは心にふれることのできない部分があるにちがひない。同時に同じ言葉がちがった意味を生じる切実さも生じるのだ」と書いている。（参考文献）『南方徴用作家　戦争と文学』（神谷忠孝、木村一信編、世界思想社発行。初版は九六年三月二〇日）

II　戦争の子どもたち

ジョーン・オレンダイン

家財道具をカロマタ（荷車）に積み込んで避難する親子（カビテ州、1941 年）

ここフィリピンでも、そしてアメリカ、日本でもフィリピンの日本占領期について多くの歴史書が書かれた。しかし、あの悲惨な時代の直前、または真っただ中に生まれ、今、五〇歳代から六〇歳代になった私たちの世代は、自分たちの観点から自分たちの物語を話したことがない。あのころの恐怖やささやかな喜びの数々、どんなものであれ、食べ物を手に入れた時の晴れがましさ、家族や友人たちの流した血。そして子どもであることを逆手にとった小さな起業家たちには金もうけのチャンスもあったし、子どもの略奪者すらいたのだ。

さあ、私たちの出番だ。記憶はすでに脱落し始めているのだから、完全に私たちから消え失せる前に、証言を残せないほど老い込まない間にやらなければ。私たちが耳にしたこと、目で見たこと、さらには理解できなかったこと、何が起きたのか判断しかねたことも含めてである。「アメリカ人が来てくれるよ。アメリカ人が来れば、終りになるさ」。今になれば、何が終わったというのだろう。

異常な時代であった。しかし、私たちにはそれがわからなかった。正常と異常の違い、良い時期と悪い時期の違いを測る尺度になる戦前の体験が私たちにはなかったからである。私たちにとって良い時期とは火災がなく、爆撃も撃ち合いもない静かでのんびりした時間帯のことだった。何といっても、最高の時間とは食べる物がある時だった。今もあのころのひもじさを思い出す。

クリスマスが四回、ふいになったことも理解していなかった。なぜならクリスマスがどんなものか知らなかったからだ。私たちの世代の共通体験だが、窓から外を見て夢心地になっていると親たちはこう言ったものだ。「あの雲が見えるかい。テディベアの格好をしているよ。クリスマスにサンタクロースが持って来てくれるんだよ」。ところがクリスマスなど来なかったし、何を待っていればいいのかも知らなかった。

戦争というのは飛び切りの平等主義で、誰もが貧乏人になった。絵本など持っていなかった。だから、キリンもゾウも、天使も悪魔も、雲のかっこうや形から覚えたのだ。ひょっとして、私たちの親はボロボロになったリーダーズ・ダイジェスト［訳注1］誌を数冊持っていたかもしれないが、そんなものは助けにはならなかった。

棒切れと石ころ以外に遊び道具なんてなかった。枕があったら枕でままごと遊びをした。時間つぶしのためにやたらに唄ったが、それは親が唄っている歌だった。大人の歌なので歌詞がちっともわからなかった。「クレメンタイン〔訳注2〕」ってきっとかわいい人なんだろう。「マリア・エレーナ」の苗字はヨーン〔訳注3〕だ、「サルン・バンギ〔訳注4〕」って深い鍋、浅い鍋のこと、それとも陶製の水差し《タパヤン》のことかな。

そして逃げること。今も忘れられない。「逃げるんだ。逃げなきゃならんのだ」。両親がわずかな必需品を包んだ風呂敷包み《バルタン》をひっつかみ、息をハーハーさせているのが耳に残っている。まるで暗い夜に逃げ出そうとする泥棒みたいだった。とっくに《プレヘジラ》、ピアノは物々交換でコメ二袋に化けてしまった。「母さん、ピアノはどこ?」「今、食べているじゃないの」。模造ダイヤモンド《ブリリャンティト》はトウモロコシ三袋に化けた。

葉っぱが何にでも使われた。グアバの葉は熱湯でぐつぐつと煮て、煮汁で汚いできものの膿を洗い流した。完全な栄養失調ではなかったにせよ、当時はビタミン不足のせいで、できものがたくさん出た。焼いて粉にしたグアバの葉はできものを早く直すのにも用いられた。「坊や、ちょっとひりひりしたな」って言われたものだ。下痢止めも葉っぱだった。イスイス（フィクス・ウルフォリア科の薬草）の葉は床を洗ったり、磨いたりするのに使われた。いぼ痔をそっと押し込むのも葉っぱ、トイレットペーパー代わりも葉っぱ。「坊や、痛かったろうな」と言われたものである。

母親たちが花を見つけると、ちょっとした騒ぎになった。祭壇に供えたり、子どもたちの髪飾りにしたり。何ともみすぼらしかった居間を飾ったりした。草花が主として川沿いの土手に育ったのは爆撃や砲撃で焦土とならなかった最後の場所だったからだ。食用のシダ《パコ》を採取する時、その小さな花を注意深く摘んで、お母さんに贈る宝物みたいに大きな葉っぱにくるんで家に持ち帰った。ハイビスカス《グマメラ》は次第に見つけにくくなった。めしべから花蜜を吸った後、家に持ち帰ったが、包んだ葉っぱの中でグマメラの花が潰れないようにそろりそろりと歩いた。純白で甘く陶酔するような香りがするカミアス〔別名ビリンビ。果肉は酸味が強く料理に使う〕は一番少なかったが、カミアスを見つけると、家に帰って母さんに渡すまで香りが消えないように、風のように走った、いや、風になったつもりで走ったものである。

たまに靴を履くこともあったが、普段は木製のつっかけ《バッキャ》だった。ボロボロになった服が一、二着あったが、男の子にはパンツがなかった。女の子のパンティーはお下がりで安全ピンで落ちないように止めてあったし、靴下留めもゆるゆるだった。

子どもの多くは虫歯になった。魚も肉もなかったからカルシウムやビタミン不足になったのだ。戦争中に蔓延したマラリアのせいで今でも、悪寒に苦しむ者が多い。マラリアの特効薬キニーネのせいか、それとも耳をつんざいた砲爆撃のせいか、あるいは両方の原因で耳が遠い者も多い。

防空壕やタコツボ壕が戦争の初めごろから普及し、終戦までそうだった。今でも覚えているが、死人の墓穴そっくり。はしごを使って出入りした。

私たちの多くが死を目撃した。殺人、腐乱死体、銃剣で串刺しにされた赤ん坊たち、腹を突き刺された妊婦たち、日本刀《サムライ》の素早い一撃で斬り落とされた男の首。しかし、驚いたことに、戦争という地獄の底で全く死を見ることのなかった人もいる。

しかし、死神の恐ろしい顔をまじまじと視た子どももいて、なぜかわからないままやがては自分が死ぬ番だということだけは知っていた。アラーの神か、仏陀か、キリスト教の神か、それとも単なる運命のいたずらか、ともかく殺人者の手を抑えてくれたので私たちは生き延び、今、こうして証言しているのだ。

みんなが今なお鮮やかに憶えているのは戦争の音だ。警報のサイレンが鳴ると、両親が逮捕されないように電灯を消しに走り回る。銃声、砲撃音、とりわけ耳に残るのは爆撃の音だ。薄気味悪いヒューッという音に続いて爆弾が目標に当たったすさまじい大音響。隣近所の人たちの叫び声。日本人が遠くにいる時は、犠牲者が倒れている所からうめき声や泣き声が私たちを包み、日本人が近くにいると両親が私たちの口を押さえた。日本人が近くにいる時は死者を嘆いている時間はなかった。まだ命がある人々を救い、銃剣や刀から遠ざけなければならなかったからである。

戦争が終わるまでに、私たちは文字通り無一物になってしまった。着る物も食べ物も、子どもたちの宝物である人形もビーダマも。ゴムがないのでパチンコすらなかった。スッテンテンだった。残ったのは記憶だけ。死の放つ悪臭、飢え、血、爆弾や手榴弾や銃弾の恐ろしい音、大火災、黒焦げになった死体や炭化した木材の臭い。何にもましてあの禍々《まがまが》しい音、爆弾の着弾直前のヒューッという音、その後、殺戮の現場に広がる号泣の声。

今も、耳にはこれら数々の音が当時と変わらないままに、はっきりと残っている。今も、静寂の中のかすかな物音にもギョッとする。これこそ永久に消えず、最後まで残る傷痕だ。

　私たちは、戦争中の子どもたちなのだ。

コラソン・マリャリ・カンポス＝アメリカＡＰ通信社マニラ支局員
アマド・Ｓ・レイエス＝保険会社重役（マニラ）
オスカル・Ｃ・オカンポ＝保険会社重役（マニラ）
アルテミオ・ルテロ・パマ＝砂糖農園主（イロイロ州パッシ）
アメーリャ・マラシガン・デレオン＝雑貨屋《サリサリストア》「ラッキー」経営者（バタンガス州リパ市）
ホセ・ハビエル・カレロ＝Ｊ・ウォルター・トンプソン社会長（マニラ）
マリア・テレサ・エスコダ・ロハス＝フィリピン文化センター理事長
タルハタ・アロント・ルクマン王女＝元南ラナオ州知事
ウィリアム・グレイブス＝ナショナル・ジオグラフィック誌編集長（アメリカ・ワシントン）
エンリケ・ソベル＝財閥当主（マカティ）
マルセロ・ダビッド＝漁師（バタアン州オラニ町）
セサール・シルベリオ・スニガ博士＝内科医（バタアン州オラニ町）
ベンハミン・ミルス・ガエルラン＝戦時捕虜。タルラク州カパスで死亡。享年一七歳。
ロサリナ・クルス・モンクーパ＝ドラッグストア経営者（バタアン州ディナルピハン町）
アントニオ・モンクーパ＝会社経営者（同町）
ジョーン・オレンダイン＝著述業（マカティ）
アリス・パテイニョ・パマ＝主婦（イロイロ州パッシ市）
アラセリ・リムカコ＝ダンス＝画家（マニラ）
セベリーノ・スマンダル＝農民（バタアン州ディナルピハン町）
ドミナドール・クルス＝漁師（バタアン州オラニ町）
ラウル・ロクシン＝ビジネスワールド紙編集発行人（マニラ）
カルロス・オルトル＝企業経営者（マニラ）
ハビエル・オルトル＝企業経営者（スペイン・バルセロナ）
フェルナンド・バスケス＝プラダ＝会社経営者（マカティ）

プリシラ・トレンティーノ＝会社経営者（マニラ）

一九四一年

インスラーレス（フィリピン生まれのスペイン人）だろうと、ペニンスラーレス（スペイン生まれのスペイン人）であろうと、マニラのエリートは誰もがトゥアソン・サラゴサ家の跡取り娘、コンセプシオンがホセ・アントニオ・オルトルに輿入れする華燭の典に参列するつもりだった。花婿はスペイン・カタルーニャ地方出身で、マニラのタバカレラ社〔訳注5〕の重役の地位を一時退いてスペインに渡り、内戦で戦った。帰国後、しかるべくデートして愛称コンチータの愛をかち得た。

運の悪いことに、婚礼の日取りは一九四一年一二月八日だった。その日早朝、日本軍による真珠湾攻撃のニュースを聞き、家から出ないで欠席した者もいた。実際、出席したのはデューイ大通り〔訳注6〕沿いに住んでいる人たちだけだった。メルセデス、マティルデ、グロリアのソベル姉妹と母親のドーニャ・フェルミナは同じ通りにある権威のあるヌンシアトラ・アポストリカ礼拝堂まで、午前八時に間に合うように歩いた。ソリアーノ家、オルティガス家、ロハス家も出席したが、いずれ紛れもないスペイン系名家で、エルミタ＝マラテ地区に住んでいた。

ミゲル・カンポスはコンチータの親友、ジュリア・オルティガスに言い寄っていた。二人の娘は、ミゲルがオートバイでデューイ大通りを突っ走り、車上で立ち上がっては両手をハンドルから離して広げたりするのを散歩《パセオ》の途中で時折り見かけ、「頭がおかしいんじゃないの」などと言っていた。そのカンポスはイサーク・ペラル通り［現在のUN通り］を車で走っている途中、カーラジオで真珠湾攻撃のニュースを聞いたのである。

ミゲルは車をぶっ飛ばし、教会に着くと皆に息も継がずに真珠湾攻撃のことをまくしたてたが、来席者はほんの少しだった。結婚式が進行している間にバギオのジョン・ヘイ基地、トゥゲガラオ（カガヤン州）、タルラック市、イバ（サンバレス州）が爆撃されていた《訳者補足1》。

今はアメリカ大使館用地（シーフロント）になっているマニラ湾沿いのポロクラブでの披露宴出席者はさらに減り、出席しても銀器に載ったウェディングケーキを一切れ口にすると、さっさと引き揚げた。披露宴は早々にお開きになったが、宴会代の支払いを受け取る係の人間がいなくて未払いになってしまった。披露宴に頼んだ四重奏団の一員だったドイツ人のチェロ奏者は報酬をきちんと受け取りもせずに姿を消し、それっきり消息が絶えた。

先見の明があったのはスペイン内戦から戻ったばかりのホセ・アントニオ・オルトルだけで、彼は自分用の自転車を買った。その後の四年間ずっとこの自転車を乗り回すことになったが、一九四二年後半にカルロスが生まれると、赤ん坊を入れるボックスがハンドルに取り付けられた。

当時、フィリピンの主要都市のほとんどと言ってよいほどに日本人社会があった。商人たちやダバオの地方《カ》有力《シケ》者、バギオには鉱山労働者のほか、皆が赤ん坊の記念写真を撮ってもらった写真師が一人いた。後になって判明したが、日本人鉱山労働者たちは身分の低い廃石処理要員として働きながら、バギオの銅鉱山のボールミル［小石などを入れた円筒を水平回転させる鉱石粉砕機］、金鉱山を確認していたのだ。金山は日本の戦争遂行で銃砲弾の主要素材となる銅を増産するため、銅山に転換可能だった。実は彼らは全員、日本帝国軍隊の諜報将校で「大東亜共栄圏」実現に備えていたのだった。

当時一四歳でデブの少年だったエンリケ・ソベルはこう回顧する。

戦争の前夜、デューイ大通り沿いの優雅な邸宅に雇われていた日本人のコックや庭師は一人もいなくなりました。後でわかったのですが、彼らは日本の諜報機関員《訳者補足2》でマニラ湾の船の出入りをチェックしていた。ちっとも気づかなかったが、実は船の数を数えていたんだな。連中が長い間、マニラ湾一帯をじっと見つめているのをホームシックだと同情していたのだ。

ラウニオン州の海辺の町バウアンでは、コラソン・マリャリ・カンポス（当時七歳）がスキップしながら学校から帰り、昼ご飯を食べていとこのルスと戸外でオモチャを並べていた時、飛行機の爆音と機銃掃射音を聞いた。

ココヤシの木がどれも震動していました。おばさんが私たちを呼び入れ、それから荷造りしました。日が落ちるころ、私たちはバルタンを持って国道を横切り、水田を抜けて丘のふもとまで行きました。

そこに一家の農場の掘っ立て小屋があったのです。

ラグナ州カランバでは、一一歳のアマド・S・レイエスが家族と一緒に聖母マリアの無原罪受胎《イマクラーテ・コンセプション》の祝祭ミサに出て祈祷に耳を傾けていた。その日は一二月八日。教会の中にはフィリピン軍が戦争に備えて武器弾薬を貯蔵していた。

「私たちがミサに参列していると、飛行機のエンジン音が聞こえました。それから機銃掃射でしたよ。教会が爆撃されないで運が良かったのです」と、アマディン（アマドの愛称）は振り返った。そして悲しそうな顔で、「それからの数カ月間、私たちは防空壕やタコツボ壕に住まなければならなかったんです」

オスカル・C・オカンポ（当時一二歳）は、クラーク航空基地に近いパンパンガ州グアグアの小学四年生だった。「基地にはアメリカ騎兵隊が駐屯していました。わが家はクラークフィールド（現クラーク・フィリピン空軍基地）のそばにあったので、ひどい爆撃を受けて焼けました」と語る。オカンポ一家はそこから一〇キロ離れたナティビダッド集落に避難した。ピナトゥボ山の山腹に住む少数民族のアエタ族はクラークフィールドで助かったアメリカ人を何人もかくまった。《訳者補足3》

アルテミロ・ルテロ・パマはその日、一二歳の誕生日をイロイロ州パッシ市のサンエンリケ集落《アラバル》［アラバルはイロンゴ語で集落。タガログ語のバリオに当たる］で祝っていた。「幸い父が治安判事［最下級裁判官］をしていたのでニュースをつかんでいました。自家用車もラジオもあって、ニュースを毎回聞けたのです。その日の正午には、戦争が本当に始まったのだと知っていました」《訳者補足4》と話した。

バタンガス州リパ市では、アメリア・マラシガン・デレオン（当時九歳）が放課後、両親の雑貨屋《サリサリストア》を手伝っていた。敵が来てからは家族全員が市内の山間部、ブラクニンに移った。そこはリパ市から逃げてきた人々の避難センターだった。山での避難生活は短期間だった。日本軍が避難施設を家財道具ごと焼き払ったからだった。

多くのマニラ市民たちは家族と一緒に田舎に逃げ、田舎の住民たちは山間部に文字通り逃げ出したが、アルテミオはパマ一家がパッシ市の自宅に留まったと語った。

「（開戦から）一週間ほど後、日本軍の航空機がイロイロ市を爆撃し、燃料基地もやられました。自宅はそこから五〇キロ離れていましたが、煙が見えましたよ。裕福なヘチャノバス家やレディスマス家が市内から私たちの町へ避難して来て住みつきました。州政府が町に移されました。はっきり覚えているのは、州の監獄が町の中心部の学校に移され、囚人たちをそこに収容したことです。中にはイロイロ市に住んでいた日本人もいました。彼らは庭師や家事手伝い、小商人として働いていたのですが、全員逮捕されてサンエンリケ〔訳注7〕に連れて来られたのです。

そのころ、マニラに住んでいたハベル・ホセ・カレロ（当時五歳）は、マニラ市パンダカン地区のガソリン貯蔵所が炎上し、三、四日間、上空を赤く、また黒く焦がすのを見た。一家が住んでいたパサイ市からも見えた。アメリカ人は燃料を敵に渡すよりも燃やしてしまう方を選んだのだ。《訳者補足5》

マリア・テレサ・エスコダ・ロハス（当時一四歳）は、父親のアントニオ・エスコダが毎夜、午後一一時に仕事から帰宅したのを覚えている。父は「ブレティン」紙の市内ニュース担当夜勤デスクだった。

父が仕事から戻った後、電話があったのを覚えています。父は真珠湾の記事を書くために急いで新聞社に戻らなければなりませんでした。新聞の見出し、爆弾、サイレン。私たちは空襲の避難訓練や消灯訓練もしました。

しかし、そんなものは戦争の準備として何の役にも立たず、両親はやがて戦争末期に殺される運命にあった。

母（ホセファ・リャネス・エスコダで、フィリピン・ガールスカウトを創設し、政府保健庁で「ヘルス・メッセンジャー」誌を編集する仕事をしていた。「全国女性クラブ連盟」の会長も務めた）は急いで家の中二階まで砂袋を積み上げました。家のテラスの後ろにも積みましたよ。

南ラナオ州のマラウィ市では、タルハタ・アロント・ルクマン王女〔訳注8〕（当時一三歳）が家族のマニラ行きの荷作りをする父親を手伝っていた。父、アラウヤ・アロントはイスラム教徒として最初に選出された上院議員で、ディトサアン・ラマイン［ラナオ湖岸にある同州の小さな町］のスルタン（イスラム首長）としてミンダナオ・イスラム教徒全域で尊敬を集めており、マニラで上院議員の就任宣誓をすることになっていた。しかし、ラジオのニュースを聞いてマニラ行きを取りやめたのである。

それどころか、若い王女は侍女や召使いを引き連れて、ラマインに引っ込み、状況がはっきりするまで危険を避けなければならなかった。

エンリキート［訳注9］・ソベル《訳者補足6》と母親のドーニャ・アンヘリータの邸宅はレメディオス教会のそばでM・H・デルピラール通りに面し、裏門がデューイ大通り側にあった。二人は一二月二四日、漠然とした不安に駆られながら、昼食をぼそぼそと口に運んでいた。父親のハコボ・ソベル大佐は一家の農園に近いバタンガス州カラタガンの港の埠頭に駐在していた。任務はバタンガスとミンドロ島間の水路をハウザー一〇五ミリ榴弾砲で警備することだった。

> 父は当時、第四一歩兵大隊と一緒でした。母と私が昼食をとっていると突然、父が運転手のロブレス軍曹と一緒に戻って来たのです。お別れを言うためにだけ。というのは、父はバタアン州アブカイに派遣されることになったのです。

「オレンジ作戦」［アメリカのフィリピン防衛計画］が発動し、マッカーサーはその日の前夜、アメリカ軍全部とフィリピン人正規軍、予備役将兵をバタアン半島まで撤退させ、そこを最後の抵抗戦場とすると決定したのだった。

> 父は母と私にさよならのキスをしました。涙を流す時間もありません。なんて寒々としたクリスマスだったことでしょう。その日、一四歳とはいえ、私は家族の指導的立場にあることを自覚したのです。

金髪で青い眼のエンリキートの経営者としての訓練はその時に始まった。

ビン・エスコダ＝ロハス［ビンはマリア・テレサの愛称である］は、日本軍の占領が始まる数日前のことを思い出す。

> アメリカ軍が撤退し始めた時にはあらゆる略奪行為が始まっていました。皆がキアポ橋のたもとにあ

る冷蔵倉庫を荒らしました。母は、トイレットペーパーや父のために缶入りの「ラッキーストライク」、それに挽き割り小麦を一袋を抱えて来ました。後で麦についた虫を手で取らなければなりませんでした。

ウィリアム・グレイブス[訳注10]（当時一四歳）はクリスマスイブにコレヒドールに向かって脱出した。母と義理の父、アメリカ人のフランシス・B・セイヤー高等弁務官［一九三九年一二月に就任］、マヌエル・L・ケソン大統領とその家族、ダグラス・マッカーサー将軍夫妻と息子が一緒だった。彼の学校用ノートは日誌に転用された。

コレヒドールにいた人々が地獄に行くことはないだろうと思います。なぜって、私たちはそれぞれに地獄を見てしまったから。皆で一緒に宿舎に着いたのですが、正午ごろ爆撃機数機が来襲しました。味方の対空砲が全機を地獄に吹っ飛ばすのを見ました。嘘じゃありません。戦争が始まってから見たうちで最高の射撃でした。敵機は対空砲火網の中に入ってしまったのです。砲弾がさく裂すると、飛行機がきりもみ状態で舞うのが見えました。一機に命中して編隊を乱しました。湾を少し外れた沖合に着水したに違いありません。その後、私たちは車に乗り込み、トンネルの方に避難しました。しばらくすると、敵機が「トップサイド」（コレヒドール島内の高所で要塞の最重要部）の爆撃を始めました。敵は数機の急降下爆撃機を使っており、トンネルの中まで揺れましたよ。

空襲は午後二時一五分ごろに止みましたが、その間、負傷者や瀕死の人々が運び込まれてきました。味方の兵隊たちのある者は両足がなく、血まみれの付け根だけでした。負傷兵の姿は戦争の最悪の部分ですよ。負傷のほとんど半分は爆弾の破片で手足が吹き飛ばされたものでした。兵士一六人が連れて来られた後、死にましたが、死体は廊下に放置されていました。その中の一人は友だちでした。空襲の直前、私を自分の小さな「クロスモービル」［一九四〇年代から五〇年代まで製造されたアメリカの小型・低価格車。オハイオ州のクロッスリー社製］に乗せてくれると言っていたばかりなのに。名前はカイザー中佐です。すてきな男でした。そう、私たちは今では、正真正銘の空襲がどんなものかわかっています。

一九四二年

エンリキート・ソベルの話は続く。

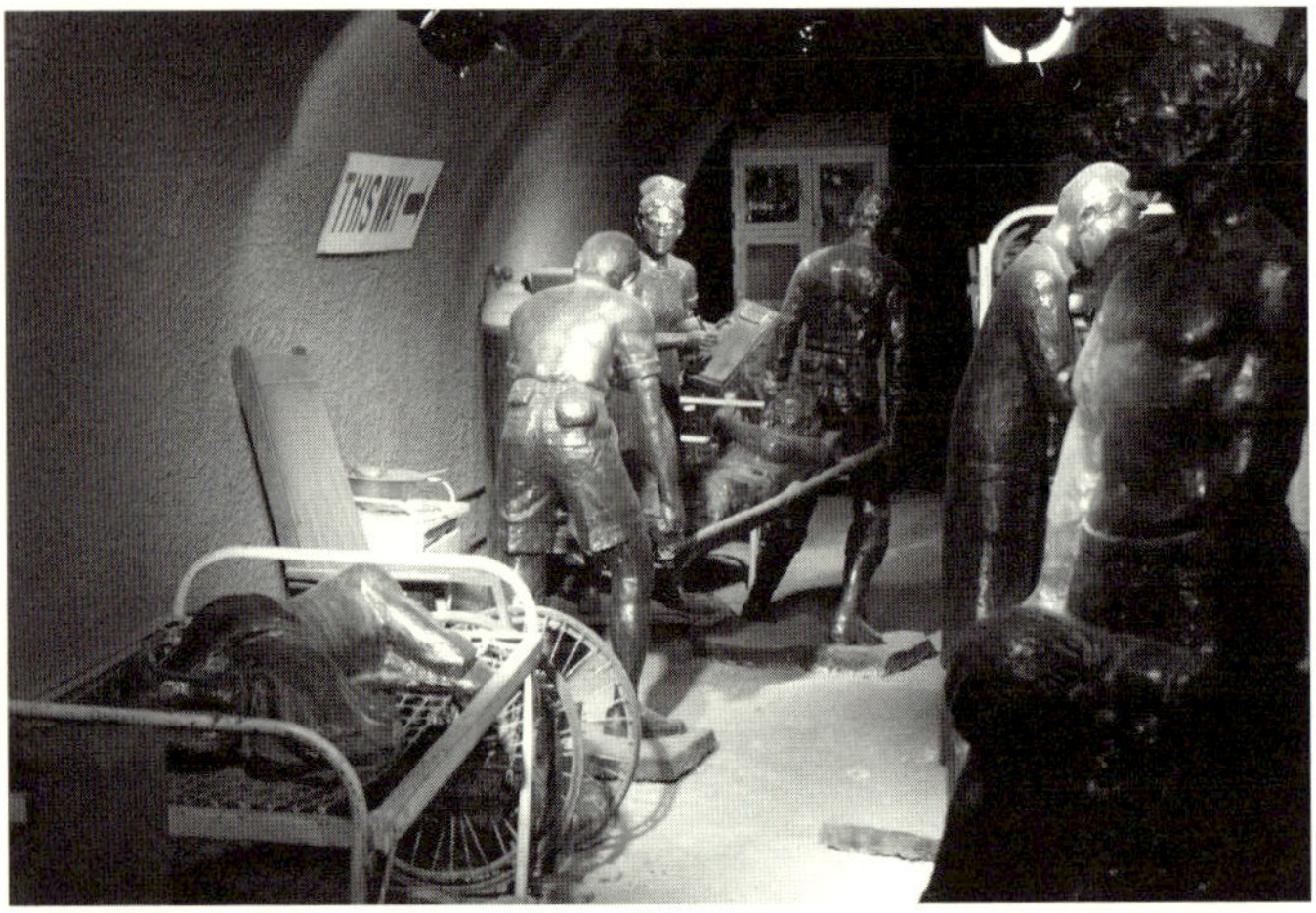

コレヒドール島の地下壕、マリンタトンネル。アメリカ極東軍の野戦病院を復元している（2011 年）

　父が予想していたように、マニラはアメリカ人によって「無防備都市《オープンシティ》」を宣言されました。〔訳注11〕そして数日後には、ジャップ〔日本人の蔑称〕がマニラになだれ込んできました。

正確には一九四二年一月二日のことである。パマによれば、パナイ島にあるパッシ市サンエンリケの住民と収容所に入れられていた日本人とは心が通じ合っていた。

　けれども、日本の占領軍がやって来ると主要目標はサンエンリケになりました。日本の諜報網が、そこに日本人が収容されていることをつかんでいたからです。日本人の捕虜が理由で町が危険になっていると聞かされ、私たちは避難しました。後になって、捕虜たちがただのスパイではなく、日本帝国軍の少佐や中佐だったと知ったのです。

　日本軍の爆撃その他の戦争マシンは容赦なくバタアン《訳者補足7》半島に退却するアメリカ人将兵を追撃した。バタアン州オラニ町では、漁師の息子のマルセロ・ダビッド（当時九歳。現在は漁師）が町に近いバンカル島のフィシュポンド［訳注12］（養魚池地区）まで、どうやって家族とともにバンカボートで逃げたかを回想する。

　そこでたくさんの日本の船と上陸用舟艇を見ました。私たちは湿地のマングローブに隠れ、日本人に見つかりませんでした。

オラニ町に住むセサール・シルベリオ・スニガ医師は語る。

　私が見た最初の爆撃は、当時一二歳で、一九四二年一月のことでした。家が何軒も焼けました。私たちは遠くから見ていました。

彼の家族も近くのマングローブの島、ラティに難を避けていた。

　まるで映画を見ているようでしたが、本物でしたね。

理髪師の息子、ロヘリオ・ダビッド（当時五歳）は、アメリカ軍部隊が初めてオラニ町に来て野営したことを覚えている。

　たくさんの人が食べ物をもらいに野営地に行きました。子どもたちに食べ残しのパンをくれたものです。誰も金は持っていませんでした。父は缶詰をもらいました。日本軍がやってくると、私たちは養魚池地区に逃げ込みました。勇気がある男たちは夜陰に乗じて食べ物を漁りに町に忍び込みました。そして夜明け前に養魚池地区に帰ってきました。

コレヒドール島では、ビル・グレイブスが「一夜のうちに私は砲撃の専門家になった」と書き留めていた。二月初めの彼の日誌の書き出しはこうだ。

　砲撃は午後零時一〇分まで続いたが、ジャップの砲台が破壊されるまで続きそうだ。砲撃が長引かないように願う。砲弾は薄気味の悪いうなり声や汽笛のような音を立てる。汽笛のような音を耳にしたら、それは砲弾が飛び越していく音でこっちには当たらない。砲撃で一番びっくりするのはこの汽笛のような音の方だ。砲撃はそれほど効果的ではない。不愉快なだけだ。これまでに死者一、負傷者四。

数週間後のことは、セサール・スニガがこう語っている。

日本の兵隊が魚やエビ、カニを買ってくれると聞いたのですが、町（オラニ）には民間人がいません。そこでカニを売りに町に行きました。一人の日本人の大尉がカニを買ってくれた上、一緒に住まないかと言いました。今、私たちが住んでいるこの家ですよ。その日本軍大尉のためにお手伝い《ムチャチョ》、つまりヘルパーとして数週間働き、皿洗いなどやりました。

周囲には私の他に民間人はいませんでした。民間人は全部、養魚池地区や山に隠れてしまったからです。

スニガは話を続けた。

まだ誰もが町の外でしたので、私が日本兵に出会った最初のフィリピン人の子どもの一人です。その大尉はとても親切でした。まるで自分の息子のように接してくれました。この家は当時、軍司令部だったのです。将校も兵隊も歓迎しただけではなく愛してくれたと思います。大尉は私をタローと呼びましたが、彼の名前は思い出しません。スズキ中佐は覚えています。他の人が全部、丸刈りだったのに長髪でしたから。カニを捕って町に売りに来る漁師が数人いて、逃げるよう言われましたが、日本兵が追いかけて来るかもしれないから駄目だと言いました。漁師たちには母への伝言を頼みました。働いていること、日本人が良くしてくれること、タローという新しい名前をもらったことなどです。

ほとんどの将校たちは英語を話せたと思いますが、一人の将校が捕虜にしたフィリピン人将校数人を連れて現れた時は、話は全て日本語だけでした。でも、例のスズキが英語を話せたことに間違いありません。フィリピン人を英語で尋問していたからです。私が食堂からフィリピン人のためにコーヒーと砂糖とミルクを持って来たのを兵隊が見つけて大尉に報告したので、大尉からピンタ（ビンタ）されると覚悟しました。しかし、大尉は口頭で叱っただけでした。とても怒ってはいました。私が叱責されている間に、フィリピン人たちは連れ出されて二度と姿を見ませんでした。日本兵に殺されたに違いありません。

グレイブスの一九四二年二月二三日付の日誌は以下のように記す。その晩、グレイブスたちはマッカーサー将軍の見送りを受け、錨を降ろして月が沈むのを待っていた一隻の改造ヨットに乗り込み、沖合いでアメリカ海軍潜水艦「ソードフィッシュ」《訳者補足8》と落ち合った。行く先はオーストラリアのフリーマントルだった。

ヨットに乗った全員は夢中になって潜水艦を早く見つけようとした。

スニガは今も鮮やかに思い出すことができる。

死の行進を初めて見たのは、今のこの家で日本人のために働いている時でした。フィリピン人とアメリカ人が五人から一〇人ほどに分けられて、アブカイとバランガ［訳注13］から来ました。捕虜になったアメリカ兵でここを通過した者もいて、彼らは私を見るとVサインをしてたり、ウィンクしたりしたのです。オラニで約三〇分、停止していた時のことです。

数日後、例の日本人大尉が涙ながらに別れを言い、私を抱きしめて礼を述べ、仕事の謝礼をくれました。いくらかの食料と一緒に没収したに相違ないアメリカ製の缶詰もくれ、麻袋に半分ほどになりました。思うに、この大尉は私に母親の元に戻って母や親類一同に町に帰っても安全だと言わせたかったのです。

私は突然、することがなくなってしまい、町をぶらついていました。二日後のことです、広場で捕虜になったフィリピン人とアメリカ人が集団になって三〇〇人、また五〇〇人と波状に通り過ぎて行くのを見ました。

リマイ［バタアン半島東岸の町］から来た大集団では、何人かのフィリピン人兵士が町民の助けで逃亡するのを見ました。捕虜たちに食べ物や水を与える人や、食べ物を売る人がいました。マパワン・レイクに住む行商人たちがわずかな金でも稼ごうと、町に食べ物を売りにきていたのです。行商人たちが帰り支度をすると、フィリピン人兵士の中には行商人を装って一緒に逃げる者もいました。フィリピン人捕虜たちは給料をもらったばかりで、たくさん金を持っていました。以前なら五センタボで買えた紙巻きタバコが一〇ペソ、三センタボで買えたビビンカ（餅菓子）が五ペソ。これが死の行進での値段でした。

悲しいのは隣人のエスタニスラオ・ブエナベントゥラのことです。行商人たちと一緒に逃げることができました。オラニの人々は彼を見つけて、「さあ一緒に来な。逃げるのを助けて面倒もみてやろう」と言ったんです。でも、彼は衰弱していて三日後に死にました。

死の行進を見るのは本当に怖いことでした。あの家の日本人たちは私には優しかったのですが、それと正反対でした。「コラ」と怒鳴りつけ、歩くのが遅かったり倒れたりする捕虜を銃の台尻で小突いて追い立てるのです。日本の兵隊は、私が見物しているのを見ても別に身体に触ったり、追い払ったりしなかったのでずっと見物していました。午後遅くなって例の家に帰ると驚いたことに三人のフィリピン人兵士が尋問されていました。彼らがどうなったかは知りません。

私はとうとう養魚池地区に戻り、母や隣近所の人に見て来たことを全部話しました。私が帰ってから二週間後までに、ほとんどの民間人がオラニの町に戻りました。

ロサリナ・クルス・モンクーパ（当時一二歳）もバタアン州ディナルピハン町[訳注14]で死の行進の一部を目撃した一人である。

疲労困憊して倒れた人が足蹴を受けて、無理やり歩かされたり、銃剣で突き刺されたりしていました。人々はこっそりと、捕虜たちに水をやることができました。でもとても危険でした。もし捕まれば、水をあげた人も日本兵に銃剣で突かれたからです。

死の行進から帰還しなかった少年にベンハミン・ミルス・ガエルランがいる。一七歳だったが年齢を偽ってバタアンで入隊、兄のミゲルと合流していた。死の行進中、

バタアン戦で捕虜となった人たち。「死の行進」には民間人も多数含まれていた（1942年）

兄のミゲルは農民たちに荷車の積み上げた草の中に潜り込むように促され、そのまま草の中に隠れて無事に逃げることができた。ベンハミンはマウンテンプロビンス州の上院議員や州知事をした人物の息子だったが、運に恵まれなかった。カパス[訳注15]に着いてまもなく赤痢で死んだ。一七歳で四〇人の兵士と一緒の墓穴に投げ込まれたのだ。

次々と語られた戦争の子どもたちの物語はいずれも果敢さ、恐怖を克服する勇気、若年ながら家族に対する強い義務感、知恵の働き、さらには起業精神の話であると言えた。理由は子どもが大人より動き回りやすいことにある。また、父親の多くが抗日抵抗運動に参加したり、死の行進の後、カパスで戦争捕虜として収容されたりしたからである。戦後になって「日本の時代」と呼ばれるようになった日本占領期においては、一二、三、四歳で成人男子並に扱われた者とそうではない少年たち、心の強い者と弱虫、指導者と服従者が区分けされたのである。

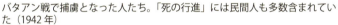

オラニから二つの町を隔てたディナルピハンで、アントニオ・モンクーパ（当時一三歳）は家族と一緒に山中に逃がれた。その思い出はこうだ。

　家族にとって、戦争中で最もつらい時期でした。家族全員がマラリアにかかって寝込みましたが、症状がましだったのは私だけでした。兄が一人いましたが小柄で、私の方が心身共に活発、やんちゃで動作もすばやく、丈夫で頭もよかったのです。ほかに姉が一人と幼い弟や妹です。それで野菜などの食物漁りに毎日山から降りるように言われるのは私でした。時には鶏を見つけて追いかけました。白ヒョ《ウ》ウタ《ポ》ンやスイカを見つけると、一人でどれだけ運べるかにお構いなく取りに行きました。全部、ただでいただきでした。なにしろ戦争中でしたから。鶏を捕まえれば捕まえた人のもの、豚を見つければ見つけた人のものでした。町にはほとんど人がいませんでした。避難場所を求めて逃げ出していたからです。でも、豚を捕まえたことはありません。何でも一人でやったからです。ある時、日本兵から麻袋に半分ほど入ったキャベツをもらったことがありました。

キャベツを抱えて山に帰ろうとしていた午前一〇時ごろ、彼は這って隠れ場所を探さなければならなかった。

日本軍の駐屯地で野積みの貯蔵弾薬が炎上したのです。フィリピン人の放火だったかどうかは永久にわからないでしょう。

弾薬場は次の日の午前二時まで爆発を続けました。爆発がやんで初めて、逃げ出せたのです。見知らぬフィリピン人二人も一緒に隠れていました。横になっているうちに腹が減り始めましたよ。私はキャベツをしっかり放しませんでした。最後に一目散に逃げ出し、午前五時にヒナラスのわが家に帰りました。父は心配してずっと私の帰りを外で待っていました。犬が吠えたので父はビックリしました。キャベツを少し持った私がいたからです（私は一緒に隠れた少年の一人にキャベツを幾つかくれてやったのですが、その分、身軽になって山道を早く走れましたよ）。爆発があった場所からは今でも実弾が見つかります［日本軍は当時、ディナルビハンに弾薬・燃料集積場を置いていた］。

ハコボ・ソベルは妻と息子に別れのキスをして去った。

私たち母子には一週間暮らすだけのお金があるかなしかでした。一族の会社であるアヤラ・イ・キア［訳注16］はジョーンズ橋のたもとにありましたが、従業員に支払う金もありませんでした。銀行は全て閉まっていました。どうやったら生き延びられるのか、そればかり考えました。母はヒステリー状態でした。それまで母はお金がどこから来るかなど気にしたこともなく使うだけだったからです。

最初に、私は父の切手収集コレクションを売ろうと、アヤラ社の社員だったマスクナナという人物の友人で、エルミタで切手を売買していたユダヤ人と取り引きしました。そこで手に入れたお金を持ってパサイ市のサモラ通りに向かい、マン・センドンが所有している馬車製造所《カレトニア》へ行きました。そこでは荷馬車と乗合馬車を作っていたのです。今もマン・センドンの子どもたちがジープニー［約一〇人乗れるフィリピンの個人経営の乗合自動車。元々はジープを改造した車両だったのでこう呼ばれる］の車体を作っていますよ。

私は、カレテラ二台を賃借する交渉をやり、頭金として切手コレクションを売った金のほかに母の銀製装身具の幾つかと私のロレックスの時計を使いました。エルミタの質屋や小さな店々で換金したのです。

それから馬丁のフローレンと一緒にポロクラブ［訳注17］へ行き、カレテラを曳かせるために自分のポロ用の馬六頭を返してもらおうとしました。ところが、ポロクラブはすでに日本軍の騎兵隊に接収されていました。そこで、私は騎兵隊長の中尉さんに会いたいと申し入れたのです。馬を返してくれるように頼みました。自分の馬は騎兵が使えるような調教をしていないので軍馬には使えないだろうと説明しました。隊長は私をじっと見つめ、やがて気が違ったように大笑いました。

それから、隊長は私がフィリピン人だという証拠を見せるろと言ったのですが、もちろん証拠などありません。同席していた馬丁のフロレンティーノ・デラが証人だと言いました。激しいやりとりが続きました。激しいと言ったのは私が大声で叫び始めたからです（私は一四歳でしたが、隊長より背が高かった）。

隊長は怒るし、私も引き下がらないというわけで、とうとうサンチャゴ要塞にある総司令部に連れて行かれました。私はサンチャゴ要塞が何だかも知りませんでした。でも、囚人を収容する場所だと気が付くと心配になり始めました。

私は少佐という人に引き継がれて面談しました。母と私が暮らしの金を稼げるのは馬だけだと説明しました（父のことを聞かれなくて幸運でした。聞かれたら危いところでした）。

少佐は私に馬の名前と特徴を述べるように言いました。たやすいことでした。父の白馬、スルタナの特徴を説明しました。この牝馬は鼻面をくすぐると上唇を持ち上げるのです。左前足には傷痕があります。そんな風に一頭、一頭について説明しました。パンテラ、ルンバ、マニ、パロミーネ。パロミーネは名前の通りパロミノ種の馬で、クリーム色の馬体に尻尾とたてがみが白でした。それに、ボビー・ショットの六頭でした。

　私たちが話していると、小柄な男がこちらを見つめているのに気がつきましたが、しばらくすると、その男は話し合いに加わりました。よりによって、あの泣く子も黙るケンペイタイの司令官、オオタ将軍《訳者補足9》でした。ケンペイタイとは軍事警察のことです。オオタは私に何者だと尋ねました。アメリカ人か、ですって。フィリピン人と答えると、「そんなはずはない、顔が違う」と言うのです。そこで、母親がスペイン人だと説明すると、「何、スペイン人だって。私はスペイン語を少し知っておる」って。そして「ブエノス・ディアス（スペイン語で「おはよう」）とか、その他の言い回しをしてみせました。それから、彼はデューイ大通りにある自宅での昼食に私を招待したのです。その家はホアキニート・エリサルデ［戦後、キリノ政権の外相を務めた政治家。一八九六―一九六五］の屋敷で、戦後は一時アメリカ大使公邸に使われました。

　もちろん、あのころの食事といえばご飯に魚か鶏肉で、魚も鶏肉も手に入らない時は、ご飯だけでした。そうです、彼は目玉焼きと日本風ビフテキを出してくれて、それはすごいご馳走でした。そして、毎週木曜日、スペイン語のレッスンと交換に昼食に来られるかと聞いたのです。一時間か二時間、スペイン語で会話するだけでいいのです。言うまでもなく、彼は私を面白がったのです。契約が成立しました。実は三回か四回目のレッスンとやらの後、母を昼食に連れて行きました。その役職と地位を考えると非常に好人物で物静かでしたね。少なくとも私にとっては。

　そんなわけで、ケンペイタイ司令官との出会いの後、馬を馬具と一緒に取り戻したのです。でも、鞍は返してくれませんでした。それで裸馬に乗って両脇に一頭ずつ引いて、フローレンと二人でマラテまで馬を連れ帰り、空っぽだった厩舎に入れました。

さあ、どうやって馬の飼い葉を確保するかが問題でした。日暮れ時になると私たちは馬を大通りに連れて行き、草を食べさせながらカレテラを引かせる調教をしました。以前はカラタガンの大農園《アシエンダ》で調教したものですが、最初にした調教は馬の両脇に竹の横棒を縛り付け、手綱に長いロープを付けて後ろから馬を追うのです。横棒に慣れさせるためでした。

どの馬もうまくやれましたが、パロミーネだけ別でした。フローレンと私でパロミーネを調教したのですが、水泳パンツ、フローレンは短パンでした。ところがパロミーネが蹴り上げたり、後ずさりしたりを始め、手綱を離してしまいました。水泳パンツのままで追いかけ、やっとアスカラガ［現在のC・M・レクト通り］の消防士《ボンベーロ》たちのいる近くで捕えました。消防士たちはシパ（柳の枝で編んだボールを使った蹴まり競技、セパタクロ）をしていました。くたびれきった馬を引いている自分が水泳パンツ一枚で人だかりの中にいることに気付いたのですが、そのおかしな格好をどうやって説明できるでしょうか。パロミーネにまたがってマラテまで帰りました。

馬の調教が終わると、いよいよ商売です。最初のお客は祖父のドン・エンリケ（アヤラ・イ・キア社長）でした。朝七時に祖父を迎えに行き、会社まで送ったものです。後には、おじも一緒に乗りました。私の経路《パサダ》はパサイからジョーンズ橋まで、フローレンの経路はジョーンズ橋からビノンドまで、でした。二人はそれぞれ四往復し、合わせて八往復しました。いいもうけになりましたよ。これで母を食べさせ、M・H・デルピラールの屋敷の全員が生き延びたのです。フローレ

戦争中に憲兵隊本部があったマニラ市の城塞都市、イントラムロスにあるサンチャゴ要塞は現在、観光名所になっている（2012 年）

ンも私も、昼食は同じ弁当《バオン》で、料理番のベレンがありあわせのおかずをご飯と一緒に詰めてくれたものです。夕方、最終便を済ませると馬草《サカテ》を買いに、二人でポロクラブ近くのパサイまで馬車《カレサ》を走らせました。マカティで刈ったものでした。

マン・センドンから賃借していた馬車は最終的には買い取りました。また、ポニーのマニは混血種《メスティサ》の牝馬と交換しました。ある日の夕方、フローレンはインド人商人《ボンバイ》の一家を乗せてジョーンズ橋まで来たのですが、一家がとても重かったため、混血種の馬が宙に浮いて、カレテラの後部が地面に触れました。インド人一家が前に体を乗り出すと馬と馬車が元に戻りました。フローレンも私も、これには大笑いでした。

遊び友だちだったチニタンをカルタガンから連れて来て、馬の世話をしてもらうことにしました。デューイ大通りにあるフィリピン海軍基地の近くで、一人の酔っ払った日本兵がカレサに乗った私たちを追いかけてきました。追い付かれて、チニタンが鉛管で強打すると日本兵は掘割に転げ落ちました。死んだかどうかわかりません。そのまま逃げたのです。誰にも見られませんでした。それほど暗かったのです。

エスコダと同様、フアン・オレンダインは以前に働いていた「ブレティン」紙を御用新聞として運営するのを助けるように求められた。彼はいやいやながら受け入れた。彼はフアン・オルランドの名前で新聞ともいえない新聞を作らされたにもかかわらず、サンチャゴ要塞内で二日間も尋問され、嘘をつき通して釈放された。彼は有り金をはたいて二隻の帆掛け舟《バテル》を購入したが、その舟でフィリピン国旗がまだ立っていると聞いたパナイ島〔ビサヤ地方西部の島〕に渡るつもりだった。

彼はお腹の大きい妻と二人の娘、三歳のジョーンと一歳のジェーンを乗せて、故郷の州に向けて出帆した。

バタンガス沖で日本兵が彼らの帆舟に乗り込んできた。ジョーンは日本兵を訪問客と思い込んでお辞儀し、「ハッピー・バースデー」以外に自分が知っている唯一の歌、「ゴッド・ブレス・アメリカ」〔アメリカ合州国国歌〕を歌ってしまった。母親は気が遠くなり、乗組員は下に逃げた。父親も駆け下りたが、それは何とか日本人の機嫌を取ろうと生ぬるいビール数本を急いで持ってくるためだった。

ありがたいことに、日本兵は知らないふりをして、ジョーンの頭をなでてくれた。

それでも、日本兵はオレンダイン家にバタンガス州レメリーで船を降りるよう命じた。一九四二年四月一日、その地でマッカーサー・ルーズベルト・ベンハミン・オレンダインが食事に使うテーブルの上で誕生した。八日後、バタアン半島が陥落したが、名前を頂戴した「ダグアウト・ダグ」ことダグラス・マッカーサーがフィリピンから脱出した二〇日後の命名だった。

徐々にではあったが、日本軍の宣伝工作が震え上がっていた民衆をどうやら落ち着かせる効果をもたらし、人々は山や隠れ家から出て来て、ずたずたにされた生活に残った物、ある場合には黒焦げになっていた家に残った物を何でも拾い集めようとした。暮らしの糧を得るためにできることなら何でもしようとした。

ロサリナ・クルス・モンクーパは一三歳の小娘だったが、ディナルピハン町で祖母が餅菓子を作って日本人に売るのを手伝った。彼女は「初めは祖母が作り、私は時々売るのを手伝っていました。でも収入を増やすために自分でも作るようになりました。餅菓子の他に、食べ物を調理して市場で売りました」と言った。市場といっても日本軍が焼き払った跡地だった。

　時々、五個食べたのに二個しか食べなかったと言う日本兵もいました。でも、将校が近くにいた時には検挙されました。兵隊はたいてい上官と一緒に集団で来て、一緒に食べ物を買って食べていました。そういう時はおとなしく、きちんと払ってくれましたよ。

　稼いだお金で調理用の食材と家族の食品を買いました。母も食べ物を売っていました。弟や妹たちは家に残って互いに世話し合い、二歳下の妹が洗濯係でした。日本語の本を買って独学し、日本人が言うことを理解し、日本人に話しかけられるようになりました。一から十までの数え方を覚えたら何でも数えられますよ。日本語をしゃべることは売上げを伸ばすのに役立ちました。

　ある朝早く、午前五時ごろでまだ暗かったのですが、病気の妹に飲ませるカラバオ［フィリピン固有の水牛］の乳を買いに出なければなりませんでした。私が滑って転んだ物音が日本軍の歩哨を起こしてしまい、歩哨は大声をあげて追い掛けて来て、他の兵隊たちも一緒になって追って来ました。私はある家の縁の下、空のズック袋や木の葉をしまっておく小さな空間に隠れました。見つかりませんでしたが、兵隊たちは全員、銃を持って近くを歩き回りました。敵と思ったに違いありません。明るくなるまでじっとしていたら、日本兵は立ち去りました。

そのころ、後に彼女の夫になるアントニオはやせこけた馬を見つけて肥らせ、ある場所で買った石鹸をほかの場所で行商する運搬用に使った。家族の屋敷は負傷した多くの日本兵用の病院として接収されていた。その後、モンクーパ一家はマニラに移ってオロキエタ通りに家を借りた。トニー（アントニオ）は町内会で配られた配給切符を利用し、よそで行列に加わって日本製の紙巻きタバコ二箱（「チェリー」または「パイレーツ」）を買っては転売してもうけた。布地の配給切符が支給されると、この若者はそれも利用して金もうけした。

とうとうトニーは自転車を買えるだけの金を貯めた。彼は自転車に乗って、「紙巻きタバコや布地を買える販売所があれば、どこへでも行きました。ある時は、エスコルタやダスマリニャス街へ、ある時はサンタクルスのサンビセンテ街へ、商売がある所を大急ぎで往復しました」と言う。トニーの父親は事故で身体障害者になっており、六人の兄弟姉妹と両親を養うことは彼の肩にかかっていた。「当時、私は模範少年で、お金は全部母親に渡しました」と話す。

アントニオの商売は大きくなり、タバコや布地だけでなく缶詰、蚊帳、菓子も扱うようになった。ある日、彼は自転車で忙しく走り回っていて日本軍トラックの走行を邪魔してしまった。

日本人が近づいてきて、拳骨で私の頭を殴りました。その痛いことったら。目から火が出ました。

しかし、今はこう考えている。頭をごつんとやられただけで済んだのは幸運だったし、一三歳で商売がかなりうまくやれるようになり、一人前になれたのはもっと幸運だったと。

オラニでは、学校の授業が曲がりなりに始まった。セサール・スニガは高校［日本の中学校に同じ］一年生になって通学し、日本人の将校からひらがなとカタカナ、それに日本語も少し教わった。

しかし、食料が不足し始めると、セサールは、

　行商や物々交換をしなければならなくなりました。よくパンパンガ州までコメを持って行き、毛布や古着と交換しました。それをまた別の品に換えるのです。オラニからマカベベまでの途中でサントル（サントリクム・コエトジェタ科の果実）やマンゴーを見つけ、それも売りました。朝六時にオラニを出発し正午までにマカペペに着くのですが、一人旅でした。母は、ドゥハト（いちごに似た果物）のササパリリャやホピア（月餅に似た菓子）を売っていました。

　父はそのころ、ゲリラに加わり、パンガシナン州サンキンティンに配属されていました。私は一三歳ながら、三人きょうだいの最年長だったので、母を助けなければなりませんでした。

　いや、日本兵を怖がったりしませんでしたよ。しかし一度だけ、ディナルピハンにいる祖母の家に行く途中、日本軍の駐屯所に立っていた歩哨におじぎするのを忘れてビンタを食らいました。兵隊は私を呼び返して有無を言わせず平手打ちしたのです。子どもたちの中には、歩哨に向かっておじぎしながら、「プッタギナ・モ」（「おまえの母さんは売女だ」。フィリピノ語の典型的な悪態）と口の中でつぶやき、安全な所まで離れてからバカ笑いする子もいました。「ハヨップ・カ」（「けだものめ」）とつぶやく子もいました。「ハヨップ・カ」は日本語の「オハヨー」のように聞こえるんです。

日本占領期のマニラ市エスコルタ。正面はサンタクルス教会（1943年）

グアグアにいたオカンポ一家はマニラに移り、トゥトゥバン鉄道駅[訳注18]のそばに居を構えた。一三歳のオスカルは、日本兵に愛想良く振る舞って友だちになり、日本語を教わっただけでなく、定期的に兵隊向けの物資支給所に出入りする特権を手に入れた。オスカルも行商の道に入り、人気があった紙巻き煙草の「アケボノ（曙）」や「チェリー（桜）」、菓子、肉など戦時のぜいたく品をロートン広場で売った。

私は戦闘から戻って、疲れ汚れた日本兵相手にマッサージや靴磨きもしました。靴をピカピカにするのですが、靴クリームがない時はバナナの皮を使いました。当然、お客さんの靴にはすぐにハエがたかりましたね。ある時、一人の日本人将校が五〇センタボのところを一〇センタボしか払わなかったので、ロートン広場からイントラムロスにある彼の兵舎までついて行きました。彼に私がくっついて離れないのに怒って、腕をつかんで投げ飛ばしたのです。ジュウジツ（柔道）でした。目から火が出ました。

時々、私はパシッグ川のそばに住んでいた日本人の友だちを訪ねました。彼らは「ダラガン・ブキッド」（フエダイ科の魚）の刺身を食べさせてくれました。ほとんどの日本の要人たちはマニラ市内ならどこでも簡単に行けるので、パシッグ川のそばに住んでいましたが、逃げるのが、簡単なのがもっと重要な理由だったでしょう。川の上に住んでいる日本人もいましたよ。つまり、舟を住み家にしていたのです。

カランバでは当時一〇歳だったアマド・レイエスが日本人について、こう話している。

日本人は礼儀正しい態度でしたし、フィリピン人に対して友好的だった人もいます。家のすぐ隣の住人といつも麻雀して付き合っているのを見かけました。

エンリキートと馬丁のフローレンが馬車の御者として金を稼ぎ、毎週、オオタ将軍にスペイン語のレッスンをしていたころ、ハコボ・ソベルは死の行進に苦しみながら何とかカパスに到着したものの、赤痢に罹っていた。

私はオオタとの昼食兼レッスンの時、父のことを明かしたことはありませんが、三カ月も経ったころでしょうか、彼が「エンリケ。お父さんを迎えにカパスまで行くかね」と聞いたのです。真っ青になりましたよ。それから彼は「どうして君はお父さんのことを持ち出さなかったのかね」と尋ねました。私は「あなたが質問しなかったからです」と答えました。

彼は自分の車を使っていいと言いました。私のカパス旅行を想像できますか。歩哨に立っている兵隊の連中が皆、敬礼するんですよ。オオタ将軍のお車に乗っている一五歳の若造に対してです。この光景の目撃証人はそこで捕虜になっていたエルネスト・ルフィーノ［訳注19］ですが、彼が行列に並んでいると、私が車に乗ってきたのでびっくりしました。「一体、何でお前が日本の車でここに来たんだ」とね。微笑して、彼に「いつか教えるよ」と言いました。

私は父を車に運びましたが、体重が八六ポンド（四〇キロ弱）しかなかったのです。赤痢のために歩行も不可能でした。一週間、父はスープを口にしただけです。他に何も食べられませんでした。父はマヌエル・ロハス［訳注20］の副官になる予定だったので、ロハスは父をパサイ市の邸で療養するように持ちかけ、父母は数カ月間、そこで過ごしました。

フィリピン国鉄の始発、トゥトゥバン駅 (1942-43 年)

カパスに収容された「死の行進」体験者の世話をするのは富裕なマニラ市民の役目になっていた。医薬品や食料、衣類を調達して、運ぶ手段を持つ人々である。伝えられたメッセージを持って行き、返事を持ち帰ることが捕虜たちの世話をする仕事の一部だった。伝言は善意と希望と愛、そして真摯な祈りのやりとりだったが、そればかりでなく、ゲリラ活動や悪化の一途をたどる戦況について秘密のメッセージを捕虜たちに届ける仕事もあった。ビン・エスコダ・ロハスはこう語る。

　時々、私は母と一緒にカパスに行きました。カパスに母は「女性クラブ全国連盟」の名で民家を一軒借りていたのです。

　その家はマニラにいるエスコダ一家が集めたミルクや医薬品、衣類の収納場所に使われた。

　父は「ブラウンズ・ミクスチャー」という商標の咳止めシロップのビンを幾つも持ってカパス収容所内を歩き回りました。父はよく、「これは食料なんだよ。赤痢だろうがマラリアだろうが他の病気だろうが、これなら食べられる」とよく言っていました。捕虜たちはひどい栄養失調でしたから。
　両親とも伝言を持って行き、持ち帰っていました。エルビラ・ルフィーノさんが泣きながらサンタアナの家に来たことを思い出します。私たちはサンタメサの屋敷が日本軍に一カ月三〇〇ペソで借り上げられてしまったので、引っ越していたのです。母はカパスで捕虜になっていたエルビラの夫、ビセンテからの伝言を持って来ました。両親は物資を配りながら捕虜たちにメッセージを伝えたり、聞き取ったりしていたのです。
　両親はマニラに来ると、メッセージを伝え、新たにメッセージと食料品を受け取ってカパスに戻って行きました。フィリピン人たちが釈放された後、両親はカパスに収容されたアメリカ人のために活動を続けました。アメリカ人がカバナトゥアン［訳注21］に移された後、慰問計画の一部として私はスペイン舞踊のホタ［スペイン北部アラゴン地方の民族舞踊］を踊りましたよ。おばさんたちは、両親が危険に入り込みすぎると心配しましたが、母はいつも、「私の子どもたちは花崗岩造りのように頑丈よ。何でもやれるわ」と言っていました。
　母は若い社交界の娘たちを動員し、捕虜たちのために募金を集めたり寄付品を集めたりしていました。彼女が呼び込んだのはベティ・マガローナさん、ルル・レイエスさん、トロフィ・オカンポさん、へレン・ベニテスさん、ロウアルデス・アルナンさん、コンチータ・スニコさんたちです。

　母親のカパスへの献身について、エンリキートはリャネス＝エスコダと同様に、「母は近所の方たちから医薬品や食料、衣類を集めましたが、それをカパスだけではなくエルミタ＝マラテ地区の貧しい人々にも配りました」と言っている。古くからのマラテ住民たちは今も寄付を集めては配っていたドーニャ・ヘリイの献身的な努力のことを思い出話にしている。

　占領時代になると、アルテミオ・パマの報告では、（パッシ市）サンエンリケに収容されていた日本人たち〔前出。イロイロ州内でさまざまな職業に就いていた〕が「軍服姿で戻って来て、捕虜になっていた当時、非常に優しく扱い、しかも親切に面倒をみてくれた人々にお礼の気持ちを述べました」という。

　そうは言っても、私たちの家族の場合、戦争の間に二四回も避難しなければなりませんでした。なぜなら、父が法務将校としてパナイ島の抵抗運動に加わっていたからです。私たちは自分の身を自分で守らなければなりませんでした。父はゲリラ軍第六軍管区の司令官だったマカリオ・ペラルタ・ジュニア将軍《訳者補足10》麾下のゲリラ部隊に参加していました。私たちは抗日ゲリラの家族だという素性がばれるのを恐れていました。それであの場所、この場所と、つかまらないように移動していたのです。いとこもバタアン戦役で正規兵だったたし、死の行進を生き延びました。

　ラマインでは、日本人は気性の激しいモロ（フィリピン南部のイスラム教徒）と良好な関係を維持しようとしたが、モロ側も言動には細心の注意を払っていた。

　父もその一人だったのですが、森の奥深くに隠れたイスラムの指導者たちを捜索することから日本人の関心を逸らす目的で、日本人のためにたくさんの祭りが催されました。日本人は友好的でした。あらゆる種類の食料が人々の手で持ち込まれましたが、その大半は鶏肉でした。そして、指導者たちの動静から関心を逸らそうとイスラム教徒の舞踊が演じられたのです。ラマインはスルタン王国の中心地だったので、守り通さなければなりませんでした。

タルハタ王女はこう語った。

王女はラマインの森の中に隠れ住んでいる生活がとても楽しかった。床に木綿のキルトを敷いて寝るのが楽しかったし、父が不在の時は他の子どもたちと戸外で遊ぶことが許された。

　王女の私が外で遊ぶのははしたないと考えられていたのです。でも、少なくとも父が不在の時、午後遅くや夕方、森で遊ぶのを許されました。どんなに他の子たちがうらやましかったことか。イスラムの教えでは、王族は人前に身をさらしてはいけないのです。

　森には一緒にクーダー[訳注22]氏もいました。アメリカ人の視学官で独身でした。でも後になると、父は、アメリカ人が私たちと一緒にいるのを日本人が見つけたら報復するのではないかと心配しました。それで、パンガンダマン・アグワン大尉がクーダーさんを海岸地域に連れて行き、そこから彼は密かにこの国を離れました。戦争が終わるまで帰ってきませんでしたよ。

　時々森を出て、町にある祖母の家まで忍んで行くことがありました。ある晩のこと、階段を踏んで昇ってくる日本人の軍靴の音が聞こえました。戦後になってからアリ・ディマポロ［モハメッド・アリ・ディマポロ氏は戦後、南ラナオ州知事を務めた政治家］さんが伺候してくる時、屋敷の木の階段をとんとん踏んで日本人そっくりのの足音を立てたのです。その足音は私にとって（戦時中は）早期警戒システムでしたから、私は彼の足音が聞こえると、裏口の階段を飛び降り、グマメラやバラの茂みを飛び越えて遠くまで走ってしまいました。侍女たちが必死に追いかけて来ましたよ。

　私はベッドの下に潜って、兵隊たちが祖母に、父について「上院議員はどこにいる」と尋ねるのを聞いていました。祖母があなた方は誰かと聞くと、「ケンペイタイ」と答えました。祖母がお金を与えると、立ち去りました。私の祖母はスルタンの妻として、住民たちの面倒を見るために町に残らなければならなかったんです。

日本軍は容赦なくタルハタ王女の父の上院議員を追い

回したが、見つからないことに苛立ててマラウィ市にあるアロントの大邸宅を焼いた。そこは西洋や東洋の骨董品やイスラムの財宝で埋まっており、マラナオ族の華麗な伝統様式で飾られていた。ラマインでは、日本軍は何度も屋敷の木の壁を破壊したが、すぐ住民たちがやってきて、スルタン邸の損傷個所を修理してしまうのだった。

ラマインの森にはいつも食料も衣類も十分にあり、書籍までありました。そこには数千人住んでいましたが、男たちは私たちの屋敷を守るために、町に留まっていました。

タルハタ王女の家族にとって学校が大問題だった。戦前から王女は他の子どもたちのように学校へ行きたいと言い張ったが、アメリカン・ハイスクールの校長先生だったスペンサー夫人が家庭教師をした。しかし、彼女は普通の学校生活を許してもらうまで泣きやまず、食事すら拒否した。父が大家族会議を招集し、イスラム聖職者が学習はアラーの神の命令であるという判断を下したため、父はようやく通学に納得したのだった。

毎年のように、祖母が「だめ」と言うので、私はそのたびに泣き明かし、学校に行かせてくれたらコーランを学びますという誓約書を書かなければなりませんでした。学校に行くのを許してもらったのは日本の占領期でした。ほかの子と一緒に、日本語とカタカナを学びました。今でも少し読めますよ。

もちろん、日本人はちょっと怖かったです。でも、私は演技して、それを人に見せませんでした。もし王族が一人でも怖がっている姿を見せたら、住民は逃げ出すか、日本人に完全に屈従したことでしょう。私は毅然としなければならないので、やがて怖くなりました。最終的には、秘密の任務を果たす訓練を受け、それで自信がつきました。《訳者補足11》

子どもたちはゲリラ活動と無縁ではなかった。子どもたちが学んだ技能は抗日運動にとって価値があったが、それはその子が人並みはずれて敏捷だったり、両親の影響で民族主義的な心情を抱く子の場合だった。子どもは子どもなりに役に立つため、徴募されたり、自ら志願したりしたのだ。

アラセリ・リムカコ＝ダンス[訳注23]（通称、リムカコス）の一家は歴史に名高いティラッド峠〔訳注24〕に近いブラカン州の山間部、トゥコッドからマニラ首都圏に戻り、パサイ市ピナグバリラン通り〔現在の名はエダン通り〕の自宅に落ち着いた。通りの名の意味が「撃たれる」だったので、彼女は今も「何で通りにそんな名が付けたのでしょう」と思い出しては首をかしげる。

ゲリラに加わっていた一人の友人がリムカコス家に来て、八歳から美術を学んでいた一二歳の娘、アラセリに手助けを求めた。それでアラセリはゲリラの教宣文書のために絵を描く仕事をすることになったのだが、「多くは日本の侵略者に抗し、アメリカのGI〔訳注25〕たちと背中を合わせて戦うフィリピン人ゲリラの姿を描いたビラでした」と言う。

> ある時、一家に破壊活動のにおいを嗅ぎつけた日本兵が家宅捜索にやって来たことがあり、私はあわててアイロン台の下に絵を隠しました。彼らは捜索しましたが、幸いにも何も見つけませんでした

当時六歳だったセベリーノ・スマンダルは以下のように回想する。

> 父はゲリラでしたし、母も夫のそばにいようと山に残っていました。日本の兵隊たちは私たちのディナルピハンの家を兵営にしてしまい、私は祖父と一緒に住んでいました。当時は電気がなかったので私が祖父の小作人と一緒に手で稲もみの脱穀をしていると、父が来るのが見えました。父は家に日本人がいるなんて知りません。運が良かったことに、通りかかった兵隊たちが道にいた鶏たちを驚かせてしまいました。兵隊たちは私に二、三羽つかまえてくれと言いました。これが良い口実になり、父が近付いて来る方へ逃げた鶏を追っかけました。鶏を捕えるふりをして叫びながら腕を振り回し、日本兵が気付かないうちに父に立ち去るよう合図できました。
>
> 後になって、父は私にゲリラ側のスパイをさせましたが、それは私が幼いので見聞きしたことをゲリラに通報しても日本兵は疑わないだろうと思ったからでした。幼い私はズボンもはかず、シャツを着ていただけでした。

一七歳になったばかりのドミナドール・クルスは漁師

の息子で、バタアン半島で大急ぎで組織されたゲリラに参加した。日本軍が彼らの住家を焼いたからである。

子どもでしたが、戦争に行きました。民間人も日本軍に酷い目に遭わされ、戦うほかなかったからです。彼らはフィリピン人の女性を森や空き家に連れて行ってレイプしました。沼地に隠れた人たちを闘鶏場に連行して皆殺しにしました。

日本人の兵隊は、朝鮮人の兵隊に比べると親切で、特に上官の見ている前ではそうでした。しかし、朝鮮人の兵隊は本当に残虐でした。日本軍は、自分たちが決して敵ではないというビラを配ったのですが、あいつらが敵のように振る舞ったのは確かです。《訳者補足12》

私たちは（バタアン攻防戦で）降伏した兵が残していった武器を集めました。単発銃です。弾を込めて撃つ、そしてまた弾を込めるというやつです。私は伝令としてブラカン州ギギントに配属されました。二、三週間後、われわれはそこを放棄してバタアン州に戻りました。どうにも我慢できなかったからです。食料も着る物もなく蚊帳もありませんでしたから。

単発銃がうまく、山間部の狙撃兵として適性があったラウル・ロクシンはわずか一二歳で山岳警備隊の任務に就き、とある前線陣地で見張り員になった。戦前、森の中でイノシシや鹿の狩りをしていたラウルだが、突然、マラパラ山系で待ち構え、日本軍が現れるのに目を凝らす任務に投げ込まれ、時至れば敵を射ち殺すことになったのだ。

西ネグロス州はアルフレード・モンテリバーノ《訳者補足13》を長とする文民・軍官合同州政府を樹立しました。父のアウレリオ・ロクシンは四人の副知事の一人でした。文民政府は行政機関として完全な機能を備え、徴税、通貨である緊急時紙幣の印刷などの行政業務を果たし、軍事部門にネグロス島での抵抗運動を遂行するための資金を供給し、マッカーサーがいるオーストラリアに直接、報告していました。

第三軍管区［ネグロス島は連合軍南西太平洋方面軍（SWPA）司令部によって第七軍管区に指定されていたので誤りと思われる］にはシライ、ムルシア、ビクトリアス、マナプーラなどの町が含まれていたと思いますが、集団を構成する約二〇家族が山間部で生活していました。住家は伐採した大木の幹で建てられました。独身者用居住区も未婚のスタッフや州兵のためや地区担当になった医師や看護師のために建てられました。山の泉から引いた上水道やパームヤシを使った配管系統もありました。ココナツ油で動かすエンジンを使い電灯もあったのです。

　私は腕前を維持するために毎日、射撃するように言われていました。


警戒態勢に入った場合、ラウルは見張り要員として配置された。山の要塞の一方はシライ市、他方はサンカルロス（現在は市）につながり、複数の川に囲まれていた。


　このコミュニティーの人間の食料供給は洪水の季節になると、自分を含めた二人に頼ったものです。私の所の一〇歳になる小作人の息子と私だけが増水した川を泳いで渡れたからです。

　第一線部隊が結成された時、私も配属になりました。任務は、われわれがいるシライからモンテリバーノ州知事がいるムルシア［州都バコロドの北西郊外にある町。主産業は木材と製糖］まで連絡路を開くことでした。熱帯雨林を伐採しながら道を切り開き、六つか七つの山を抜けました。蛭がひどかったですよ。

　時々、父に従って都市に忍び込みました。偵察のためです。日本人は主として市街地にいたからです。

　母は地下新聞を編集していました。私の記憶が正しければ、「ザ・ボイス・オブ・フリーネグロス」（自由ネグロスの声）という名前だったと思います。謄写版刷りで毎週、密使が回って配っていました。

一九四三年

「平時［訳注26］」とは対極にある「戦時」であろうと、ゲリラに徴募された若者を除けば、都市の住民も田舎《プロビンシアーノ》の人々も暮らしだけは立てなければならない。いかに制約され抑圧された時代であったにせよ、そのことに変わりはない。

　われらの若きビジネスマン、ビジネスウーマンたちは少年、少女だったが、バタアン州のロサリナ・クルス・モンクーパとスニガ、マニラのソベル、レイエス、トニー・モンクーパは時々怖い目に遭いながら商売にいそしみ続けた。

日本占領下で苦しかったものの、親がしてやれた限りでの上流の生活を維持する子どももいることはいた。戦前、制服を着たお抱え運転手のリムジンに乗り、歩くのはルネタ公園内の遊歩道だけだった一〇代の少女たちも自分の足で歩かなければならなくなっていた。

ビング・エスコーダ・ロハス[訳注27]はこの時期のことを以下のように語ってくれた。

私たちはたくさん歩くことを学びました。サンタメサの家にいたころは教会に行くにも、友だち同士で互いに車で迎え合ったものです。友だちの一部を挙げると、ガバルドン家の子どもたち、ルル・ヒダルゴ・ティニオ、テシー・フランシスコとそのいとこたち、マビス・デルロサリオ、ティラー家、カコス家の子たちです。午後には、ブリクストンヒルズの丘を越えて歩き、ラオ姉妹やテチー（ベラスケスの愛称）、ネナ（メノトック）、パシン（マングラプス）、チタ（ロペス）を訪問したものでした。ルル・マバンタ・フェルナンデス、ブエンカミノ家、ローレン・パンリリオ、教会聖歌隊の指揮者だったナティ・オソリオの家にも行きました。

サンタアナでは、ウィニフレッド・パウエルとディアス・デリベラ家が私たちのグループでした。

またまた、エルミタのコロラド通りに引っ越しました。そこでの仲良しはビッキーの姉妹のノーマ・キリノです。ビッキーは戦争が終わる数日前、お母さまと一緒に虐殺されました。

ヘラン（ペドロヒル）の聖母被昇天修道院《アサンプション・コンベント》のミサには歩いて参列したものです。そこでは修道女たちが貧富を問わず、お腹を空かせた人たちに無料炊き出し食堂《スープキッチン》を開いていました。買おうにも盗もうにも食料がない時代でした。

母は、フィリピン総合病院に入院中のビセンテ・リム将軍[訳注28]をしばしば見舞いました。病気ということにしていたのです。母は「廊下で遊んでおいで。誰か来る人を見張りなさい」と言いました。

エンリキートは語る。

フローレンと私は一年近く馬車の御者《コチェーロ》をした後、父が戻って母の世話をしてくれるようになったので、二人でバタンガス州カラタガンに行くことにしました。

馬を数頭、連れて行くことにして、乗合馬車《カレテラ》につなぎ約二〇マイル（三二キロ）ごとに馬を替えました。二頭が途中で死にました。マニラを朝五時に発ち、カラタガンに着いたのは真夜中ごろでした。フローレンと私はカラタガンに住んだのですが。一度だけ、マニラまで走って行きました。明るくなるまで木立の間に隠れてね。歩かずにずっと走りましたよ。行きも帰りもそうでした。

集落には、遊び仲間がいました。ビッグボーイという渾名の少年とその仲間で、私を含めて四人です。使われなくなった電話線を電柱からはずして野生のシカやイノシシを捕えるわなを作りました。獲物は全て四人で分けました。

ミンドロ島。そこではフィリピン国旗が他の場所より長く掲揚されるだろうと信じて、オレンダイン一家が船で渡っていた。ジョーンの母親は自宅のバルコニーに小さな店を構えた。ジョーンは午前中のほとんどをそこに座って店番し、客が来ると家の中に向かって大声で知らせた。

あったのは一、二度ですが、女の客が針と糸のパックを盗んで髪の中に隠そうとするのを見つけ、大声で知らせなくてはなりませんでした。「ママ、女の人が泥棒してるよ」って叫びました。

サンタクルサン（五月に行われる花祭りと行進。十字架を初めて儀式に招来した古代ローマのコンスタンティノス帝の母、エレナを祈念する）でレイナ・エレナ（行進で扮するミューズの女神）たちが着る成人用ガウンを新調するのは費用が高すぎたので、母は戦前の自分の晴れ着を使って縫ってくれました。ウサギの毛皮の上着に使い古しのレース、重さが何キロもあるようなタフタ織りの生地を使ったのです。厚紙にタフタ生地を巻き、これも使い古しのシークイン（きらきら光る金属片）で飾った王冠と長いケープも付いていました。ロウソクの灯では豪華に見えましたが、それも妹のジェーンが私の衣装の裾を持っていて落とし、おしっこをもらしてしまうまでのことでした。

ティリクという町にあった自宅のすぐそばに、教会がありました。そのガウンを着て幾度も結婚式のフラワーガールを務めたものです。弟のマッカーサーも洗って縫い直したケープで作った「小公子」[訳注29]が着たような服を着て指輪の運び役をしました。

ミンドロ島での生活で今もはっきり思い出すことが幾つかあります。私が「クレイジー」という言葉を覚えたのは、天気の悪い日に静かな空気をつんざくような金切り声をあげる男がいたからです。母は、その男が竹の檻に閉じ込められていると言っていました。町の人々は日本人を恐れて、どうしてもそうしなければならない時以外、外出せず、町はいつもひっそりと静まりかえっていました。その狂気《クレイジー》の男ともう一人、マグタンゴル・イラオラを別にしてね。狂人が叫び出すたびに、マグタンゴル・イラオラがトランペットを吹いて不吉なわめき声をかき消し、その音色は檻に入れられた男をおとなしくさせるようでした。ママは「メキシカンローズ」や「マリア・エレナ・ヨーン」の歌詞を教えてくれ、二人はマグタンゴルのトランペットの音に紛れて歌うことができました。マグタンゴルの家は何軒も離れていましたけど。

私たちが最初に覚えた歌は戦時中の大人の歌で、戦後になって童謡を習う前でした。「スターダスト」「スモーク・ゲッツ・イン・ユア・アイズ」「マイ・ハート・ビロングズ・トゥー・ダディー」をママに教わりました。父は希望を常に抱くべきだと言っていたので、「アイム・フォーエバー・ブローイング・バブルズ」[訳注30]と「ティル・ザ・クラウズ・ロール・バイ」[訳注31]を教えてくれました。「オールド・ブラック・ジョー」も教わりましたが、父のような人の歌だと思っていました。父は本当に黒くなっていましたから。

ファン・オレンダインはレイオフ中の新聞人で、一日中、かまどに入って炭を焼き、麻袋に詰めて、自分の帆掛け船《バテル》でマニラまで運ぶ仕事をしていた。彼が自分で言ったのだが、「黒人のようにまっ黒」になって帰宅したものだった。家の食卓はインゲンマメが主で、コメのご飯が従か、その逆ばかりだった。滅多になかったが、運の良い日に父は大きなカニを数匹持って帰宅し、カニに挟まれた傷を見せるのだった。食膳を変えるため、子どもたちはパコシダを採りに川へ行かされた。時々食べ物が何もないことがあった。塩味をつけた重湯だけ。時にはそれすらなかった。本当に何もない生活だった。

パナイ島［訳注32］の反日抵抗運動は、ネグロス島と同じように強力だったので、島内の州別を問わず島民は他の地域よりもずっと早くから拷問と野蛮な行為に苦しんだ。早くも一九四二年、パナイ島に配属された偏執的な日本兵が日本刀《サムライ》や銃剣、たいまつを手にして民間人を襲った。そのころまだマニラの住民は現実よりも想像上のこととはいえ、古き良き生活の名残りを楽しんでいたが、それも日本軍のバンザイ攻撃［マニラ攻防戦を指す］による惨禍までのことであった。

パマは語る。

一九四三年、私たちが逃げたのはカブガオヌエボ［現在はイロイロ州サンエンリケ市の一部。カブガオビエホも同じ］でした。ある朝早く日本軍がやって来るという警告が出された時、母と私と六人の弟や妹はカブガオビエホへ逃げようとしました。ところが、途中で捕まってしまいました。私たちはカブガオビエホに連れて行かれ、そこで私は親戚の一人を含む一一人の斬首を目撃したのです。わずか五メートルから一〇メートルという至近距離で首をはねられる人がどうなるかを目にしたのです。今も鮮やかです。男が一人、後ろ手に縛られてひざまずかされ、首を差し伸べるようにされます、そして日本刀《サムライ》が一閃、首を切り落とすのです。血が噴き出して頸動脈がはっきり見えます。胴体は震えて、殺されるブタのように崩れ落ちます。頭は転がって両眼が見開いたままでした。

母はショールで顔を覆って見ようとしませんでした。でも、私は少年の好奇心から一部始終を見たのです。

私たちは次に処刑される順番の列にいましたが、偶然にも日本の民間防衛隊に徴募されたフィリピン人が母を知っていました。母の実家が昔、育ち盛りのころの彼に食べさせたり、面倒を見たので、彼は恩義を感じていたのです。「エステルおばさん、なんでここに」「あれっ。イスコだね。お願い、助けて」。母は懇願しました。イスコは処刑されないだろうから心配しないで、と言いました。処刑されるはずの一三人の中で母と私は最後の順番でした。イスコが日本軍処刑部隊の将校に悪い人間ではないから家に帰らせてやってと頼んでくれ、釈放されたのです。

斬首刑をフィリピンでは「ナイフの裁き《フェス・デ・クチリョ》」と呼ん

でいました。その当時、日本軍は敵性分子掃討［ルソン島ではこれをソナと呼んだが、イロンゴ語を使うイロイロ住民はペネトラシオン（侵入）と呼んだ］を行うとよく触れ回りましたが、いつ実行するのかは言いませんでした。親日派の人々は街の中心部《ポブラシオン》に急ぎましたが、そうしない人々は反日とみなされたのです。

　父のおばさんは老いていたのに処刑されました。私のいとこたちも処刑され、赤ちゃんが火をつけられた家の燃えさかる炎の中に投げ込まれました。でも、その赤ちゃんはきっと守護天使［訳注33］と一緒に火から這い出たのでしょう。今も存命でイロイロ市に住んでいます。アンドレシート・パラブリカと言って、日本軍が探索していた州副知事の孫だったのです。

　母と私はちょうど荷造りを終えたところで、弟や妹たちは近くのおじの家にいました。「こっちの道を通ろうよ」と、私は母に言いました。というのは、早朝だったので水田を抜けて来る日本兵の足音が聞こえたのです。でも運悪く逃げた方にも日本兵の一団がいて急襲して私たちを捕えました。日本兵は、右翼、左翼、中央の三隊に分かれて目的の場所を襲い、副知事を逮捕する手はずを整えていたのです。

　左翼隊が私たちを捕まえる直前、私は母が小さな包みにくるんでいた現金と宝飾品を捨てるように言いました。母は「緊急時紙幣《イマージェンシー・ノート》」［抗日ゲリラ側が発行した紙幣。ゲリラ・ペソとも呼ばれた］を持っていたのですが、日本軍はその紙幣を憎んでいて、日本軍票を持ち歩けと言っていました。「緊急時紙幣」は抵抗政府が発行したものですから、持っているだけで処刑に価しました。「捨ててよ、お母さん。僕が踏むから」と私は言いましたが、踏んづけて田んぼに埋めるつもりだったのです。でも母は言いました。「構うものですか。何でもこい《バハラナ》」。そして持ったままでした。

あの極度の恐怖と混乱の時代にあっては、一三歳の少年の意見にも耳を傾け、重んじる必要があったのだ。さもなければ大切な分別というものが失われてしまうかもしれないからだ。一夜にして少年は一人前の男に、少女は一人前の女になり、それぞれの機転を働かせて生き抜いたのである。

　イスコが私たちにイロイロ市に移り住むように言ったので、言い付け通りに家族全員はイロイロ市に行きました。そこでは、おじのティブルシオ・ル

今も古い建物が残っているパナイ島のイロイロ市内。戦前は日本人も多数暮らしていた（2011 年）

テロ下院議員［一九四一年にコモンウェルス立法府下院議員に選出され、戦後も下院議員を四九年まで務めた。七一年に死去］の家に滞在しました。しかし、日本人にゲリラ戦士の家族だと密告する者がいるかもしれないから、住むのは危険だと友人の数人から耳打ちされ、私は母に再度、家を移った方がいいと言いました。幼い弟や妹たちまで生活にどうしても必要な品物を運ぶ手伝いをしなければなりませんでした。一番下の子は生まれたばかりでした。モンチンというお手伝いがとても忠実で実質的に家族の一員でした。山から山へ、全部で二四回も引っ越ししたのに、ずっとついてきてくれましたよ。

どこにいても父が時々訪ねて来ました。父のゲリラ部隊に所属する人が私たちの住む地域にいるという話を耳にすると、その人に口頭で父への伝言を託しました。その人だって、捕まるかもしれないからです。父は私たちの居所がわからない時は、部下の一人を派遣して隠れ場所を探し当てました。

ある時、父はビリャ・オハダという名の山賊でならず者を追跡する任務を与えられ、マスバテ島に行きました。オハダの根拠地はパナイ島のヒガンテスでしたが、主な犯行地域はマスバテ島だったのです。マスバテ島民がパナイ島の抗日レジスタンス組織《訳者補足14》に助力を求めたわけですが、そのころすでにレジスタンスは盛んに活動していたからです。派遣されたのは勇敢で名高いゲリラのポルラス大尉率いる遠征隊でした。オハダが捕まると父は彼を裁判にかけて、一点の疑う余地もない有罪と判断しました。父が死刑判決を下し、彼は処刑されました。

後にアルテミオ・パマの妻となったアリス・パティー

ニョは当時一一歳で、パサイ島のパッシ［イロイロ州中央部の都市。パイナップル農園で有名］で起きた非常に衝撃的な日本軍のペネトラシオン作戦を次のように描写している。

一九四三年初めのことでした。いとこのベレン・パロマは妊娠八カ月でしたが、もう一人の女性と共に日本兵に捕まって三〇キロも歩かされました。そしてバヤンの集落に着くと、衣服を剥がれて裸で踊らされたのです。それから、奴らは彼女の腹を裂き、胎児を取り出して空中に投げ上げ、銃剣の先で串刺しにしました。ベレンの兄も夫のホセ・パビオーナ大尉もゲリラでした。日本兵の奴らは、ベレンが将校の妻と知ったので、彼女とお腹の子を殺すのにこんな残酷なやり方をしたのです。

私はこんなことも目撃しました。スパイがバヨンを頭からかぶり誰だかわからないようにして、ゲリラ戦士のゴンサロ・ナバロを指差したのです。日本兵は、ナバロをラッキー・ストア（アメリカ系食品店チェーン）のある通りの角まで連れて行き、拳骨や銃把で殴りました。ナバロがもはや歩けなくなって地べたにんのびてしまうと、死ぬまで背中に石を投げつけました。死体はどこかへ引きずっていきました。

バヨンをかぶったスパイは、タガログ語でマカピリと呼ばれますが、私たちは、日本軍の「第五列《キンタ・コルムナ》」と言っていました。反逆者です。スパイです。

アルテミオはそう説明した。

アルテミオ・パマが「イロイロの歴史を通じて最もショッキングな蛮行」と呼ぶ事件を、妻のアリスはこう描写している。

ルンガオ大農園《アシエンダ》［パッシ市所在］は裕福な中国人の所有で、市内の金持ちの中国人は全部、市の中心部から二キロほどのこの大農園に避難していました。

夜が明けてまもなく、日本兵がペネトラシオン作戦でこの大農園に出撃しました。そこに中国人が全員避難していることを知ってのことです。思い出してほしいのはこの戦争のずっと前から、日本と中国は敵同士でだったことです。

誰もぐっすり眠っている時刻でした。戸外に出されたのですが、思うに、日本兵は銃を使いたくなかったのでしょう。銃弾が不足し始めていたからです。日本兵は赤ん坊も年寄りも含めて、中国人全員を一列に並ばせると銃剣と日本刀《サムライ》で殺しました。数少ない生き残りの話では、赤ん坊は宙に放り上げて銃剣で串刺しにされ、火の中に投げ込まれたそうです。火が集落全部を焼いてしまいました。

私たちは一キロ離れた所に住んでいましたので、日本兵が立ち去ると、奴らが何をしたのか見に行きました。家は全て焼かれ、あたり一面に中国人の死体が散乱していました。何百もあったと思います。腸がはみ出たまま生きていた人がいて、薬剤師だった父が縫合しました。助かったとは思いません。

そして、あの臭いと言ったら。あの悪臭。何百人という中国人の肉の焼けた臭いをどうして忘れられますか。そして、中国人の死体の間を探してはダイヤモンドや溶けた金を見つけた人もたくさんいました。十分、金持ちになれるほどありましたね。

西ネグロス州では、ラウル・ロクシンが自分を山岳警備兵に任命した文民・軍官連合政府についてこう話した。

それは本格的な機能を果たす政府で、会計監査官が常時、支出をチェックしていました。ネグロス島の軍政府はヘスス・ビリャモール少佐[訳注34]が創設したのですが、かなり良く組織されていました。

作戦には、ビリャモール少佐がオーストラリアから潜水艦で運んで来た通信機も使われた。少佐はフィリピンで最初のカービン銃や「アイ・シャル・リターン」と包み紙に印刷されたチョコレートも持ってきた。

ロベルト・S・ベネディクト[訳注35]が連合軍諜報局の長で、そのフィリピン全土にわたる作戦ではネグロス島を本拠にしたのです。

ベネディクトは良い仕事をしたのですね。

非常に良い仕事をしました。ベネディクトの高級幕僚がロレンソ・ペレスで、戦後は上院議員[訳注36]になりました。

ビン・エスコダ・ロハスは関連してこう語っている。

父はマラカニアン宮殿をしばしば訪れました。彼はメッセージを受け取っていましたが、どこから、どうやってかは知りません。傀儡共和国がラウレルを大統領として創設された時[訳注37]、パパは私たちを式典見物に連れて行きました。でも父はフィリピン国旗が降ろされ、日章旗が掲げられるのを見たくはありませんでした。そこで私たちは式典を（立法院庁舎から一二〇メートルほど離れた）壊れた市役所から眺めました。より正確に言うと、拡声器の横に立って音声を聞いたのでした。

創設された傀儡共和国については、かつての抵抗運動の少年兵、ラウル・ロクシンが「ラウレル政権の内務大臣、ラファエル・アルナン[訳注38]自身、西ネグロス州のバコロド市出身で、軍民政府に日本軍への降伏を説得するため、ネグロス島に派遣されました」と回顧している。

誰がそうか、誰がそうでないか、という議論は今日も続いている。しかし、子どもであった私たちは当時、自分たちの秘密用語辞典に「コラボラトール」［対日協力者］という新語を付け加えることになった。地方では、この言葉は「クラブレトール」と発音されていた。

一九四四年

交通はますます困難になったが、それは敵にとっても同じことだった。J・J・カレロはこう語る。「ジャップたちはさかりのついた牝馬を連れて近所を回ったのです。なぜって、もし誰かが牡馬を隠していたら、家の中からヒンヒン鳴くからですよ。日本兵はそうやって見つけた馬を連れて行ってしまったんです」

当然の成り行きだったが、一九四四年にはコメを蓄えていることがマニラでもコメの産地州でも何でも持っていることと同義語になった。戦争は遂に階級なき社会に進化する原因となり、富める者も貧しい者も一様に子どもに食べさせられる物が何だろうと手に入れば喜ぶありさまだった。

J・J・カレロは当時の貧窮ぶりを鮮やかに思い出す。

ココナツの殻を鉢にして物乞いする乞食たちが四六時中門を叩くのです。足は物乞いで歩き回るせいで腫れ上がっていましたよ。

九人の子持ちのカレロ一家も食料が不足し、食事は他の家より良いわけではなかった。壁に貝殻をはめ込んだ邸宅に住もうと、貧乏人の掘っ建て小屋にいようと、食べる物があったとしてもココナツを混ぜた米飯か、カスタニヨッグ（ココナツを乾燥させたコプラを焼いて栗の形にした食品）やビナトッグ（トウモロコシの粒をココナツに混ぜたもの）で、田舎の人々も全く同じ物を食べていた。物々交換が日常的に行われ、非常に需要が多かった石鹸は現金同様に扱われた。

ネグロス島のマラパラ山系では交戦があって供給が途絶えると、ラウル・ロクシンと川渡りの僚友は山イモ掘りに駆り出された《訳者補足15》。

パンパンガ州のディナルピハンにいたロサリナ・モンクーパも同じことを言っている。

買って来ることも自宅で調理することもできなくなったため、売る物がなくなってしまい、野原や丘にカモテ（ヤムイモ）［フィリピンでは通常、「カモテ」はサツマイモをさすが、時に「ヤムイモ」と混同されて使われる］を掘りに行きました。米飯にココナツとカスタニヨッグを混ぜて食べるか、それともバナナでした。バナナは葉っぱまで煮て食べたんです。前に掘った場所にまた行って、最後の一つが残っていないか、カモテを探しました。カモテはつぶして米飯に混ぜて食べたんですよ。

ドミナドール・クルスの報告によれば、オラニの「海岸で魚を獲った」が、時たまのことで十分ではなかった。

普段は、カモテと言っても薯の部分はなくて葉っぱか、カンコン（沼地で栽培する野菜で中国名は空芯菜）だけ。誰も田植えをしなくなったので食べるコメがなくなりました。

アラセリ・リムカコ＝ダンスは思い出す。

ピナグバリラン通りでの状況がどんどんひどくなって、父は遂に住む場所を変えることに決めました。戦争の最後の年にマラテ［訳注39］に移ったのですが、この地区がやがて破壊と荒廃の中心地、つまり両軍の中間地帯《ノーマンズランド》になるなんて知らないで移ったんです。

マラテで食料が手に入りにくくなると、やむをえず野菜を栽培しました。「ザ・フラワー・ポット」という名の花屋を立ち上げましたが、店員は父と子どもたちでした。驚いたことに、現金の乏しい時期なのに店にはお客がいたんですよ。人々はお金を工面して花を買うゆとりがあったのです。顧客のほとんどは数少ない金持ちの中国人でした。注文に応じられないほどの数の葬式があったんです。

マニラのエンリキート・ソベル家ですら苦難の時期を迎えた。

一九四四年の初めごろでしょう。ますます時勢が悪くなったので、一族はカラタガンに移り始めました。ソベル家とメリアン家［訳注40］、RCA［訳注41］支配人のロリエットの家族、フアン・デラサガ、画家だったフェルナンド［訳注42］の家族と友人など総勢八〇人がカラタガンにたどり着きました。そこにはたくさんの鹿がいて一万頭を超えたでしょう。約六〇〇頭の野牛、それに私たちが所有する乳牛がいました。

屠殺と解体が私の役目でした。戦前、狩りに行った時、父に教わっていたからです。週に一度、牛を殺しました。切った肉を選ぶ際に口論にならないように、リストを作っていました。それで切った肉を分ける順番が作れたのです。舌、ソロミリョ（テンダーロインの部位）、胸肉部分がそれぞれ毎週、違う家族に届きました。

ナスグブ在住のいとこ、ロハス家の人たちには、牛の足一本を渡し、砂糖一袋と交換しました。これで、どの家族にも毎週一キロの砂糖が渡りました。オレンジ農園からは一一月と一二月にオレンジ《カヘル》が収穫できました。余った砂糖や鶏肉、卵、牛肉または鹿肉はアヤラ社員のためにマニラに送りました。給料の代わりです。お金が不足したり、銀行が閉まったりしていましたから。

貸した不動産物件に対する分割払いは（日本軍から）アヤラ社に対して続いていました。もちろん全額がミッキーマウス・マネー［日本軍の軍票。子どものおもちゃの紙幣のように価値がないという意味］でしたね。それで、ある時点で会社は集金するのを止めてしまい、戦争が終るまでそのままでした。戦後、（軍票の）金が袋に幾つも溜まっていたので、社屋だったエリサルデ・ビルでは額面一〇〇〇ペソの軍票を廊下の壁紙にしてしまいました。

カルタガンである晩、父がひどい下痢にやられ、夜が明けるまで父はロウソクを片手に台所と寝室を行ったり来たりしました。自家製の薬にしていたグアバの葉を煮るためでした。ところが、日本軍は父が（ロウソクの灯で）アメリカ軍に合図していると疑い、父と私を捕えて町役場に連行しました。そして私たちをイスに座らせて尋問を続けたのです。夜明け近くになって、かすかなざわめきが聞こえ、窓越しに二〇〇〇人ほどの住民が山刀《ボロ》を手に集まっているのが見えました。日本軍の将校たちは慌てふためいて寄り集まり、しばらくして私たちに「ユー・ゴー。ユー・ゴー（行け、行け）」って言ったのです。私のことを連中はいつも「クドモ・ソベル」と呼んでいました。子どものソベルと言う意味ですよ。

ミッキーマウス・マネーと呼ばれた日本軍発行の軍票（イロイロ博物館蔵、2011年）

サンファンにいたオレンダイン家も腹を空かし、もっぱらビナトッグで食いつないでいた。

軍情報部（G2）に所属していたパパがレイテ島から、ピーナツバターの缶や「SPAM」ブランドのランチョンミート缶詰、狩猟用ナイフ、それに短波ラジオをうまく隠して持ち帰ってきました。二、三日後、泥棒がたまたま私たちの家に目をつけて忍び込み、缶詰を盗もうとしたのです。母と台所で鉢合わせになり、母が立ち向かったので泥棒は逃げました。裏の階段を走って逃げていく泥棒に対して、母はコーンビーフの缶詰を幾つも投げつけました。母は「女性にとって処女みたいに大切なものを盗もうなんて厚かましいこと。頭に来ちゃう」と言って憤慨していました［彼女は缶詰（カンド・スタッフ）と処女（カンド・グッズ）を引っかけたダジャレを口にした］。

ジョーンの思い出話はどんどん広がった。

一人の若い日本兵が来て家の周りで何かを探す風にうろつくようになりました。母は慣れてしまい、子どもの靴下のかかとに子安貝の貝殻を入れて静かに繕っていました。ふと気がつくと、その兵士が自分の前に座り、声を殺して泣いているではありませんか。やがて兵士はたどたどしい英語に身振りを交えて言いました。「奈良にいる母親がそっくり同じように子安貝を使って自分の靴下のかかとを繕ってくれたものです」って。

妹たちと弟はいつもお腹を空かせていました。マッカーサーの次にドリーが一九四四年に生まれていたのです。空腹を紛らわすためですが、オブライエン夫人が小高い丘の上の家で弾くピアノの音が聞こえて来ると、私たちはよく四人掛けの小さなテーブルを囲んで座り、自分たちもピアノを弾くまねをしました。いつかお訪ねした時、夫人が弾いたのと同じように装飾和音の弾き方も含めて。わが家のピアノは戦争が始まったころ、コメ二袋と交換してしまっていたのです。

アメリカの飛行機が墜落して庭のマンゴーの木にぶつかったことがあり、小鳥が四羽死にました。母は四人の子どもの身代わりになってくれたと言っていました。母は木に登って飛行機の部品をできるだけ取って来ました。日本人の手に渡らないようにしたのです。

日本軍の倉庫付き兵営がわが家のすぐ隣にあり、私たちは外へ出るのを固く禁じられていました。ある日、ジェーンはこっそり道路に出ました。日本の兵隊は悪い奴だってずっと教わっていましたが、幼かった私たちは別に日本人を怖がっていませんでした。逃げないでいると、二人の兵士がクリーム・ウエハースを一パックずつくれました。セロハン紙で包んでありました。セロハンもウエハースもそれまで見たことがありません。とてもおいしかったので、兵士にお礼を言いました。でも、母に言うと、叩かれました。そして、母は日本人がくれるものは絶対に食べてはいけないと言いました。ウエハースがアメリカ製で日本人は食べたことがない。だから、私たちが食べて倒れるかどうか調べようと実験動物代わりにしたのです。そう母は言いました。

トニー・モンクーパの商売はマニラで繁昌していた。衣料品を袋詰めのコメや箱詰めの魚の干物と物々交換しながら、日本軍用の宣伝用パンフや日本語の書籍を印刷している親戚の製本所でも働いた。ほとんどただ働きだったが、気にしなかった。「お金はたくさんありましたよ」。それに食料もコメもしっかり貯め込んでいた。この飢えに苛まれる都会で、モンクーパ一家はトニーの働きのお陰でお金も食料も潤沢にある数少ない家族であった。

ビン・エスコダ・ロハスはこう報告している。日本の占領が始まってまもなく、「日本兵が若い女性をしきりにレイプしている」という噂が広まった。ビンの場合、「母親がひどく心配した」ものだが、戦争中は何事もなく済んだ。しかし、無事で済まなかった女性たちもいたのである。

ロサリナ・モンクーパによると、「日本兵がすることではレイプが一番怖がられていた」し、拷問を想像するよりもっと怖かった。

その結果、女性、特に郊外の山間部に住む女性は怖さの余り、自分を年寄りで醜く見せかけるために何でもしました。顔に泥や炭を塗りつけ、さらに臭くして、なるべく情欲が起きないように見せようとしたのです。

私の場合、相手にされるには小さすぎたのが幸運だったと言えます。

でも、レイプに遭った犠牲者はとても同情されました。自分の家族に起きない保証はなかったのですから。自殺しようとした人もいましたが、たいていの人は恥じて家に閉じ込もって食事もせず、病気になって最後には死んでしまいました。もう少し強い人は現実を受け入れ、レイプなどなかったように振る舞い、過去を背負って生きたのです。

「セベリーノ・スマンダルの母親はとても綺麗な人だったので、何度か犠牲になりかけました。でも、子どもがたくさんいて救われたのです」と、セベリーノの近所に住んでいたロサリナが言った。その話をディナルピハンの住民は皆、知っている。

セベリーノ自身、自分たち兄弟や姉妹が日本の兵隊が母親をレイプしようとした時、何をしたのかをこう説明している。

八人きょうだいでした。大人の男は父を含めて皆、ゲリラになっていました。ですから母を守るために子どもだけの方法を編み出さなきゃならなかったんです。

いつも同じなのですが、奴らは母の腕をつかむか、着物をつかみました。僕たちきょうだいは気が狂ったように叫び、兵士を引き離そうとし、拳で兵隊をぶったのです。その間、母を取り囲んでいました。八人全員がです。そうしているうちに、大騒ぎを聞きつけた日本人の上官たちが走って来て、その兵隊を怒鳴りつけます。「おい、そんなことをしてはいかんぞ」って。母はいつも日本軍人の質の良い方に救われました。《訳者補足16》

日本の兵隊は、イスラム教徒の女性には近付いてはならないと事前に注意を受けていました。女性に手を出して捕まったら容赦なく殺されるとも注意されていました。ですから、日本兵は私たちの掟を守ったのです。

タルハタ王女はそう回顧する。

しかし、日本兵がフィリピン人の子どもすら殺し、女性たちをレイプしているという恐ろしい話はたくさん耳にしました。犠牲者は皆、かわいそうなキリスト教徒でした。日本兵はモロ（ミンダナオ地方のイスラム教徒）を恐れていたからです。

マリア・ロサ・ルナ・ヘンソンのような「慰安婦」の話は信じがたいが、裏付けとなる証拠文書に照らせば、あったことに疑いの余地はない。《訳者補足17》

私は、マッキンレー基地（現在の呼称はフォート・ボニファシオ）に近いバラグラグで薪を集めていました。そこで三人の日本兵にレイプされたのです。一人の名前はタナカといったのを覚えています。というのは、後でまためぐり会うことになったからです。

一九四二年二月のことで、ロサは一四歳という幼さだった。

「それからは一人で薪集めに行かないようにしたのですが、二週間後、二人のおじと一緒だったのに、別の兵隊たちにまたもレイプされたのです。おじたちは助けようにも助けられませんでした。

娘の身の上を案じた彼女の母親は彼女を連れてパンパンガ州アンヘレス市に移った。しかし、一九四三年四月、他の人たちと一緒にトウモロコシの袋を運んでいた時、「日本人の兵士に呼ばれて周囲から引き離され、兵舎に使われていた病院に連れて行かれました」。二日後、彼女と六人の娘たちは小部屋に連れ込まれ、繰り返しレイプされた。

その晩、私は眠れませんでした。大量の出血がありました。痛みがひどく、次の朝になっても起き上がれませんでした。

マッキンレー基地（現在のフォート・ボニファシオ）に残っている地下約 30 メートルの深さにある戦争中の地下壕（2012 年）

ロサら娘たちは三カ月後、元病院だった兵舎から約三〇〇メートル離れた精米所に移された。今はヘンソン通りと呼ばれている。そこで娘たちは数百人もの日本兵に「慰安」を提供し続けたのだ。自分の町にいながら捕虜扱いされて。

九カ月の間、一日に一二人から二〇人の男の相手をさせられました。午後二時から夜は一〇時まででした。

彼女にとっての息抜きは働かされるのが夜だけの時だった。ロサは語る。セックスの相手を強要された時、「目を閉じていました。もうすっかり無感覚になっていました」。彼女を苦しめた相手の中にタナカがいた。アンヘレスに転属になっていたのだ。

一九四四年一月、フィリピン人ゲリラ部隊が近くの兵営を攻撃したのに乗じて、ロサはようやく精米所から逃げ出すことができた。

オラニ出身で短い期間、少年ゲリラ兵だったドミナドール・クルスは、数人の町民が森でレイプされたという話を覚えている。

一九四四年半ばごろには、パニックに陥って復讐心に燃えた日本兵たちの常軌を逸した蛮行についての話が表ざたになり始めた。

> 父は「リム将軍と一緒に出発することにした。潜水艦がわれわれを拾ってくれ、オーストラリアでマッカーサー将軍に会うのだ」と言いました。

ビン・エスコダ・ロハスは回想する。

> 父はジットニー[訳注43]に乗って家を出発し、仲間を乗客に見せかけて次々に拾っていきました。

それは一九四四年六月二日のことだった。

> 六月九日、父はミンドロ島へ行く途中、帆掛け舟《バテル》に乗っていて捕まりました。母は知らせを聞いてゲリラに助けてもらおうとしましたが、失敗しました。ガールスカウトが公表した書き付けには「私が死んでも、あなたが助かれば」ってあります。母が書いたものです。
>
> 八月二七日は日曜日で、私は友だちのチャリートの家を訪ねていました。彼女の父親はアンヘロ・バウチスタ判事です。弟のトニーが来て、「ジャップが家に来ている。ママが帰って来てって」と知らせたのです。兵隊たちは母に何か食べておけと言いましたが、ご飯もまだ炊いていません。お手伝いがお隣のキリノさんの家からご飯をもらって来なければなりませんでした。
>
> その間、日本兵は私にピアノで何か弾けって言ったのです。猛烈に腹が立ったので、とても騒々しい曲を弾きました。その間、奴らは住んでいるフラットの部屋という部屋、アパラドール（大型の衣裳ダンス。縦型の衣裳入れに等身大の鏡付き）など何やかやを引っかき回し、メチャメチャにしたまま行っ

てしまいました。母が食事を済ますと、奴らは衣類を詰めるように言って、それから母を連れ去りました。私は半狂乱で窓から見ていました。そこから見た母は二人の日本兵に挟まれて門へと歩いていました。それが母を見た最後です。

お手伝いはいなくなりました。とても脅えていました。父はビリビッド［首都圏モンテンルパ市にあった収容施設、現在はニュービリビッド刑務所］に移され、そこで一九四四年一一月に斬首されました。

母親の死の模様について、ビンは心痛むナゾを解こうと、さまざまな断片的情報を集めたが、市民運動家だった母がどのように死と向かい合ったのかは不明で、今後も永遠に分からないかもしれない。知っているのは、母が最初にサンチャゴ要塞に連行されたことだ。

何年か後になって、ジョニー・コリャス［訳注44］が話してくれたのは、イントラムロスのヘネラルルナ通り周辺で無蓋トラックに乗せられた母を見かけたことです。「ホセファ」と呼びかけたそうですが、母は身振りで彼に立ち去るよう合図しました。コリャスが抗日運動の仲間と疑われないためでしょう。

一九四五年の一月末か二月初めだったと思います。母は最後にマニラ北墓地《セメンテリオ・デル・ノルテ》に連れて行かれ、そこで処刑されました。どうやって殺されたのかは分かりません。

スニガ博士はオラニの状況を報告する。

日本軍は父を捜し回って見つからなかったので、私を逮捕してディナルピハン町マビニ地区にあった兵営に一カ月間、監禁しました。ドーリンおばさんが二人のフィリピン兵を匿まっていたし、祖母は死の行進から脱走した人を養子に迎えたので、疑ったようです。奴らは、ドーリンおばさんの夫ともう一人の親戚の男性、そして私を逮捕したんです。

奴らは私たちに墓を掘るように命じ、五〇も墓穴を掘らなければなりませんでした。奴らは墓一つに民間人の遺体を二つ埋めることもありました。食べ物は祖母の家から一日に洗面器二個分ほど送ってくれ、日本兵も一緒に食べたんです。奴らも飢えていたからです。

ディナルピハンの自宅の農園にコメはありましたが、肉も魚もありませんでした。魚はオラニ町から来るのです。祖母は何とか食物を送ってくれました。

一九四四年一〇月まで、日本人は父がゲリラだと主張し、私の方は「父はパンガシナン州でもう一人の奥さんと暮らしている。その人がパンガシナン出身だからだ」と言い続けていました。父はゲリラでしたが、パンガシナン州サンキンティンの町で別の女性と暮らしていたのは事実です。奴らは私の言うことを信じず監獄に入れっ放しでした。そこで多くの人が水責めの拷問を受けるのを見ました。顔にタオルをかぶせ、その上から水を注ぎ、犠牲者の息を詰まらせるのです。

私たちは処刑される前の囚人を縛る役目をやらされました。奴らがどうしたかって言うと、囚人を立たせ、数回、向きを変えさせた後、銃剣で突き刺すのです。本当に恐ろしかった。私たちは見ることを許されなかったので背中を向けていました。でも、次は自分かもしれないのですよ。まるでロウソクが燃え尽きる時のように恐ろしさで溶けてしまいそうでした。

最初、突き刺す音が聞こえます。銃剣が肉にぶつかるんです。それから、うめき声が長く続きます。時には「ハヨップ・カヨ（けだものめ）」という囚人の呪いの声が聞こえました。それは日本語の「オハヨウ」と似た発音なのですが、もっとすごい言葉もたくさん聞きました。私が実際に銃剣で刺されるところを見たのは一人だけでしたが、たくさん人が殺される現場にいたのは間違いありません。

釈放されると、私はディナルピハンまで魚を持って行ってコメと交換して、母や兄弟姉妹を食べさせました。

カランバ大虐殺の夜、アマディング・レイエスとその家族は直前にかろうじて逃れ、町を離れることができた。一九四一年、カランバの教会が爆撃された時と同じように、本当にわずかな時間差で死を免れたのである。

一九四四年一〇月中旬、連合軍が進攻して日出ずる国が沈みかけると、日本軍は自暴自棄な手段を採用したのです。日本軍はカランバの一〇歳以上の男で銃をかつげる者を全員狩り集めました。そして、以前は住民がたくさんいたレアル集落は文字通り、殺戮の地《キリングフィールド》になったのです。集められた者は皆、銃剣で突き殺されました。

「マカピリ」という悪夢のような存在が生まれたのもこの時期でした。マカピリとは日本びいきのフィリピン人で、素性を隠したまま欲に目がくらんで同朋を裏切り、ゲリラ容疑者を名指ししたのです。

アメリア・マラシガン・デレオンは当時、幼くて悪名高いリパの大虐殺が何のことかも分からなかった。

私が知ったのは後になってからです。人々は全員、銃剣で突き刺された後、井戸に放り込まれたのです。《訳者補足18》

復讐心に燃えたフィリピン人ゲリラが日本軍スパイ容疑があるフィリピン人を殺した事例も幾つかある。ロサリナ・モンクーパはこれに関して証言している。一九四四年の末、父親はディナルピハンの警察官として町内を自由に動き回れたので、日本軍に気づかれずにゲリラに情報を流していた。

父はあるゲリラ集団と会合する予定になっていて、別のゲリラを通して連絡を取ろうとしたところ、そのゲリラは父をマカピリと疑い、口実を設けて父を避けました。本物の接触相手が来た時、信じなかったのは今度は父の方でした。父は本物が捕まって投獄されていると思ったのです。第三のゲリラ集団が父を日本のスパイだと信じ込み、追跡しました。第一集団が父を敵ではないと判って連絡を取ろうとした時には、第三集団がすでに父を殺してしまった後でした。

父を殺した人も最後には殺されました。でも、その人の名前は知りません。しょうがありませんよ。殺人は日常茶飯事で大したことじゃなかったんです。鶏を殺すのと同じだったのですから。

コリン・カンポスは思い出す。ラウニオン州バウアンに祖父の大きい屋敷があったが、他の大邸宅と同じように日本軍に接収されていた。

一九四四年のクリスマス前です。アメリカ軍がリンガエンの爆撃を開始しました。当時、空中戦《ドッグファイト》を随分見ましたよ。山の上から数百隻ものアメリカ軍艦艇が見え、小さいおもちゃのようでした。父はアメリカ軍による解放を歓迎したいと考え、私たちは暗闇に紛れて小舟に乗り、パンガシナン州ファビアンまで沿岸を南下したのです。着いたのは翌朝でした。

そこからリンガエンは二〇キロしか離れていなかったが、マッカーサーはその数日後に、ルソン島に上陸することになる。誰も彼も戦闘から逃げ出している時、コリンの父親が作戦の実施を自分の目で見たいと望んだことは確かだ。

一九四五年

アメリカ軍がリンガエンから南下し、レイテ島から北上してくると、バタアン州民は再び丘陵地帯や養魚池地区、マングローブの沼地に逃げ込んだ。今度は日本軍がバタアンへ退却してくる番だった。マニラを動けなくならずに済んだ人々も田舎へ向かった。バナナの皮で靴磨きをしていたオスカル・オカンポもその一人だ。

マニラが無差別砲撃地帯にされてしまい、命も手足も吹っ飛びそうになったので、兄貴と私はグアグアのナティビダッド村に戻ることにしました。何とか車に乗せてもらうことができました（おそらくオスカルが日本軍要人とのコネを利用したのだろう）。トラックに鈴なりになった日本軍の兵隊が北部防衛に急行しましたが、それに便乗したのです。

ブラカン州マロロス付近までたどり着いたかと思うと、トラックはアメリカ軍の砲火を浴びた。

私たちはかろうじてトラックを飛び降りて間に合ったのですが、乗っていた日本兵の大半は殺されました。兄とパンパンガ州まで残りの道のりを歩き、ナティビダッドの家族と再会できたのです。

「戦争も終わりに近づいたころ、カラタガンで戦闘がありました」と、エンリキートは回顧する。戦闘の翌日、千人もの日本兵の死体がパロラの海岸に並んでいた。

ビガア大農園〔訳注45〕の中に黒い扉《ピントン・イティム》と呼ばれる洞穴があって、カミカゼ特攻隊の海軍飛行士たちが駐屯していました。私たちは毎朝、彼らが出撃する前の姿を丘から見ていました。彼らは白い軍服に身を包んで、日本語の文字が書かれた白鉢巻をしめ、敬礼してから神に祈り、仲間一人ひとりと敬礼を交わして別れを告げました。それから、プンタバルアルテ町にあるサンチャゴ・ソベル川から出撃しました。日本軍は、エンジンがクライスラー製で、両舷側に引き金付きの爆雷と船首部分を取り付けた合板製哨戒艇《訳者補足19》を使っていました。相手の船に船体を突っ込ませます。それでこの世とおさらば、フィニート、お仕舞いです。

　黒い扉《ピントン・イティム》には武器弾薬庫を警備する日本兵約五〇人がいて、私たちは丘の上から見ていました。奴らを銃撃してやろうか、それよりも毒殺してやろうと考えたのを思い出します。夜になると兵隊たちが飯ごうに水を汲みに泉に来ました。カチャカチャいう音だけが聞こえました。銃撃と毒の両方を使って奴ら全員をやっつけました。奴らはとうとう武器弾薬庫を炎上させたんです。まるで七月四日の独立記念日〔訳注46〕の花火さながら三週間、燃え続けました。私は機銃数丁を農園に持ち帰れたので、日本兵器コレクションの展示物として飾りました。

　それから数日すると、ナスグブにいるおじのジョー・マクミッキング〔訳注47〕から伝言が届きました。彼はナスグブの第一一空挺師団の所属でした（レイテ海岸に上陸するマッカーサーの後ろに写っている軍人の一人が彼です）。

　第一一空挺師団の兵士のほとんどはチェロキー・インディアン〔訳注48〕で、アメリカ軍がどうして勝てたのかわかりませんね。兵士たちは皆、下痢でへばり、朝になっても不平たらたらで、偵察に出たがらなかったと言います。前の晩に映画を見せてもらえなかったとか、アイスクリームが出なかったとかね。

　父と私はジョーおじに会いに行くのに五時間かけて歩きました。そして、父は第一一空挺師団に入隊するために残りました。父は私に伝令をつけてカラタガンへ帰し、伝令はまたナスグブに戻って、父から私への伝言を届ける手はずになっていました。父の伝言は、私たちをどこで収容するかを知らせる予定でした。家族全員です。

しばらくして、ジョーおじは私たちを収容するために、トラック部隊をカラタガンに派遣しました。ところが、ルクスヒン集落辺りで待ち伏せの日本軍に襲われ、アメリカ兵全員が殺されました。

二度目のメモが届き、父はバロンバトで私たちと合流すると言うのです。家族総勢八人は翌朝、バロンバトに着いて、夕刻まで待ちましたが、誰も現れません。日本人が見ていたのは確かです。ある場所でアメリカ軍戦闘機P－38が二機、頭上を飛んでいたのですが、急いでフィリピン国旗を地面から除去しなければなりませんでした。空から見えるように地面に広げておけと、父から言われていた旗です。

次の日、私たちが再びバロンバトに行くと、ジョーおじが三隻の上陸用舟艇（LST）と一緒に待っていました。祖母のドーニャ・マルガリータは二〇〇ポンド（約九〇キロ）以上もある体で鶏を何匹も抱えて、上陸用舟艇によじ登ったんですよ。その光景を想像できますよね。誰だって船によじ登るのは難しいけれど、特に太った人はね。マニラに向かって航海しました。途中、レメリーに寄港してパン屋《バナデリア》でビスケット類を買いました。一人の日本人捕虜が生皮を剥かれて苦しんでいました。ジープのバンパーとラジエーターにくくり付けられていたのです。

ロサリナ・クルス・モンクーパが語るには、山間部の実家に戻る際の問題は少しでも生き残るチャンスを多くしようとして退却する日本兵が密着して来ることだった。ディナルピハンの人々にとって最大の迷惑だった。退却中の日本兵と行を共にすれば、アメリカ軍の砲火を引き寄せるからだ。

特に退却前の数日間、日本兵は肉体的拷問を多用し、理由もなく人を殺しました。銃剣や日本刀《サムライ》を使うばかりか、大きな木材で背中を殴ったり、水を満たしたドラム缶に頭を沈めたり。そういう類のひどい虐待行為でした。

オラニの理髪店の息子、ロヘリオ・ダビッドは当時八歳で、姉妹と一緒に自分たちが掘ったサツマイモ《カモテ》を売っていると、爆撃が始まった。市場に逃げ込んだものの逃げ惑う群集に押しまくられた。

姉と私に怪我はありませんでしたが、多くの人が爆弾に当たって死んだり、怪我をしました。

同じオラニにいたマルセロ・ダビッドは当時一二歳で、パラシュート爆弾がゆっくりと降りて来るのを目撃した。

アメリカ軍は、日本兵がいると思って国道を爆撃したのですが、爆撃されたのがフィリピンの民間人だったことを知らないでしょう。アメリカ軍はフィリピン人がとっくに避難していると思っていたんです。私たちは養魚池地区に逃げ、アメリカ軍が爆撃を止めてから町に戻ったのです。数時間後、爆撃機がやって来たので、また養魚池地区に逃げました。結局、二往復したわけです。

セサール・スニガは思い出す。

ディナルピハンで、私がまだ魚とコメの物々交換の商売をしていた時、パラシュート爆弾が雨みたいに降ってきました。多くの民間人はパラシュートにくっついている箱が食料だと思い、爆弾に向かって走っていきました。アメリカ軍の爆撃機は来襲しても日本軍からの反撃の砲火がないとわかって、やっと爆撃を止めました。でも、その時までに多くのフィリピン人が死にました。

アメリカ人のバタアンの恨みはとりわけ深かったに違いない。三年半前、同朋が死の行進をさせられたのだから。スニガは続ける。

私は、サンバレス、パンパンガ、バタアンの三州が接するテラノスに行ってアメリカ軍の到着を待ちました。オロンガポに通じるジグザグ道を偵察していると、数人の日本兵がフンドシ姿で水浴びしているのが見えました。数人のアメリカ兵に自分が見たことを話すと、アメリカ兵が捕捉しようと駆けてきました。それで見張りに戻りました。日本兵は手榴弾を敵に投げ、敵もろとも自分も死ぬと聞いていたので、見つからないように茂みに隠れました。数日後、ある日本兵はオラニの教会の天井裏に潜み、数日後、信者の群衆に手榴弾を投げつけましたよ。

アメリカ兵は心優しく、手を上げた日本兵一人を撃たずに捕まえました。他の日本兵は逃げてしまいました。日本兵は軍服を捨ててフンドシ姿になっていれば、アメリカ兵が兵隊と疑わず地元のフィリピン人と思うだろう、と期待していたようでした。

その後、私はオラニに戻って家族と合流しました。オラニの広場に面した教会の壁に何を見たと思いますか。教会を囲む壁の上に日本人の首が一〇個ばかり並べてありました。アメリカ軍はフィリピン人の仕業にすごく怒りました。「ろくでなし。何てことだ」と悪態を吐いたのが耳に入りました。少なくともアメリカ人はジュネーブ協定［戦時捕虜に関する国際協定］を尊重していましたよ。

弟、妹、母の三人はすでに養魚池地区からオラニに戻っていましたが、食べ物が相変わらず入手困難でしたから、私はディナルピハンに戻り、アグノ病院でアメリカ軍のために働くことにしました。私は一一歳で日本軍の雑用係を勤め、一四歳でアメリカ軍の雑用係になったわけです。

マニラは地方と違ってどこもかしこも戦場と化し、一インチごとに血が流れ、空からは仮借なく爆弾が落ち、地上では一対一の白兵戦があった。

アラセリ・リムカコ・ダンスは言う。

人々はどこへ行ったらよいのかわからず死に物狂いで右往左往しました。タガログ語、スペイン語、中国語、英語、日本語、ありとあらゆる言語の叫び声が聞こえ、ちぎれた手足があらゆる所に散らばっていました。怖かったですよ。

その一方、彼女はこの状況に乗じて略奪に走るフィリピン人もいたことを思い出す。日本兵たちはセントポール・カレッジ地区で多数の掠奪者を発見、逮捕していた。サンファン町（現在は市制施行）のM・サルバドール通りで非常に激しい爆撃があった後、オレンダイン家の隣の日本軍兵営が炎上した。数カ月前からフィリピン人が日本軍の防衛線になった建物の壁の割れ目から忍び込み、高価な中国・山東省産の絹を盗み出すことに成功していた。

日本軍にはもはや略奪者を締め出す手段がなく

なっていました。火災はそれほど大きかったのです。とにかく、日本軍はあまり気にかけなくなったように見えました。略奪者たちは最初のうち、日本軍の気配をうかがいながらわが家の庭の方から兵営内に入り込んでいました。そこでは壁がぱくりと割れて内側がよく見えたのです。一品失敬すると、そっと日本兵に「お目こぼし」を願って逃げていたのです。ところが、日本兵が見て見ぬふりをするようになると、堤防が切れたみたい。わっと人が押し寄せてわが家の庭を踏み荒らし、運べるだけつかみ取りしていましたね。

ジョーンはそう振り返った。

ママは壁の割れ目のちょっと先にタンピピ（スーツケースとして使われる麦わらかばん）が幾つか見えるから手に取れるだけ取って来なさいと私に命じました。二個取って来ましたが、将棋倒しに踏みつぶされなくて運が良かったわ。

火勢が急に強まって、わが家に燃え移りそうになりました。ママはゼネラル・エレクトリック（ＧＥ）社製の冷蔵庫を自力で運び出しました。名前は覚えていませんが、お手伝いが生意気で、私たちきょうだいの名前を覚えようとせず、スペイン語の一、二、三、四であるウノ、ドス、トレス、クアトロと呼んでいました。そのお手伝いときょうだい四人は兵営と反対側の庭のマンゴーの木の下に身を寄せ合いました。以前に何度も両親が留守にする時、私たちを防空壕へ押し込んで行きました。妹のドリーはまだ乳母車に乗っている年齢で、私は皆に泣かないように言い続けなければなりませんでした。泣き声がどんなに上空の爆撃機の標的になりやすいかなんて理解させるのは難しいことでしたが、わが家の裏の大きな家に住んでいた中国人たちは全員で金切り声を上げるんです。お手伝いが面倒を見ていたきょうだい三人ともワーワー叫びました。火事はその夜遅くなって消えました。私たちはマンゴーの木の下で眠りに落ちましたが、四人の男たちが母の冷蔵庫を持ち上げて階段を上り、戻そうとしたのはほとんど覚えていません。

リムカコ家の隣に住んでいたボニは略奪集団の仲間に

入っていたが、どこかの穴から日本軍兵営内に潜り込んで手榴弾にやられた。

ちょうど、私たちがマラテの家から逃げ出す準備をしていた時でした。ボニがわが家の門前までやっとの思いで這ってきました。まるで焼けた肉の塊でした。ハンモックでボニの担架をこしらえました。ボニと彼のメイド、メイドの赤ちゃんが私たちの避難に加わりました。私は絵具箱と刺繍のついた枕、カトリック神父になりたい弟は聖水[訳注49]、父は銃を持って行きました。父の銃は四人の娘の一人でも日本兵にレイプされた時、「自分たちのみじめさから逃れるためだ」と後で告白しました。

私たちはタコツボ壕からタコツボ壕へと移動し、もう数えきれないほどでした。のどが乾くと壕の泥水で潤しました。妹は水を掘り当てようとしてお棺を掘り当ててしまいました。ボニはずっと担いでいくには重すぎ、申し訳ないことでしたが、途中の防空壕に残していく他はありませんでした。弟の聖水をふりかけてあげました。

狂犬のような日本兵が休まず、動く物は何でも捜索していましたから、静粛を守ることが絶対に必要でした。激しい銃撃戦に驚いて、ボニのメイドの赤ちゃんが泣き始めたんです。父は急いで母親に赤ん坊を死なすか、私たち全員が死ぬかどっちかだと言い聞かせねばなりませんでした。彼女はうなづき、父が赤ん坊を私が持って来た枕で窒息させました。私たちはその赤ちゃんとよく遊び、あやしていました。でも、何度でも言いますが、選択しなければならず、優先順位は決まっていたのです。

こんなこともあった。アラセリ・リムカコ＝ダンスは七人全員の上に体を伸ばし、死んだふりをしなければならなかった。

日本兵が付近のタコツボ壕に生存者がいないことを確かめて回っていたのです。日本兵の靴音が自分たちの壕に近づいてくるのが聞こえた時は、皆、息をつけませんでした。

特に、当時一四歳のアラセリはそうだった。

その日本兵は銃を後ろに高く持ち上げ、憎しみのこもった銃剣の一突きで私を刺し貫こうという姿勢を取ったのです。私はもう何もかもお仕舞いだと思い、大きな金切り声を上げて皆を危険にさらしそうになりました。ちょうどその時、「敵だ」と部下を促す上官の大声がして、日本兵の注意が逸れたのです。私たちの行動はかろうじて成功しました。私の心臓が呼吸よりも大きな音をたてて動悸し、私たちを死なしてしまったかもしれない。そう今でも覚えています。

タフト通りの角にある自宅とフィリピン総合病院の間で、オルトル一家は爆撃の間中、カルロスとハビエルの粉ミルクだけを持って右往左往していた。

ある時点で、ハビエルと私は総合病院で自分のオシッコを飲まなければなりませんでした。水が一滴もなかったのです。病院内にいた日本兵はパニックになっていましたから、両親は私たちを静かにさせなければなりませんでした。

カルロスはそう回顧した。

ラウル・ロクシンは三年間、マラパラ山系にいた。一四歳になって、「私たちはサンカルロスへの脱出行で山の頂きを幾つも越えました。ネグロス島の臨時政府全体が移動したのです。というのは日本軍が山間部に退却してきたからでした。《訳者補足20》戦争が終わると、父はバレヘルモソからジープに乗せられてバコロドに運ばれ、そこの市長になりました」。

バタアン、イロイロ、ネグロスの子どもたちがキャンデーバーを味わい、男の子たちが自分にも大人並みに喫煙の権利があると思ってたばこを吸い、女たちがパラシュート用の白いナイロン生地で作ったドレスを着るようになっても、マニラでは、子どもたちが大小の柱から柱へと走ったり這ったりして逃げ回っていた。バギオの子どもたちの悪夢が始まるのは、山下奉文将軍［最後の日本軍フィリピン方面軍総司令官］が一九四四年のクリスマス・イブにバギオに移ってからである。バギオの大聖堂も、そこに避難した数千人の人々も厄を免れない。

J・J・カレロは回想する。

最後の数日間、奴らはパサイのサルド通りに面して大小の家が軒を連ねる私たちの地区を全部、焼いてしまいました。三〇家族全部が大通りに逃げたのです。わが家の家財道具は二台の手押し車に積み上げて運びました。一晩中、マニラは燃え続け、聞こえてくるのは祈りの声だけでした。フィリピン人はタガログ語で「アマ・ナミン」（われらが父よ）、スペイン人はラテン語で「パーテル・ノステル」です。大通りを横切って私たちの方へ来ようとした女の人が、銃撃されました。そして一晩中、うめいていました。

朝になると私たちはそこから移動してお抱え御者の小屋に移りましたが、その四日後の二月一一日にアメリカ軍が到着しました。第一騎兵師団のメキシコ人兵で、タガイタイから歩いて来たのですが、全滅しました。ビトクルスのリサール記念コリセウムか、イントラムロスで殺されたと聞いています。

一九四五年二月一二日、デラサール大学の大虐殺が起き、四一人の犠牲者のおびただしい血が流れた。その後の四八年間、現場は茶色で縁取りして、何度も何度もペンキが塗り重ねられたが、その血の痕は消えることがない。血は今でも滲み出してくる。

当時五歳だったフェルナンド・バスケス＝プラダは生き残った一人だが、アメリカ解放軍に救助された時、アメリカ兵たちは「約四インチ（約一二センチ）の厚さの血の固まり」の中から引っ張り出さなければならなかった。フェルナンドの周りで、両親と兄弟三人の一家全員が死んでいた。

一九四四年一二月の終わりか翌年一月の初めごろだろう、エルミタにあるフェルナンドの家に日本軍の兵隊がやってきて、軍司令部として使うから二四時間以内に明け渡せと言い渡した。

父は、移る先はデラサール大学が一番良い、そこのヨーロッパ人修道士の大半はドイツ人だから、と母に言いました。

日本人は多分、ドイツ人を同盟国人と考えているだろうから、と言ったという。

家族全員が大学構内に入った。父のエンリケ、母のエレナニー・ローウィンソーン、それに三人の兄とフェルナンドは大学の中庭に住まわせてもらった。

兄のエンリケ・ジュニアはベイビー・リサルラガさんと結婚したがっていましたが、父は、戦争が終わるまで待ちなさいと言っていました。ベイビーもマニラのどこかで殺されました。

窓から空中戦を眺めたのを覚えています。空襲の間、私たちは倉庫《ボデガ》に使われていた礼拝堂の階段下に避難しました。大虐殺の前夜、日本人は、クリスチャン・ブラザー（ブラザーズ・オブ・クリスチャンとして学校で教えていた修道士）の一人をアメリカのスパイだと疑って引っ張り出し、隣りのリサール・メモリアル墓地に連行して射殺しました。銃声が数発聞こえました。

翌日、私たちが地下の避難場所にいると、日本兵たちが探しに来ました。奴らは私たちを一階の廊下に引き立てて、壁に向かって並ばせました。そしてすぐに兄を、それから父を刺したのです。銃剣で首を刺し貫いたんです。兵隊一人が一人ずつ刺しました。次は私の番でしたが、母が兵士につかみかかり、銃剣を逸らそうとしたのです。それでも、私は右腕と胸に傷を負いました。

少年は、恐ろしくて腕で顔を覆ったに違いない。長い切り傷が今もはっきりと見てとれるほど、肘の下のところに残っている。

母が逆らったのに、兵隊たちは激怒したのだろう。

二、三人の兵隊が母を日本刀《サムライ》でめった切りにしました。野蛮な兵隊たちは立ち去るまでに聖職者と一般人、計四一人を殺戮しました。[訳注50] 立ち去る前に奴らは犠牲者一人ひとりのそばに水の入ったコップを置いていきました。戻って来て誰かがコップの水を飲んだか、つまり、誰かがまだ生きているかどうかを調べるためです。

父も母も二、三日間は命がありました。父は私に言ったんです。「自分のコップから飲んじゃいけないよ。死んでいることが確かな人の水を飲みなさい」って。出血がひどいと、ずっと水を欲しがるものでしょう。母が痛みで叫び続けましたので、父と私は母に水を飲ませるため、礼拝堂まで這っていかなければなりませんでした。母は寒がって毛布を欲しがりました。母は兄の冷たくなった頭が自分の体の下にあるのがわかると言いました。

　父も私も自分の居場所を離れる時、必ず日本兵が立ち去った時にいた場所を確かめて戻れるようにしました。日本兵が戻って来た時、生きていることを知られないためです。

コンクリートの床の上には、離れた時の体の輪郭が数インチの高さに固まった血でくっきりと残っていた。

　二日目か三日目のことです。父が自分の位置に這って戻ろうとしているのを日本兵が見つけ、銃剣で刺しました。銃剣は頭のてっぺんからアゴまで貫いたのです。

母親は夫が殺されるのを見ると叫び声をあげ、死の身震いをして息絶えた。夫の死の数秒後だった。

　四日ほど後に、解放軍が私たちを見つけました。そしてアメリカ兵の一人がその場で私を養子にしようとしたのですが、幸運にもフィリピン人ゲリラが私を知っていて、「だめです。この子の家族を知ってます」と言ったんです。彼は私をゴンサレス医師の元へ連れて行き、医師の家族が数日後、母の妹の所在がわかるまで世話してくれました。

　数年前、母はインドで自分の運勢を占ってもらったのですが、刀で殺されるだろうと予言されていました。インドから帰国した母は自分の妹に頼みました。「もし私の身に何か起きたら、どうか、この幼い子の面倒を見てね」って。ミニー・ローウィンソーン・マアクおばはそうしたんです。

　フランシスコ・デルロサリオは葬儀場《フネラリア》を所有していて、四一人の犠牲者全員を同じ墓穴に埋葬しました。

ナンド［フェルナンドの愛称］はとまどった表情で言った。

　しばらくして人々が遺体を掘り出した時、母親は金髪に近い髪の色で、父親は入れ歯で確認しました。でも苦労した全員の身元確認が済む前、コファンコ［訳注51］家の人々が遺骨を全部集め、マニラ・メモリアル墓園に移してしまいました。

忌まわしい大虐殺の犠牲者の中には、ホセ・カルロス家［判事一家で同判事は事件直前、日本軍に連行されたまま消息を絶った］、ラモン・コファンコ家［コファンコ財閥の一人。フィリピン長距離電話会社の初代社長でアキノ元大統領のおじに当たる］、それにセビリャーノ・アキノ［アキノ家の青年で、コファンコ家の令嬢と結婚していた］もいた。クリスチャン・ブラザー修道士一六人も殺された。

二七人の生存者の中で、ナンドが覚えているのは五人だけ。バスケス・プラダ家のメイドは一人の修道士のソウタンナ（聖職者ないしは修道士の外套）を被っていて助かった。それにバスケス・プラダ家の運転手、ラモン・コファンコと妹のルールー、修道士一人と神父一人も命拾いした《訳者補足21》。

「森にいれば安全だと思ったんです」と、アラセリは当時を語る。ところが、彼らが避難のために森の中に走り込んだ時だった。

私は顔にススや埃を塗りつけていましたが、だんだら迷彩色の制服を着た男たちが森の中に入ってくるのが見えました。引き返しようもありませんので、私たちは観念してのろのろと男たちの方に歩を運びました。降参するつもりでした。

突然、その兵士の一人がよどみない英語で怒鳴り、サンタアナ教会に面しているライグナシアナ［イエズス会のカトリック修道院］に行けと言ったんです。「そこがフィリピン民間人のいる所だ」って。彼らはＧＩだったんです。やっと神のお恵みに出会ったのです。ライグナシアナの難民センターでは友だちに会いました。一番仲良しだったインイン・フランコのお母さんが言うには、インインは殺され、彼女の妹は祖母の命と引き換えに救われたのだそうです。

祖母が住んでいたサンミゲル・プリバード館はマラカニアン宮殿の近くですが、そこで私たちきょうだいは大声がするのを耳にし、集合住宅《アクャソリア》の窓から外を見ました。人々が家から通りへとあふれ出て来ました。私たちも何がそんなに人々を興奮させているのかを見に、走って外に出ました。聖堂のあるエステロ・アビレス通りの角でたくさんの軍服姿の白人が多くの戦車に乗っていて、かなり荒々しい態度でした。数十台の戦車による重々しい地響きも怖さを倍にして、私たちは戦争が最悪の局面に入ったのだと思い込み、家に帰ってベッドの下に潜り込みました。空襲があって防空壕に行き着けない時は、必ずそうするようにしつけられていたのです。

オレンダイン家の父親は二時間後、まだ震えている子どもたちを見つけた。歴史はとっくに彼らをすり抜けて先に行っていた。

古い町並みが残る南イロコス州ビガン市（2011年）

日本軍の将校たちは、できればどこもかしこも焦土化してしまうよう命令されていた。南イロコス州ビガン市［ルソン島北部、南イロコス州都。スペイン様式の建築群が残る歴史都市で世界遺産に指定されている］を担当地区にしていた日本軍の一人の大尉はエバ・ガードナー［アメリカの映画女優］そっくり、息をのむほどの美貌とすばらしい容姿を持つ若いフィリピン娘と懇ろになった。女性の名はアデラ・ガエルラン・トレンティーノで、プリシラという赤ちゃんができていた。

ビガンの街一帯にガソリンがたっぷりと撒かれ、今にも焼き払われようとしていた。しかし、火を放つ前、くだんの大尉［訳注52］はアデラとプリシラの身を案じ、二人を教区司祭の元へ連れて行って安全に守ってくれるよう頼んだ。司祭が一つだけ出した条件はビガン市を焼かないことだった。こうして、由緒あるビガンの街は今日までスペイン人と日本人の事物の面影を残している。戦争が生んだ子どもとその母親に救われて。

エピローグ

私たちや父親たちを含め、フィリピン人が誰一人としてかかわって始めたわけではない戦争。その不協和音と混乱の中で損なわれたのは、子どもが子どもであるという奪うべからざる権利であった。フィリピン人歴史家たちが歴史を書き直すようになってやっと、あの戦争がフィリピン人の戦争ではなかったと知る日が訪れたのだが、その時には私たち、戦争の子どもたち自身もすでに成人し、歴史家の仕事の枠組みとその結論内容をあらためて検証することができるようになっていた。

重要な史実を完璧に理解しようと試みる作業は今も続いている。ためらいがちとはいえ、国民の間からはアメリカ軍基地反対の立場を支持し、「解放」という言葉を使わないように自分たちの語彙を組み直そうとする声も聞かれるようになった。なぜなら、国際通貨基金（IMF）や世界銀行、わが国の外交政策への干渉というアメリカのくびきからの「解放」は、まだ遠い先の夢だからである。

アメリカの子どもたちが人形やお茶のセットに囲まれて上品な室内ゲームに興じ、戸外では野球を楽しんでいた時、フィリピンの子どもたちに一番身近だったのは戦争の用語、すなわち、タコツボ壕や防空壕、銃弾、爆弾、銃剣、刀、火災であった。ジャーナリズムを専門とする大学教授たちは忌み嫌うかも知れない言葉である「劫火」だが、火災は広大な地域を覆いつくし、莫大な財産を破壊させたゆえに、そう表現する他はない。

アラセリ・リムカコ＝ダンスは、政権の腐敗をアメリカと日本によるフィリピン干渉のせいであると非難する。彼女によれば、多くのフィリピン人がアメリカか日本、どちらかの側に立たされ、両国のちっぽけな奴隷や操り人形にさせられたからである。

忠誠はアメリカに対してで、自国に対してではなかったんですよ。フィリピン人はアメリカ人と星条旗のために喜んで死のうとしたのです。

「ゴッド・ブレス・アメリカ（アメリカに主の祝福あれ）」〔アメリカ国歌の一節〕というわけである。彼女の見方では、日本人は自分たちの傀儡政府を持ったが、アメリカ人は空約束をしただけだった。アメリカ人について言えば、「私たちは洗脳されて、アメリカ人がフィリピン人の『白人の兄貴分（ビッグ・ホワイト・ブラザー）』で、アメリカ人に任せれば、万事うまくいくと信じてしまったのです」。

リムカコ女史はマーシャルプラン〔アメリカの戦後復興計画〕に言及して「ルーズベルト大統領はフィリピンを水牛《カラバオ》に至るまで元に戻してやると約束しましたが、アメリカが最初に復興させたのは日本や他の国々じゃないですか。今のわが国を見なさい」と言った。マニラは日本占領時代でも美しく整備された都市だったとして、彼女は「アメリカによる解放とやらまではそうでした。マニラ、特に、老朽化が進みながらも保存が良かったイントラムロス地区は宝物でしたが、日本軍の拠点になりました。アメリカ軍の砲兵が敵をたたき出そうとして激しく砲撃を加え、廃墟にしてしまったんです。言うまでもなく、そこにはフィリピン人がたくさん住んでいたのに」と強調した。かくてマニラはワルシャワに次いで世界で二番目に荒廃した都市と化したのだ。

バナナの皮で靴磨きをしていたわれらの少年、オスカル・C・オカンポは今や保険会社の重役だが、戦争の宣伝工作の側面をこう振り返った。

> 多くのフィリピン人は、「アジア人のためのアジア」とか「日出ずる国の末裔」とかいう日本のスローガンに洗脳されました。一方、アメリカ人も「われらのビッグ・ホワイト・ブラザーズ」のふりをして、汚い宣伝活動をやった点では同じです。

オカンポは、当時、子どもだったので、政治にかかわらず、生き延びることだけが最大の関心事だったのは幸いだったと言う。だが、彼は「今日、人々はもはや神を畏れず、政府は堕落している」と嘆息した。彼はそれを戦争中のフィリピン人の生き方のせいにし、戦争中、「正義は口先だけで、主権は待てども実現しなかった。政府内では策謀が当たり前で、略奪行為も例外事ではなかった。人々は罪を償わず、殺人まで犯しながら罪を免れた。罪のない人たちが罰せられた」。当時も今も変わらないと言うのだ。

バタアン州オラニのセサール・スニガ医師はフィリピン経済にとって、アメリカと日本が束縛になっているとして、こう述べている。

> 現在の状況は不快です。アメリカ製のテレビは買えますが、日本製の方が安い。この国の家電製品を見なさい。どれも日本製です。これでは経済的隷属だと分かっているが、どうすることもできない。国内で製造できればいいが、そうではない。この国にあるのは組立て工場だけだし、それも日本かアメリカの工場だ。

スニガは顔をしかめながら、コメントした。

戦争から半世紀経っても、多くの不運なフィリピン人たちにとって課題は解決していない。問題の解決は日本政府やアメリカ政府に任せきりで、フィリピン政府は責任逃れをして距離を置く方を選んでいる。

アメリカのために戦ったフィリピン人兵士やゲリラ戦士たち、つまり退役軍人の問題では、彼らは今や高齢になったが、やっと祖国が始めたのではない戦争中の軍務が認められ、ほんの数えるほどの人たちがアメリカ合州国の年金をもらっている。

この数少ない幸運な退役軍人の一人がドクター・スニガの父親で、病気になってニューヨークの復員軍人病院に入院した。

病院でコンピューターのキーボードをたたいたら、父の姓名が出てきたので入院を許可して手術してくれました。

しかし、何万人ものフィリピン人兵士とゲリラ戦士はいまだに合衆国政府から認められないままだ。

「慰安婦」と呼ばれる、かわいそうなフィリピン人女性のグループを日本政府がどう扱うべきかという倫理的問題も同様に解決されないままである。これまでに三四件の文書が提出され、日本、フィリピン両国の弁護士によって集団訴訟が計画されている。

日本政府はフィリピン政府に陳謝したが、ロサ・ルナ・ヘンソンが女性たちの先頭に立って要求している個別の補償には難色を示している。フィリピン政府はいつもの及び腰で、「慰安婦」問題に関する公式見解を発表していない。

戦争の傷跡は魂《スピリット》には残らなかった。魂こそ戦争を生き延びるための頼みの綱であった。傷が残ったのは心《サイキ》だった。ほんのかすかな物音にも反応し、電気に対する意識下の恐怖は電灯をつけることすら脅えさせ、銃にはあからさまな恐怖を示す。

フェルナンド・バスケス・プラダは外見上は陽気にふるまい、右肘に残る長い切り傷を除けば、戦争の傷跡は目に見えない。しかし、家族が皆殺しにされてから二年間、「私は話すどころか一言も口がきけませんでした」と語る。

ある日、階段に座って泣きに泣き、それからやっと話をするようになったんです。しかし七年間、私は何度も悪夢に襲われました。通りを走って逃げて電話ボックスに隠れるのですが、日本兵が見つけ出して殺すという夢です。私はデラサール大学構内で七歳になり、その年に口がきけるようになったので学校へ通い始めたのですが、毎年二月一二日に追悼ミサがありました。祭壇の下に蓋を開けた棺を置いてです。この追悼ミサでは最初の二年、私はもうろうとしていましたよ。

リムカコ一家が死んだと思っていたボニは戦後、姿を現した。タコツボ壕内に隠されて置き去りにされたのだが、まもなく赤十字に偶然発見されたのだった。アラセリの父親はフィリピン軍のマルテリーノ将軍［フィリピン人として初めて国軍士官学校の校長を務めたパストール・マルテリーノ将軍とみられる］から五〇ペソもらった。企業家精神を持つリムカコ氏はその金でパン屋を始め、まもなく生計は安定した。

戦争末期、皆が飢えているマニラに少なくとも一人、栄養の充ち足りた一五歳の少年がいた。そのアントニオ・モンクーパは「わが家にはコメ一〇袋と魚の干物二箱が蓄えてありました」と話す。それに多額の正真正銘の現金も。全ては彼持ち前のがんばりの賜物だった。

アマド・S・レイエスの家族は戦争が終わるとすぐ、モンテンルパからカランバに戻った。泥田の軟らかい地面に爆弾が一個、突き刺さっていて不発だった。

それはまるで、家族が心身共に無事で逃げ延び、生きながらえた幸運の記念碑のようでした。

アルテミオ・ルテロ・パマの父、マヌエル・A・パマ中尉は重要な文献である『パナイ島におけるゲリラ戦』（G・L・マニカン退役大佐著）に、レジスタンス政府法務部長に任命されていたとして登場する。アルテミオの息子、アレクサンダーは現在、フィリピン海軍中尉である。

エンリケ・ソベルは終戦から数日後、マニラを出航した最初のリバティ型貨物船でアメリカへ向かい、カレッジに入学した。父親の友人で、三枚目のアメリカ人コメディアン、ジョー・E・ブラウン［サーカス出身で一九三〇年代から五〇年代にかけて舞台や映画で活躍した］の好意だった。

ビル・グレイブスは一九四五年夏、アメリカ海軍と一緒にマニラに戻った。そして、戦前まで家族の邸宅だったアメリカ大使館分舎までぶらぶら歩いて行った。大使館警備員は彼を知らず、構内に入れてくれなかった。しかし、老いたイタリア人庭師が見覚えていて、身元を保証してくれた。彼は二階の昔の寝室に行ってみたが、そ

太平洋戦争記念公園（コレヒドール島トップサイド、2011 年）

こはゼネラル・ヤマシタ（山下奉文陸軍大将）の独房に使われていた。また彼はコレヒドール島にも行き、トップサイドにある彼の住んだ家の跡に立ち寄った。そこで母親の紅茶茶碗だったかもしれない陶器のかけらを拾い集めた。

最後の皮肉とも言えるが、マック・オレンダインは公式文書にすら、本名のマッカーサー・ルーズベルトを使おうとしない。

戦後一一年目のボストンでのことである。姉のジョーンはボストンで茶会に招かれた。その席で、ボストンの上品な婦人たちは戦争中の「ひどい苦難」を話題にして、フェンウェイ・ビクトリー・ガーデン植物園に野菜を植えただの、配給切符と引換えに食料を手に入れて命をつないだ、だのと話すのを聞いた。「フィリピンでのご体験はいかがでしたか」と、ご婦人方は知りたがった。「覚えていませんの」とジョーンは答えた。

覚えているに決まっていたのだが。

■訳注

訳注1　リーダーズ・ダイジェスト誌は一九二九年に創刊されたアメリカの家庭誌で、一九五〇年代ごろまでの最盛時には二一カ国語で編集され、発行部数、四〇〇〇万部を超えた。アメリカの月刊誌に掲載された記事や単行本を選んであらすじを紹介しながら、世界中にアメリカン・ウエー・オブ・ライフを広めた。現在は年間一〇回発行。近年でもフィリピンでは約八万部が売れているようだが、日本ではほとんど姿を消した。

訳注2　アメリカ西部のバラード「オー・マイ・ダーリン・クレメンタイン」に歌われる少女のこと。一九世紀のゴールドラッシュで金掘りの娘の死を歌っているが、ボーイスカウト運動で広がった。

訳注3　戦争直前だった一九四一年のアメリカのヒットソング名。歌い出しが「マリア・エレーナ、ユー・ア・ジ・アンサー

……」だったため、「ユーア」を姓と間違えた。
訳注4　ビコール地方語で書かれた古典的ラブソング。ポテンシアーノ・グレゴリオが一九一二年に作った。題名は「ある晩」の意味だが、ビコール語を知らない子どもにはサンギが金属音を想起させるので鍋を連想したようだ。
訳注5　葉たばこ輸出を中核業種とするスペイン系コングロマリット企業集団で、戦争直後までフィリピンを代表する企業だった。アキノ大統領一家が所有するタルラック州の大農園、アシエンダ・ルイシタを所有していた。
訳注6　デューイ大通りは現ロハス大通り。マニラ湾沿いの全長約八キロの美しいハイウエーで、マニラ湾の落日を有名にした。米西戦争のマニラ湾海戦でスペインを破ったアメリカのジョージ・デューイ提督に因む命名だが、独立後に第五代ロハス大統領の名を冠した。
訳注7　サンエンリケはアメリカ植民地時代にパッシ市に併合されていたが、戦後、独立の市になった。アルテミオの説明では、この間の事情が省略されている。いずれも豊かな農業都市である。
訳注8　タルハタ王女は元南ラナオ州知事。イスラム教徒が多いミンダナオ地方初の女性知事となった。マルコス政権下で戒厳令政治を批判したことで知られる。州内の氏族間闘争の調停役を果たした。一九二二年生まれ。
訳注9　エンリキートは戦後、アヤラ＝ソベル財閥を率いたエンリケ・ソベル。エンリキート、ホアキニートはスペイン語でリトル・エンリケ、リトル・ホアキンという意味で親しい関係での愛称である。
訳注10　ウィリアム・グレイブスは米ナショナル・グラフィック誌で三八年間、編集者として働き、一九九四年に編集主幹となった。二〇〇四年六月、七七歳で死去。若いころ、外交官として日本で勤務、日本語も話せたという。
訳注11　防衛軍側が都市の破壊と人命の損失を避けるため、一切の防御行動を放棄すると宣言すること。マッカーサー将軍は全軍をバタアン半島に転進させた後の一二月二六日、オープンシティを宣言、マニラの報道機関が伝えた。しかし日本軍は市内に空爆を実施した。第二次世界大戦中に無防備都市宣言が出されたのはマニラの他にブリュッセル、パリ、ローマ、アテネがある。日本軍は一九四五年、アメリカ軍のフィリピン反攻時、主力部隊がマニラを離れたにもかかわらず、無防備都市宣言を発せず、マニラは焼け野原と化した。
訳注12　バタアン州では海水魚の養殖が今も盛んで、ここでは養魚池が集まっている地区を指す。以下、養魚池地区と訳す。
訳注13　両方ともバタアン半島東岸の内陸部にある町。バタアン第二次作戦ではアメリカ・フィリピン軍の第一防衛線に位置した。
訳注14　第一次バタアン戦役で日本軍の最初の作戦拠点になった町。アメリカ・フィリピン軍は同町南方の高地に防衛線を敷いていた。
訳注15　タルラック州にあったアメリカ軍オドーネル基地のこと。日本軍がバタアン戦役の後、捕虜収容所に使ったが、劣悪な環境の中で二万人以上が死亡したといわれる。
訳注16　ソベル家が一九二九年に設立した不動産開発会社。マカティ市の都市・住宅開発を行い、マニラ首都圏のビジネスセンターに成長させた。
訳注17　マニラ・ポロクラブは一九〇九年、アメリカ植民地政府のウィリアム・キャメロン・フォーブス総督の肝いりで創設されたスポーツクラブ。現在はマカティ市の最高級住宅地、フォルベスパークに所在し、フィリピン最上流階級の会員制クラブである。近年、フィリピンの国民的英雄になったプロボクサーのマ

ニー・パッキャオが入会を拒否された。
訳注18　フィリピン国鉄の主要駅。当時の駅は鉄道機能が他に移転し、マニラ庶民のショッピングセンター、デビソリアの一角でモールの一部に使われている。
訳注19　ロペス財閥に近いルフィーノ企業集団の創業者。ユーヘニオ・ロペスのマニラ電力会社（メラルコ）買収に協力した。
訳注20　マヌエル・ロハスは戦後フィリピンの二人目の大統領。戦争中、自国に残って地下に潜っていたが発見され、日本軍に協力を求められた。戦後、マッカーサー将軍が対日協力者とみなさず復権させた。ロハス大統領は一九四八年、対日協力の罪に問われていた人たちのほとんど全員を特赦した。
訳注21　ヌエバエシア州の都市。アメリカ兵捕虜が収容されていたが、一九四五年一月、アメリカ軍特別任務部隊が捕虜五一二人を解放。この作戦は映画化されて有名になった。
訳注22　エドワード・クーダーは一九二四年から四一年まで一七年間、ミンダナオ各地でアメリカ植民地政府の視学官として教育制度の普及に尽力した人物。ミンダナオ地方語をマスターして、ダトゥと呼ばれるイスラム教徒の地方有力者の子弟を自ら教育し、イスラム教徒としての存在理由の回復を推進した。マレー系住民に対する日本の脅威を早くから意識したとされるが、戦後、フィリピン政府でミンダナオ問題の顧問を務めた。
訳注23　アラセリ・リムカコ＝ダンスはフィリピン最長老の女流画家で、美術教育家としても知られる。一九二九年生まれ。
訳注24　比米戦争の古戦場。アギナルド初代大統領のルソン北部への退却を助けるため、デルピラール将軍が峠を防御して戦死した。
訳注25　ＧＩは第二次世界大戦中にアメリカ陸軍兵士を指すスラングとして流行した。召集された兵隊は「官給品」も同じという軍内の冗談から生まれたというが、語源は特定されていない。使われたのは一九四三年ごろから。現在はテレビドラマやロックバンドの名前で残っている程度。
訳注26　フィリピン知識人の間には、コモンウェルス政府を含めたアメリカ植民地統治の時代を「平時」（ピース・タイム）と呼ぶことに、原著が出版された一九九〇年代にも抵抗感が残っていたようである。
訳注27　本名はテレサ・マリア。フィリピン文化センター理事長を一九九六年から一〇年間、務めた。バタンガス州リパの名家出身。
訳注28　リム将軍はアメリカ国防大学を最初に卒業したフィリピン軍人の一人。アメリカ極東軍の師団長としてバタアン作戦に参加して投降。その後も抗日ゲリラと接触を保ち、一九四四年にオーストラリアに脱出しようとして失敗、同年一二月、サンチャゴ要塞内で斬首により刑死。
訳注29　英国生まれのアメリカ人作家、フランシス・ホジソンの名作児童文学。主人公の名はセドリック。
訳注30　一九二〇―三〇年代のアメリカのヒットソングで「私は希望という名のシャボン玉を吹き続ける」というテーマ。
訳注31　第一次世界大戦ごろから英国やアメリカで歌われた。「やがて雲が晴れるまで」という意味。一九四六年に不世出のアメリカ人ミュージカル作曲家、ジェローム・カーンの伝記映画の題名としても知られる。
訳注32　パナイ島にはイロイロ、アクラン、アンティケ、カピスの四州がある。フィリピンで六番目に大きい島だが、海抜二〇〇〇メートル級のマジャアス山がそびえて非正規戦に適している。
訳注33　ローマ・カトリック教会は「公教要理（カテキズム）」で守護天使の存在を認めており、フィリピン庶民の多くは実在を信じている。個々の信者には神によって指定された守護天使が

おり、一生の間、守って天国に導くとされる。フィリピンでは中国系の聖人信仰と重なり、特に聖像崇拝が盛んである。

訳注34　ビリャモール少佐はフィリピンで日本軍のゼロ戦と戦った数少ないパイロット。一九四一年一二月一二日、バタンガス上空でP-26に搭乗、零戦と空中戦を演じた。オーストラリアから国内に再潜入して抗日ゲリラを組織した後、四二年一二月、オーストラリアに脱出して国内ゲリラとの情報連絡の中心となった。最終階級は大佐。マニラ首都圏の空軍基地は同大佐の名を冠している。一九一四―七一。

訳注35　ベネディクトはマルコス政権で悪名高かった取り巻きの一人。西ネグロス州でサトウキビ大農園を経営、マルコス政権の国立銀行頭取、国家砂糖庁総裁、駐日大使を歴任した。一時、国外亡命したが、一九九一年に帰国して二〇〇〇年五月に死去。

訳注36　フィリピン上院議員には第六期国会（一九六七―七三年）にレオナルド・ペレス氏がいるだけ。同氏はビサヤ地方ミンドロ島の出身で、ロクシン氏の記憶違いかもしれない。

訳注37　日本占領下の第二共和国の独立宣言は一九四三年一〇月一四日。フィリピン立法議会は一九三五年から四五年までこのビルに置かれたが、現在は上下両院とも移転し、国立美術館になっている。マニラを代表する建築物の一つ。

訳注38　ラファエル・アルナンはラウレル政権の農商長官。戦前のケソン第二期政権では内務長官、農商長官を務めていた。一八八五―一九四七。

訳注39　マラテ地区はマニラ市の最南端で、さらに南下するとパサイ市となる。西側はマニラ湾。アメリカ植民地時代のマニラ都市計画でアメリカ人と富裕層の住む高級住宅地として開発されたが、マニラ攻防戦で破壊された。一九七〇年代から商業地に変貌、ナイトタウンとして観光客が集まる。

訳注40　アヤラ財閥の祖、ハコボ・ソベルと結婚したアントニオ・メリアンの家族。メリアンはマニラの不動産開発で成功したが、一九二〇年代の大恐慌で破綻、事業は全面的にアヤラ財閥に移された。

訳注41　RCAはアメリカの電気通信会社で、一九二四年にフィリピン支社が設立された。初のアメリカ・フィリピン間電信回線を通じさせ、テレックス業務、送金業務などでフィリピン経済界に大きな地歩を占めた。戦後、フィリピン企業のフィルコムに変わり、ミンダナオ地方の電気通信事業に特化している。現在は独占的な電気通信企業、PLDTの傘下にある。

訳注42　ソベル家の一員だが、青年時代に脊髄を痛めてモダニズムの画家となり、国際的にも知られた。美術界の後援者としても活躍。一九二四―八四。

訳注43　米語で小型の乗合バス。戦後、フィリピンではアメリカ軍払い下げのジープを改造した車体を使ったのでジットニーと合成されてジープニーという言葉が生まれた。

訳注44　ジョニー・コリャスは在サンフランシスコ・フィリピン人商工会議所会頭。ニノイ・アキノ上院議員とフィリピン大学の同級生として、コリー・アキノ夫人に大統領選出馬を決断させた人物として知られる。

訳注45　アヤラ財閥が現在も会社形態で所有する大農園で、ビーチや森林、牧草地など計約九七〇〇ヘクタール。

訳注46　フィリピンは長く自国の独立記念日をアメリカのそれと同じ日にしていた。現在、七月四日は両国友好記念日。

訳注47　父の妹、メルセデス・ソベルと結婚したアメリカ人で、名前はジョセフ。戦後、アヤラ財閥を一九六〇年代後半までアルフォンソ・ソベルとともに経営し、マカティでの都市開発事業に着手するなど近代企業への脱皮に貢献した。エンリケは一九六八年、マクミッキング家からの融資でアヤラの株式を購

入、財閥総帥の地位に上った。
訳注48　北アメリカ先住民で最大の部族の一つ。一八世紀から西欧人と接触があった。アメリカ南部が中心居住地だったが、現在はオクラホマ、北カロライナ両州に多い。
訳注49　聖水はカトリックでは聖職者が特別の祈りを捧げて聖別した水を指し、悪魔から身を守るとされる。ミサに教会を訪れた信徒は水盤の聖水で手を清めてから十字を切る。
訳注50　虐殺事件は二月一二日正午前後、日本軍の一隊が学内に侵入してから発生した。事件の経緯についてはフィリピンで幾つかの研究報告書が出版されているが、フェルナンドの回想とは食い違っている部分も多い。犠牲者はデラサール大学で教育に当たっていたカトリック修道士一六人、避難していた四家族二二人、学校用務員三人、計四一人。デラサール大学はアメリカ植民地政府の下でプロテスタントが優勢になるのを懸念したカトリック団体の「クリスチャン・ブラザーズ」が一九一九年に創立した。フィリピンの大学には国立、私立があり、デラサール、アテネオ・デ・マニラの両大学は日本での早稲田、慶応に当たる私学の雄である。
訳注51　コファンコ家は一九八六年のピープル・パワー・レボリューションでマルコス政権を打倒し、大統領に就任したコラソン・アキノ大統領の実家。ルソン中部にサトウキビ大農園、ルイシタ・アシエンダを所有する華人系財閥で、フィリピン長距離電話会社（PLDT）の大株主でもある。
訳注52　日本軍将校は高橋フジロウという名で憲兵隊長だったとされるが、詳細は不明。二〇〇九年、フィリピンのボナ・ファルハド監督がこの物語を「ILIW（郷愁）」という題名でインディー映画化した。主役を演じたのは日本の俳優、高嶋宏行。

■訳者補足

《訳者補足1》
一九四一年一一月当時の在比アメリカ軍戦力は以下の通り。
地上兵力　兵員　アメリカ軍一九、一一六　フィリピン軍一一、九八八　戦車五四台、対空砲一個連隊
航空兵力　戦闘機一七五　四発爆撃機三五　双発爆撃機三九　偵察機など五八
日本軍の一二月八日の攻撃
指向兵力　海軍第一一航空艦隊、陸軍第五飛行集団
クラーク基地　爆撃機五三　戦闘機五一
イバ基地　爆撃機五四　戦闘機三六
ルソン全般　爆撃機七一　戦闘機　七二
日本は戦闘機七機、パイロット七人を失った。
被害（アメリカ）
航空機　四発爆撃機一八　戦闘機五五　その他三三　死者八〇
負傷者一五〇
[参考文献]
『真珠湾、クラーク基地の悲劇　責任はだれにあるのか』ジョン・コステロ著の1「恥辱の日々」（左近允尚敏訳　啓正社一九九八年）

《訳者補足2》
日本軍当局が一九三〇年代からフィリピンに諜報要員を送り込んでおり、その一部が日本占領期に正規の軍人として姿を現したという話は本書の中で繰り返し語られている。だが、こうした非合法のスパイ活動については終戦時に証拠資料が処分され

たとみられ、確認作業は非常に困難である。戦争末期、ルパング島に残置諜者として派遣され、戦後二九年余にわたって島内に潜んで、戦闘行動を継続していた小野田寛郎陸軍少尉は諜報要員教育機関の中野学校二俣分校出身だが、よく分からない部分が残っている。山下大将の下で第一四方面軍作戦参謀だった堀栄三元陸上自衛隊将補（一三―九五）の著書、『大本営参謀の情報戦記』（文藝春秋社　八九年）に記された情報をまとめておく。（1）フィリピン作戦当時、マニラには陸軍中野学校の教官であった谷口義美少佐を機関長とする「第一四方面軍防諜班」があって、あらゆる非合法手段をも使ってアメリカ軍、フィリピン政府、フィリピン内のゲリラ、民間の主要反日分子に関する情報の入手、テロ活動、偽情報の流布などの秘密戦を実施した。（2）谷口機関の本部はマニラ（一説にマビニ通り）に「比島植物研究所」（一説に「自然科学研究所」）の看板を掲げ、指揮下の人員は中野学校出身者だけでも九八人、付属人員を併せればおそらく一五〇人ぐらいだった。（3）秘密戦の指揮は参謀副長、西村敏雄少将。（3）アメリカ軍のマニラ進攻後も潜伏活動を続けたのは「南冥機関」の名称を持つ山路長徳少佐指揮の将兵二〇人（うち商社員二人）だった。（3）小野田寛郎少尉は四四年一二月に防諜班配属となり、ルバング島で無線残置諜者の班長となった（4）防諜班の大木矗夫少尉はリンガエン湾のある町で化粧品屋に変装して、アメリカ軍の上陸を手引きする敵スパイ群との戦いに従事した。

《訳者補足3》

フィリピンにおける太平洋戦争は一九四一年一二月八日正午すぎ（フィリピン時間）、台湾を出撃基地とした日本海軍第一一航空艦隊を中心とする爆撃作戦編隊のルソン島クラーク（パンパンガ州）、イバ（サンバレス州）両航空基地への飛来で本格的に始まった。日本軍はこの日、無防備で駐機していたアメリカ極東軍のB-17爆撃機、P-40戦闘機、計一〇四機を破壊し、アメリカのアジアにおける航空戦力は一挙に消滅した。アメリカとフィリピン側の人員の損害は戦死八〇人、負傷一五〇人。当時、アメリカ極東軍総司令官だったダグラス・マッカーサー将軍は本国に対して、「日本爆撃機の一部は白人の操縦した場合を除き正確ではなかった」と報告したが、爆撃は正確無比であった。マッカーサー将軍はアメリカ軍事史上まれに見る戦争準備の失敗を犯したが、フィリピン攻撃直前の真珠湾の悲劇に隠れて責任を問われることがなかった。アメリカのルーズベルト政権は同年八月、英国との密約でアジアにおける対日防衛線をハワイからフィリピンに前進させ、その主要戦力をフィリピンのアメリカ航空軍、シンガポールを母基地とする英海軍が担うことを決めていた。アメリカ陸海軍は当時の新鋭重爆撃機B-17二〇〇機のフィリピン配置を決定、開戦当時は約三〇機が到着していた。日本軍の対フィリピン戦闘行動は一二月七日に台湾南方バタン島の占領、続いて八日朝にはルソン島北部、トゥゲガラオ飛行場（マウンテンプロビンス州）、バギオ市兵営などへの空爆が行われた。一方、海軍第四飛行戦隊はダバオ港に停泊中のアメリカ水上機母艦を攻撃した。参考文献は『戦史叢書　比島攻略作戦』（防衛庁防衛研修所戦史室著、朝雲新聞社刊、初版は六六年一〇月二五日）、『真珠湾、クラーク基地の悲劇　責任はだれにあるのか』（ジョン・コステーリョ著の『恥辱の日々』の翻訳書、左近允尚敏訳、啓正社発行　九八年四月二〇日初版）など。

《訳者補足4》

日本軍のイロイロ市を含むパナイ島攻略作戦は一九四二年四月中旬に実施された。担当部隊はダバオ攻略作戦に参加した陸軍河村支隊（河村参郎陸軍少将）で、約半月で終了した。アメリカ・フィリピン軍はパロイ山など山岳部でのゲリラ抵抗戦に入った。パナイ島はその後、アメリカ軍の指令と補給支援を受けたペラルタ中佐のゲリラ部隊が優勢で、ビサヤ地方の抗日拠点の一つとなり日本軍の駐屯部隊を最後まで苦しめた。

《訳者補足5》

ダグラス・マッカーサー将軍はアメリカ陸軍参謀総長を退職した後、一九三五年にフィリピンのマヌエル・ケソン初代大統領の招聘で軍事顧問となった。翌年にはアメリカ陸軍を中将で退役し、フィリピン軍の陸軍元帥に就任、当時としては破格の給与・手当、年額三万三〇〇〇ドルを得た。四一年七月、アメリカ極東軍司令官として軍務に復帰した。フィリピン軍事顧問としての退職金は五〇万ドルであった。さらにマッカーサーは四一年一二月、フィリピン政府に三五万ドルの経費を請求、支払われた全額をニューヨークで株式投資したといわれる。アメリカは一九〇四年、対日軍事戦略「オレンジ計画」を決定し、適宜、内容を改定してきたが、フィリピン防衛隊の任務はマニラ港のコレヒドール要塞の確保に限定されていた。四〇年、アメリカ参謀本部は「レインボー5」計画を基本としてルソン島の全域における水際防衛、特にマニラ湾全域を堅持する方針に変更、マッカーサー将軍がアメリカ極東軍司令官に任命された。しかし、同将軍は開戦直後に制空権を失い、所定の計画を放棄してマニラを無血撤退、バタアン半島に兵力を集中した。撤退に当たってアメリカ軍は軍事施設、産業施設を日本軍に利用されないように徹底破壊した。フィリピン攻防戦については、アメリカ陸軍省が五三年に公刊した公式戦史、『第二次世界大戦におけるアメリカ陸軍』（ルイス・モートン、ローランド・ルッペンタール共著）があり、その一部である「フィリピン陥落」全文はインターネット上で閲覧できる。バギオでは精錬作業待ちの銅鉱石の山が全てアメリカ人の手で断崖から投げ落とされた。日本人に手に入れさせないためだった。

《訳者補足6》

エンリキート（エンソ）・ソベルはフィリピン最大のスペイン系富豪一家、アヤラ財閥の総帥となった人物。アヤラ財閥の始まりはドミンゴ・ロハスとアントニオ・デ・アヤラの二人が一八三四年に酒類製造・販売企業を設立したことに始まる。その後、保険業を主体とするようになり、一九一四年、アヤラ一族を構成するソベル、ロハス、ソリアーノ家に分割された。エンリケの祖父、エンリケ・ソベル・デ・アヤラが「アヤラ・イ・コンパニア（アヤラ・コーポレーション）」を設立して初代社主となった。エンリケはマニラ市郊外のマカティにあった農場を基盤に不動産開発事業に取り組み、現在の金融・ビジネスセンター、マカティ市を誕生させる大成功を収めた。その後、アヤラ・コーポレーションは金融界に進出し、フィリピン第二位の商業銀行、バンク・オブ・フィリピン・アイランズ（ＢＰＩ）を育て上げた。七〇年代、アヤラ財閥はココナツ油加工などの製造業部門では三菱との提携を推進した。初代エンリケの長男、ハコボは軍人の道を歩み、太平洋戦争中は、アメリカ極東軍の大佐として情報部門で活動し、バタアン死の行進を生き延びた。エンソは六七年、おじのアルフォンソからアヤラ財閥の最高経営責任者（ＣＥＯ）を引き継ぎ、事業の多角化を実現させたが、八三年、アヤラ家の内規に基づいて五七歳で引退した。同財閥は時々の政権とは常に一線を画し、中立を維持している。ソベルは創業者アントニオの娘、トリニダードの夫、ハコボの姓である。この項は主としてエリック・ビンセント・バタリヤ・デラサール大学准教授の論文「フィリピンにおける財閥発達の研究　アヤラ・モデル

（英文）」（京都大学東南アジア研究所　一九九九年六月発行の「東南アジア研究」三七巻一号所収）に依拠した）

《訳者補足7》

日本軍の第一六師団はバタアン半島に立てこもったアメリカ・フィリピン軍を攻略するため、一九四二年一月七日、パンパンガ州からバタアン半島の東部に進出、バタアン州ヘルモサ町を占領した。第一次バタアン半島攻撃作戦の始まりである。両軍の抵抗は予想以上に頑強で、サマット山の防御線で進撃を阻まれた。日本軍は当初、ヘルモサに近いオラニ町に砲兵陣地を構築、次いで前線司令部を置いた。両軍の火力が優勢で日本軍に死傷者が続出した。二月一日、半島西部に上陸作戦を敢行した木村支隊（陸軍第二〇歩兵連隊が主力）と先行していた恒廣支隊（同連隊）が包囲殲滅された。第一六師団主力は同半島東部から進撃したが、サマット山の両軍防御線を抜けず被害が続出した。当時の日本軍はアメリカ軍が遺棄したカノン砲を使ったり電線を利用して通信線を確保するなど、装備面の弱体性を露呈した。二月八日、日本軍は作戦を一時中止し、力まかせの攻撃を避けて兵糧攻めを提案していたフィリピン通の前田正実第一四軍参謀長が更迭された。日本軍の主力、第四師団は四月三日、強化された航空戦力、砲兵などの支援を得て第二次バタアン半島攻撃作戦を開始、九日にはマリベレスを占領した。ルソン軍総司令官のキング陸軍少将は同日、マラリアや食料不足に悩む兵員の無駄な消耗を避けるため、カムハベン近くで永野支隊に投降した。

《訳者補足8》

潜水艦USS193「ソードフィッシュ」（二三五〇排水トン）は一九三九年に就役、四一年一二月一六日、南シナ海で日本貨物船を撃沈、太平洋でのアメリカ海軍の最初の戦果を記録した。二月二〇日、コレヒドール島からケソン大統領らコモンウェルス要人をパナイ島に脱出させた後、マニラ湾に戻り高等弁務官一行をオーストラリアに運んだ。同艦は四五年五月、沖縄近海で消息を絶った。マッカーサー将軍のコレヒドール脱出は三月一二日であった。日本軍は四月上旬から砲撃と空爆を強化、アメリカ・フィリピン軍の防御施設のほとんどを破壊または機能喪失させた。五月五日に上陸作戦を開始、六日にはウェンライト将軍が局地的降伏を申し入れた。交渉は一端、決裂したが、日本軍の猛攻再開で同将軍は七日、アメリカ軍の無条件降伏を受け入れた。フィリピン全土におけるアメリカ軍の降伏完了は六月九日とされている。

《訳者補足9》

フィリピンに侵攻した日本の第一四軍（司令官、本間雅晴中将）の憲兵隊隊長は当時、太田清一陸軍中佐。一九四一年七月、南方方面軍野戦第一憲兵隊が第一四軍憲兵隊に昇格した初代隊長で、四二年九月、増岡賢七大佐と交代した。終戦後、マニラ戦犯裁判で有罪となり、四六年二月二三日未明、マニラで刑死した。享年五〇歳。鹿児島県出身だが、スペイン語をどこで学んだのかはよくわからない。日本軍とともに帰国したアルテミオ・リカルテ将軍の副官が太田兼四郎氏で、同将軍のスペイン語の教え子であった。

《訳者補足10》

ペラルタ准将（一九一三―五七）は抗日ゲリラ部隊指揮官としては最も成功した一人。連合軍の南西太平洋方面軍司令部は四三年、フィリピン全土を一〇軍管区に分け、ゲリラ指導者を逐次、管区司令官に任命した。ペラルタ中佐（当時）はパナイ島を中心とする第六軍管区司令官に任命され、一時は第七軍管区のネグロス島、第八軍管区のセブ島での活動も統括した。フィリピン大学法学部を卒業後、陸軍に入隊した職業軍人で、日本軍の侵攻時は大尉だったが、パナイ島で第六歩兵師団の残存部隊を中心にゲリラ部隊の編成に成功し、コンフェソール・イロイロ州知事と連携して、日本軍の治安工作と行政活動を効果的に妨害した。パナイ島はルソン島の日本軍の動きを把握する情報基地として重要な役割を果たした。レイテ沖海戦での情報把握にも功績があったという。しかし、コンフェソール知事の文民政府との関係は円滑を欠いたという説もある。戦後、フィリピン軍副参謀長から上院議員となり、マカパガル政権では国防長官を務めた。

《訳者補足11》
日本占領期のミンダナオ地方、特にラナオ湖周縁地域の情勢については川島緑上智大学教授（国際関係論）の研究が詳しい。同教授の論文「日本占領下ミンダナオ島におけるムスリム農民の抵抗」は同地域のイスラム教徒住民、マラナオが一九四二年九月、ラナオ湖岸のタンバランで日本軍の討伐部隊、田中大隊所属吉岡中隊（隊長、吉岡砂男中尉）と交戦、同部隊約九〇人をほぼ全滅させた事件を扱っている。事件についてのアメリカ側資料としてはエドワード・クーダー氏が四三年一〇月、フィリピンを脱出してからアメリカ軍に行った陳述と手記が非常に詳しいという。川島教授論文によると、クーダー氏は事件後、親米ゲリラが組織した自由ラナオ州民政治部長に就任していた。アラウヤ・アロント上院議員は日本に協力的で、四二年一一月には同議員の長男、ドモカオ・アロント氏が日本軍の重要拠点、ダンサラン町の町長、さらに四三年にはラナオ州知事に就任したという。川島教授は「タンバラン事件」について以下のように述べている。「日本軍に対して不満や怒りを抱いていたマラナオ村落リーダーと農民はイスラームによって鼓舞されて直接行動を起こし、多数の犠牲者を出しながらも、日本軍を撃退した。この痛烈な体験を通じて、マラナオ農民は外部の侵略者に対する武装抵抗の正当性を感得し、それは熱狂的な戦闘の記憶とともにマラナオの民衆意識の中に組み込まれ、かれらの世界観に大きな影響を与えたのではないだろうか」。ミンダナオ住民が抗日武装闘争を通じて、イスラム教徒としての自己認識を形成したとすれば、日本の占領が遠くモロ・イスラム解放戦線（ＭＩＬＦ）の自主自立路線と結び付いているとも言えるのだ。同論文は倉沢愛子編『東南アジア史のなかの日本占領』（早稲田大学出版部、二〇〇一年一月発行）三八一―四一六頁所収。

《訳者補足12》
フィリピンの戦争被害者たちは加害者として日本兵とともに当時、日本に併合されていた朝鮮半島出身者のことを持ち出すことが多い。フィリピン攻略と占領に朝鮮出身者がどれだけいたかは明確ではない。フィリピンで戦争被害者の聞き取りに当たった石田甚太郎氏は自著に記録にとどめている。「『でも、日本兵よりもひどかったのは朝鮮兵』目のぎょろっとした主婦が言い出すと同意の声が上がった。……『どうやって朝鮮人と日本人の見分けをしたんですか?』私が反問したが、誰も返事をしなかった」（石田甚太郎著『ワラン・ヒヤ　日本軍によるフィリピン住民虐殺の記録』現代書館、一九九〇年一一月初版発行、一三頁）。発言はイロイロ州近郊の女性。フィリピンで日本軍が植民地出身兵をどのように配置していたかの正確な研究はない。

《訳者補足13》
日本軍は一九四二年五月、ネグロス島に上陸したが、西ネグロス州は降伏を拒否、軍民政府を樹立して、ゲリラ活動を支援した。アルフレード・モンテリバーノはネグロス出身の政治家。三八年、同州バコロド市の市長となり、四二―四五年、西ネグロス州の軍民政府知事を務めた。戦争直後にはオスメーニャ政権の国防兼内務長官。フィリピン財界の指導者としても長く活躍した。パナイ島のペラルタ中佐は部下のサルバドール・アブセーデ大尉をネグロス島に送り込んでゲリラ部隊を統合しようとしたがうまくいかず、四三年一月、オーストラリアから潜水艦で密航したパイロット出身のヘスス・ビリャモール少佐の工作で第七軍管区の態勢が整った。アブセーデ大尉が司令官に任命された。

《訳者補足14》
フィリピンにおける抗日ゲリラ活動は連合軍支配下にあるゲリラ部隊とフィリピン人独自のフクバラハップがあり、親日・反日の地方政治家もからんで日本軍が鎮圧しきれず、地方の治安は乱れたままで戦後に至った。和知鷹二第一四軍参謀長は戦後、次のように回想している。「コレヒドール攻略後、（日本）軍はフィリピンに散在する米比連合のゲリラ隊に対し、間髪を入れず徹底的に掃討作戦を決行すべきであったのに、部隊の転進や移動交代に忙殺されて真剣な粛清工作を行う余裕のなかったのに対し、ゲリラ隊はこの空白に乗じて密かに相互の連絡網を完成して治安擾乱に乗り出した」（『戦史叢書』五四六頁）。日本軍は一九四二年九月から治安作戦を開始したが、兵力不足であまり成功しなかった。同年一一月、ビコール地方の治安作戦で歩兵第九連隊長の武智大佐が南カマリアネス州ナガで殺害された。日本軍の残虐行為の背景には、過少兵力の部隊が常にゲリラに包囲されている恐怖感に捉えられていた事情があったとみてよいようだ。

《訳者補足15》
村田省蔵駐フィリピン大使の『比島日記』一九四四年八月九日付けに引用、記録されている日本軍の秘密情報文書にもフィリピン人の暮らしの悪化ぶりが報告されている。那須工作　特情第四一一号（八・二）「今やマニラ市民の半数は恐るべき餓民となり餓鬼道に陥らんとしつつあり。今此等の餓鬼の群に足一歩を踏み入れんとしつつある貧困知識階級人の語る所を聞こう。現在、私が受取って居る給料は二〇〇フィリピン（ペソ）です。五、六年前なら二〇〇フィリピンがあれば自家用車を乗回せた。夫婦二人限りの生活で隘小な一室が一カ月三〇フィリピン、洗濯代二〇フィリピン、交通費、電車だけで六フィリピン、電灯水道代八ペソ、衣服（修繕代含め）二〇フィリピン、食費最低一五〇フィリピン（コメは三―四日に一度）、計二三四フィリピン。四日に一度の米食を五―六日に一度に減らし、貴金属や不用品を売り食い」。同大使はこうした貧困をよそに、一部の高級軍人がマニラでぜいたくな暮らしを楽しんでいたと非難している。

《訳者補足16》
村田省蔵駐フィリピン大使の『比島日記』一九四四年八月一五日付けには以下のように記されている。「ミンドロ島ナウハンに於ける守備隊の暴行の如き、処女を逆しまにつるし陰部に棒を突き立てるが如き此種の蛮行を敢てする者もあり」。これはホセ・ラウレル大統領の大使への直接の苦情の一部であった。クラロ・レクト外相も日本軍の蛮行について繰り返し抗議したが、ほとんど効果がなかった。

《訳者補足17》

ヘンソンさんは一九九二年九月、フィリピンで初めて日本軍の慰安婦として名乗りを上げ、日本政府の補償を求める運動の先頭に立った。九七年八月、死去。その証言では、ヘンソンさんは当時、フクバラハップのゲリラに加わって、仲間の男性二人と水牛が引くトウモロコシを運ぶ荷車の中に拳銃や手榴弾を運んでいてつかまった。最初、日本軍が兵営に使っていた病院に連行されて慰安婦にされ、三カ月後、元精米所の建物に移された。妊娠して流産もしたという。秦郁彦氏によると、フィリピンでは日本兵が住民女性を強姦したケースが非常に多いという。従軍慰安婦にされたと名乗り出たヘンソンさんと同じルソン島パンパンガ州出身のビクトリア・ロペスさん、リサール州出身のクリステ・アルコベルさん、マリア・サンティリアンさん、シンプリシア・マリラグさん、ルフィーナ・フェルナンデスさん、プリフィカシオン・メルカドさん、ラグナ州出身のフランシスカ・アウスタリさん、パナイ島アンティーケ州出身のトマサ・サリノグさん、イロイロ州出身のロサリオ・ノプエトさん、ロウルデス・ディビナグラシアさん、サマール島出身のファニータ・ハモットさんらは強姦された後、慰安所に連れて行かれたと証言している。フィリピンに暗号兵として従軍した作家、江崎誠致氏は『ルソンの谷間』などの作品で、日本兵がフィリピン女性を強姦した上、殺害する凄惨な場面を描いている。また、日本軍兵士の数少ない告白証言もある。ただし、日本軍が現地人女性を組織的に拉致して慰安施設を開設したという文書記録はきわめて少ない。

《訳者補足18》

石田甚太郎氏によると、一九四五年一月末から三月にかけてマニラ南方のラグナ州でゲリラ討伐作戦を実施したのは藤兵団（秋田歩兵第一七連隊）。二月一二日、カランバ町の教会に男性町民が集合を命じられた後、郊外に連れて行かれて銃剣などで殺害された。その数は二〇〇〇人、あるいは四〇〇人といわれる（『ワラン・ヒヤ』一五七―一七九頁）。

《訳者補足19》

戦争末期の水上特攻部隊は海軍では「震洋」、陸軍では「マルレ」と呼ばれ、フィリピンでは一九四五年、アメリカ軍が上陸したリンガエン湾やマニラ湾のコレヒドール島近く、さらにはレガスピー湾で使われて小戦果を挙げた。中古エンジンを搭載したベニヤ板張りのボートに爆薬を積んで敵艦に体当たりする。本土決戦段階では作家、故島尾敏雄、故田英夫前参議院議員らが特攻要員だったが、攻撃決行前に戦争が終わった。

《訳者補足20》

一九四五年三月二九日、アメリカ軍がラカルロタ市に近い海岸に上陸、日本軍はシライ、マンダラガン両山の山腹に撤退して抵抗した。ペリリュー島での玉砕戦以降、日本軍は水際防御を捨て、山間部で自活しながら抵抗する作戦に移行した。しかし、日本軍は五月ごろ、極度の食料不足に陥った。レイテでの敗北以後、航空基地があるネグロス島が最重要防衛拠点とされていたが、鈴木宗作第三五軍司令官は四月一八日、レイテ島を脱出してセブ島経由でネグロス島に向かう途中、バンカをアメリカ軍機に銃撃されて戦死した。悲惨な山中生活については、従軍した技術者、小松真一氏の記録、『虜人日記』（ちくま学芸文庫）がある。

《訳者補足21》

マニラ市攻防戦はフィリピンの首都の七〇%以上を破壊した悲惨な戦いであった。日本軍第一四方面軍総司令官として戦争末期、フィリピン戦線を指揮した山下奉文大将は戦後、マニラ戦争裁判で民間人虐殺の責任を問われて絞首刑を受けたが、同将軍はマニラ死守を命令していなかった。将軍に対するアメリカ軍事法廷の起訴状によると、マニラ市内で虐殺された民間人は一〇万人以上となっているが、アメリカ軍の無差別爆撃による死傷者も多かった。日本軍の生存将兵は極めて少数だった。同司令官は一九四四年一二月、ルソン島防衛作戦の基本方針として、主要戦力を北部（尚武集団）、南部（振武集団）、クラーク航空基地（建武集団）に分けて縦深的な持久防御態勢を構築するよう発令、マニラを戦火にさらさないという考えだった。ところが富永第四航空軍司令官、大川内南西艦隊司令長官の二人がマニラ放棄に強く反対したため、日本側のマニラ防衛には最初から方針の混乱があった。マニラ海軍防衛司令部（司令官、岩淵三次海軍少将）は寄せ集めで、陸上戦闘にも慣れないとはいえ、約二万人の兵力を保有してマニラ死守・玉砕の意思を固めつつあった。アメリカ第六軍（司令官、クルーガー中将）は四五年一月三〇日、マニラ北方から進撃を開始、二月三日には捕虜収容所があったサント・トマス大学を占拠、さらにマラカニアン宮殿を奪取した。予想を超えた進撃の早さに日本軍は住民対策、部隊の指揮系統整備に忙殺されたらしい。市内はゲリラが横行、孤立部隊は絶望的な行動に走り、民間人を殺戮した事実もある。一部には指揮系統から離れた部隊の犯行もあったようだ（『神聖国家日本とアジア』第三章五五―六五頁）。日本軍の残虐行為としてはデラサール大学が最も知られるが、女性や幼児まで銃剣で刺突する異常な行動が目立つ。同じころ、マラテ地区の女子校、セントポール・カレッジでも日本軍部隊が教職員や修道女を礼拝堂に監禁、放火して約一二〇人が殺されたという事件も起きている。逃げ出した者には機関銃火を浴びせたというから組織的であった。極東国際軍事裁判の判決では、マニラ防衛軍司令部が民間人の殺害処理を命じていたとしているが、両事件とも殺害実行犯である日本軍部隊は特定されていない。マニラの戦闘では日本軍の戦死率が非常に高く、関連する証言が得られなかったため、と思われる。岩淵少将は二月九日、司令部を設置していたイントラムロスに近い農商務省ビルを離れ、一旦、後方のマッキンレー基地に移った。これは日本軍のマニラ撤退を意味する動きだったが、同少将は一一日、独断で農商務省ビルに戻って、「最後の一兵まで戦え」と命令したとされる。この間、マニラ制圧の遅延を焦慮したマッカーサー軍総司令官は一二日、無差別砲撃（空爆を除く）を許可した。一七日午後、振武集団司令部は全マニラ部隊の撤退を正式に命令したが、すでに日本軍残存部隊はイントラムロス、ルネタ公園周辺に追い詰められていた。二三日、アメリカ軍は日本軍が立てこもるビルを一つ一つ砲撃や火炎放射器でつぶし、砲撃で城壁を破壊してイントラムロス城内に突入した。アメリカ軍が同日朝の一時間で城内に撃ち込んだ砲弾は約九〇〇〇発に上った。サンアウグスティン、デルモニコの両教会は一七日から教会の鐘を連打し続け、地下に避難していた市民約三〇〇〇人が救出された。岩淵司令官は二四日、「最後の一兵まで肉弾を以て敢闘せん」と最後の打電をした後、二六日未明に自決した。この間、海軍主導の中で苦悩しつつ戦った陸軍の野口部隊も壊滅した。

III　回顧　戦争の日々

ヘレン・N・メンドーサ

バタアン半島の攻防戦で降伏したアメリカ極東軍の兵士（1942 年）

日本のフィリピン占領の歴史については、もう十分に書かれてきた。ゲリラ活動や軍事作戦、歴史に残る事件についても多くの記述がある。しかし、普通のフィリピン人が経験したこととなると決して十分とは言えない。そうした経験こそ人間の精神性、苦難のただ中にあっての毅然たる態度や勇気、死に直面してなお生きようとする不屈の意志、残酷さや非人間性に立ち向かう英雄的な強さについて、私たちに多くを語ってくれるのである。

占領下の歳月はフィリピン人に危険で不安定な生活を強いた。その日暮らしの中で、いつ何が起きるかわからなかった。日本人の手でいつ、どんな目に遭わされるか、誰にもわからなかった。単なる嫌疑だけで、あるいは何の気なしの発言や行為で罰され、死を招くことすらあった。フィリピン人はどうやって異常な状況に順応したのか。戦場で、また外国支配の日常の中で、フィリピン人の忍耐と勇気がどのように試されたのか。それがここに紹介する三つの物語の内容である。

バタアン「死の行進」の出発地点（バタアン州マリベレス町、2012年）

これらの物語は、日本占領期におけるフィリピン人の経験を私たちにかいま見せてくれるだけではない。そればかりか、戦争と「国々の崩壊」の時代における人間という種族の物語の一つの具体例なのである。《訳者補足1》こうした物語は繰り返し語る価値がある。戦争とは何か、侵略の犠牲になった者と侵略した者に一様にもたらされる荒廃、さらには戦争が大量に生み出す非人間性を私たちに思い起こさせてくれるからである。

一　死の行進者たち

一九四一年一二月、出征して行った若者たち全員が愛国精神に鼓舞されていたわけではない。かなりの数の若者は高揚した冒険心、あふれんばかりのロマンチシズムに駆られたのである。スティーブン・クレイン（一八七一―一九〇〇）の『赤い武功章』［南北戦争に参加した若者の行動をリアルに描いた短編小説。一八九五年の作品］に登場する若者たちのように、彼らは祖国防衛戦争に参加する栄光を夢みていた。私のいとこ、エドムンド・F・ノラスコはそうした武勇や騎士道というロマンチックな空想にかきたてられた愛国心を抱いた若者の一人であった。

なかには、戦争が勃発する直前に徴兵されて作戦に組み込まれた者たちもいる。コルバン・アラバドの経験がそれである。未公開の戦争回顧録の記述によると、彼は一九四一年一〇月のある日、国立フィリピン大学法学部のホールで友人とおしゃべりしている時、学部長室に急いで来るように呼び出しを受けた。彼はすぐに出向き、そこでキャンプ・オリバス［ルソン島中部パンパンガ州サンフェルナンド市郊外の軍事基地。小飛行場がある］行きを命じる召集令状を受け取った。回顧録の中で、コルバンは「一兵士として祖国を守るように求められる戦争状況が起きるなど思ってもいなかった」と記している。彼の志はただ一つ、弁護士になって虐げられた者を守ることだった。それまで軍事科学や軍事戦術が好きだったことはなく、予備将校訓練課程の教科もお義理に取っただけだったのである。

職業軍人が参戦したことは言うまでもない。祖国防衛が義務なのだから。しかし、兵士としての訓練を受けず、まさに経験なしに前線に赴いた者たちはどうだったのか。予備将校訓練課程は本物の撃ち合いをやる戦争に役立つ体験などほとんど与えなかった。コルバン・アラバドが回想したように、多くの学生たちは訓練課程を卒業に必要な条件としかみず、できるだけ早く単位を取ってしまうことだけを願っていたのだ。

前線での戦闘に赴いた若者たちはいかなる人間たちで、どんな体験をしたのか。「死の行進」を生き延びた二人、エドムンド・F・ノラスコとコルバン・アラバドにはそれぞれ、語るべき物語があった。

エドムンド・ノラスコ

一九四一年一二月八日、フィリピンにとっての第二次大戦が勃発した際、エドムンド・F・ノラスコはアテネオ・デ・マニラ大学法学部教養課程に在籍する学生だった。当時二〇歳の彼は将来を約束された若者であり、知識に飢え、未来に賭ける野望に満ちていた。彼が希望にあふれる理由は十分にあった。国内で最良の大学の一つで学んでいたし、両親には息子が成功するために必要なことは何でもしてやる用意があった。三人息子の長男だったので物質的にも精神的にも家族の支援があった。

若きエドムンド（近しい間柄ではエドと呼ばれた）にとって全てが自分の味方だったし、人生に大きな期待を抱いて当然だった。だが、全てが変わってしまう。戦争は陶酔などあるはずもない経験だった。戦争は心の中で最も暖めていた空想を、そして無邪気さを奪った。彼の体験は、快活に戦地に赴いた同世代の若者たちの多くに共通した経験の典型といってよいだろう。

真珠湾が爆撃された時、予備将校訓練課程の学生は全員、各自の大学で訓練のために出頭を命じられた。エドムンドはすぐ出頭したが、学友の多くも同じだった。

しかし、訓練は長く続かなかった。一九四一年一二月二三日、マッカーサー将軍[訳注1]が訓練課程の解散を命じたからだ。エドにも仲間たちにも解散の理由が分からなかった。分かったのは戦争計画に訓練課程の学生を使うことが含まれていなかったことだった。エドと仲間の志願兵たちは戦いの中で無視されたり、空腹を体験したりした後、やっとわかり始めた。正規軍は数千人に上る訓練課程の学生たちの面倒をみる後方支援体制に欠け、戦場で必要とする多岐にわたる戦闘訓練を実施する時間的な余裕もないということが。

マッカッサー将軍の予備将校訓練課程の解散命令にひるまず、エドは戦争に参加する決意を固めた。そんな若者が多かった。彼らは志願入隊の道を見つけた。一九四一年一二月三〇日、エドは志願兵募集所の一つ、ファー・イースタン大学へ行った。そこには母校のアテネオの学生たちも来ており、エドと同じように、戦場に赴くことに興奮していた。

署名が終わると、エドと仲間たちは一室に入るように言われ、そこで軍服に着替えて軍靴を履いた。ヘルメットとおぼしきものも支給された。それはココナッツの繊維製で「ギニット」と呼ばれていた。アメリカ兵がかぶっている鋼鉄製ヘルメットとは大違いの代物だった。戦争のごく初期のことで、高揚した若者たちはこの明らかな差別にすら気づかなかった。水筒があてがわれたが、必需品が入った背嚢はなかった。

武器も支給されなかった。エドが入隊する二、三日前、若い志願兵を担当する指揮官たちは武器集めに奔走していた。機転の利く若手将校の名はユーヘニオ・ララ大尉だった。自分の部隊の装備を命じられると、大尉は余分の武器などなかったので機敏に動いた。ニコルス飛行場へ行き、爆撃で一部破壊されたまま放置されていた航空機から五〇口径機関銃数丁を見つけて取り外した。マニラ市内ではフランス製の旧式砲である三七ミリ対戦車砲を見つけた。第一次世界大戦で使われた博物館行きの代物だが、どうにか使えた。ララ大尉がこの古い大砲を再利用したことで部隊の名が付いた。名実ともにアメリカ極東軍第二普通師団第二対戦車大隊A中隊ということになったのだ。

大尉の次の課題は銃を探すことだった。彼はアテネオ・デ・マニラ大学にあった武器庫へ行き、そこでエンフィールド銃《訳者補足2》を見つけた。アメリカ軍がミンダナオ地方平定作戦で使った銃である。バタアン戦役を知る退役軍人の一人によれば、エンフィールド銃はアメリカ兵が使ったガーランド銃と同じとは言えない。すぐ詰まる上、繰り返し使うと、銃身が熱くなって握っていられなくなったからだ。

ララ大尉は武器を探し回っていて、所属部隊から置き去りにされてうろうろしていた兵士たちに出くわした。そこで大尉は武器を集めるより先に部下を集めた。ヘルナン・ホプソン［訳注2］がその一人で、パラニャーケのクラウディオ基地所属だった。

エドと戦友たちはファー・イースタン大学構内で入隊した後、バスでサント・トマス大学に運ばれ、そこで正規軍に正式編入された。前線出発までに少し時間があったのでエドはタクシーに駆け込み、家族に別れを告げるためにタユマン［タユマンはマニラ市トンド地区にあり、現在はフィリピン国鉄の基点駅がある］へ向かった。家に着くと、彼は父を抱きしめ、感極まって口が利けない弟たちにさよならを言った。弟たちの表情から、戦場に行く決心をした兄を誇りに思っていることが分かった。父は一五ペソをエドに渡し、「息子《イホ》よ、戦争は大《マヒラップ・》変だぞ《アン・ゲーラ》」と言った。

彼は父の言葉を大して気にとめなかったが、苦難をなめ、戦争で命の危険にさらされた後になって、思い出すことになるのだ。

　家族に別れを告げた後、エドは志願兵たちをタガイタイ（カビテ州）へ運んで行くバスに乗り遅れないよう、サント・トマス大学に急いで戻った。任務は南から来る日本軍を阻止することだった。午後四時半から五時の間に出発したが、午後八時ごろになってもタガイタイにたどり着かなかった。狭い道路の交通が渋滞し、速く進めなかったのである。軍用車両のほかに乗用車やバス、荷馬車《カロマタ》が走り、マニラから避難先の田舎に向かって歩く人たちもいた。彼らは何本かの里程標を通過した後、標識から数字が消されているのに気づいた。

　タガイタイへの道筋は軍が灯火の使用を禁じたので真っ暗。暗黒が行軍を困難でのろのろさせた。タガイタイに到着するとすぐ、平野部を見下ろす尾根の一地点に進んだ。そこは訓練基地らしく小屋が散在していた。そこに部隊は配置されたのだ。上着が支給されなかったので、尾根の上はひどく寒かった。しかし、彼らは気が高ぶっていたので不平を言わなかった。戦闘訓練が直ちに始まった。銃の使い方、敵との交戦、敵と遭遇した時はどうするかなどの指示が与えられる形式だった。その後、全員がひざまずいてロザリオの祈りを口ずさんだ。

　それから夜の見張りが始まった。エドたちは二、三フィート［六〇センチから一メートル］の間隔で配置された。それで孤独感はなかった。寒さがこたえた。やがて本物の空腹に襲われた。ある兵士はひもじさで腹が痛くなり、耐えかねて食べ物を探しにこっそりと抜け出した。この兵士はトリの唐揚げを少々持ち帰ってきた。大みそかを祝う食事を準備していた家から失敬したに違いなかった。若者たちにとって戦争初日のご馳走だった。

　夜が明けると一二月三一日。朝食も昼食もなかった。敵を待ち構えて持ち場でじっとしているだけだった。日中になると、全軍退却のような正常とは言えない部隊の動きを目にした。ララ大尉は若い兵士たちと同じように困惑した。部隊間の通信はなかった。エドが評したように、この戦争は指揮官が臨機応変にやるしかない類の戦争だったのだ。

　全部隊が退却していると気付いたのは、トラックに鈴なりになった兵隊たちが「バタアンへ。バタアンへ」と叫びながら通過したからだった。《訳者補足3》さて、どうやってそこへ行ったものか。車両はなかった。ララ大尉はやむをえず強権を発動、一台のバスを銃で脅して徴発した。乗っていた数人の民間人に降りるように要求した。同じ部隊の他の将校もバスを徴用したが、その将校のやり方は奇抜だった。メスティーソ（ここではフィリピン人と欧米人の混血）の将校はアメリカ人のように見えたので、自分をトンプソン大佐ということにしてしまった。エドによると、今、コレヒドール財団理事長を務めるアルフレード・ブルゴス氏である。

退却は組織的ではなかった。誰もが自分の面倒は自分でみた。ララ大尉はそうした状況でうまくやる術を心得ていた。彼は機転が利き、部下の面倒をよくみた。中隊は夕刻六時半にタガイタイを発って夜間行軍した。サポーテを通過してサンタアナに着くと、人々が興奮して右往左往していた。マニラに近づくにつれて、市街の一部が炎上しているのが視野に入った。港湾地区にある軍の補給倉庫やパンダカンにある巨大なガソリンタンク群は撤退した軍隊によって火を放たれていた。炎に包まれたマニラの光景はエドたちを畏怖させ、泣き出す者もいた。ララ大尉と中隊の隊員たちはマニラを通り過ぎる間、黙り込んだままだった。街路で見た市民たちの中には夜空を焦がす火炎を見上げて泣いている者もいた。

マニラを出て、ブラカン州を通過した。灯火管制が敷かれて道は暗かった。遅々として進まなかったのはヘッドライトを消した運転だからだけではなかった。道は、退却する軍用車両であふれていた。エドたちの部隊が渡ったのを最後にカルンピット橋は陸軍工兵隊によって爆破された［訳注3］。

若い志願兵にとって異常な大晦日だった。一晩中行軍し、暗黒の中で空腹と渇きに苦しんだ。前途に待ち構える血なまぐさい戦闘も恐ろしかった。

午前六時、バタアン着。ラマオ町のロドリゲス公園まで進んで野営した。あたりは植林地域で種苗場のように見えた。場所は悪くなかった。寒かったが、空気は澄んでさわやかだった。

ここで元日から一月半ばまでの約二週間を過ごした。することといえば命令を待つだけだった。通信線がよく機能しないのが当たり前になっていた。幸いにも、兵站部隊は前線を往来する兵士たちを食べさせるために最善を尽くした。だから不平は言えなかった。食事は十分だった。パンは大きなアメリカンロールだった。砂糖もあって、兵隊たちは日常的にトマトジュースを甘くするのに使った。食料も装備品も送られてきた。不満があるとすれば寒さをしのぐ上着がないことだった。とりわけ夜は非常に寒かった。それに装備が貧弱で、戦闘に不利ではないかと気をもませた。

ラマオ川の近くに湧き水があって清潔さは保てた。石鹸はなかったが、毎日体を洗えたのである。泉のそばで水浴びしながらし、古いアメリカ民謡の「古い水車小屋のほとりで」をよく歌い、歌いながら笑った。戦争の中での牧歌的なひと時。やがて事態は一変した。

二週間後、日本軍が南シナ海に面するバガック近くのアグロロマ岬に上陸した。ララ中隊は二手に分かれた。一隊は敵を迎え撃つため、アグロロマ岬へ向かった。エドが配属したもう一つの一隊は五〇口径機関銃を搭載した車両、「ブレンガン・キャリアー」［訳注4］（エドは準装甲車のように記述している）三台の搭乗要員となった。車両一台に三人が乗り組んだ。命令されたのはリマイでの水際防衛だった。マニラ湾に面した海岸防衛でリマイに駐屯した組はアグロロマ岬派遣組よりも運が良かった。アグロロマでは戦死者が出た。この作戦での生き残った者たちは死の行進で以前の戦友たちと再会することになる。

エドの隊はリマイに一月二三日から四月八日まで布陣した。日本兵とは遭遇しなかった。日本軍は舟艇に搭乗し、湾の反対側から浜辺に上陸を図った。上陸は四回試みて、いずれも成功しなかった。《訳者補足4》浜辺に向けられた明るいサーチライトが上陸を目指す日本軍の目をくらませ、アメリカ極東軍砲兵の格好の標的になったのである。

エドの隊は敵と交戦しなかったが、死ぬほど驚かされたのは隊の後方斜面に位置するアメリカ極東軍砲兵部隊と正面にあるコレヒドール島の巨砲の砲撃だった。彼らは味方の両砲火の狭間にはまってしまった。空襲もあったが、敵機を撃退する対空砲がなかった。いいカモにされている感じだった。できることは、タコツボ壕の中にすくんでいるだけ。持ち場を死守したと言えば格好がいいが、実のところ、砲爆撃に囲まれて身動きがとれなかったのだ。

惨めな状態をさらに惨めにしたのは、食料の欠乏だった。鍋一杯分のおかゆ《ルガオ》にイワシの缶詰一個分を混ぜ、三〇人で分けなければならなかった。甘いものを口にしたくて、兵士たちはアカシアの実のさやからねばねばした部分をこすりとった。多くの隊員が赤痢とマラリアに罹った。医薬品は十分手に入らず、民間人はとっくに安全な場所に避難していたので近くに助けてくれる人もいなかった。飢えと病気、疲労で、兵士らは若者らしい元気を大方なくし、見捨てられたように感じた。

士気を支えたのは、九五隻からなるアメリカ船団が煙を上げて太平洋を横断している途中だと繰り返し、繰り返し聞かされたニュースだった。信念と無邪気さで兵士たちは待ち続けた。だが、何もやって来なかった。

ほとんどの時間、彼らは浜辺に近いニッパヤシの小屋で過ごし、空襲があると、タコツボ壕に駆け込んだ。砲爆撃が小止みになった時、とりわけ夕方になると兵士たちは家族のことや家でおいしかった食べ物のことをよく話題にした。ハイアライ［訳注5］の競技場で食べたアイスクリームがどんなにおいしかったかを思い出した。そして、戦争が終わったらマニラホテルで盛大な再会の集いを催すことを夢みた。士気を保つために歌を唄ったが、主として第一次大戦当時の古い歌、「ケイ、ケイ、ケイ、ケイティー」「アルマンティエールから来た娘」、アメリカの歌では「古い水車小屋のほとりで」や「アメリカに祝福あれ」などだった。エドが思い出してみると、フィリピノ語の歌を一曲も唄わなかったことから、当時いかに植民地化されていたことかと、今になって面白がるのである。

リマイに二カ月以上いたが、アメリカ人を見たのは一度だけだった。ある日、彼らの野営地にアメリカ兵が五人迷い込んできたが、日本兵が今にも上陸して来ると聞いて立ち去った。

エドたちは四月八日早朝までリマイの陣地にとどまった。彼らは野営地を畳んで、カブカベン郊外のアラガン川べりにある陣地に移るように命じられた。朝の六時半か七時ごろだった。ブレン・キャリアーに乗って出発した。間もなく降伏してしまうとまでは気付かなかったが、戦争の終わりが近いことは何となく感づいていた。二、三日前のイースターサンデー（復活祭）で従軍司祭のカラシグ神父はカマンチリ（キンキジュ。種は白っぽい果肉に覆われ、樹皮は革なめしに使われる）の木陰で四〇人ばかりの将兵にミサを挙行した。神父は説教の中で、敵が戦線を突破したのだから自分たちで備えなければならないと言ったのだ。

彼らはカブカベンまで車を走らせ、そこから曲がりくねった山道を登り、峠を見渡す道のほとりに陣取った。〈訳者補足5〉午後遅くなるまでそこにいた。とても腹が減った。エドは糖蜜が入っているような黒い瓶を見つけ、空腹なので瓶を開けてひと口飲んで思わず吐き出した。ヨードチンキだった。

エドが言うには、混乱を極めた作戦だった。どこに前線があるのかわからない。自分たちの居場所がどこかもわからない。二人のアメリカ兵がエドたちの防衛線に迷い込んできた。腹を空かせて食べ物を探し回っているようだった。アメリカ兵たちが曲がりくねった道を降りかけたので、エドたちは、下には敵がいるぞと叫んだ。アメリカ兵は慌てて山の頂上の方に逃げて見えなくなった。エドたちは支配地域を見回って負傷したフィリピン兵を発見したが、その兵士はやがて木の下で一人ぼっちで死んだ。自分たちの身を守るのが精一杯で、兵士の名前を聞くのも忘れていた。

　山腹での任務は敵の進撃を遅帯させることだった。日本兵は彼らを見上げ、彼らは日本兵を見下ろしていた。午後四時、交戦となって五〇口径機関銃を使った。日本兵は山を登って来ず、敵の進撃を阻止するのに成功したようだった。

　午後七時ごろ、コレヒドール島と自分たちの背後から砲撃が始まった。またも砲火に挟まれたのだ。何人かが砲弾に当たって死んだ。敵味方から砲火を浴びるのは恐ろしいことだった。下方の敵と戦いながら、前と後ろから砲撃されたのである。一晩中、彼らは撃ち続けた。真っ暗だった。発砲時の閃光や、うなりを上げて飛来する曳光弾から敵の位置を正確に知ることができた。大気は大きな爆発音に満ち満ちた。戦闘は激しくなっていた。死の恐怖に襲われながら撃ち続けた。防衛線が固定していなかったので、味方の銃弾に当たることも覚悟しなければならなかった。

　すると突然音が止んだ。砲撃が全く止み、不気味な静けさが全戦線に広がった。その時、彼らは自隊だけになったことに気づいた。他の部隊はどこかへ行ってしまったようだった。山腹を離れる前に小休憩をとっていると、地震が全山を揺さぶった。震動が続けて三回起き、大地はまるで断末魔のごとく震え、雄々しい祖国防衛戦の失敗を告げるかのようだった。揺れがおさまると、一人の将校が最後の抵抗の意志表示に対戦車砲から最後の一発を放った。それから部隊はカブカベンへと山を下った。

　朝が訪れた時、彼らはカブカベンを見下ろす植林地域に着いた。一九四二年四月九日だった。上空に数機の飛行機が飛び回っていたが、機銃掃射も爆撃もしなかった。エドが「上空から見えないように隠れよ」と大声を上げた。するとアルバ大佐が彼をなだめて、「若いの《イホ》、戦争は終わったよ《タポス・ナ・アン・ゲーラ》」と言った。

　この後、フィリピン人と日本兵が一緒に乗っているトラックを見た。何か叫んでいたが、よく聞こえなかった。トラックの上に「アメリカ人に死を」と書かれた吹き流しのようなものを見て、エドは頭が混乱したのを覚えている。彼らはリマイから来ていた。エドたちは午後になって、アメリカ極東軍のキング将軍がリマイで降伏したことを初めて知った。

全てお終いと分かり、部隊の将校たちは自身の銃から撃針を抜き、階級章と指輪をはずして埋めた。午後四時ごろ、一人の日本兵が彼らのところに来て銃を全部集めた。それから彼は「家へ帰れ《ゴー・ホーム》」と言い渡した。

たった一人で来た日本兵からそう言われ、エドたちは立ち上って出発した。午後五時ごろだった。行進の出点となったカブカベンからリマイへと歩きだした。行進していくと多くの人たちが隊列に加わり、一キロごとに数を増した。多くの民間人も一緒に歩いていた。避難先から家郷に戻ろうとしていたのだ。

時が経つにつれて、行進はどんどん困難さを増した。空腹とのどの渇きで足どりはかなり遅くなった。もともと病気に罹って体が弱っていたから、ひと足ごとに体力が弱った。暑くて埃ぽかった。歩けないほど衰弱した人たちは他の人に助けられていた。この段階では病人や体の弱い人を助けることが許されていた。後になるとそうではなくなった。

行進が始まった段階では、何の命令もなしに歩いた。三日目になって警備の日本兵たちがグループごとに隊伍を組んで行進するように命じた。隊列の最後尾に警備兵がついた。警備兵たちは行進の間、民間人が兵士たちに混じって歩くことを許した。しかし、兵士たちが隊列を離れることは容赦しなかった。エドは一度、隊列をはずれたが、警備兵は彼の首根っこをつかんで引き戻した。

道は混雑していた。日本軍の部隊が行ったり来たりした。ある部隊はマリベレスの方に向かっていた。おそらくコレヒドール島侵攻を準備するためだったろう。また、ある部隊はパンパンガ州方面に移動していた。大きな日本軍の戦車がキーキーという音を立てて進み、道をさらに混雑させた。しかし、追い越していく日本軍部隊は行進者を全く気にしなかった。兵器も装備も良い日本軍に比べて、自分たちの部隊がいかにみじめだったか、そう思わずにはいられなかったと、エドは回想している。

長い道のりの間、行進者たちはあまり口をきかなかった。誰も話そうという気にならなかった。できることといえば、時間が経つにつれて体が弱る中で生にしがみつくことだけだった。けれども、戦いは終わったのだ、家に帰れるのだという思いに救われていた。強制収容所に入れられるなどと思ってもいなかった。

行進の間、エドは、何人かの民間人が衣服やら何やら、持ち物を捨てるのを見たが、それは次第に荷物が重く感じられたせいだろう。警備兵が見ていない時、エドはパジャマの上下を拾い上げて着替えた。こんなことができたのは、人混みがひどく、エドが隊伍のまん中あたりにいたので、後方の警備兵の目が届かなかったからだ。彼の後ろの女性は腕に赤ん坊を抱えて行進していた。エドはその女性に、自分が夫で赤ん坊の父親であるふりをしてくるよう頼んだ。

エドは、フィリピン人兵士が何人か隊列から逃げ出すのを目撃した。警備兵たちが追いかけて畑の中に姿を消すと、その間にうまく逃げ出す者がいた。たくさんの兵隊がてんでばらばらな方向に走るので、警備兵にはどうにもならなかった。エドも、チャンスがあれば逃げてみようと考えた。

ピラール(リマイから北へ約一二キロ)付近に着いた時、エドは今が逃げ出す時だと決心した。彼は赤ん坊を抱いた女性の腕をとって隊列からはずれた。まるで自分が住んでいる町に帰るかのように。行進が見えなくなると、彼は女性に礼を言って別れ、浜の方へ歩いて行くとたくさんの人があちこちに座り込んでいた。多くは避難民だった。近くの海岸に住む漁師もいた。エドはしばらくそこで休憩した。用心して誰にも話しかけなかった。その上、彼は疲れ切っていた。食べ物も水もなしで焼けつく日差しの下を何日も行進したのだ。人と口をきく気分になれなかった。

とても空腹だったことは言うまでもない。父が別離の際にくれた金をまだ持っていたので、彼はバルット［ふ化直前にゆでたあひるの卵。フィリピンでは精力食品の代表とされている］とパヌチャ［糖蜜を固めたもの］ケーキを幾つか買ってかぶりついた。それから横になれる場所を探して眠り込んだ。夜中に誰かが彼を起こした。少年だった。その子は「忘れちゃいけないよ。ワニはどの川にもいるのだよ」と言った。九つぐらいの少年にしては変わった警告だった。もっと不思議だったのは、その子が英語で話したことだった。ともあれ、エドは言うことを聞いて別の寝場所を探して移り、その晩は二、三回、移動した。

エドは休息が必要だったので、ピラールの浜辺に四日ほど滞在した。何人かの漁師と話をして、ここピラールがブラカン州などマニラ湾を取り巻く州への脱出路と知った。ブラカン州ハゴノイへの渡し船の運賃は二〇ペソだった。エドの所持金は二〇ペソに足りなかった。そこで自分が買ったバルットとパヌチャをいくつか売って、何とか一五ペソこしらえた。彼は漁師に一五ペソで乗せてくれと頼み込んだ。家に帰りたかったので、少し泣いてしまった。漁師は風が強く吹けば飛んでしまいそうなほど瘠せこけたエドを気の毒に思ったのだろう。包囲されている間に、赤痢に罹って体重がひどく減っていたし、弱っているのは誰の目にも明らかだった。

　四月二一日前後だったと思われる。エドは大きなバンカボートに乗り込んだが、一〇人と二人の漁師が一緒だった。午後一時ごろ船出した。戦争は続いていた。コレヒドールはまだ陥落していなかった。それで、注意深く進む必要があった。しかし、漁師は何十回も人々を運んだことがあり航路を熟知しているようだった。

　ハゴノイ〔訳注6〕の町はずれに着くと日はほとんど暮れていた。漁師は当初、みんなを降ろすのに湿地のような場所に船を着けた。取り残されると安全とはいえない場所だった。そこで乗船者たちは漁師たちに岸まで連れていってくれと訴えた。サンロケという集落で彼らは上陸した。この時までに、エド・ノラスコは衰弱がひどくなり、気分が悪かった。数分で直ることを願いながら、しばらく腰を下ろしていた。ちっとも良くならない。くずおれて意識を失った。

　貧しい漁師の一家がエドを連れ帰り、体調が良くなるまで介抱してくれた。三、四日ほど世話になった。完全に回復しなかったけれども、どうしてもマニラの家に帰りたかった。そこでマニラへ行く客を運ぶ無蓋トラックに乗る手はずが整えられた。正午ごろ、ハゴノイを発つと日暮れにはマニラに着いた。途中に検問所が幾つかあったが、問題もなく通過した。

　マニラ市内に入り、エドはビノンドで降りた。そして、アスカラガ通り（現在のレクト通り）からアントニオ・リベラ通りへ抜けて、タユマン通りの自宅まで歩き続けた。家で出迎えてくれたのはペドリトおじ《ティオ・ペドリト》とピラールおば《ティア・ピラール》に一人娘のクラリータだった。エドは座って話そうとするかしないかのうちにマラリアの発作に襲われた。体が震えて気分がひどく悪くなった。長い旅の間、彼はなんとか倒れずにきた。しかし、今は家にいるのだ。もう、気を張りつめないでよかった。

　回復には時間がかかった。いったん罹るとマラリアから逃れられる人はいない。発作は幾度も幾度も起き、長くマラリアを抱えて生きなければならない。エドが快方に向かったのは二年後だった。彼は大丈夫だと思うとすぐ抗日レジスタンスに加わる決心をした。祖国が外国人に占領されたのに身を引いてなどいられなかった。バタアンの敗北がフィリピン人の闘いの終わりではないと思った。侵略者を祖国から追い出すために自分も応分の役目を果たす。それは義務である。

かくして彼は闘いを続けた。ミンダナオで、それからレイテで。

コルバン・K・アラバド

コルバン・アラバド[訳注7]は、エドムンド・ノラスコと違って、行進の列から逃げ出して自由の身になるチャンスがあったのに「行進」の群れの中に残った。そのため、彼は死の行進でも最悪に日々を体験したのである。

コルバンらアメリカ極東軍兵士全員にとって、死の行進は一九四二年四月九日が始まりだった。コルバンの部隊はとある平地で日本軍の到着を待って整列していた。彼は不安を覚えずにいられなかった。罪のない女性や子どもたちに対する日本兵の残虐行為のイメージが心から離れなかった。

とうとう一人の日本軍将校が数人の兵士を連れてやってきた。彼らは精悍に見え、乱暴な話し方をした。コルバンと戦友たちを神経質にさせたのは、日本人が自分たちの理解できないニッポンゴ（日本語）しか話さず、フィリピン人が答えられないとひどく腹を立てたことだった。返事をしなかった一人のフィリピン兵は柔道で投げ飛ばされた。

コルバンと仲間たちは、ポケットも背嚢も身につけていたものは何でも調べられた。没収が検査の目的のようで時計、万年筆、はては懐中用のくしまで取り上げられた。日本の兵隊はフィリピン兵が持っていた食料やフィリピン通貨には関心がないようだった。しかし日本の通貨となると話は別だった。ポケットになにがしかの日本の通貨を持っているのを見つかったフィリピン兵は手荒な扱いを受け、隊列から引き出されて木立の中へ連れ去られた。彼の身に何が起こったか推測する必要はなく、まもなく一発の銃声が聞こえた。

コルバンと五人の戦友は背嚢に食料品を入れていた。缶詰にコンデンスミルク、オートミールや固形糖蜜などである。それで長い行進に備えようと思っていたのだ。警備の日本兵は好きな時にコルバンたちの背嚢を検査したが、食料品には手を付けなかった。しかし、持っていたマッチを取り上げられてしまい、どうやって調理するかという問題が起きた。

バランガ［バタアン州中部の小都市で、現在はバタアン州都。土器とバードウォッチングで知られる］へ向かって行進せよ、という命令が下された。各一五〇人から成るグループに分けられ、グループの先頭と最後尾に警備兵が一人ずつ付いた。コルバンはバランガに着いたら解放されると期待していた。しかし、バラガに到着しても停止せず、パンパンガ州に向かって行進が続いた。コルバンは裏切られたと思った。戦争前に知っていた「タカ」という日本人がバタアンで降伏した時、「バランガで解放されるだろう」とコルバンに言っていたからだ。

パンパンガ州に近づくころには、行進者たちは疲れ果てて歩くのがやっとになっていた。ひと足ごとに足取りが重くなった。足を引きずる者が多かったのは、足にできたすり傷やたこが我慢できないほど痛かったからだ。痛みに耐えかねて靴を脱ぎ捨て、熱いアスファルトの舗道や砂利道を裸足で歩く者もいた。病気で衰弱し、水も食べ物もなく、多くの人がのろのろ行進にすらついていけなかった。

暑くて埃だらけだった。太陽は無慈悲に照りつけて体を焼き、急速に弱っていく体力をさらに奪った。中には、激しい渇きと暑さに耐え切れず、少しでも楽になろうと、死や処罰の危険を冒す者もいた。一人のフィリピン兵は渇きで気も狂わんばかりになり、ルバオ［パンパンガ州南西部の町。マカパガル第五代大統領とその娘、アロヨ前大統領の出身地］で隊列を離れて、道路わきの掘り抜き井戸を目がけて走った。井戸からはきれいな水があふれ出ていて、とても我慢できなかった。まさに彼が水を飲もうとした時、日本兵が銃剣で彼の首を刺し貫いた。

捕虜たちの中に、畑にサトウキビを見つけて駆け出す者もよくいた。水気の多いサトウキビでのどをいやそうとしたのだ。警備の日本兵は見逃さなかった。彼らはフィリピン兵に向かって発砲し、何人かに命中し、はずれた者は隊列に戻ることができた。

滅多になかったが、日本人が何か食べ物を与えることもあった。量はなかったが、少なくとも空腹はしのげた。警備の日本兵がゆでたサツマイモ《カモテ》を樽に入れて持って来ることがあった。それを道にばらまき、捕虜たちがわれがちに取り合い、手に持てるだけたくさん取ろうと争うのを見て笑うのだった。

コルバンは行進の間、なんとか難を免れていた。彼は隊伍を組んで行進し、列から逃げ出そうなどとは決してしなかった。それで見張りの日本兵たちは彼につらくあたる理由がなかったのである。しかし、ラヤック（バタアン州の町）に近づいたころ、一台の日本のトラックが停車した。コルバンの言い方を借りれば、一人の「がっしりと獣のような日本人」が車から飛び出してきて、彼に目をとめた。コルバンは列から出るように合図され、日本兵は否応なく全身を検査した。おそらく彼は、日本兵にとって目がない腕時計や万年筆を探していたのだろう。しかし、コルバンは、最初に自分を身体検査した日本兵にこれらの品物をすでに奪われていた。その日本兵は彼の背嚢をくまなく調べた。興味があるような物はなかった。

次いで、彼はコルバンの背中を手で探り、フィリピン紙幣の束で膨らんだ部分に触れた。全部で二〇〇〇ペソあった。それはコルバンが前もって外傷用粘着テープで背中に貼っておいたものだった。コルバンはこの金を戦争が続く間、必要とするはずの家族に渡したいと思っていたのだった。日本兵はコルバンの左手首をつかむと柔道の技で肩越しに投げ飛ばし、粘着テープをはぎ取って金を奪った。それから、銃でコルバンのわき腹を殴り付け、満足の笑みを浮かべた。彼はコルバンに列に戻るよう身振りで命じた。

行進の一日目が終わると、捕虜たちの多くがよろめきだした。休憩も食事もなかったからである。コルバンのように食料をいくらか持っていた者は、その大半を後ろから付いて来た空腹そうな子どもたちにやってしまった。行進の間、口をきく者は誰もいなかった。実際、何も話すことはなかったし、この状況下で話すことは無意味だったろう。彼らは苦しみに耐えつつ険しい表情で黙々と歩いた。下痢を起こしている者はパンツの中に糞便をもらし、マラリアに感染している者はこの病気特有の悪寒に震えていた。

死にかけたり、衰弱して歩けなくなった仲間たちを助けることは、誰にも許されなかった。助けようとする者は罰された。二人の下士官が歩けなくなった戦友の一人を助けようとした。すると、日本人警備兵がその一人を棍棒で殴り、無力な仲間を置き去りにするよう身ぶりで示した。それで、路上で倒れたらその場に放置され、死ぬことになった。

行進したのは兵士たちだけではない。避難先から家へ郷へ帰る多くの民間人も、兵士たちと一緒に行進した。ルバオはコルバンの母親の生地で、彼の家族がマニラから避難した場所であった。そこに着くと道ばたに多くの人々が待っていた。人々は包みやかごの中に水の入ったボトルや食料品を入れて運んできていた。果物やパン、米飯の包み、他の食べ物も少し持っていた。人々は身内の者、夫を、兄弟を、わが子を、そして友人たちを探していた。誰か消息を知っている者がいないかと、名前や階級、親族や友人が配属されている部隊の名を大声で叫んでいた。護送の日本兵の許しを得て食べ物を持ってきた人たちは行進者たちに与えた。護送兵たちは包みを開けて中味を試食し、それから、うなずいて許可したり、頭を振って拒否したりしていた。

　コルバンは群衆の中に家族がいないかと目を凝らした。やがて父親の姿を見つけた。父はコルバンを見るやいなや、道を横切って隊列の近くに駆けてきた。二人は歩きながら、カパンパンガン語（パンパンガ州の地方語）で言葉を交わした。彼の父は一キロも行進についてきた。他の民間人も行進者と歩調を合わせてついて来ていた。

　コルバンが当時の記憶を探ると、父はこう言ったのだ。

　この道が曲がる所に来て、もし警備兵が見ていなかったら、列を抜け出して私たちの方に駆けるんだ。群衆が隠してくれるだろう。

　父が息子に逃げてほしいと思うのは当然だった。それまでに、父は多くの脱走を助けており、その中にはアメリカ人もいたし、著名なフレッド・ルイス・カストロ［マグサイサイ政権の官房長官。最高裁長官を務め、マルコス政権の戒厳令に法的根拠を与えた］もいた。自分の息子を助けない理由があろうか。ルバオからサンフェルナンドまでの間、捕虜たちは沿道で市民たちにさらわれるようにして安全な場所へ移された。今度は自分の息子の番だ。

　コルバンが脱走を拒んだ時、父親はいたく失望した。息子に嘆願したが、コルバンは風変わりな名誉の感覚を持っていた。彼は隊列の中の戦友たちを見捨てることはできないと思った。その上、もし自分が脱走して捕えられたら、父が殺されるではないかと恐れた。それに、サンフェルナンドに着けば解放されるかもしれない、という希望を抱いていた。

　コルバンの父は重い気分になりながら息子の決心を受け入れ、一緒にもう一キロ歩いた。父は息子から離れる前、護送の日本人兵に食べ物を与える許可をもらい、息子に包みを手渡すとルバオへ引き返して行った。

ルバオの町はずれで捕虜たちは停止を命じられた。夜のとばりが降り、行進者たちも日本兵も休む時だった。捕虜たちはコメ・トウモロコシ公団の倉庫《ボデガ》に押し込まれた。もちろん、そのボデガは捕虜全員を収容するほど大きくなく、多くの者が庭にあふれ出した。コルバンはマンゴーの木の下に居場所を見つけ、食べ物が来るのを待った。しかし何も来なかった。幸いコルバンは父がくれた握り飯を持っていた。彼と一緒にいた仲間たちは空きっ腹を抱えて眠ることだけはどうやら避けられた。

翌朝、目を覚ますと、その日も暑くなりそうだったが、間もなく歓声が上がった。ドラム缶に入った蒸しサツマイモ《カモテ》が見えたためだが、日本人はまたも捕虜が奪い合いをするように地面にまき散らしたのだ。コルバンは何とか三食分のカモテを確保できた。彼はサンフェルナンドまで行進しながらカモテを食べ、正午に到着した。真昼の太陽が射す暑さの中、彼らは空き地でしゃがんで待たされた。捕虜の身の上であることを分からせようと、日本兵は周囲に四基の機関銃を設置した。日本人のタカが請け合っていた釈放の望みは機関銃を前にして消え失せていった。

約三〇分後、全員は鉄道駅まで行進し、それから有蓋貨車の中に家畜のように押し込められた。すし詰めにされて貨車の扉が閉ざされ、換気口も閉まった。汽車はのろのろと進み、最終目的地のカパスまで三時間もかかった。［訳注8］

有蓋貨車は苦痛の体験だった。息は詰まり、かまどのように熱かった。多くの者が失神したのは言うまでもない。病人は小便を垂れ流し、大便をもらした。汚れと排泄物の豚小屋のような場所で、男たちが死にもの狂いで呼吸し生き延びようとする、目もあてられない状況だった。コルバンが言うように、それは死の罠だった。

カパスに到着すると引き戸が開いた。コルバンや彼と同じように体力がまだ残っている者はわれがちに列車から飛び降りた。助けてもらわねばならない者もいたのに、誰も助けなかった。コルバンの記憶では、貨車の中で窒息した死者は少なくとも一〇人はいたに違いない。彼は死体が運び出され、赤十字の人々が引き取るのを見た。

カパス駅到着が苦難の終わりではなかった。疲れ切って弱っていたのに、彼らはオドーネル基地［アメリカ極東軍の訓練基地だった］まで、約六キロの道を再び行進させられた。基地までの沿道の両側には民間人たちが連なって待っていて、捕虜の兵士たちの顔を一人ひとりのぞき込んでいた。知っている顔が見つかることを期待しながら。中には食べ物の包みを捕虜たちに手渡す住民もいた。

　午後も遅くなってオドーネル基地に着いた。基地に入ると、日本兵は彼らを残して出ていった。基地内にあえて残ろうとする日本兵などいなかった。一人として兵舎内に入らなかった。基地内には疾病が蔓延していたので、おそらく日本兵たちは感染を恐れたのである。

　捕虜たちは兵舎に入ると、横になるための寝台の取り合いになった。コルバンは二段ベッドの上段にありついた。下段は兵士だったが、重病で話をする気力もなかった。翌朝、フィリピン人の将校が皆を起床させた時、コルバンはその兵士が硬直して冷たくなっているのを発見した。夜のうちに死んだのだ。

バタアン戦の捕虜を搬送した有蓋貨車（オドーネル捕虜収容所跡地にあるカパス戦争記念公園内、2012 年）

　起床して数時間経っても何事もなかった。ただ寝台に座り込み、空腹とのどの渇きを感じながら命令が出るのを待っていた。朝食が届いたのは午前中もだいぶ回ってからだった。いつものように蒸したサツマイモ《カモテ》入りのドラム缶がドアの外側に置かれた。今回は、先の将校が規律を守らせ、分け前の奪い合いはなかった。指揮官はカモテを平等に分けた。

　この時から、秩序立ってものごとが動くようになり、底に蛇口の付いた二つのキャンバス地の水袋が二つ、兵舎入り口に置かれた。飲料水も配給制だった。コップなどなかったので捕虜たちは手ですくって飲んだ。蛇口に唇を当てては飲めなかった。

　コルバンは父と連絡をとらなければ、と考えた。基地のゲートには多くの民間人が群がっていた。誰か一人は父親に伝言してくれる者がいるかもしれない。コルバンは紙切れに二、三の言葉を走り書きし、紙をくしゃくしゃに丸め、一人の民間人に渡した。「これをパンパンガ州ルバオのビクトリアーノ・アラバド先生に渡して下さい。僕は元気だと伝えて下さい」。奇跡としか思えなかったが、父親はこのメモを受け取って息子が生きていることを知った。民間に秘密の文書伝達組織が設立されていて、伝言が届いたのだった。

夜が明け、その日も前日と同じだった。サツマイモ《カモテ》がいつ届くのか、誰にもわからなかった。捕虜たちの主食はヤムイモばかりだったので、食事は栄養があるなどと言えるものではなかった。捕虜たちは栄養失調と病気で死んでいた。カパスでの最初の三日間、一日五〇〇人の割合で死んでいったとコルバンは見積もっている。診療する医師もいなかった。少なくとも最初の数日間はそうだった。

コルバンは今も覚えている。窓から外を見るたびに死体が運び出されていたことを。体が弱り、病苦に苛まれる者がいかに絶望を感じるかを彼は知った。彼は一人の兵士が苦しみを終わらせるようとした行動を目の当たりにした。その兵士はマラリアに感染しており、多分その苦しみが狂気に駆り立てたのだろう、有刺鉄線の柵に自らを激突させて自殺した。コルバンは今も覚えている。血だらけの光景を見て気分が落ち込み、何としてもこの世の地獄から抜け出したいと思い詰めるようになったことを。自分も衰弱がひどくなり寝台から起き上がれなくなっていた。食料も水も足りなかった。一人の日本人将校が自動車の運転手を志願する者を探しに来た時、彼は手を上げた。その時は生き延びて苦しみを終わらせることだけが問題だった。

これら全てが起きてから、五〇年以上経った。バタアン戦役と死の行進を生き延びた者たちの多くが鬼籍に入った。余生を送る少数の者たちの想いは時に恐ろしい戦争の日々へと戻っていく。その想いに過去が住みつき、自分たちが切り抜けてきた悲惨と非人道的行為を追体験する時、思い惑わずにはいられない。戦争は青春のただ中で死んだ人の苦悩と喪失に値したのか。人生を打ち砕かれ、夢を破られ、機会を失い、一国の人民の文化的、歴史的遺産を荒廃させるほどの価値があったのかと。

戦争が、人類を文明の頂点に向かって一歩でも近づけたことがあっただろうか。戦争が、人類に幸福をもたらしたことがあっただろうか。世界をより輝かしくしただろうか。地球がより美しく、人間の生活がより意義のあるものになったのだろうか。《訳者補足6》

二　四兄弟の苦難

サンアグスティン家は地方名族の出だったが、田舎の町がますます都市化され、伝統的な価値観や美徳が生活や気質を形成する影響力を失うと共に、消え去ろうとする種族でもあった。しかし、サンアグスティン一家は勤勉で、家庭を大切にし、宗教心に厚く、土に親しんで生きる人々の単純な剛直さに支えられていた。一家は二〇世紀初頭の数十年間、フィリピンの先駆者たちに特有の活力や信仰で身を固めて人生の難題に負けず、逆境に屈しなかった。

育ち盛りの一〇人の子どもの父親、フスティーノ・サンアグスティンは一九二四年、生まれ故郷であるタヤバス州（現在のケソン州）の小さな町、ルセナを引き払って転居しようと決心した時、最初の正真正銘の苦難に遭遇した。持ち家と小規模な百貨店を灰にしてしまった二度の火災を何とか生き延びた後、フスティーノは遂に家族や家財を鉄道で運んでマニラに移ることを決心した。彼はマニラ行き貨物列車の最後尾にある乗務員用車両を借り切って家財道具と一緒に印刷機を運んだ。マニラで印刷業を営んで新生活をスタートさせようとしたのである。当時、安全で快適な地方の小都市を捨てて大都会に出るのは容易ではなかった。そのころはまだ心が臆してしまう都会での生活に挑戦するには、先駆者の精神が備わっていることが必要だった。

サンアグスティン家は挑戦に耐える力を持っていた。マニラに不動産を所有していなかったので引っ越しは一度で終わらなかった。最初、ノルベルト・ロムアルデス［訳注9］邸の向かいになるマビニ地区二七二番地Aに家を探し、そこにフスティーノは印刷所を構えた。一九三〇年、一家は旧ＹＭＣＡオフィス向かいのコンセプシオン通り一七二番地に引っ越した。現在のマニラ市庁舎のすぐ近くである。一九四二年一月まで住んだが、（日本軍の）空爆の標的になったマニラ市内から避難することになった。

一家は、カムニン通りに住む長男、モイセスの家に一時、身を寄せた。今はケソン市内だが、当時のマニラ市との関係で言えば離れた郊外の田舎とみなされていた。実際、カムニンへ行くには、サンタクルス広場からルソン・バス路線［当時はマニラ鉄道会社がバスを経営、運行していた］のバスに乗らなければならなかったのである。

バタアン州ピラール町のサマット山にある戦争記念塔（2012年）

フィリピンで戦争が始まった一九四一年一二月、サンアグスティン家は一五人家族になっていた。フスティーノと妻のヘルモヘナ、そして一三人の子どもたちで、うち八人が男だった。モイセス（法廷弁護士）、ラモン、ルイス、アントニオ（内科医）、ホセ、マヌエル、グレゴリオ、そしてアルフレッド。五人は女で、ロウルデス（薬剤師）、プラ（大学家政学科卒）、ジョセフィーナ（弁護士）、レメディオス、そしてドゥルセ。

カムニンでは同所三〇番地に落ち着くまでに三度引っ越した。そこに移るまで、一家は通りを挟んだ向かいにあるセーリー・シリクという名前のロシア人の持ち家を借りていた。この人物はサンアグスティン一家に不親切で、後に一家の四人兄弟が逮捕される手引きをすることになる。

カムニン通りで一家は快適な生活を送った。安全と感じたからである。水入らずの生活であった。家族は互いに気配りし助け合って、必要なものを手に入れた。このように家族が堅く結ばれていたので父親のフスティーノは家族と別に外食することもなかった。この緊密な関係が家族の生き残りに役立ったのは言うまでもないが、同時に大きな苦難を招いた。後にサンアグスティン家の兄弟が日本の憲兵隊に逮捕されて分かったのである。

兄弟たちが逮捕されたのは、日本のフィリピン占領が間もなく満三年になる時だった。占領期間中、一家はたいして難渋せず恐怖もなく過ごしたが、それは、一九四四年一一月一六日午後までのことだった。

その日、一家は恐れられた日本の軍警察、ケンペイタイの一団が向かいのロシア人と話をしているのを盗み見したが、その時から家族の苦難が始まった。ロシア人が憲兵隊に情報を与えていたようだった。一家には恐怖におののく理由があった。一家がロシア人の持ち家から引っ越す前、内科医の息子、アントニオが抗日ゲリラの情報将校から手紙を受け取ったことがあった。その手紙は、アメリカ軍のルソン侵攻が明日にもありそうだから手持ちの日本紙幣を処分するよう忠告する内容だった。サンアグスティン一家がロシア人から迫られて家を立ち退いた時、その罪になりそうな手紙を紛失していた。おそらく荷造りや引っ越しで混乱しているうちに紙くずと一緒になったのだろう。この手紙がロシア人の手に落ちていたに相違ないと、一家はその時、気が付いた。

憲兵隊の姿を見た瞬間からサンアグスティン一家の安らぎは失われた。家族は人生最大の難問に直面し、心痛と誰も助けてくれないという嫌な気分に陥りながらも、難題に耐え抜く姿勢を整えた。助かろうとしてもどうにもならないことを理解していた。監視されていたことは確かで、逃げ出せないのは明らかだった。できることと言えば、憲兵隊がやって来る恐ろしい時を待つことだけだった。拷問と死の可能性が彼らの心をよぎった。それは勇気を持って立ち向かわなければならないことであった。

その日は普段の家事をこなして過ごしたが、運命が重くのしかかっていた。誰も泣かなかった。絶望から正気を失うこともなかった。避けられないことから顔を背けまいという重々しい決意と、たとえ何があろうと家族は一心同体だという心の慰めがあった。

その夜の一〇時半ごろ、いつもは夜が更けると静かなのに犬の吠える声とトラックが近づく音でその静寂が破られた。この通りで自動車の音を聞くことは、滅多になかった。夜間外出禁止令が出ていたし、ほとんどのフィリピン人は車を持っていなかったからだ。

トラックは家の前に停止した。家族たちが窓から見ると、一台の乗用車と一台のトラックから兵士たちが降りて来て家を囲んだ。ドアをノックする不吉な音は、恐れていた時が来たことを告げた。

ドアを開けて驚いたのは、あいさつもせずに闖入した日本兵たちに長男のモイセスが取り囲まれていたことだった。一〇人ほどの兵士たちは完全武装で、英語を話す将校に引率されていた。兵士たちは部屋という部屋に押し入り、戸棚や引き出しを開けてくまなく捜索した。息子の一人、グレゴリオの持ち物である銃弾の空薬莢の収集品を見つけると、彼らは疑いを強めた。将校が「どこで手に入れたのか。貴様は家に銃を持っているのか」と吠えた。将校は釈明を求めた。グレゴリオは、マニラの街で拾ったもので、空薬莢のような変わった品物を集めるのは若者にとって当たり前のことだと説明した。

　兵士たちがグレゴリオの他の収集物を持って来た。万年筆だった。再度説明を命じられ、グレゴリオは、変わった品物を集めて楽しむのは一〇代の若者たちによくあることで、とりわけ万年筆に魅せられたと答えた。

　日本人たちは本物のフィリピン紙幣[訳注10]の束を見つけると、ますます疑いを深めたが、それはサンアグスティン家に身を寄せるミセス・フロレンシア・ルアルハティ・カールの所有だった。ミセス・カールはフィリピン人だが、アメリカ人教師の未亡人で、お金を自分のものだと認めた。さらに、彼女は亡夫がアメリカ人の教師でトマサイト[訳注11]だったことを認めた。後に気付いたのだが、これはまずい告白だった。というのは、サンアグスティン兄弟と一緒に彼女も連行されたのだ。

　将校は父親の方に向き直り、息子が何人いるか、どこにいるのかを尋問した。将校は年かさの息子たちに関心があるようだった。質問が済むと、将校は父親のフスティーノに、お前とモイセスを取り調べのため本部に連行すると伝えた。いつまで拘留されるのかと聞かれると、将校は「多分一日だろう」と答えた。グレゴリオは実際よりずっと年少に見えたが、父が年をとっているので代わりに行きたいと嘆願した。将校は同意した。その日はグレゴリオの誕生日の前日で、彼がわが身を差し出したのは命という贈り物をくれた最愛の父のために犠牲になろうという申し出だったのである。

　こうして兄弟二人がミセス・カールと一緒に連行され、残りの家族はどうすることもできずに見守った。翌日には家へ帰れると思っていたので、彼らは何も持って行かなかった。グレゴリオは一一月半ばで寒さを感じる季節になっていたので、セーターを一枚持っていくことにした。

　午後一一時ごろだった。その夜は肌寒く静かだった。兵士たちがグレゴリオをトラックへ連れていく時、彼は家をちらと振り返り、母親のこと、他の家族のこと、絶望とこれから経験することになる苦難を思った。外は暗かったが、自分の前途に横たわる事態を思うと心の中はもっと暗かった。グレゴリオはトラックによじ上り、兄のモイセスとミセス・カールは乗用車に押し込まれて将校と一緒に座った。

　モイセスはラロマ（現在はケソン市の一部）に住む弟のルイスの所に案内を命じられた。到着した時、ルイスの家は寝静まっていた。兵隊たちはドアをドンドンと叩き、ドアを開けたルイスはモイセスが日本人兵士と一緒に立っているのを見た。ルイスは何が起きたかを察し身なりを整え、同行するよう言われても驚かなかった。

車を走らせながら、将校はモイセスに内科医の弟の家へ行く道を教えるよう命じた。モイセスは最初、アントニオがどこに住んでいるか知らないと拒んだ。すると車はイントラムロスの暗い通りに入り込み、モイセスは車から引きずり出されて壁に押しつけられた。将校は彼を大声で脅し、その騒ぎで周辺の家々に住む人たちが何事かと窓から外を覗いた。窓が開くたびに、兵士たちはその家の住人を大声で撃つぞと脅した。モイセスはビンタを食らい、殴打された。なおもアントニオの居所を言うのを拒むと、将校はドイツ製のルガー拳銃〔ドイツ製の自動拳銃で口径九ミリ〕を取り出してモイセスの頭部に押しつけて言った。「サンアグスティン弁護士。今は戦時だ。私はいつでも貴様を殺せるのだぞ」。モイセスは、死を選ぶのでなければ抵抗するのは無意味と覚った。彼は絶望的になって屈服した。その間、グレゴリオとルイスの二人の弟は恐怖と絶望の中でモイセスの苦しみを見ていた。日本兵がモイセスに野蛮な仕打ちを加えるのを救えずに見ているのはひどい苦痛だった。

全員は車でイントラムロスを出て、サンパロック地区のイサベル通りに来た。サント・トマス大学の向かい側に当たる通りである。アントニオは家から力づくで連れ出され、初めての赤ちゃんの世話をしている妻に別れを告げることもできなかった。

全員がイントラムロスに戻り、現在はプエルタ・レアルの敷地になっている水族館のある場所に来た。入り口に近づくと、両側に砂袋が積まれた後ろに機関銃が隠されているのに気付いた。入り口の脇には歩哨が立って通常の警備をしていた。兄弟たちは、そこが「マニラ水上憲兵隊」として知られる軍事警察部隊の司令部〈訳者補足7〉だと分かった。多分、水族館を所在地にしたためであったのだろう。

憲兵隊本部の暗い表玄関に入った時、彼らは恐怖で身体が硬直した。その時、三四日間の監禁、地獄の苦しみの三四日間が始まるとは知らなかったのだが。

控え室のような場所に歩み入ると、まずベルトをはずし、それから靴と靴下を脱ぐよう命令された。次に指輪、時計をはずし、ハンカチ以外の全ての物をポケットから出すよう命じられた〔訳注12〕。各自にそれらを全部入れておく大きなマニラ紙製の封筒が手渡された。誰のもの分かわかるように、支給された封筒には氏名が記された。

兄弟たちは警備兵たちが用心深く見守る前で作業を終えた。裸足で冷たい石の床の上を歩き、鉄格子代わりに縦横二インチ（約五センチ）づつの角板を立てめぐらした木造の囲いまで行った。囲いの一方は上下二段に分かれて開閉するドアになっており、下段を警備兵が開けた。かがんでドアをくぐると、そこは水族館があった場所で狭い通路になっていた。見ると、右側が水族館で、ガラスの水槽から約二フィート（約七〇センチ）離れた鉄柵で防護されていた。通路の行き止まりには板が打ちつけられ、天井と下の壁の間に狭くて長い開口部があるだけ。窓と呼べるものはなかった。外に出るには正面の入り口しかなく、そこには常時、囚人たちと向かい合う形で一人の将校が小さなテーブルに座っていた。将校の後ろには、兵士が銃剣を付けた銃を持って立っていた。

兄弟たちが前の方を見ると、七〇人ほど、いやもっと多かったかもしれない人々が約八人の横列を作り、体をくっつけ合いながら石の床の上に横になっていた。兄弟たちは言われたように自分で場所を見つけけ、皆と同じように横たわった。

この狭い部屋が自分たちの牢屋であることが兄弟たちにやっと分かった。間口三メートル、奥行き九メートルに七〇人以上が詰め込まれているのだ。

入屋した時、彼らの目をとらえたのは壁に近い、でこぼこの石床の上にひざまずく一人の男だった。彼は壁に向き合い、その頭上約四インチ（約一〇センチ）に二〇〇ワット電球があった。男は悶え苦しんでいるようで目に涙があふれていた。疲労困憊し、電球の強烈な熱にもはや耐え切れないように見えた。ひどく汗をかき、極度の疲労で時々頭が前に傾いて壁にぶつかった。彼の頭が壁に触れるたびに警備兵は彼を怒鳴りつけたり、大きな棍棒で打ったりした。

どのくらい長く男がそんな格好をさせられていたのか、兄弟たちにはわからなかった。後になって男の責め苦が四日間も続いていたことを知った。男の膝はひどい状態で、それがどれほど長く耐えねばならなかったかの痛々しい証拠だった。男がやっと戻ることを許され、仲間の囚人たちと一緒に座った時、サンアグスティン兄弟たちはぞっとした。男の膝は大きくふくれ上がり、傷口が開いて肉が見えていた。兄弟たちはいたく同情した。男はやがて兄弟たちと親しくなり、兄弟たちが体験することになる苦しみや絶望の中で、親身になってくれたのである。グレゴリオがひどく衰弱しているのを見て、男は体を暖める大きなビーチタオルを若者に渡した。そしてグレゴリオに、「君はここにいる者の中で一番若い方だが、弱ってやつれはてている。このタオルが必要だよ」と言ってくれた。この親切な男はマウロ・バウサ弁護士で、近年、亡くなった。

その夜、兄弟たちは一睡もしなかった。未来がにわかに暗転し、救いは不確かで遠い先に思えた。兄弟たちが話を交わし始めた途端、他の囚人たちが話すのは禁じられていると小声で注意した。話声を聞かれると、罪もない者を含めて、全員が殴打されることになるとも。

夜が明けて、兄弟たちは非人間的な幽閉の状況を思い知らされることになった。朝も明けないころ、フィリピン人看守の大声で目を覚まされた。他の人たちと同じように、セメントの床の上に座ると、午前六時だった。

一人の男が大きな木の樽をひとつ運び込んだ。それは日本人が醤油を入れて溜めておくのに使う容器らしかった。樽にはかなり濃い米がゆ《ルガオ》が入っていた。男は捕虜の列に割って入り、各列の前で立ち止まるとひしゃくを樽の中に入れ、おかゆ《ルガオ》を各列のボウルに注ぎ込んだ。お椀は薄い合金で、表面はホウロウ引きだった［当時、日本で一般化していた洗面器と思われる］。

灰色がかった一椀のおかゆが朝食なのだと彼らは推測した。朝食というにはとても足りない量であることはすぐ分かった。衛生や消毒で最低限の必要すら満たされないこともわかった。ボウルの中のおかゆは四人で分けなければならず、食べるには手を使うしかなかった。グレゴリオは最初の一すくいを口に運んだ。とても食べられたものではなかった。ものすごく嫌な味がした。彼はその朝、最初の食事を吐いてしまった。やがて空腹の痛みが我慢できなくなった時、与えられたものは何でも味わわず呑み込むことを学んだ。生き延びるにはえり好みしたり、吐き気を催したりしていられなかった。

四人が一つのボウルの食べ物を分け合うのだから、争いが起きて当然だ。わずかな食料の分け方をめぐって、けんかが頻繁に起きた。けんかは厳禁されており、規則が破られると囚人たちは全員が共犯として扱われ、一人ずつ厳しく殴打された。罰の厳しさにもかかわらず、生存本能は時に、一口でも多く食べようと囚人たちを獣のように争わせた。

二、三日経つと、兄弟は狭い牢獄の日常に慣れ始めた。彼らは監禁という困難な肉体的条件に耐えること、辛苦や空腹を我慢することを学んだが、恐れや不安に起因する精神的な苦悶からは解放されなかった。毎日が新しい責め苦の繰り返しだった。毎朝、兄弟たちは自分たちの内部を苛むような極度の恐怖の中で目覚めた。グレゴリオには、恐怖は膝が抑えきれないほど震える形で現れた。起きている間、兄弟たちは不安だった。それは永久に続くように思われた。恐ろしい出来事が自分たちに降りかかるかだろうという疑いや心配に苦しめられ、最悪の事態を予期していた。

グレゴリオは夜が来るとほっとした。その日の精神的な苦悩にくたびれ果て、すぐ深く夢のない眠りに落ちるからだった。夜中におびえて目を覚ますこともたまにあったが、幸いなことにまれだった。

監禁された最初の週、兄弟たちは一人ずつ取り調べを受けた。最初はアントニオだった。出て行っておそらく二時間、あるいはそれ以上だったろう。戻ってきた時、彼の目は充血し、顔が膨れ上がり、しかもびしょびしょに濡れていた。表情から肉体的にも精神的にも大変な苦しみを切り抜けてきたことが読みとれた。グレゴリオは兄の様子に気が動転し、何が起こったのかと尋ねると、アントニオは「奴らは俺を水責めにしたのさ」と答えた。話すことを禁じられていたが、彼は取り調べの間に耐え忍んできたこと全てを小声で切れ切れに話した。自分に加えられたひどい拷問について、兄弟に聞かせたのだった。

殴られたり、平手打ちを食ったりではすまなかった。アントニオは一脚の椅子を身体の前で一時間にわたって手で支えることを強制された。初めは軽く感じたが、時がのろのろと進んで一時間も経つと椅子はまるで一トンあるかのように重くなりだした。彼はそう話した。また、どんな水責めの拷問を受けたかも話した。尋問者たちは彼の口にホースを突っ込み、一〇分かそれ以上、水を流し込んだ。胃が膨張してどれだけ苦しかったことか。さらに、一人の大きな日本兵が膨らんだ胃の上に飛び乗ったため、胃が破れるのではないかと思ったことも話した。水と血が口から吹き出した時、耐え忍んだ苦痛がどんなだったか、兄弟たちに話したのである。

ほかの兄弟も別々に取り調べを受けた。しかし、アントニオが経験した拷問が最も残忍だった。今、グレゴリオは四人兄弟の中で唯一の生き残りだが、自分に対する取り調べが短かかったと記憶している。取調官は最初にずばり、嘘は許さないし、嘘をついたら自分には殺す権限があるのだと言った。それからゲリラ勢力の一員かどうかを、グレゴリオに尋ねた。グレゴリオは「あなたが気に入る返事でなければ、僕の命が危険になることはわかっています。でも本当のことしか言えません。僕はゲリラ部隊の一員ではありません」と答えた。そう答えたことが幸いしたのか、それともグレゴリオがあまりに若く弱く、そしてあどけなく見えたためだろうか。理由はわからないが、取調官は彼の言葉を信用し、囚人たちの所へ戻した。

囚人たちを監禁状態で生かしておくことは罰を加えて、意志を挫けさせることを意味していた。食料の配給はわずかだった。ボウルに一杯のおかゆが日に三度、朝の六時、正午、そして夕方の六時に配られた。肉も野菜もつかなかった。おかゆだけで他に何もなし。そして囚人四人がボウル一杯分を分けなくてはならない。四人に分けるということは一人が手で三回か四回すくうだけのわずかな量であった。手を使うしか食べる方法はなかった。スプーンやフォークを使うことは許されなかった。

水も配給だった。柄杓一杯の水が食事の後に与えられた。それも四人で分けなければならなかった。三回するとお仕舞いである。グレゴリオの説明によれば、三回目は飲み込まず、口をきれいにして、その後で手を洗うために使ったという。

排泄する以外、どんな活動も禁じられていたので、捕虜たちは清潔にしたり、衛生的にしたりすることをあきらめる以外になかった。入浴も歯磨きもできなかった。石鹸もなければ歯みがき粉もない。水を使うことすら許されなかったので、排便しても、手を洗えなかった。グレゴリオの話では、彼と兄たちはトイレットペーパーとして新聞紙を使った。囚人仲間の一人に家族が食料を新聞紙に包んで送ってきたのをうまく手に入れたのだった。グレゴリオが手にしたのは新聞紙一枚の半分だけだった。彼はそれを、なんとか拘留期間の三四日間もたせた。つまり、この半ページ分の紙を横三インチ縦三インチ（七・五センチ四方）の小さな断片にちぎったのだ。トイレットペーパーなどと言えるほどの大きさはなかったが、目的だけは果たせた。

排泄したくなると囚人たちは部屋の片側に行く。部屋の中ほどにバケツが置かれてあった。誰もが衆目の中で用を足したが、すぐに気にならなくなった。三人の女囚は幸いにもプライバシーの特権を与えられた。彼女たちは外に出てトイレを使うことを許された。

肉体的な拷問を免れた人々にとっても、かくも非衛生的で不潔な状況で生活することだけで、刑罰として十分だった。この刑罰は体にシラミがわくと耐えがたくなった。水族館の魚が水槽の中で泳いでいるのを見ることが正気を保つのに役立ったように、互いにシラミを取り合うことも気が狂いそうになるのを和らげた。少なくとも目的をもって何かしようとすること、皆が同じ苦しみを味わっているということが連帯の気持ちを起こさせ、耐え忍ぶ強さを生み出したのである。

囚人たちは運動したり、日光浴したりもできなかった。明けても暮れても房内にいた。起きている間は床の上に座っていた。寄りかかる背もたれもないままで座っているのは背中に負担だった。夜になっても、不快さはいささかも減らなかった。というのは、毎日のように囚人が連れて来られ数が増えたからだ。ひどく混んできて、囚人たちは隣の囚人と折り重なって眠った。

窮屈すぎて寝返りを打つと、そうとは知らずに他の囚人の体をたたいてしまうこともしばしば。そうなると二人の間でけんかになった。怒った警備兵が闖入して棍棒をやたらに振り回し、当たるを幸い殴った。グレゴリオはたまたま荒れ狂いう警備兵と鉢合わせしてしまい、警備兵はグレゴリオの鼠径部を強く殴った。彼はあまりの痛さに死ぬかと思うほどだった。激痛に大声で叫びたかった。だが、音を立てれば、警備兵をさらに怒らせる。彼は黙ってこらえ、涙が頬をころがり落ちた。グレゴリオは一晩中、痛みを我慢した。痛みがとれるまでに二日かかった。

サンアグスティン兄弟は監禁の苦しみを共にした多くの囚人たちの中の数人と友だちになった。マウロ・バルサ弁護士の他に、グレゴリオはレカルドとチトのカルボ兄弟のことを思い出す。絶望的な気分に、落ち込まないよう、ロザリオ（十字架の付いた数珠）で祈ることをグレゴリオに教えてくれたのはチト・カルボ[訳注13]だった。グレゴリオは一日の大半をロザリオで祈って過ごした。二、三日もすると無意識に祈っていた。それは日本人が囚人から奪うことのできない唯一の行為であった。囚人たちは話したり、動き回ったり、自分の体を清潔にしたりすることすら自由ではなかった。しかし、祈ることは拘置した日本人も目と耳で監視できない。個々人が心の奥底で自由に営む精神行為だからだ。囚人たちは互いに話を交わせなかった。しかし、救済の神に語りかけることはできたのである。仲間の人々と心を通わせることは許されなかった。でも、日本人も信仰する神に心を通わせる行為を囚人たちから奪うことはできなかったが、日本人の拘置者たちは彼らの自由を奪い、百にも及ぶ方法で肉体を傷つけることはできた。囚人たちは信仰が強固である限り、希望を抱くことができた。まさに、希望の中に監禁という残酷な不確実性に耐える強さを見出したのである。

　グレゴリオと兄弟たちは囚人たちの中に映画界の知名な人物二人を発見した。一人はレオポルド・サルセドで二週間後に釈放された。もう一人は、ロランド・リワナグ［戦前からの映画スター。戦後に活動再開］で、彼はグレゴリオに忠告してくれた。日本人の言いがかりを否定して怒らせてはいけない、彼らが認めさせたがっていることは何でも認めてしまいなさい、と。しかし、グレゴリオは自分がゲリラ組織の一員などではないという真実を述べる道を選んだ。驚いたことに、日本人の尋問者は言葉通りに信用し、拷問せずに囚人の群れの中に戻したのである。

　囚人の中には女性が三人いた。一人はサンアグスティン家の友人のフロレンシア・カール夫人で、もう一人は魅力的な若い女性だった。彼女がたまたま恋人の家を訪ねていた時、恋人が日本人に反逆行為とみなされていた短波ラジオを聞いていたので捕えられた。三人目の女性については、グレゴリオは今もわからないままだ。

　グレゴリオは、囚人たちの中にファン・ベネサもしくはベナサ［訳注14］という名の音楽家がいたことを覚えている。グレゴリオよりも年若の者もいたが、彼はサント・トマス大学内の武器庫から小火器を盗んだかどで逮捕されたのだった。名前はエルネストで、ゲリラのために働いていたとみられ、おそらく処刑されただろう。兄弟たちは、その後二度と彼を目にしなかったからである。

　キンタナという名のフィリピン人が日本人に契約で雇われ、囚人たちを管理する仕事をあてがわれていた。キンタナはグレゴリオに親切心を見せたが、彼を哀れんだからだろう、グレゴリオは痩せ細り、腕の筋肉は周囲わずか六インチ（約一五センチ）まで縮んでしまっていた。ほぼ一日おきの間隔で、キンタナはグレゴリオに堅ゆで卵をくれたものだ。

　日々がのろのろと進む中、サンアグスティン兄弟は家族からの消息を待っていた。姉のジョセフィーナは弁護士で、フィリピン大学でホセ・P・ラウレル氏お気に入りの学生だった。ラウレル氏は日本占領期のフィリピン大統領であり、彼女は二人の親しい間柄から兄弟たちを釈放させらるのではと期待していた。しかし二週間経つと、彼らは期待を止め、釈放ではなく自分たちの魂のために祈るようになった。

釈放された後になって、兄弟たちはジョセフィーナと母親がラウレル大統領に会おうと試みたことを知った。しかし、アメリカ軍が既にレイテ島に上陸しており、日本人にとっても先行きの見通しはなく、安全でもなくなっていた。ラウレル大統領も外部との連絡を断たれていたのである。

囚人仲間の誰が釈放され、あるいは殺されてしまったのか、兄弟たちは知る由もなかった。分かったことは、連れ出された者を再び見ることがないということだけだった。

一九四四年一二月二〇日が来た。兄弟たちにとって獄中三四日目である。午前一一時ごろ、モイセス、ルイス、グレゴリオの三人は囚房を出るように言われた。房の外に出ると、数人の人がおり、その中にアントニオがいて両手、両足を縛られていた。彼は石の床の上に座っていた。兄弟たちは彼と話したかったが、許されなかった。できたのは、互いに見つめ合い、目で伝えることだけだった。その後の歳月、グレゴリオは兄の顔に浮かんだ表情を忘れたことはない。思い出すと、それは十字架に掛けられたイエス・キリストの表情なのである。それが生きているアントニオを見た最後だった。兄弟たちは後々に振り返り、アントニオがその日のうちに処刑されてしまったに違いないと推測した。日本軍による処刑についての通説に従えば、おそらくアントニオと一緒にいた人たちはラロマ墓園あるいは中国人墓地[訳注15]に連れて行かれ、自分たちの墓穴を掘らされた場で斬首されたのだろう。

この日、アントニオを一目見た後、兄弟たちは防塁に通じる階段を登らされ、そこでフィリピン人理髪師に散髪してもらい、野天で入浴させられた。体を洗う石鹸がなかったのだから入浴といえるほどではなかった。着替え用の清潔な衣服も持たなかった。しかし、少なくとも全身を洗うことはできた。階下の囚房に歩いて戻る途中、兄弟たちはこそこそ話を交わし、なぜ入浴させ、散髪までさせたのだろうかを推測した。処刑されるための準備だろうか。奇妙な理由付けとはいえ、そんな考えが彼らの心をよぎった。

兄弟たちはあまり待たされなかった。一人ずつ将校の面接を受け、日本語で書かれた一枚の紙に署名させられた。何に署名したのかと尋ねると、ゲリラに参加したり、日本帝国軍隊に刃向かったりは一切しないという誓約書の類だと言われた。グレゴリオが将校と顔を合わせた時、彼は将校のテーブルのそばにあった鏡に映る自分の姿を見た。大きな衝撃だった。皮と骨だけ、顔はやつれ、ほおは落ちくぼみ、目はうつろだった。彼は初めて、監禁生活がどれほど自分を痛めつけたかを理解した。

誓約書に署名した後、兄弟たちは自分たちの靴下、ベルト、財布と靴の入った紙封筒を返された。札入れは空っぽと分かった。しかし、兄弟たちは不平を言わなかった。釈放される準備が整いつつあることだけが大切だった。囚人の一人が空の財布について、正式に告訴をするつもりだと、日本人の将校に文句を付けた。囚人は残留を命じられた。この決定的な失敗がおそらく彼の命を失わせただろう。それから二、三週間のうちにアメリカ軍部隊がマニラに到達し、日本軍は退却する際に、猛り狂って人々を殺害したからだ。

一二月二〇日午後一時ごろ、サンアグスティンの三兄弟、モイセス、ルイス、グレゴリオは自由の身になり、イントラムロスの城門を歩いて出た。信じられないことだった。彼らは交通機関に乗る金を持っていなかったが、通りかかった一台の二輪馬車を雇うことができた。カムニンの家に着いたら、すぐに運賃を払うと約束したのだ。家に向かう前、兄弟たちはキアポ教会に車を停め、お祈りをした。兄のモイセスとルイスは教会の正門から膝を床につけて祭壇まで進み、救われたことに神に感謝の祈りを捧げた。グレゴリオが彼らに同行するのは無理だった。体があまりに衰弱していたのだ。

一五分か二〇分ほど祈って教会の外に出ると馬車はまだ待っていた。彼らは家路に就いた。まず、ラロマにあるルイスの家へ行った。それからカムニンへ向かった。モイセスが先に降り、グレゴリオは一人になった。人通りは少なく、ほどなくグレゴリオは家のドアをノックした。ドアが開き、歩く骸骨のようなグレゴリオの姿を見た家族は涙を流した。しばらく誰も口をきかず、むせび泣いた。グレゴリオと兄の二人が生きていることに感謝しては泣き、グレゴリオのやつれ果てた姿に心を突き動かされて泣いた。母親は自分の目で息子たちがどんなに苦労したのかを見て動転した。彼女は泣きながらグレゴリオに、息子たちが皆殺しになったと思い込んでいたと話した。事実、家族は死者のための九日間の祈り[訳注16]に入っていたのだった。

ようやく気持ちが落ち着いて、家族からの質問に答えた後、グレゴリオが最初にしたのは、温かい風呂にゆっくりと入ることだった。彼は石鹸をまるまる一個以上使って体を洗った。体がシラミだらけだったので、肌に石鹸がしみ込むまで一五分待ち、それからリンスして洗い流した。しかし、シラミはそう簡単には駆除できなかった。完全に駆除されるまで二カ月以上かかった。

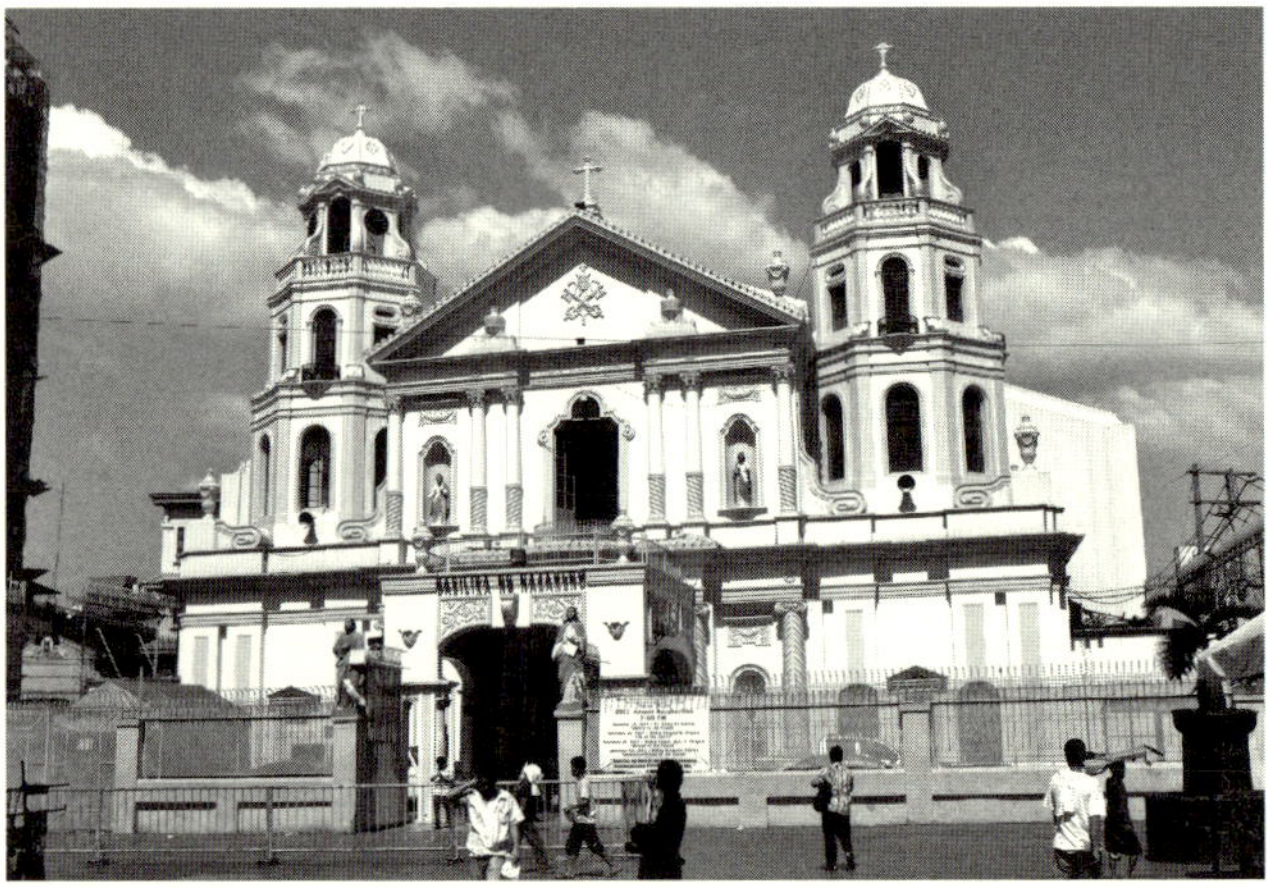
マニラの下町の中心にあるキアポ教会（2012年）

入浴後、グレゴリオは初めて本物の食事をした。今の水準からすれば、たいした食事ではなかったかもしれない。当時、戦争が長びいてフィリピン人は耐乏生活をしていた。だが、グレゴリオにとっては王侯の食事のように思われた。暖かなご飯、魚のフライ、サツマイモの葉っぱ《タルボス・ナン・カモテ》、そして小エビの塩辛《バゴオン》を食べた［訳注17］。

それから彼は眠りに就いた。ここ数週間で初めての睡眠らしい眠りだった。ついに、彼は自分のベッドに戻り、家族と一緒にくつろげたのである。彼はその日以降もたっぷりと眠った。正常な日常生活を再開できるようになるには、長期の休養が必要だった。

兄弟たちが体験した苦難から肉体的に回復するには数週間、いや三カ月はかかった。しかし、彼らが受けた精神的外傷の治癒にはさらに時間がかかった。この後、長い間、彼らは日本人に大きな憎しみを抱いた。しかし、時が経つにつれて、憎しみは次第に薄らいだ。兄弟たちは日本人の発明の才、工業の力量を知って称賛するようになった。しかし、心の奥のどこかに時間では完全に消し去れない猜疑心や不信が潜み、尾を引いている。

三　敵を相手に

戦争の前、私たちは日本人について知っていることはほとんどなかった。日本人を知る機会など滅多になかったし、身辺に日本人はそれほど多くなかった。戦前、私が育ったサンボアンガ市〔訳注18〕で自営業をしている日本人が数人いた。アメリカ人の夫を亡くしたプライス夫人は学生たちお気に入りの雑貨・食品店、「O・Kバザール」を経営していた。別の日本人一家は「アサヒ・バザール」の所有者で、軽くて頑丈な自転車を売っていることで知られた。「メイド・イン・ジャパン」は長持ちせず、品質も良くないという一般認識とは正反対だった。

この二つの日本人の店の他に、コヤマ氏の「オーロラ写真館」《訳者補足8》があったのを覚えている。写真の仕上げが上手なことで知られていた。

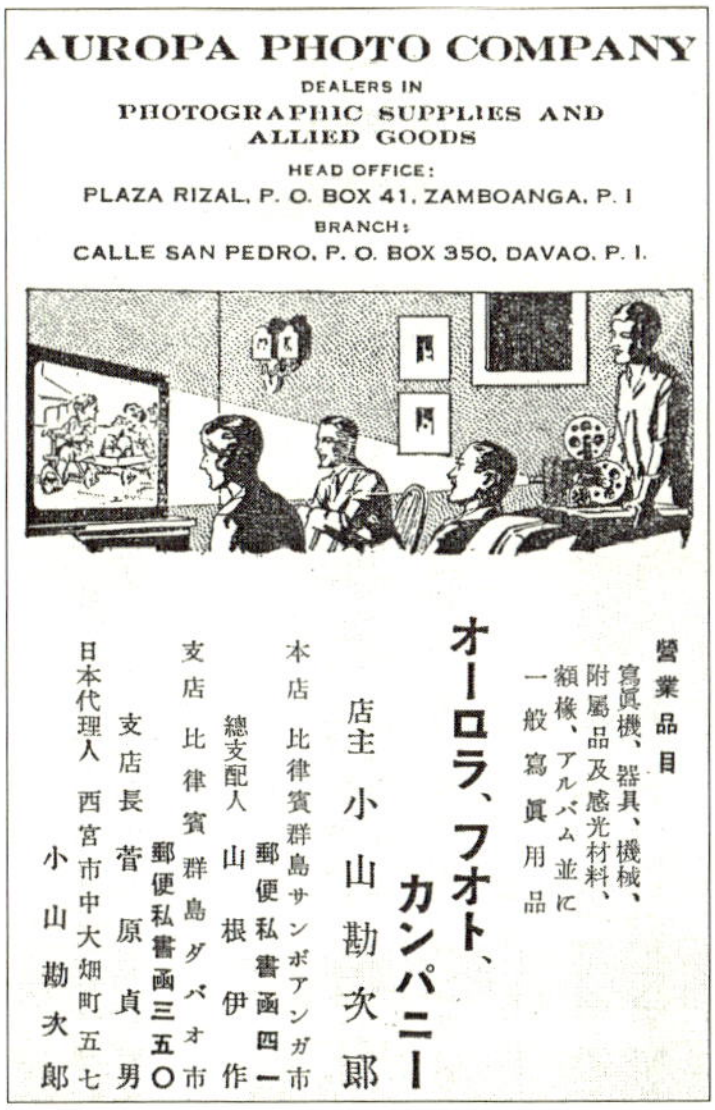

比律賓年鑑（昭和14年版）に掲載されている「オーロラ写真館」の広告

「ハナダホテル」は、所有者の名前にちなむ家族向けの清潔なホテルで、私たちの家から角を曲がってすぐの所にあった。近所だったので、ホテルの階下にあるハナダ氏の小さな店で私はキャンディーだの鉛筆だのを買った。そんな時はいつもハナダ氏と顔を合わせたが、彼はちょっとの間、私と遊んでくれた。父の友人の一人にヤマムラ博士《訳者補足9》がいて、彼はバシラン島にある私たちの農園と川を隔てて農園を持っていた。最後に、学校の子どもたちに人気があったアイスクリーム売りを覚えている。

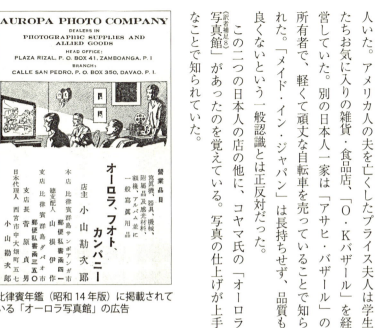

これらの日本人たちは地域社会と親しい付き合いがあったものの、距離を保ち、フィリピン人と社交的な交際はなかった。そのため、私たちは実際、中国人やアメリカ人、ドイツ人のように友人関係になることはなかった。日本人について知っていることは印象の域を出なかった。たとえば、私たちは日本人を極端なほど清潔好きで勤勉、そして内気な人間だと思っていた。ともあれ、そんな印象以上のことをほとんど知らなかったのは、日本人が孤立し、自分たちだけで過ごし、打ち解けなかったからである。そのため、戦争が勃発すると私たちは日本人は油断ならないと簡単に思い込んでしまった。

戦争が起こり、次いでマニラが占領された時、私たちメンドーサ一家は、パナイ島も侵攻が避けられないと思って恐怖を感じたのだが、やがてそこで戦争に巻き込まれたのだった。敵がいずれは侵攻してくるという思いは私たちを恐怖で一杯にした。日本人を怖れたのは、日本の兵隊が中国で犯した残虐行為やルソン島侵攻時の日本軍の振る舞いについて耳にした話が根拠だった。日本兵は女性をレイプした後、乳房を切り落として殺す性癖があると聞いていた。

一九四二年四月九日、バタアン半島が陥落した際、父のマルセロ・メンドーサは怒濤のように侵攻する日本軍を避けるため、山間部に逃げなければならないと思った。同月一二日、父が世帯道具を運ぶために借りた一台のトラックに乗り、私たちはイロイロ市から三〇キロ北の町アリモディアンへ行った。年長の子どもたちはトラックに乗り、年少の子は母親と一緒に自家用車だったツートーンカラーのフォードV－8[訳注19]に乗り込んだ。長兄のセリンと養子の兄、グバはイロイロ市ラパス地区の借家に残った。二人は家を略奪から守るように言い付けられた。日本軍が上陸したら徒歩で逃げ、アリモディアンの私たちに合流することになっていた。

家族は一四人だった。父、母のビセンタ、デリー、セリン、アンパリン、ロアルディン、ジェリー、ベン、ボビーの兄弟姉妹と私。それに、サンボアンガから来ていた二人の学生、リリア・アドナイ、ホセ・デベラと乳兄弟のグバ、東ネグロス州出身の二人のメイド、トゥディンとミリンがいた。[訳注20]

四月一六日の朝、目を覚ますと、イロイロ市の方角から大爆発音が聞こえた。私たちはそれが何を意味するかわかった。日本軍が上陸し、橋が味方の兵士によって破壊されたのだ。午前七時ごろだった。父がメイドに朝食を準備させ、私たちは持ち物の荷造りをした。これから目前の山々に向かって長い山道を登るので、父は私たちを空腹のまま歩かせたくなかったのである。急いで食事した。怖くてのどをよく通らなかった。

山道は険しかったが、日本軍に対する恐怖が背中を押す力になった。私たちがアリモディアンから二、三〇キロ離れたブダンという山間の集落に着いたのは、午後だった。そこで一緒に登ってきた他の避難者たちと一緒に野宿した。

山の隠れ家にいる間、日本兵には一人も遭遇しなかった。ある日、一人の男が走ってきて、アリモディアンに日本兵が来ていて、その一隊が山麓を偵察していたと知らせた。全員が恐怖におののいた。父はメイドと息子たちに食べられる物なら何でも手に持つよう命じ、それから別の隠れ家に案内した。そこには鬱蒼としたジャングルに隠された深い渓谷にあり、一筋の小川が流れていた。私たちはそこで来たるべきことを待ったが、あたりは全く静かだった。少年たちは女性や子どもを救うために撃ち合わなければならないかもしれないと考えていた。他の避難者たちも合流し、一大隊を編成できるほどの男手があった。問題はただ一つ、銃が足りないことだった。

結局、日本兵は来なかった。おそらく山間部に登っていけば、高地で待ち伏せ攻撃の標的になると思ったのだろう。ほっとした思いで元の居住地に戻った。

一カ月後、ブダンを去ってイロイロ市から一五キロ離れたサンミゲル町まで山を降りた。私たちはそこで日本軍が民政機関を設置し、フィリピン人に自宅に戻るように促していると知った。父は日本の支配下で生きることを望まなかったものの、市内に戻る決心をしなければならなかった。山中の暮らしは危険が多すぎ、不便であったからだ。まず山賊がうろついていた。次に、長くいれば食料が問題になるはずだった。第三に、医療施設がないことも心配の種だった。山を下りた時、家族の中には赤痢に罹った者がいた。最後に、生活資金が尽きてしまう。何か生計の手段を見つけなければ。

一家は心もとない避難生活を切り上げてイロイロ市に戻った。戻ってからは家族だけで固まって過ごした。私たちは日本人と接触するのを恐れ、できるだけ彼らを避けた。日本人の姿をかいま見ただけで震え上がった。占領の年月が続くうちに怖い気持ちが薄れて、何人かの日本兵と知り合いになったが、日本人には決して心を許さなかった。日本人が私たちの国に侵入し、国民に危害を加え、主人として仕えるよう強制したことをどうして忘れられようか。しかし、日本人のうちの何人かは友人になろうと努力し、征服民族のご主人としてではなく、個人として受け入れてもらいたいという気持ちを示したので、彼らの人間性の一端を見ることになった。

私たちは滅多に外出する危険を冒さなかったが、時々は食料品を買いに市場へ行く必要があった。兄弟たちは鮮魚を仕入れて売る仕事をしていたので、朝早く漁師から魚を手に入れると、小売業者に届けに出向かなければならなかった。

思い切って外出した最初の一、二回は冒険のつもりだったが、日本の権威主義的な規律を初体験した。イロイロ市内のあちこちに、日本軍は検問所を設置し、武装した警備兵を配置した。検問所には大きな看板が掲げられ、日本語の日常のあいさつ言葉を示していた。「グッドモーニング」は「オハヨー」、「グッドアフタヌーン」は「コンニチハ」、そして「グッドイブニング」は「コンバンハ」といった具合である。私たちはすぐに警備兵の前で頭を腰まで下げるお辞儀をし、丁重にあいさつするのが義務であることを理解した。この儀式なしでは、誰も警備兵の前を通れなかった。忘れると殴られるか、力まかせのビンタを食らった。ただ頭を下げるだけでは不十分だった。腰のあたりまで頭を下げなければならなかった。最初のうち、フィリピン人にとってそれは容易ではなかった。多くの人々が乱暴に頭を腰のところまで押さえつけられ、「バッカヤロー」などと怒声を浴びる経験をした。

時が経つにつれ、お辞儀の儀式は私たち多くの者にとって習慣になってしまった。時々、挨拶を言うのを忘れた。しかし日本兵たち、とりわけ小さな町に駐屯した兵隊たちはある程度、地元社会に溶け込むようになるにつれて寛容になった。多分、住民たちの温かな雰囲気が彼らの厳格さの角を丸くする効果を持ったのだろう。

私たちと日本軍との最初の恐ろしい出会いは、町へ戻ってすぐだった。世帯道具の荷をほどいていた時、ドアをドンドンと叩く音を聞いて、私たちは総立ちになった。脇の窓から私たちは日本兵たちが外にいるのを見た。恐れおののきながら否応なく彼らを招じ入れた。険しい表情の将校と向かい合うと、父の顔は青ざめた。将校は家族について、次いで一緒に暮らしていた学生のホセ・デベラについて質問した。パパは、ホセが同居人だと答えた。

すると指揮官は「彼はゲリラなのか」と聞いた。パパは違うと答えた。矢庭に将校は「もしも奴がゲリラと判明したら、お前ら家族全員を殺してもいいのだな」と、大声をあげた。パパは、いや、ホセ・デベラはゲリラではありませんと答えた。その返答を聞くと、日本兵たちがホセを家の中へ連れて来た。彼らはホセを家の外まで連行し、その姿を見えないようにしていたのだ。私たちをおとなしい連中だと判断したのだろう。その将校は日本軍に逆らうようなことは一切するなと、厳しく警告して立ち去った。私たちは彼らが去るのを見て心からほっとし、この遭遇が恐ろしいことに発展しなかったことに感謝した。

最初の出会いの後、私たちは市場に行ってコメの配給を受けるために行列する都度、日本兵を目にすることになった。彼らは私たちを気にかけず、かといってよそよそしい態度でもなかった。それで兵隊がそばにいても震えなくてもよいと理解した。

私が次に日本兵と接触したのは、メイドのトゥディンの足に熱帯性の潰瘍ができてひどく腫れあがったため、セントポールズ病院［イロイロ市最大のカトリック系病院。創設は一九一一年］に治療を受けに行った時だった。私たちはラパス橋を渡って二人の日本兵が守る検問所まで来た。かねて仕込まれたようにお辞儀し、歩き出そうとすると、兵士の一人が呼び止め、通訳を介してどこへ行くのかと尋ねた。「セントポールズ病院へ」と私は言った。すると、兵士は身振りで行けと合図した。

私はそれで済んだと思っていた。ところが病院からの帰りにラパス橋へ向かう途中、同じ兵士が検問所で私たちを止め、二、三の質問をした。私は怯えてしまい、その場で気絶しそうになった。兵士は私たちの氏名と住所を聞いた。どこに住んでいるかを知られると恐ろしいことが待っているのではないかと心配になり、私は偽名とでたらめの所番地を口にした。兵士は返答に満足して私たちを解放した。検問所から一〇メートルくらい歩いてから振り向くと、同じ兵士が追い掛けて来るのを見て動揺した。その時、兵士が日本軍将校が携帯する軍刀を帯びているのに気付いた。彼は私が振り返ったのを見て、止まるよう合図した。彼が近づいて来るのがとても恐ろしかった。彼は私と向かい合うと、すぐ名刺を手渡した。名刺には「キャプテン・クニオ・ツチタ」と記され、姓名の下に日本軍事警察を意味する恐ろしい言葉、「ケンペイタイ」とあった。

数週間後、ツチタ大尉が私の住所を探し当てに来た。私は彼を窓から見つけた。彼は私たちの知らない氏名、つまり私が彼に告げた偽名で尋ねていたのである。恐怖に陥ったが、パパには探されている対象が自分だと言わなかった。言ってもパパを驚かせただけだろう。その後、私たちは引っ越したが、たまたまドン・フェルナンド・ロペス[訳注21]の令嬢、ボビー・ロペスを訪ねていた時、この同じ将校がロペス家を訪問しているのを見て気絶しそうになった。嘘をついたことで処罰されるだろうと思ったが、彼は友好的で、嘘を忘れることにしてくれた。彼はあらためてどこに住んでいるかと尋ね、私は正直に話した。

この憲兵大尉をこわがる理由がないことがやがて分かった。彼の意図はまともだった。つまり友情の手を差し伸べただけだったのである。とはいえ、彼が恐ろしいケンペイタイの一員だということを忘れることができなかった。占領軍の中でも拷問と殺害で悪名高い部署だったからだ。

ロペス一族所有の「ロペス・マンション」(イロイロ市ハロ町、2011年)

ツチタ大尉は時折、訪ねてきたものの決して長居はしなかった。会話しやすいようにいつも通訳を同行した。彼との対話はいつも同じような流れで、私のことをもっとよく知りたがった。しかし、自分のことは話したがらなかった。滅多に笑わないが、時として彼の目は何かうれしいことが心を横切ったかのように輝いた。

この大尉には、どこか憂いの気配があった。まるで何かが心に重くのしかかっているように。多分、友情が花開くことを許さない戦争の非情さゆえだろう。果たさなければならない任務が彼の心にそぐわなかったのだろう。どんな任務にせよ、それは彼を悲しませていた。

私たちがマニラに移ると知って、この将校が別れを告げに家へやってきた日、彼の悲しみは隠しようもなかった。通訳を連れない単身訪問は初めてだった。心中に山ほどの想いがあるのは明らかだったが、その言葉を口にできないようだった。そこで彼はペンと紙をくれるように頼み、想いを日本語で書いた。当時、私は半分も理解できなかったし、今となっては、その内容のほとんどを思い出せない。記憶に残っているのは、彼が書き留めた一つの思いだけである。彼はこう書いていた。「人生で最も美しきものは夢にほかならず。人は夢の世に生きれども、夢は成就することなし」[訳注22]。

鐘楼の周りに公園が広がるイロイロ市ハロ町（2011 年）

ハロ［イロイロ市内で西部ビサヤ教区を管轄するカトリック大司教が住む地域］へと続く道沿いの小さな住宅地区に私たちは新しい家を借りて落ち着いた。その後、私たちは何人かの日本軍将校と知り合った。日本軍はイロイロ師範学校に駐屯していたが、そこは私たちの家から広い運動場を横切ったところにあった。軍人たちは私たちの家からの楽しそうな声や音楽を聞き、軍隊生活に倦んでいたので交際の快適さを味わいたかったに違いない。

ある昼下がりだった。二人の日本人将校がいつものように、軍刀を腰に吊って私たちの家に来た。ドアをしかるべくノックし、礼儀正しくお辞儀した。この時までに、私は日本語をいくらか話せるようになっていた。日本軍政府が配布したパンフレットを通じて、日本語を学ぶことが好奇心の強い私をとりこにしたからだった。われわれフィリピン人に厳しくなりがちな日本人の性分を和らげるのに役立ったのは私の日本語の知識だった。

身振りを交えて下手な英語を操りながら、二人の将校は自分たちの友好の気持ちを伝えた。そんな友好訪問を断れなかったのは勿論である。パパは彼らに家に入るように言った。それが彼らの夜の訪問という習慣の始まりで、私たちは解放の日を待ちわびていたものの、訪問は時間つぶしになり、日本人に対する恐怖をいくらか忘れさせてくれた。

二人の将校、シンポ中尉とナカシマ中尉は二〇代半ばだったに相違ない。シンポ中尉は軍隊生活を見下す傾向があるので、教養のある男という印象を与えた。彼は尊大な雰囲気を醸し、知的な関心があるような素振りだった。野心家ながら生真面目で、大がかりな事業のこと、私たちの理解では技術的に高度な自分の母親の事業について話した。会話の中身から彼がどうやら資産家で、故国の日本では安楽な暮らしだったことがわかった。

シンポ中尉はふさぎ込んでいる時でも周囲をそんな気持ちに巻き込むようなことはなかったが、気分にむらがある性格だった。落ち込んでいる日など、中尉はやって来ると部屋の片隅に静かに座り、そばで家族が生き生きとおしゃべりするのを聞いて心を慰さめているようだった。気分の良い日は心も軽やかにおしゃべりになり、機嫌のいい顔をみせた。ただし、彼が笑い声を上げたという記憶はない。実際、彼は滅多に微笑しなかった。物思いにふけることはないが、何についても生真面目に考えようとする人物にみえた。彼の誠実な人柄は、私たちとの付き合い方でもわかった。

シンポ中尉はとりわけ一三歳だった弟のベンに親しみを感じており、ベンはよく散歩や映画を観に行くのに誘われた。ある日の午後、中尉がやって来てベンを映画に誘ったのを覚えている。その時、抗日ゲリラの友人がたまたま家を訪れていた。友人が何者なのかに気付かず、シンポ中尉は彼も一緒に映画に誘った。シンポ中尉、ベン、そしてゲリラの友人は連れ立って歩いて行った。私たちはとても不安になったが、大尉は信じ切って、私たちの友人は彼の友人でもあると思い込んでいた節がある。

ナカシマ中尉はシンポ中尉と違って、いつもにこにこして気軽に友だち付き合いの調子に惹き込むのが好きだった。冗談を言ってはよく笑い、音楽を愛した。彼は時々、ピアノに向かい、ぎこちない手つきで日本の曲をいくつか弾いた。彼はよく私たちに日本の歌を教え、自分も歌って私たちを陽気にさせようとしたが、歌手には向いていなかったようだ。彼の声は上ずりがちで、音域も狭かった。

ナカシマ中尉は知を愛するような性分ではなかったが、人生やその制約については健全で穏健な態度をみせた。シンポ中尉と同様、彼も軍隊生活に向いていなかった。しかし僚友とは異なり、軍人が任務として避けがたいことを潔く平静に受け止めていた。

二人の将校は私たちと非常に親しくなり、どちらか一方が来られない時は片方に伝言を持たせた。彼らは贈り物を持ってきたが、普段は食料品で、一度か二度日本の扇子だったことがある。シンポ中尉は時々、本を一、二冊持ってきた。明らかに自分の部隊が司令部に使っていたイロイロ師範学校の図書館から持って来た本だった。

シンポ中尉の友情は一〇歳になる弟のボビーが日本兵に平手打ちされた日に試された。弟のベンと私がわが家へ通じる小道でボビーと出会うと、ボビーの両の目が涙でうるみ、頬っぺたに指の跡のような赤い印がついていた。ベンと私は何があったのかを覚り、怒りの叫び声を上げた。その時、シンポ中尉が私たちの方へ歩いてきた。私たちは何を疑っているのかを話し、アメリカ人が空き家にして逃げた後、日本兵が住んでいる民家を指さした。シンポ中尉はその家の方に向かった。怒声とピシャリとたたく音が聞こえ、やがて彼が出てきた。彼は事件を片付けたと言った。中尉は弟のボビーに二度と独りであの家のそばに行ってはいけないと戒め、もし兵隊たちとまたトラブルが起きたら自分に知らせなさいと言った。

その後は何のいざこざも起きなかった。実際、一週間ばかり後の午後、私たちは小道でくだんの兵士に会ったが、兵士はにっこりして、久しぶりに会った友人のように声をかけたのだった。

それは日本兵によって家族の一員に一種の体罰が加えられた唯一の経験だった。私たちの直系親族の誰一人、危害を加えられたり、拷問されたり、殺されたりしなかったのは幸運だったと思う。しかし、親戚には不運な者もいた。母の兄、チェンゴイおじさんはサンチャゴ要塞に連行されて拷問された。いとこのカリン・オレガリオも同じ経験をした。戦争がもう少しで終わりになるころ、母の妹のナティおばさんとビセンティンおじさんはマニラ市クバオで退却中の日本兵に惨殺された。ダバオのサントス・クユガン[訳注23]一家などの知り合いの家族も虐殺された。

だから、私たちには戦争の恐ろしさを経験した他の人々に比べて運が良かったと感じる理由がある。日本人が犯した残虐行為を知る一方、敵方にも私たちに友情を求めた人がいたという良い思い出を私たちは持っている。

私たち一家と二人の将校の間に友だち付き合いが生じて間もなく、後で陸軍の炊事兵とわかったのだが、二人の日本兵が裏庭に迷い込んできた。二人が仲好く友になりたい素振りを見せたので、兄弟たちは彼らを裏手に回した。以来、将校二人が表玄関からなのに対して、そこが彼らのわが家への出入り口になった。将校たちは家族たちとサラ（居間。スペイン語に由来）でくつろぎ、二人の兵士はメイドやほかの家族たちと台所でトランプしたり、お茶を飲んだりした。私たちが居間と台所との間を行ったり来たりして夕方を過ごすことが始終あった。

台所に二人の日本兵がいることを将校たちが知っていたのかどうかは、わからなかった。二人の炊事兵は将校たちがいることを知っていたと思う。二人は馬鹿げたことが好きな頭のはしこい連中だった。だから、彼らは将校がいるのを承知でマンガ的な状況を徹底的に楽しんでいたに違いない。兵士の一人はシバタという名だった。もう一人の名は失念してしまった。確かKで始まる「カマ……」なんとかだった。この二人も私たちに贈り物を持ってきた。たいていは日本のマンジュウなど食べ物で、小さな青い箱入りのアケボノ（日本たばこの銘柄「曙」）もあった。

兵士二人は将校二人よりも教育程度が低かった。大きく武骨な手から肉体労働に従事していたことがわかった。肉体労働を必要とする職業だったことは二人の大柄で筋肉質の体からもわかった。彼らが他国の民を服従させることを好むとは信じられなかった。彼らは自分が仕掛けたのではない戦争に巻き込まれた素朴な魂の持ち主だった。絶対的な愛国心を吹き込まれていたものの、二人が愛国心が罪のない人々を処罰することを意味すると思っていたかどうか、私たちは疑問に思った。

二人の日本軍中尉と私たちとの友情は約三カ月続いた。彼らはやがてセブに転属になった。さよならを言いにきた時、彼らは信じられないほど寂しがっていた。もっと信じられなかったのは、敵である二人が去っていくのを見送るのが、私たちにとっても悲しかったことである。数週間後、マニラに引っ越しする途中でセブ市に一晩だけ滞在し、二人の将校と再会した。彼らは私たちと会って心からうれしそうだった。私たちが街にいると知らされると、彼らは私たちが滞在していたおじの所へ飛んで来たのだ。

二人の中尉がイロイロを去った後のある晩のこと。家のすぐ近くで銃声を聞いた。曳光弾がピューッと家並を超えて打ち上がるのを見た。戦闘が起きたかのようだった。家族全員が、床に伏し、母は怖がって叫び声をあげた。発砲が始まって数分後、重い軍靴が砂利道を踏み鳴らす音が聞こえた。私たちはぞっとした。窓から満月の光を反射してきらきら光る銃剣が目に入った。それから日本人の呼びかける声が聞こえた。

パパは私を呼んで、「連中と話をして何が欲しいのか聞いて来なさい」と言った。

私は丁寧に挨拶してから、日本語で何が起きているのか尋ねた。驚いたことに、兵士たちは私たちにじっとして家から出ないように伝えに来たのだと言った。そうすれば安全だ、と兵士らは請け合った。

一九四三年五月ごろだった。パパは再び引っ越しする時だと決心した。イロイロでの生活は困難になっていた。親戚がなく、家族の必要を満たすだけの収入を得る手段

イロイロ港（2011年）

もなかった。パパの一族はブラカン州におり、水田を所有していた。そこなら私たちは決して飢えないだろう。パパが問い合わせると、日本軍が旅行を許可することがわかった。旅行に持っていかなければならないのは「旅行許可証」だったが、父が首尾よく手に入れた。次に、島から島への航海を許可されたヨットへの乗船予約が必要だった。

再び私たちは荷造りを始めた。大きな衣装だんす《アパラドール》やピアノ、大きな円形テーブルなど重い家具はイロイロの友人たちに残した。私たちが乗った二艘の帆船は日本兵が操舵する大型のエンジン付きランチに曳航された。私たちはセブで一泊し、それからマニラへと航海した。全行程に一週間かかった。夕方、マニラ湾に着いたが、朝まで船内に留まらされた。翌朝、パシッグ川を下り、ジョーンズ橋[訳注24]近くで下船した。

マニラに滞在先のあてはなく、タユマン通りのペドリトおじ宅に身を寄せ、パパがアスカラガ（現在のクラロ・レクト通り）との交差点に近いオロキエタ通りに、アパートを見つけるまで同居した。そのアパートは家族一一人には小さすぎた。そこで、私は父の生まれ故郷の町、ブラカン州ビガア（現在のバラグタス）へ行くことにした。田園生活に加えて、私とほぼ同じ年齢の親戚との交流の方がいいと思ったのだ。姉のアンパアリンも同じ思いでブラカンに滞在することにした。

ビガアのような小さな町では、みんなが互いに知り合

いになる。私たちは間もなく駐屯していた日本軍の将校や兵隊と知り合った。駐屯部隊の司令部は、グロリエッタ（バンド演奏のための野外舞台）に面する私たちの家からちょうど一ブロック離れた所にあった。そこは親戚であるカ・ドライの屋敷で、彼女は日本帝国陸軍の営舎として自宅を明け渡さなければならなかった。

　私が町の若者たちと活発に付き合うようになると日本軍の目についたのは当然である。日本軍が青年向けの事業プログラムを始めることを決めた時、姉と私は集会の点呼を受けるように言われた。町の若者全員が集まった。私たちは「セイネンダン（青年団）」として知られる若者の組織に加入させられたのである。

　最初の活動は、体を鍛えるために体操をすることだった。毎朝決まった時間に、私たちはグロリエッタで「ラジオ・タイショウ（ラジオ体操）」をした。日本の軍楽曲にあわせて「一、二、三、四」と体操した。それは日曜以外の毎日の日課だった。間もなく全員五、六〇人の私たちがそろって体操するのを見物することも町全体の日常行事になった。

　私たちの先生は「イトウ」という名の日本兵だった。彼はまっとうな好人物で、私たちが規律に従わなくなりがちなのを気にしなかった。粗暴にならず、叱ることもなかった。それに応えて、私たちはあふれんばかりのエネルギーと元気を抑えて仕事をやりやすくしてやった。

　青年向けの事業担当として集落を巡回し、若者たちと話し合う役目の将校は英語を話すミナト大尉という名だった。彼はアメリカの大学を卒業し、哲学の学士号を持っているという話だった。ミナト大尉は誰とでも友人になったが、人を訪ねるタイプではなかった。仕事熱心な生まじめ男で、社交的な楽しみにほとんど時間を割かなかった。しかし私たちが話したいと思えば、いつも応じてくれた。彼は並みの日本軍人ではなく、周りにいる日本人よりも優れている印象を与えた。彼は公正でまともにみえた。彼がいかにまともな人間であったかは後に知ることになる。彼はビガアに常駐せず、時には総司令部のあるアンガット［ブラカン州の町。マニラ首都圏の水ガメといわれるアンガット・ダムがある］で勤務していた。私が理解する限り、彼の任務は民生部門で、彼はその仕事に有能だった。

　「セイネンダン」というのは、私が覚えている限り、州全体にわたる事業だった。どこの町や集落でも若者たちは同じような体操をし、同じ日本語の歌、「キミガヨ（君が代）」や「ウミユカバ（海ゆかば）」などを教えられた。

向上心を刺激するため、日本人は集落間で競争させたが、競争は町間から地域間まで拡大された。私たちはそのコンテストのいくつかに参加したが、ノルサガライの町で行われた時は軍用トラックで運ばれた。

体操以外では日本人は食料生産事業を導入し、私たちが耕した土地に野菜を植えさせた。「イトゥサン」は時々、菜園を見回りにきたが、この計画はうまくいかなかった。

こうして私たちはアメリカ人が戻ってくるのを待ちながら時を過ごした。そして、ある晩までは全てがうまくいっているように見えた。

その夜、一人の男が家にやって来て、ゲリラ指揮官が集会に出席するよう呼び出しを掛けていると告げた。男はスパイまがいのやり方で私たちを連れ、暗い通りを抜けて日本軍の兵営を通り越し、隣の集落へ行った。ガス灯が一つポツンとともった小屋の中に私たちは案内された。ほとんど男ばかりの参加者の中に数人の友人と知り合いの姿を見つけた。カステルビと名乗るゲリラ指揮官とされる男は、私たちに何をしてほしいのかを話した。彼はゲリラと呼応する若者のネットワークのようなものを組織するよう要請したのだ。誰も何の約束もしなかった。ただうなずき、会合は終わった。

翌日、姉と私は前の晩にあったことを話さないことにした。その日の午後、ゲリラに身を投じていた兄のゲリーが突然姿を現した。ある種の帰省休暇をもらったらしい。そして、いつもは母と一緒にマニラに住む父がたまたま、ビガアに来ていた。その晩は家族再会の楽しいひと時になったのだが、突然、トラックが停まる音がした。それから砂利道を踏む重い靴音が聞こえ、ドアがノックされた。ドアをあけると、驚いたことにミナト大尉が数人の兵士とともに入って来た。こんな遅い時間に好人物の大尉が私たちの家で何をしようというか。もう、夜の一〇時を回っていた。

すぐにわかったのは、大尉が姉と私をアンガットの司令部に行くよう迎えに来たことだった。丁重な逮捕だったが、逮捕に変わりはなかった。大尉はいくばくかの身の回り品を急いで詰めるように言い、私たちは急いでそうした。私たちはゲリラである兄のことを心配した。兄がもし逮捕されれば、間違いなく殺されるだろう。しかし、ミナト大尉は兄がそこにいることさえ気づかなかった。その間、父は驚いて口がきけなくなっていた。私たちが出かける間際になって父は言葉を取り戻し、ミナト大尉に「娘たちはいつ戻るのでしょうか」と尋ねた。

大尉は「明日かもしれない。来週かもしれない」と答えた。その答えは父をさらに心配させただけだったと言えるだろう。次に、兄が大尉に妹たちに付き添って同行してもよいかどうかを尋ねた。ミナト大尉が「よろしい」と答えたので、父は兄が一緒に行けると知って少し安心したようだった。

後になって自分でも驚いたのだが、姉も私もとても落ち着いていた。知らない人は小旅行にでも出掛けるのだと思ったかも知れない。もし逮捕に来た将校がミナト大尉でなく、ほかの人間だったら、おそらく恐怖におののいたことだろう。しかしミナト大尉の口調は穏やかで、人を脅しつけるような態度は微塵もなかった。もちろん、私たちは本物の災難に遭遇したと分かっていた。しかし、連行されながら、そのことを考えないようにした。

家を出て夜の暗がりを歩き、兵士たちに手を貸りて、無蓋トラックの上に乗った。そして顔見知りが二人いるのを見つけて驚いた。

荷台の上は冷え冷えして、アンガットに着くまで少なくとも二時間はかかる。私たちを護衛している一人の若い兵士が私に寒くはないかと尋ね、自分の上衣を着るように言った。私は丁重に断った。しかし私は、兵士が自分の体で風を遮ってくれようとしているのに気が付いた。

アンガットに着いたのは真夜中だったようだ。私たちはグスマンという町会議員の家に連れて行かれた。それまでに逮捕された知り合いの多くは監獄の建物内に拘留された。ミナト大尉が家の主人に私たちを親切に世話するよう頼んであったとみえ、パンと固ゆで卵、コーヒーでもてなされた。食事の前に大尉は翌日来ると約束して立ち去った。

私たちはこの移動ですっかり空腹になっていたので、出された食べ物はおいしかった。三人で食事しながら、どうして食べ物を与えられたのだろうか、と質問し合った。これが最後の食事なのだろうかとも。しかし、私たちはその可能性を冗談として考えていた。寝る前、私たちは尋問されたら、どう答えるかについて話し合い、本当のことを話すべきだという点で一致した。ゲリラの指揮官と名乗る男が若者たちを支援グループとして組織するよう頼んだが、その役割を果たすようなことは何もしていないと。

翌日。正午少し前、司令部に連行された。衛兵の一人が私たちを校舎内の小部屋に案内した。そこには相撲取りと言ってもおかしくないほどの巨漢の日本人がいた。

彼は私たちにいすに座るように言うと、全ての窓を閉め始めた。あたりを見回すとロープや鎖、野球のバットがあることに気がついた。囚人に自白を迫る道具が並べられているのを目にして初めて、取り調べ室にいると分かったのである。

ミナト大尉が現れて、少し気が楽になった。私たちの後ろに立っている意地悪な感じの日本人の連中より、ミナト大尉が尋問官になってくれる方が良かったからである。大尉はちっとも、尋問する様子を見せなかった。彼のやり方は話を交わすといったもので、それは私たちの気分を楽にして落ち着かせた。私たちは彼に事実を話し、あえて自分の見解まで口にした。「あなた方の情報収集はすごいのですから、私たちがゲリラ指揮官の要求通りに動かなかったことをご存知のはず」と言ったのだ。

取り調べは三〇分続かなかった。大尉は私たちを残して出て行った。司令官の大佐と相談に行ったようだった。その間、意地が悪そうな日本人の警備兵が窓を開けたので、私たちは釈放されるという意味に解釈した。ミナト大尉が部屋を離れていたのはわずか一〇分ほどだった。自分たちの運命が決まると思うと、ひどく長い時間に思われた。ミナト大尉が再び姿をみせた時、彼はほっとしたように見え、いつもの静かな口調で、「家に帰ってよろしい。もしバス代がないのなら必要な分はあげよう」と言った。私たちは辞退し、心から礼を述べた。

早く家に帰れるかどうか心配で、昼食のことなど気にかけなかった。日本軍が気を変えて、他の人たちが入れられる酷い状況の拘置所へ私たちを放り込むのではないかと気がかりだった。できるだけ早くその場を離れたかった。幸いバスを長く待たずに済んだ。

午後遅くにビガアに着いてバスを降りた。何人かが私たちの姿を見ると、大声をあげて走って来た。彼らがたくさんの質問を浴びせているうちに、周囲に人だかりができた。自分たちの体験談を幾度も繰り返しているうちに、自分たちがくたびれ果てていることに気付いた。父の妹、ルイサおばは、私たちが帰って来たのでびっくりした。おばによると、父はラウレル大統領の助けを求めてマニラへ出かけた後だった。翌日、パパはビガアに戻り、私たちが帰っているのを見て、気も狂わんばかりに喜んだ。

その後、幾晩も幾晩も私は悪夢に苛まれた。夜中にしばしば、日本の警備兵が夜間巡視で行進してくる足音を耳にした時は必ず、日本兵が私のところにやって来るのだという脅迫観念に襲われて怖くなった。二、三週間経ってからやっとトラウマの症状は消え去った。しかし、不信の種はすでに蒔かれてしまい、私たちは日本人から距離を置き始めた。そうは言っても、たまたま訪ねて来る数人の日本兵を追い返すようなことはしなかった。たとえば、アズマサンはその後もやって来て、「ハマベノウタ（浜辺の歌）」や「コウジョウノツキ（荒城の月）」といった日本の歌を唄った。

アメリカ軍がマニラを空爆し始め、道路に機銃掃射を加えるようになると、日本人の姿はどんどん少なくなった。私たちは日本兵が警戒態勢に入ったのだと想像していた。日本軍が山間部に撤退を開始した一九四五年一月になると、日本兵がひどく苦労しているのを目にした。兵士を搬送するトラックも乗用車も足りないため、数千人の日本兵は徒歩で退却しなくてはならなかった。兵士たちの部隊が次から次へとやって来て、ビガアで休息のために停止した。兵隊は攻撃されて見るも哀れだった。兵士たちは靴を脱いで痛む足を揉んでいたが、足には炎症やたこができて、見るからに歩くのが耐え難そうだった。軍服は埃にまみれて擦り切れ、ぼろぼろになっているのもあった。

ある日のこと、一人の日本兵が家の裏庭に入って来て、誰かズボンの尻が破れているので、ほころびを継ぎはぎをしてくれないかと頼んだ。母の姉、コンチータおばさんが乗り出して、家族の中の若い女性たちに向こうへ行きなさいと命じた。彼女は、若いレディーが見知らぬ人のズボンを縫うのはよくないし、ましてやズボンの尻ではなおさらのことだと言い張った。コンチータおばさんは、兵士がズボンをもも所まで下ろして押さえている間に、ズボンの破れを縫い合わせた。誰もが面白がって見ていた。兵士は深々とお礼のお辞儀をした後、慌ただしく戦場へ戻って行った。

アメリカ軍がルソン島に上陸する直前、すでに戦況は日本軍にとって絶望的になっていた。一人のとても若い兵士が私たちの家の方に歩いてきた。真っ暗な夜のことで、退却する軍隊の行進する足音や車両のごろごろという音が不吉に闇を満たしていた。砂利道を歩いて来る音を耳にすると、日本人の呼び声がした。最初、私たちは彼が何を言っているのかわからなかった。彼がドアに近づいた時、私は彼が「オトウサン」と叫んでいるのを聞いた。それは日本語で父の意味だった。彼はドアの外に泣きながら立ち、中に入れてくれと懇願した。私たちはドアを開けた。

いつものように私が家族の通訳になり、その兵士と向き合った。驚いたことに彼は一五歳ぐらいにしか見えなかった。〔訳注25〕皆が彼の周りに集まり、私が彼に何をしてほしいのかと尋ねた。父の代わりをしてくれる人がほしいと望んでいるとわかって、私は深く心を動かされた。言葉を失って父を指さした。すると、その若い兵士は父の方へよろよろ歩いていってひざまずき、父の膝にすがって泣いた。まだほんの少年で、哀れに嗚咽していたので、私は彼の頭を支えてやった。私たちはみんな深く感動した。

しばらくして、彼は立ち上がり、歩み去った。その時は少し落ち着きを取り戻し、自分の人間性を確かめて運命に従う気持ちを固めたようだった。日本兵を敵とみなしてきた私たちのような人間も、最後になって日本兵の人間としての側面を見たのだった。それは、彼のような日本兵が装うように強いられていた醜い戦争の顔ではなかった。その兵士と一緒に泣くことによって、家族は兵士を心の中に迎え入れたのだ。

それが私たちと日本兵との最後の遭遇だった。《訳者補足10》あの見知らぬ若い兵士が恐ろしい孤独に耐えかねて暗夜に私たちを訪れ、人間的な同情と理解を求めて泣いたのを思い出すたびに、ウィリアム・フォークナーがノーベル賞を受賞した時の言葉を思い浮かべる。

彼はこう言った。

「人は不滅である。なぜなら人は生き物の中で唯一、同情と哀れみと犠牲と希望と名誉と勇気と忍従の能力があるからだ」「これらの能力こそ人間の過去の栄光としてもあり、権力でも富でもなく、これらの能力だけが、単に人間を耐え忍ばせるだけでなく、卓越させてゆくのである」と。

■訳注

訳注1　ダグラス・マッカーサー将軍は一九三五年一〇月、アメリカ陸軍参謀長を退任したが、フィリピン・コモンウェルス政府のケソン初代大統領がフィリピン国軍の創設事業を同将軍に委嘱し、三六年には陸軍元帥の称号を与えた。ルーズベルト大統領は四一年七月、日本との戦争準備のため、アメリカ極東軍を創設、マッカーサー将軍を中将に昇格させて司令官に任命した。アメリカ極東軍はそれまでのアメリカ陸軍フィリピン師団、フィリピン局を統合したが、兵力が約二万二〇〇〇人。そのうち約一万人はフィリピン人で編成されたフィリピン・スカウト所属だった。フィリピン・スカウトは一九〇一年に創設され、ミン

ダナオ島の平定作戦などに従事していた。主力部隊は第三一、第四五歩兵連隊、第二三、第二四野砲連隊など。この他に治安活動部隊の国家警察軍があった。

訳注2　ヘルナン・ホプソンはネグロス島出身で、二一歳の時にフィリピン軍に入隊、死の行進を生き延びた。戦後、ホセファ夫人とともにフィリピンで初のセルフサービス方式によるスーパーマーケットを成功させた人物。長男のエドガーが一九七〇年代、マルコス独裁政権に反対して左翼運動を支援するようになり、七九年にダバオ市で殺害された。夫妻はその後も反独裁運動を続けた。夫妻は二〇〇七年に死去。

訳注3　アメリカ軍の戦史によると、ウェンライト将軍がパンパンガ川にかかるカルンピット橋を爆破させたのは一月一日午前六時一五分だった。日本軍はこの交通の要衝を空爆することも可能だったが、マニラへの進軍を考慮して控えたようだ。

訳注4　ブレンガン・キャリアーはユニバーサル・キャリアーとも呼ばれ、英軍が一九三四年から六六年まで使用したキャタピラー走行型の武装輸送車両。乗員は二人。アメリカ軍は装備していなかったが、アメリカ公式戦史によると、日本軍の侵攻当時、マニラ湾に入港していたカナダ政府用船が香港向けのユニバーサル・キャリアー五七台を積載していた。アメリカ極東軍が譲渡を受けて配置したという。従ってエドの記述は正しいとみられる。

訳注5　スペイン・バスク地方が発祥といわれる球技で、三方の壁にゴム製の固いボールをぶつけ、複数の競技者がラケットで打ち合って競う。フィリピンでも盛んだったが、危険である上、ギャンブルの対象になったため、一九七〇年代に禁止されたまま、今は廃れた。

訳注6　ハゴノイはマニラ湾に面したブラカン州の町で、エドたちが渡った橋があるカルンピットの南方。マニラ首都圏からは北方約六〇キロ。

訳注7　コルバン・アラバト氏は一九五四年、弁護士になった。回顧録は一九九五年、『カパスまでのバタアン死の行進、日本人の残酷さとアメリカ人の不公正（英文）』という題名で出版されている。

訳注8　フィリピン国鉄は戦前から戦後までマニラ―サンフェルナンド（ラウニオン州）間の北方線を運用していたが、一九九一年のピナトゥボ火山の大噴火以降、廃止された。カパスは北方線の一駅。

訳注9　弁護士だが、ビサヤ地方のワライワライ語作家として有名になり、最高裁判事も務めた。イメルダ・マルコス大統領夫人の父の実兄。太平洋戦争勃発の直前に死去。

訳注10　アメリカ統治下ではフィリピン・ナショナル・バンクなどが発行した最高一〇〇ペソ、五種類の兌換銀行券が流通していた。ペソはドルとの交換比率が二対一。日本軍はフィリピン制圧後、兌換不能のペソ通貨を発行、ラウレル政権に引き継いだが、国民の信用を得られず「ミッキーマウス・マネー」と蔑まれて価値が急速に下落、インフレを招いた。アメリカ軍はゲリラ勢力に独自の通貨発行を奨励、ゲリラ・マネーがかなり流通した。戦後における兌換権が保証されていた。

訳注11　二〇世紀初頭、アメリカの植民地経営の一環として児童教育のためにフィリピンに来たアメリカ人ボランティアの男女。第一陣が汽船トーマス号で来航したのにちなむ。

訳注12　マニラ紙は淡い黄褐色の薄い紙。マニラ麻のパルプが原料で、ファッションの型紙などに使われる。木材パルプにマニラ麻を加えて作った文書入れ用の厚地のマニラ封筒とは異なる。

訳注13　チトの本名はドミニシオ・カルボで、フィリピンのスポーツ史上で最も有名なバスケットボール・コーチ。一九三六年ベ

ルリン五輪のバスケットボール競技でフィリピンを五位に導いた。水泳コーチとしても活躍した。一九〇三―七七。バスケットボールはフィリピンで最も人気の高いスポーツで、日本占領下でも全国大学スポーツ協会などの大会は続けられた。カルボ兄弟が日本軍に拘置された理由は不詳。

訳注14　ファン・イ・ベナサは一九三〇年代から活躍した作詞・作曲家。セブ市を中心に活躍した音楽家、マヌエル・バネスが作曲、ベナサが作詞した歌曲、「サ・カブキラン（山間にて）」が代表作で、国際的にも知られるフィリピンのシンガー・ソングライター、フレディ・アギラーが歌って有名になった。

訳注15　マニラ市の北西部には一九世紀に建設されたフィリピン最古のカトリック墓地であるラロマ墓地、マニラ中国人墓地の両墓苑とマニラ北部墓地がある。中国人墓地はカトリック教会から埋葬を拒否された中国人のための墓地だが、日本軍は占領中、処刑場に使い、犠牲者は数千人に上るとされている。前出のフィリピン・ガールスカウト創設者、ヨセファ・リャネス・エスコダ女史もここで処刑され、無縁墓地に埋められたという。

訳注16　九日間の祈りは「ノベナ」、フィリピノ語では「パシヤム」と言い、カトリック教徒は葬儀あるいは埋葬の後の九日間、毎夕、ロサリオの祈りを捧げる。この間、死者に祈りが不可能なので、代わって天国に入る許しを求めるのだという。古代ローマでは九日間、服喪する風習があり、それが法王の死後の祈りの儀式に採用され、一般信者にも広がった。

訳注17　バゴオンはさまざまな魚介類を材料に使い、乾しエビを素材にしたバゴオンは正確にはバゴオン・アラマンと呼ばれる。小エビ四分の三、ミネラル分の少ない塩四分の一の割合で漬け込み、一―三カ月間、時々撹拌しながら発酵させる。赤い着色材としてはコメに付着する赤カビが使われる。一般庶民の間では米飯とバゴオンだけの食事もしばしばである。バゴオンの副産物として東南アジアの調味料として有名な魚醤油が作られる。フィリピンではパティス、タイではナンプラー、ベトナムではニョクマムと呼ばれる。日本ではショッツルと呼ぶ。

訳注18　ミンダナオ島南西部のサンボアンガ半島に位置する都市。人口約八〇万人。スペイン統治時代から軍事拠点として重視され、アジア唯一のラテン文明都市と言われる。

訳注19　フォードV-8は一九三〇年代に製造されたV字型の八気筒エンジンのセダン型乗用車。最初の大衆車といわれる。

訳注20　作者とその両親、兄弟計一〇人、乳兄弟一人、メイド二人、同居学生二人で総計一五人となるが、原文のままとする。

訳注21　フィリピン屈指のロペス財閥の中心人物。弟のユーヘニオが事業を担当、フェルナンドはイロイロ州を地盤として政治家の道を歩み、マルコス政権などで副大統領を三回務めた。

訳注22　推測すると、『平家物語』の冒頭の一節、「祇園精舎の鐘の声　諸行無常の響きあり　沙羅双樹の花の色　盛者必衰の理をあらわす　奢れる人も久しからず　ただ春の夜の夢のごとし」ではなかったろうか。

訳注23　サントス・クユガン医学博士は名外科医として知られ、ダバオ開発の祖、太田恭三郎のマニラ麻（アバカ）農園があったダバオ郊外ミンタル地区の「ミンタル病院」院長だった。一九四五年に日本軍によって家族とともに殺害されたという。ダバオ市内にその名を記念した通りがある。

訳注24　マニラ市ビノンド地区でパシッグ川に架かる橋。日本占領下では「万歳橋」と改称されていた。かつてはマニラの美観を形成するといわれたが、日本軍がマニラ攻防戦で爆破。ちなみにデューイ大通りは平和通り、タフト大通りは大東亜通り、ハリソン大通りは興亜通りと改名されたが、普及しなかったようだ。

訳注25　ルソン島攻防戦にも少年戦車兵、少年通信兵が送り込ま

れていた。一四歳から一七歳で選抜入隊した少年たちであった。一九四五年四月一七日、少年戦車兵四人がアメリカ軍戦車に自爆攻撃を仕掛けて戦死したという記録がある。

■訳者補足

《訳者補足1》

「国々の崩壊の時に」は英国の詩人、小説家、トーマス・ハーディ（一八四〇―一九二八）の詩の題名。「王朝は滅び、戦記が閉じられようとも」と歌った。牧歌的なフィリピンの山野で、繰り広げられた戦乱の絵巻はまさに、ハーディーが歌った英国の風景とオーバーラップするのだろう。畑をならす農馬と水田を耕す水牛を置き換えて想像するのは容易である。

In Time of 'The Breaking of The Nations'

Only a man harrowing clods
In a slow silent walk
With an old horse that stumbles and nods
Half asleep as they stalk.

Only thin smoke without flame
From the heaps of couch-grass ;
Yet this will go onward the same
Though Dynasties pass.

Yonder a maid and her wight
Come whispering by :
War's annals will cloud into night
Ere their story die.

（訳者試訳）

「諸民族崩壊」の時に

男ひとり　土くれをならす／ゆるやかに　音もなき　歩み／鋤き馬は時につまずき　首を垂る／人も馬も半ば眠りて

漂うは炎なき煙／そはシバムギの野積みの間より／時移れど風景は変わらず／諸王朝　過ぎゆくとも

かしこより乙女と恋人の幻か／ささやき交わしつつ来たれり／戦争の年代記　闇に溶けゆく／物語　絶えるを待たずに

《訳者補足2》

エンフィールド銃は銃身の内側に旋条を刻んだミニエー銃として英国のエンフィールド造兵廠で一九世紀に開発された銃で、命中率と飛距離を増大させた。銃口から火薬と弾を詰め込む前装式。アメリカでは南北戦争中、主として南軍が大量に使用した。このエンフィールド銃を元込めの「後装式」ボルトアクションに改良したのがスナイダー銃である。アメリカ軍はフィリピンでの米西戦争でスペイン側が使用したドイツのモーゼル銃に自軍のクレイグ・ヨルゲンソン型の後装銃が劣ったことから、小銃の改良を本格的に進め、一九〇三年には連発銃の「M1903スプリングフィールド銃」を採用した。その後、M1ガーランド銃がガス圧を使って銃弾を装填し、連射することができる銃としてアメリカのスプリングフィールド造兵廠で開発、製造され、三九年にアメリカ軍の制式銃となった。アメリカ軍のミンダナオ島平定作戦は〇四年から約一〇年間続いたが、アメリカ軍部隊がエンフィールド銃を使用していたとは思われない。フィリピン人兵士に支給していた旧式銃ではないかと推定される。

《訳者補足3》
日本軍の河村支隊（第一六歩兵団司令部を中核に、主力は歩兵第三三連隊）は一九四一年一二月八日、輸送船団でパラオを出発、一二日には抵抗を受けずにアルバイ州レガスピに上陸、マニラに向かって進撃した。一八日には主力がナガに到着。タガイタイには同支隊の一個大隊が進んだ。一方、第一六師団もアンテモナンに上陸、激しいアメリカ・フィリピン軍の反撃を突破した。一二月三〇日にはバタンガス州リパを占領した。マニラ突入は四二年一月二日。マッカーサー将軍は一二月二七日、「マニラ無防備都市」を宣言し、アメリカ・フィリピン軍兵力をバタアン半島に集中させた。日本軍はマニラ会戦を想定していたので、バタアン転進を有効に阻止することができなかった。

《訳者補足4》
日本軍はバタアン半島部で強力な抵抗に遭遇、マニラ湾側の攻撃ルートとは別に、南シナ海に面したサンバレス州オロンガポ方面に第二戦線を構築、挟撃態勢をとった。木村支隊は一月二六日からバガックを攻撃したが、アメリカ・フィリピン軍の強力な防衛陣地に阻まれて苦戦の連続となった。木村大隊は二月二日、カナス岬に強硬上陸したが、逆に包囲されて壊滅した。この激戦でアメリカ・フィリピン軍側も戦死約七〇人、負傷者約一〇〇人を出した。

《訳者補足5》
日本軍の第二次バタアン攻略作戦は四月三日に再開され、圧倒的な火力を集中した。エドたちの部隊はリマイから約一〇キロ後方のカブカベンへの後退を命じられたとみられる。カブカベンは同月九日ごろ、日本軍が占領した。

《訳者補足6》
「エンサイクロペディア・オブ・ワールドウォーⅡ　ア・ポリティカル・ソーシャル・アンド・ミリタリー・ヒストリー」（スペンサー・C・タッカー博士著、ABC－CLIO、二〇〇五年発行）などによると、フィリピンの戦争捕虜の徒歩移動はアメリカとフィリピンの戦争捕虜の徒歩移動は「死の行進」と呼ばれる日本軍が命じたアメリカ極東軍のバタアン防衛部隊が投降した翌日の一九四二年四月一〇日に始まり、約一週間続いた。捕虜たちはバタアン州都のマリベレスからパンパンガ州サンフェルナンドまで、バタアン東部道路（現国道七号線）約五二マイル（約八四キロ）を炎天下、徒歩行進し、サンフェルナンドからタルラック州カパスまで貨車に詰め込まれて輸送された。出発の際、日本軍からの捕獲品を所持していた者たちは即決処刑されたという。行進に加わったのはアメリカ人とフィリピン人の捕虜約七万人（うちアメリカ兵一万六〇〇〇人）のほか、約二万人に及ぶ民間人もいた。多くは栄養失調やマラリアに苦しみ、行進中に倒れ、死者が続出した。死の行進以降も旧アメリカ軍オドーネル基地の捕虜収容所で毎日のように死者が出て、約二カ月間の死者はアメリカ人一六〇〇人、フィリピン人約一万六〇〇〇人と推定される。この虐待行為の責任を問われ、本間雅晴第一四軍司令官は戦後、軍事法廷で死刑を宣告され、処刑された。直接の責任者としては当時、第一四軍野戦輸送司令官だった河根良賢少将は四九年、巣鴨拘置所で絞首刑となった。日本軍はバタアン地域のアメリカ・フィリピン軍兵力を多くても二万五〇〇〇人規模と読み違え、戦後の捕虜収容計画を大きく誤ったともいえる。当時の日本軍は車両輸送能力が小さく、当初、トラック二〇〇両での輸送を計画していたが、それすら十分に準備できなかったので、数万人規模の捕虜を輸送する能力は事実上、なかった。しかし、日本軍は捕虜の収容と生存維持に関する政策をきちんと準備していなかったと非難されても仕方がない。ただし、現場にいた辻正信参謀が捕虜の殺害をけしかけたという話が残っているものの、日本軍の正式な方針ではなかった。岡田克也外相は二〇一〇年九月、外務省で元捕虜と面会した際、政府閣僚として初めて謝罪した。

《訳者補足7》
イントラムロスの憲兵隊と監獄はエルミタから同地区に入るヘネラル・ルナ・ストリートの西側、プエルタ・レアル門にあった。マニラ市立大学の南側に当たる。現在は庭園付きの結婚式場やイベント会場として使われている。プエルタ・レアルはスペイン植民地時代の要塞都市だったイントラムロスの南側の防壁、レベリン・レアル・デ・バグンバヤンの奥に位置し、アメリカ植民地統治時代には総督直轄で、水族館が置かれていた。一九四五年のマニラ攻防戦で破壊されたが、六九年に修復された。悪名高い日本占領下のケンペイタイ本部だった史跡としては忘れられている。第一四軍憲兵隊は「比島憲兵隊」とも呼ばれ、本部はマニラ市のサンチャゴ要塞に設置された。その下にルソン、ビサヤ、ミンダナオの三憲兵隊が置かれ、下部機関は各地の分隊。マニラにはマニラ南、北、西、水上の四分隊があった。一九四四年七月、第一四方面軍憲兵隊に昇格して、隊長は将官級の司令官となった。

《訳者補足8》
太平洋戦争前のサンボアンガ市在住日本人については、サンボアンガ市長秘書の肩書を持つイセリヤ・グロリア・エストラダ氏の調査報告を http://www.zamboanga.com/footer.htm などのサイトで読むことができる。それによると、サンボアンガ市で最も知名度が高かった日本人は「ケンジ・ウチダ」（一八八九―一九四五）で、一九〇六年に神戸からサンボアンガに移住した。日本での身元は不詳だが、日本語だけではなく英語、スペイン語、タガログ語、地元のチャバカノ語に堪能だった。ウチダは最初、サンボアンガ地方に強い関心を抱いていたアメリカ人の助手として働いていたが、やがてサンボアンガ州庁舎（現在の市庁）前のバリオス・ビル＝現存＝に写真館を開業した。副業としてサンボアンガ裁判所などで通訳、翻訳の仕事をしていた。一二年にはアグリピナ・イグナシオと結婚、一〇人の子どもに恵まれた。ウチダは農園経営や不動産にも事業を広げた。ウチダは三九年ごろ、資産の一切を娘名義に変え、写真関係の仕事を「オーロラ写真館」のコヤマに譲って、当時、「ダバオ国」と呼ばれるほど栄えたダバオ市日本人社会に移った。ダバオでは日本人商工会議所などで通訳、翻訳に従事、戦争中は日本軍関係の仕事をしていたという。敗戦後の消息は不明。息子たちは戦後、対日協力者として投獄されたが、特赦で市民生活に戻った。ウチダを祖父として覚えている孫も健在だという。ウチダ、コヤマの撮影写真はサンボアンガ地方の貴重な史料として残っている。二人は日本での身元を明かさなかったため、日本の諜報要員ではなかったか、という憶測もある。

《訳者補足9》
神戸大学のサイト、www.lib.kobe-u.ac.jp に大阪朝日新聞が一九二八年二月に連載した記事、「邦人の比島移住批判とその将来」（筆者は同紙フィリピン特別通信員の秋花生）全文が掲載されていて、当時、フィリピン各地で事業に成功した邦人を紹介している。その中で、バシラン島でコプラ農園を経営している山村楳次郎氏の名が出てくる。別の資料では、バシラン興業株式会社の経営者となっている。山村氏の娘、八重子さんはバシラン島でコウライウグイスに属する鳥の新種を発見、戦前、「南海の博物女王」としてもてはやされた。当時、作家、宮本百合子も進取の女性の一人としてエッセイで取り上げている。鳥類学関係の資料によると、山村氏の経営する農園は「アトンアトン・エステート」と呼ばれ、サンラファエル湾の近くだった。なお、サンボアンガの写真家、コヤマについては、「比律賓年鑑（昭和一四年版）」の広告で、オーロラ写真館店主、小山勘次郎とある。

《訳者補足10》

防衛庁（現防衛省）防衛研修所戦史室の『戦史叢書41、60』『捷号陸軍作戦⑴、⑵』（朝雲新聞社刊）によって、日本軍のフィリピン防衛作戦のあらましを記しておく。日本の戦争遂行本部である大本営は一九四四年六月二五日、サイパン島奪回を断念するとともに、太平洋戦争における唯一の国軍総決戦である「捷号決戦」命令を発動し、千島・本土・フィリピンの絶対国防線上で背水の決戦を挑むことになった。フィリピン方面は「捷一号」と呼ばれ、ルソン島での地上決戦が想定された。一方、アメリカ軍内では、海軍のニミッツ提督がフィリピンを飛び越して沖縄から日本本土を攻撃するよう提案したが、陸軍のマッカーサー大将は自らが敗退の恥を忍んだフィリピン奪回を強く主張した。この間、アメリカ航空部隊はルソン中南部の航空基地を猛爆、日本軍は制空権をほぼ失った。

日本海軍の連合艦隊は同年一〇月、レイテ沖に出撃したが、作戦の齟齬などで主力艦の多くを失って敗れた。一方、大本営は同月一四日、台湾沖の航空戦でアメリカ空母一一隻、戦艦二隻を撃沈するなど大戦果を挙げたという誤報に踊らされ、アメリカ軍のレイテ上陸を迎えてレイテ決戦に方針を切り換えた。陸軍はレイテ島に逐次兵力を投入したが、優勢なアメリカ軍に敗れ、一二月二五日には司令機能すら崩壊し、最後の拠点であるレイテ島パロンポンが失陥した。フィリピン占領軍の総司令官である第一四方面軍司令官に山下奉文大将が任命されたのは九月二六日で、マニラ着任はアメリカ軍のレイテ上陸二週間前の一〇月六日という拙劣な統帥のありようだった。

四五年一月九日、アメリカ軍がルソン島北部西岸リンガエン（パンガシナン州）に上陸作戦を開始、約四個師団が海岸部に橋頭保を築いた。山下総司令官は敵の優勢な火力、空軍力を考慮して徹底持久作戦を決断したが、国内には小磯首相らの無謀な決戦論が支配していた。アメリカ軍主力は日本側の防衛線を各所で分断しながら南下、二月三日にはマニラ市内に突入した。日本軍は各地で斬り込み特攻で応戦したが、アメリカ軍の圧倒的な火力線を突破することはまれだった。この間、マッカーサー総司令官はオスメーニャ大統領の就任式をマニラで挙行する予定が遅れたため、同月一七日には無差別砲撃を許可して民間人の犠牲者が激増した。就任式は二月二八日、完全占領は三月三日だった。

山下総司令官は一月三日、ルソン島北部の夏都バギオに、ラウレル大統領らフィリピン政府中枢部とともに移転した。ルソン島を北部大拠点、マニラ東方拠点、クラーク拠点の三カ所に分けて「自戦自給」で持久防衛する戦略であったが、第四航空群司令官の富永中将らの非現実的な反対にあって、民間人の避難や軍需物資の移送が徹底できなかった。ラウレル大統領の日本亡命は三月二一日。このころからアメリカ軍との連携を強化したゲリラの動きがルソン島北部でも兵站補給線の確保を阻み、日本側は食料、物資の調達に苦しむようになった。アメリカ軍は三月下旬からバギオ攻略作戦を本格化させ、四月一九日、山下大将は司令部をバギオからバンバンに移した。バギオ在留邦人も同月三〇日、北東方のパヨンボンへの避難命令を受けた。このころ、沖縄決戦が展開されていたため、山下大将は沖縄の戦闘に寄与するための持久抵抗を命じていた。五月二二日、バンバンからさらに北西のキヤンガンに司令部を移転したが、重要拠点が次々と陥落した。

八月一五日、山下司令官は無条件降服の知らせをキヤンガン南西の集落に置いていた司令部で聞いた。当時、食料はイモヅルや野草だけとなっていた。九月三日、キヤンガンのアメリカ軍連絡所に出頭、バギオに移されて降伏文書に署名した。式典にはシンガポール攻略戦で山下将軍から「イエスかノーか」と無条件降伏を迫られた英軍のパーシバル将軍、コレヒドール島陥落で日本軍の捕虜になったウェンライト陸軍中将も出席した。ルソン各地で持久戦を展開していた数少ない残存部隊も九月に入って続々、降伏した。

セブ市一帯での日本軍兵力は四五年初めで約一万二〇〇〇人。しかし本来の地上戦闘部隊は一個大隊にすぎなかった。三月二六日、アメリカ軍のアメリカル師団が猛烈な艦砲射撃の後、セブ市南方のタリサイ市に上陸した。山下一四方面軍司令官は玉砕を許さず、日本軍はセブ島北部に移って食料自給のゲリラ戦を続けながら八月一五日を迎えた。

ダバオ市地区には據兵団（中心は第一〇〇師団）の陸海軍部隊合わせて約二万七〇〇〇人。在留邦人は約二万三〇〇〇人いた。しかし火砲はわずか二四門にすぎなかった。アメリカ軍は四月下旬、コタバト方面から陸路進撃し、二八日にはデゴスを攻略した。攻防の焦点は日本人に所縁の深いダバオ川右岸のミンタルだったが、五月二五日に陥落した。軍はアポ山間部のカリナン、トリー地区に退却したが、民間人の避難はゲリラの攻撃を受けて凄惨を極めた。師団司令部はバシャオに置かれたが、将兵、民間人ともに飢えに苦しんだ。降伏は九月七日。六八年の厚生省調査によると、ダバオでの軍人戦没者は一万五〇〇〇人余、民間人は四六〇〇人余。

Ⅳ　証言

ベルナルド・LM・カルガニーリャ

日本軍のマニラ占領と同時に米英の民間人らはサント・トマス大学構内に強制収容された（1942年）

日本人はフィリピン人の子どもたちを引っつかんで投げ上げ、銃剣で串刺しにしたんだ。

これは、日本のフィリピン占領中の生活がどのようだったかという父の話の一つにすぎない。占領中にフィリピン列島の他の地域にいた人々からも、私はそうした話を聞かされた。それで、そんな話は誰でも知っていると思っていた。

三年前の歴史の授業中だった。一人の学生がそんな野蛮なことを日本人がやったとは信じられないとあくまで言い張った。私は唖然とした。しかし彼女の疑いを、のほほんと育った一八歳の女子学生《コレヒアーラ》の物知らずと斥けることはできなかった。私はこの問題を掘り下げたいと思った。

この学期がその後の出来事を決定付けたのだ。以来、私は学生たちに対してそのような話が本当かどうか、自分たちで追求したらどうだろうかとけしかけた。願ってもない機会が一九九一年一二月八日にやって来た。その日は日本によるハワイ真珠湾奇襲の五〇周年記念日で、この事件がアジア・太平洋地域を第二の戦場として、第二次世界大戦に巻き込むことになったのである。学生たちは自分たちの両親や祖父母、親族、さらには同じ町内の住民や隣近所の人々に、戦争のあった歳月についてインタビューしてきた。それから、私たちはそれらの聞き書きメモを比較してみた。その成果が典型的であると同時にユニークな諸体験をまとめたのが、この記録である。

インタビューの対象者はあらゆる階層にわたる。農民がいれば専業主婦がいる。専門職、公務員、大学教授もいる。「敵に占領された三年」の間、彼らは若い娘であったり、母親だったり、子どもやティーンエイジャー、学生、教師であり、ゲリラや兵士であり、勤め人や小商人であった。そのころと同じように今も主婦や農民のままの人もいる。彼ら、彼女らは働き、学び、愛し、パーティーを楽しみ、そして戦った。知名度のある都市にいた人もいれば、無名の集落《バランガイ》やミュニシパリティ［州、市より下の地方自治体。フィリピノ語でムニシパル、ムニシピオと発音される］にいた人もいる。人々は一〇代や二〇代という年齢で学業をあきらめて暮らしの糧を求め、家族の面倒をみ、戦闘状況下でそれぞれの生命と名誉を守った。彼ら、彼女らは今や六〇代、七〇代になるだろうが、記憶は今も鮮やかで過ぎ去った日々に感じた印象をそのまま宿している。厳しい警備の日本兵や手荒な襲撃者に遭遇した時の恐怖を思い出すうちに、手が震え出し、背骨がきしんでくるのを抑えられない人も何人かいた。

S・L・A・マーシャル［訳注1］は書いている。

戦争の真性を理解しようとする人々はまず、人間の本性をその強さと弱さにおいて、また善と悪のすばらしい均衡、残虐性の中の憐憫、破滅の中の希望、そして死のただ中での笑いといったことを理解することから、始めなければならない。それらが人間にユニークな生き延びる能力を与えるのだ。

この年代誌の中に見い出すのは、あの戦争がどのようにしてフィリピンにやって来たか、住民がいかに新しい状況に適応し、侵略者たちがいかに自分たちのいわゆる「被後見人」たちに取り入ろうとしたか、両民族の文化的な「ブレイクダンス」［相手に合わせないまま交錯した動きをこう表現した］、そして軍事的な災厄の結末である。そこには外国の干渉に対するフィリピン人の反応の二つのタイプ、「協力」と「抵抗」が示される。ユーモラスな逸話にも出会う。もちろん、敵に対する憤りの記録もある。

赤ん坊を新しい持ち主の所に運んで来るおとぎ話のコウノトリさながら、日本人はフィリピン人の前に「名刺」を持って登場した、その名刺とは、兵営や都市を爆撃する軍用機だった。戦争の初日、私たちの語り手は教会やマーケット、映画館、大邸宅、あるいは街の通りにいたのだが、爆発や銃撃、軍隊の上陸、空中戦がその新しい運命を「告知した」のだ。

インタビューの対象者たちは一九四二年から四五年にかけて、アメリカの国歌、「星条旗《スター・スパングルド・バナー》」の旋律に体を揺らすことから「君が代」の調べに合わせて踊ることへ生活を組み替えた。

日本は参加国の「互恵」と称して「大東亜共栄圏」を立ち上げた。しかし、事実として現れたのは、その企てが単にアジア太平洋地域の資源を接収する壮大な陰謀にすぎなかったことであった。当時においてですら、人々は面前に出現した日本の本性に気付いていた。

ミッキーマウス・マネーのことですか。そうです。日本人は自分たちの貨幣をつくりましたが、ほとんどがお札でした。五センタボ紙幣［一センタボは一ペソの一〇〇分の一。フィリピノ語ではセンティモ］まであったのですから。日本人にとって金属の方が大切だったので、検問所でチェックした通行人からコインを没収するのは年中行事でした

――当時、官房長官を務めたホルヘ・B・バルガス[訳注2]の妹、パス・V・ヘリャさん。

占領軍二五万人の都合《ニーズ》が最優先でした。そして「元からいた人たち」は食べ物も着る物も医薬品も奪われてしまったのです。多くの人が窮死しました。街で見かける死体は膨らんでハエがたかっていたんです。マニラのブルーメントリット通り[訳注3]沿いには、こうした死体がずらっと並べてありました。病気で体が膨れ上がっていてハエがたかっているんです。どうしてですって。病気を治そうにも薬もなければ医者もいなかったんですよ。それがあのころの体験というものです――当時、マニラ市キアポ地区ラオンにいた機械製図工、リブラド・ネリー氏。

恐怖と喜びが手をつないでやってきた。

森へ避難しなければならないと言い渡されるたびに、当時、西ミンドロ州のカサゲにいましたが、遊び友だちと私はとても喜んだものです。そうですとも。当時、子どもでしたからね。けれど、女の人はみんな泣きの涙でしたよ。みんな、びくびくしていました。日本人はやたらに女好きで、特に若い女性に目がないのですから。いとこたちはできるだけ目立たないようにしようと必死でした。彼女たちは年寄りが着ていた、古くさいデザインの服を着ました。顔や身体に煤を塗りつけていましたよ――プラリデル・F・ビダル博士[訳注4]（五九）。

日本的な生き方への順応に効果があったのは、主としてマスメディアと教育制度を通じてだった。

バギオ市内でもマウンテンプロビンス州やベンゲット州のトゥブライでもそうでしたが、学校では、どんな本からもアメリカ国旗などアメリカ合州国に関することが出ている頁は破り捨てられました。生徒たちは日本語を勉強し、日本の国歌を歌わなければなりませんでした。地理はアメリカに触れることになるので教えなくなりました。先生たちは日本人に不快感を与えないよう、言動にとても気を遣う必要があったんです。皆、被害妄想になっていました。誰が親日的で誰が反日的と判断されるのか、分かりませんから、怖がらずに意見を言うなんてことはできません。子どもたちもおしゃべりを許されませんでした。子どもの言うことはそのまま親たちから耳にしたと受け取られるし、ジャップについて否定的なことでも口にしようものなら、大人たちが逮捕されることになりかねませんから――アベラルド・レスレクシオンさん（五九）。

日本人の宣伝工作にほれ込んで協力者になったフィリピン人もいた。しかし、多くのフィリピン人は屈服するよりも「死ぬまで抵抗」する方がましと思っていたようだ。「外来者」が全員、拒まれたのではない。特定の日本人の中に受け入れていい気質を見い出したフィリピン人もいた。レオナルド・フゴソ下院議員〔訳注5〕はグチヤマという軍曹を覚えている。その軍曹はよくマニラ市サンタクルスのジョッキークラブ〔訳注6〕にあった勤務先を抜け出し、ペドロ・ゲバラ通りにあったフゴソ家を訪ねてきた。この淋しい日本軍人は親しみのある雑談を交わし、自分の英語を実際に使ってみる機会を求めてやってきたのだった。

けれども戦争は戦争であって、占領者たちには任務を遂行する責任がかかっていた。そのため、住民たちは日本人の態度が変わるのにしばしば戸惑った。

日本人は全く先が読めません。とても友好的だと思っていると、次の瞬間にころっと変わるんです。日本兵がフィリピン人から食べ物を取るのはいつものことでした。そうですとも、日本兵は私たち男の子に鶏や豚を探して来いって頼んだのですよ――プラリデル・F・ビダル博士（既出）。

一九四四年になると、連合軍が失地回復に動き始めた。四五年にはアメリカの焼夷弾や原爆が日本を降伏に追い込んだ。フィリピン人の戦士たちは自由への道を切り開くのを助けた。仕返しを果たす時が来たのだ。

フィリピン人は反撃に出て日本兵の首を斬りました。そして、斬った首をさらしものにしましたよ――ベンハミナ・イサロ・アコスタさん（七八）。当時、ダバオ市パナカンに住んでいた主婦。

カガヤン州アパリのマカナヤ集落では日本兵が捕虜になって、アメリカ人に連れ去られたよ。そのト

カガヤン州アパリ町（2012年）

ラックが通りかかると私たち少年はパチンコで撃ち、年長の男たちは石を投げつけたものだ。アメリカ兵たちは私たちに銃を向けたけれども、制止しなかった。今、思うと、若くて怖いもの知らずだったな。アメリカ兵が本気で撃ちはしないと感じていたんだと思うよ――レナト・D・フォリェド氏。一九三八年九月二八日生まれ。

あれから半世紀が過ぎた。かつての敵は今や冷戦のさ中にあって、「自由世界」の一角ではアメリカの同盟者という新しいイメージを持っている。日本人は灰塵の中から立ち上がり、今や数十億ドルのカネを貯め込み、世界中に資産を保有している。俳句やすしやニンジャ映画が

今は時間つぶしになっている。

私たちのインタビュー対象者は今、何を考えているのだろうか。かつて自分たちを苦しめた連中についての意見を心の底から変えただろうか。

とんでもない。日本人は悪い奴らだよ。私が北アグサン州ブトゥアン市から数キロ離れたカバドバランという小さな町で捕まった時、あいつらは私を足蹴にしてから無理やり連行したんだよ。日本の飛行機を見たら、いつも泥池や堆肥の中に飛び込んだですよ――イグナシア・ラガレ・デニラさん。当時一五歳の少女で、家族と一緒に暮らしていた。

冗談を言っているのかい。あんたは罪のない人間を拘束したような奴を善人だなんて思うのかい。本音を言ってくれよ――カガヤン州リアノ在住のセレスティーノ〝ティノン〟パラリャグ氏（七九）。

それえは本音を聞いてみようではないか。

始まり

「知らぬが仏」と言うことだったろうが、コモンウェルス期のころ、アメリカに植民地化されたフィリピン人の多くは「平和な楽園」にいた。《訳者補足1》ドイツはすでにヨーロッパとアフリカで暴れ回っていたが、この列島の人間で戦争を予期している人は数えるほどしかいなかった。戦争は遠く離れた土地で起きているだけと思われていた。それに加えて、アメリカ人の「旦那衆」は太平洋のこっち側で「最もタフな奴」という評判ではないか。そんなわけで、日本が成功裡にハワイ、グアム、香港、そして一九四一年一二月八日、フィリピンを襲った後ですら、フィリピン人は侵略者がクリスマスまでに撃退されるだろうと思っていた。彼らは間違っていたのである。次に気付いた時は、彼らは自分の家を捨て、愛する者たちから離れ、異郷に生き、死と破壊から逃れ、そして日本人と顔を付き合わせていたのである。

　クレメンシア・ビリャルベン・ポルカリピオさん（六七）はブラカン州バリワグとマニラで戦争を生き延びた。彼女は回想する。

　一九四一年、私がマニラのトンドにいた時、日本が猛烈に攻撃し始めたのです。市内は大混乱でした。それで、私はバリワグの実家に帰りました。戻ってみると皆、姿を消していました。そろって山の方へ急いで逃げていったのです。人っ子一人残っていませんでした。私は歩き回り、やっと知り合いに出会いました。彼らと合流し、地下の避難壕で過ごしました。翌日、日本軍が町に入ってきました。私のしたことは、コンチャンおばさんの家の天井によじ登って隠れることでした。この隠れ場所から日本軍が通りを行進するのを初めから終りまで眺めていたんです。こりゃずいぶん多勢だ。震え上がりましたよ。翌日、アメリカ人と日本人が戦いました。戦闘の間、私たちは溝に伏せていなければなりませんでした。時にはジャップたちが同じ塹壕の中にいたけど、やっぱり避難していたんです。

　私は家族と再会しました。家族たちが哀れな生活をしているのを見たんですよ。蟻の方がはるかましでした。あのころ、「シシッドライス」［フィリピノ語で「潜り米」という意味］と呼ばれる、ひどく嫌な臭いがするコメまで食べていました。海に投げ捨てた腐ったコメでしたが、人々が潜りをやって持ち返って来たのです。多くの人間が食べて吐き気を催す代物でした。ラウレル（当時のホセ・ラウレル大統領）ですって。彼が何をしてくれたのかね。ああ、そのころ、気にもしなかった。気にしていたのはどうやって生き延びるかだけですよ。食べる物が何もないと、ママは田んぼから落ち穂を一つ、また一つと拾ってきました。そうですよ。一つ、一つ。泥だらけになってね。母はもみ米を集めると、ついて蒸して、それからきれいにして、また蒸した。蒸している間、その「出しがらスープ」を飲んだっけ。あのころは本当に飢えていましたよ。腹ペコでした。死ぬほど食べたいのに何もない。さつまいもの葉っぱすらなかった。日本人が私たちを殴りつけて食べ物をみんな持ち去ったんですから。

もう戦争なんかなしに願いたい。神様がいないようだった。みんな苦労しましたよ。

メソジスト教会の女性奉仕団員で、マニラ首都圏カロオカン市グレースパークの八番街に住むドルカス・パギリナンさんは、バタアンでの出来事を話してくれた。

バタアンで、戦争の苦しみを全部味わいました。日本軍とフィリピン・アメリカ連合軍の戦闘の真ん中に挟まれて動けなかったのです。私たちの壕の上を砲弾がうなりをあげて飛んで、私は銃撃や砲撃の応酬の生き証人になったんです。ボーン、バーンという音がとてもひどくて、私たちは耳に指で栓をした上、耳や鼻が破れて出血しないよう口を開けていました。穴の中で暮して、何をするにも細心の注意を払わなければなりません。特に煮炊きです。煙が穴から外に漏れ出してはいけません。なぜって、日本軍が生き延びたフィリピン人をいつも探していたからです。壕の中も安全ではありませんでした。近くの別のタコツボ壕に隠れていた看護師や歯医者、医者のグループが直撃されました。爆弾が人々を死んだ場所にそのまま埋めてしまいました。

私は日本軍がアメリカ人の捕虜をどんな風に扱ったかを証言できます。裸のまま空腹を抱えて、アメリカ人たちは暑い直射日光の下で働きました。食べ物を何も与えられず、懲罰は厳しいものでした。わが家の前を通り過ぎた時はいつでも、そっと食べ物と衣類をアメリカ人に手渡ししてやりました。ジャップに一度も捕まらなかったので、ほっとしましたよ。機会さえあれば、負傷者や病人を看護しましたよ。回復するまで面倒をみました。

レオナルダ・ドゥガサンさんは、マニラ市マラテ地区のＦ・Ｔベニテス通り一七一一番地に住むワライワライ語[訳注7]地域出身者である。占領中にカレッジの二年生になった。

第二次世界大戦が始まったと知ったのは一九四一年一二月八日の朝六時のことでした。戦闘がすでに始まったという新聞の報道が本当だとわかったのは、敵の飛行機がマニラ上空を爆音を立てて飛び、味方の兵隊が集団で到着し始めた時だったのです。無数の軍用車両が首都の通りという通りを埋め、個人所有の乗用車やトラックも持ち主から徴用されました。私はその日もまだ学校へ行きました。というのは、国立師範学校で授業料の分割払いを済ませなければならなかったからです。助かったのは、出納係の人が戦争が長引いても損しないように金は持ち帰りなさいと助言してくれたことです。休校になり、学生たちは帰宅させられました。ちょうどその日の夜、日本の軍用機が首都の多くの地域を爆撃したんです。空中には塵と煙が立ちこめました。私たちの寮では、床に新聞紙を敷いて寝たのですが、それは爆撃のたびにあらゆる家具がひどく揺れたからです。マッキンレー基地が格好の標的になり、絶え間なく爆撃されたので地区全体が本当に揺れてましたよ。

私たちは寮内にじっとしていました。どうすべきか決めかねていた時、父の手紙が届き、現金為替を送ったから今すぐ、どんな車でもいいからつかまえて帰郷するように指示してきたのです。けれども、寮の友だちから、どこもかしこも日本軍の管理下に入り始めているから、まだマニラを離れない方がいいと忠告されました。幸運にも、私は為替を現金化できました。

私たちの計画は、タヤバス州[訳注8]（現在はケソン州と名が変わっている）のルセナに避難することでした。ある朝早く、同州に向けて出発しようとしていると、男たちは軍務に必要なのでマニラ離脱を許可されないと耳にしました。それで、男の友だちと別行動になりました。彼らを残していく以外に選択肢がありませんでした。こうして、私たち九人（全員女性で小さな子が一人いました）だけがタヤバス行きの汽車に乗ることができました。列車は乗客や貨物で超満員で、それがまた皆の心配でした。

　タヤバス州に無事に着いたものの、ほんの短時間しかいませんでした。違う集落へ移ったのです。そこでも三キロ離れた場所でフィリピン軍と日本軍が交戦していると聞きました。近かいので銃声が耳に届きました。私たちはルセナに戻る決心をしたのですが、輸送手段は何もありません。歩くしかなく、重い荷物はとても無理ですから小さな手荷物だけを持ちました。道には誰もいません。何か悪いことが起きても全員がけがをしないように互いに距離をとりました。ありがたいことに、味方の兵士を満載したトラックが通りかかり、全員をルセナまで連れて行ってやろうと言ってくれました。どうにかうまくいったのです。トラックに乗ってから、自分たちが岩だらけの道をはだしで歩いたのだと気付きました。

　ルセナに戻って長旅が終わったと思いましたが、間違いでした。またも避難しなければならなかったのは、そこも非戦闘員にとって最早、安全じゃなかったからです。実際、町の人々が直前に立ち退いたところでした。それで、私たちは現ケソン州のカンデラリア［カンデラリア町はルセナ市の西約二〇キロにある］にたどり着き、一夜を明かしました。翌朝早く、教会の鐘で目が覚めました。全員退避せよの合図とわかりました。

　私たちは山に近くい集落に連れて行かれました。また歩かなくてはなりませんでしたが、それまで自分の足がとっくに腫れ上がっていたことにほとんど気付かなかったのです。そこにしばらく滞在しました。国内の他の場所で何が起こっているのか分かりませんでした。その後、サンパブロ市［訳注9］（ラグナ州）に移り、エスクデーロ家に厄介になったのです。

　マニラが「無防備都市《訳者補足2》」宣言されたと知った時、私たちはこの街での生活になじもうと努力していました。首都の状況が落ち着いたと考えて、私たちはマニラに戻ることに決めました。

　マニラに戻ると無数の検問所にぶつかりました。日本の兵隊がどこにでもいました。彼らが駐留したため、私たち都市の住民は食料を購入するのに長い列をつくるようになったのです。通貨は二種類になりました。実際には無価値な日本の紙幣と、それよりも値打があるので「本物のお金」と呼んだコモンウェルス政府の通貨です。公共の乗り物もありませんでした。私たちは、日本兵がフィリピン人の家庭に押し入り、欲しいものを何でも没収し、気を引かれた女性をレイプさえしたと耳にしました。それでトラブルを避けるために日本の兵隊から逃げたのです。

私たちはもう一度、マニラを離れました。大きな船に乗ってレイテまで旅することができました。運賃は「本物（のお金）」で三五ペソでした。一七日間の旅の間、漁師たちが自分たちの小舟に乗って私たちの船に伴走するのを見ました。船に危険地帯に入らないよう注意してくれたんです。

レイテ州の故郷、トロサの町にたどり着いた時、家族は私が無事で元気なのを見て驚きました。私が数カ月前、セブで沈んだ別のボートに乗っていたと思っていたのです。

故郷の町では、ダグラス・マッカーサー将軍がいずれ帰還すると約束したと知らせるビラがまかれていました。[訳注10] 町民を褒めるべきは、フィリピン人兵士やゲリラの存在を日本人に通報しないという態度でした。それで、私たちの所では、数人しか殺されずに済んだのです。

日本人に味方する人もいました。異国の人間たちが勝利した場合、なにがしかの地位を約束されていたのです。そうです、彼らもフィリピン人です。国民全てが自由のために戦ったんじゃない。わが国の独立のために戦った人々の中にゲリラになった兄もいて、山地で作戦活動をしました。彼の所属部隊が日本軍を攻撃する時は必ず、事前に警告を出してくれたので、交戦の際に自宅で安全に暮らしていることができました。

故アレハンドロ・カピストラノ・クイ・ジュニア氏は日本の占領期、サマール州カトバロガンにいた。一九二四年二月三日生まれで、九二年一一月一日死去。同年八月にインタビューした。

一九四一―四二学年度に、私はサント・トマス大学に入学しました。四一年一二月八日、真珠湾が爆撃されたのですが、その日の午後、私はレガスピ（アルバイ州）に帰省しようと身の回り品を荷造りし、（マニラの）トゥトゥバン駅へ行きました。列車がソルソゴン州で止まった時、軍用船の「ガバナー・ライト」[訳注11]がマスバテ州に向かう予定と知りました。私たち汽車の乗客は船長と面会し、サマール州沖ならどこでもよいから、降ろしてほしいと頼みました。船長は承諾して、カルバヨグに連れて行ってくれました。私たちが下船した後、船はすぐに出航しましたが、不運にも日本軍に撃沈されてしまいました。

四二年三月までに、侵攻軍はサマール州カトバロガンのパンダン集落に上陸しました。町に人っ子一人いないのを知ると、日本軍はカタバロガンに火を放ちました。住家のほぼ三分の二が焼けました。日本軍は住民に帰宅を命じました。民間人は辺ぴな集落で山賊に悩まされていたので、帰宅する決心をしました、それからジャップたちは「新生フィリピン《カリバピ》奉仕団」《訳者補足3》と呼ぶ組織を作りました。地区毎に組織され、議長が住民一人ひとりに役割を与えました。砂袋を作る者もあり、マンロン集落にあった兵舎を撤去する者もいました。毎日、午後四時を回るとコメ一リットルが支給されました［日本では、戦前にはコメは一俵、一升、一合など容積で計られた。コメ一リットルは約八四〇グラム］。

私はビリヤレアルのサンアンドレス集落に駐屯していたペドロ・アルテチェ下院議員《訳者補足4》率いるゲリラ部隊の軍曹でした。私は情報部署に属しました。カトバロガンに状況報告をしていました。二人の敵兵が巡回中に撃たれて死にました。翌日、ジャップたちは私たちの基地があったサンアンドレスを爆撃したのです。司令官だったアルテチェ議員は故郷のサマール州スマラガ町に逃れました、親日派のフィリピン人が、彼がいるのに気付いて憲兵隊に知らせたのです。敵は時を移さず彼を捕えました。彼は手錠をかけられ、カトバロガンの憲兵隊司令部に連行されました。何が起きたかを知り、私たちはすぐその町に移動しました。私たちは教会に直行しました。教会内で、アルテチェは日本の民政府について何か発言せよと命じられたのです。ルセロ氏とかいう人が通訳でした。アルテチェは説教壇に立つと、ジャップは真珠湾を爆撃した卑怯者だと言ったんです。彼は敵の基地内に連れ戻されました。今になっても彼がどこで消されのか、誰も知りません。

一九二六年一〇月一五日生まれのダルロ・バウティスタ・アランパイ牧師。エリンウッド・マラテ教会〔訳注12〕の教区長で、第四六ハンターズ予備士官軍事教練課程ゲリラ連隊の一員。

一九四一年一二月に戦争が勃発した時、私は一五歳で、故郷の町サンタクルスでラグナ州立高校三年生でした。町はラグナ州都です。町民は年が変わる直前に避難し始めました。すでに沢山のマニラからの難民がいて、一緒に住んでいました。町の貯水塔が爆撃され、立ち退かざるを得なかったのです。貯水塔には爆弾二個が命中して倒壊しました。それが日本人によって爆撃された最初の経験です。私たちはラグナ湖を横断して、ハラハラ山麓の丘陵に近い湖岸沿いに定住することに決めました。一カ月後、日本軍が町に戻らなければ家を焼いてしまうと伝えて来て、強制的に町に戻らされました。

町に戻ると、日本軍の到着を見ようと誰も彼もが家の外に出たんです。そうです、日本軍が戦車と一緒に町に入ってくるのを見ましたが、戦車がちっぽけだったので、私たちはふざけて「イワシの缶詰」と呼びました。もっと大きな戦車を予想していました。司令官が非常に背の高い日本人だったことを憶えていますよ。

日本軍は略奪者その他の犯罪者を処罰しました。盗賊は町を曳き回され、鶏とか盗んだ物を首にぶら下げて、広場の真ん中に立たされました。それから一日か二日、柱にくくり付けられていました。そして、広場を通る人は誰でも盗賊を平手打ちするように強制されました。確かにこの目で見ましたよ。そうです、捕まった中の一人は鶏でも何でも盗む悪名高い少年でした。

日本兵に出くわすたびに、私たちは足を止めて、お辞儀しなくてはなりませんでした。私は日本人に平手打ちをされたんですよ。お辞儀の仕方を知らないってね。会釈しただけだったんです。でも、それは一度だけでした。次にもし、彼らに従わなかったら、もっとひどいことが自分の身に起きるかもしれないと、怖くなったからです。

それで私は町を逃げ出し、パラサン集落に行って、養鶏などの農作業に従事したんです。一年後に町に戻って学業を続けました。戦争が勃発した時、学校は閉鎖され、一九四二年六月に再開されたのです。私たちの多くは再編入生で、全員で四五人ほどでした。科目の一つは日本語で、もちろん日本人が教えましたが、彼が軍人だったのか民間人だったのかは知りません。英語や経済学のようなほかの科目はフィリピン人の先生が教えました。いいえ、日本人教師の名前は思い出せません。

　日本人が私たちに強制した一つに隣人監視《ロンダ》［ロンダはスペイン語の夜間パトロールが原義とされる］がありました。近隣同士で組織され、街の通りを巡回するよう要求されました。私たちは自衛の武器として長い竹竿を持ち歩きました。竹製《カラトン》どらも持ちました。これから何か良くないことが起こるという時、近所に知らせるのに叩くのです。私たちは通りを交代でパトロールしました、日本人はまた、行進の仕方を訓練しました。そのころ、親日派マカピリのメンバーがたくさん町にいました。パチムバウという集落があって、マカピリが相当いましたよ。その指導者の一人がたまたま遠い親戚で、彼はその集落に住んでいました。私たちは夜の外出を怖がりました。

　どうして怖がったかって。日本兵に出会って互いに相手を納得できなかったとしたら、兵隊があなたをゲリラと誤解するかも知れない。ゲリラに加わった級友の一人が捕まり、日本軍が駐屯地に転用した高等学校の校舎に連行されました。おそらく拷問されたんです。そこから二度と出て来ませんでしたよ。

　私たちには日本人の友だちが一人いて、プロテスタントのキリスト教徒でした。彼は当時、起こっていることを快く思っていないとまで口にしていました。彼は仲間の日本人がすることが嫌だったのです。私は彼の友好的な態度を福音教会のプロテスタントだったからだと思いました。キリスト教徒なのでフィリピン人に同情的でした。彼はとても友好的でしたよ。彼の友情は疑いませんでした。

　近所に住んでいる他の日本人たちもいました。彼らは空き家を幾つか占拠し、私たちに彼らのリンネルを使った衣料品を洗濯するようたびたび要求しました。ある時、ベッドのシーツを洗濯していたら、「D・マッカーサー」みたいな名前が縫い取りしてありました。どんなにそれを取っておきたかったことでしょう。ダグラス・マッカーサー将軍本人が持っていた可能性だってあるじゃないですか。けれども、日本人が疑うかもしれないので、とっておくのが怖かった。洗濯して返しました。謝礼は現金でしたよ。ただし、「ミッキーマウス・マネー」です。

　母と私がマニラに物資をそっと持ち込んだことも思い出します。日本軍の禁制にもかかわらず、私たちはココナツ油や石鹸をマニラに持って行き、パコ〔訳注13〕のマーケットに荷を下ろしました。二、三週間ごとにココナツ油の五ガロン缶二つを列車に乗せるか、石鹸を詰めた袋一つを「イログ・コ」（タガログ語でマイ・ラブという意味）バスに積みました。そんな「運び屋」仕事で一度だけ、マニラ郊外の検問所に配置された日本兵が石鹸の袋を見つけ、持ち主を探そうとしたのです。幸いバス乗客の誰一人として私たちを指しませんでした。

　一九四四年になって、いとこのベニシオ・エウセビオがハンターズ予備士官軍事教練課程《訳者補足5》ゲリラに参加するよう言って来ました。わが連隊の司令官はエスタシオ大佐〔訳注14〕でした。最初の任務は私の町で日本人の動向を偵察し、報告することでした。二つの出来事が続いてあり、それが私に故郷の町を去って山の同志たちに合流させることになったのです。

　最初の出来事は中国人ゲリラに関連しています。第四八連隊〔訳注15〕だったと思います。私の町に日本軍の小さな分遣隊があると知り、サンタクルスを攻撃しました。学校だった駐屯地には日本の将兵がいないことが分かりました。日本軍は駐屯地から移動し、複数の民家に隠れていたのです。それで、中国人と日本人が家から家へと接近戦をやったのです。M・H・デルピラール通りには姉のアンヘリーナ・A・バルデルラマの家があり、私は戦闘を目撃しました。ローマ・カトリック教会の真正面で、中国人ゲリラが郵便局の背後から射撃している日本兵を撃退しようとしているのが見えました。道のまん中で殺されていた一人の日本兵を忘れることができません。その日本兵の肉を一匹の豚が食べているのを見たんです。残りの日本兵が退却した時、彼らが占拠していた家々が燃えていました。日本兵以外の誰が家を焼いたりするでしょうか。町の北部はこの戦闘で焼けてしまったんです。

　二つ目の出来事はこうです。そのころはもう、アメリカ軍機が偵察任務で飛来していました。授業中に突然、空中戦があったんです。一機が離れたところに墜落しました。その間中、日本人が「万歳。万歳」って叫んでいましたが、撃墜されたのは日本側の飛行機だと分かりました。日本兵は機体を駐屯地に運んで隠してしまいました。その空中戦の後、日本軍に落ち着きがなくなりました。それで、ルセナの山間部にいた私のゲリラ連隊に合流した方が良いと考えたのです。

最初の戦闘経験はケソン州アティモナンでした。私たちの後方にいた少年が頭を撃たれました。

交戦の後、私たちはケソン州のパドレブルゴスへ行きました。ルセナで合流したスペイン系メスティーソはフィリピン人の士気を高めるため、アメリカ人を装ったりしたのですが、本当はデラサール大学の学生だったんですよ。それから、同じ州のバナハウ山腹の司令部に戻りました。アメリカ軍はすでにミンドロまで進出していて、私たちに武器を送りました。自分はトンプソン短機関銃［アメリカ軍が第二次世界大戦中に大量に生産、配備したサブマシンガン。M1A1。トミーガンとも呼ばれる］を携帯しました。

アメリカの通信兵二人が私たちの基地に来ていましたが、隊員の一人がラグナ州のピラまで随行することになったのです。彼らの出発の準備が整う前、ケソン州サリアヤから来た日本軍が私たちの基地を攻撃しました。それは迷彩を施した日本兵を見た最初の体験でした。われわれの基地は険しい尾根の頂上にあり、日本軍は下からやってきました。

私は自分のトミーガンの予備弾倉をかついだ少年を連れていました。不運なことにその日、トンプソンを掃除していなかったのです。それで弾倉を一つ使ったところでトンプソンの銃身が詰まって発射不能になってしまいました。私たちは走って逃げなければなりませんでした。もしそのまま留まって撃ち続けていたら殺されたでしょう。日本軍はキャンプを包囲しました。なんとか脱出したものの、所属中隊と離ればなれになってしまいました。部隊に復帰できたのはようやく二日後です。この銃撃戦でゲリラ兵一人を失いました。

部隊はルセナの町に駐留しましたが、一週間後、私は基地を去ろうと考えました。二つのことで嫌気が差したのです。将校たちが兵たちの面倒をみようとしないのです。私たちは兵隊が一日に二度しか食事していないのに、幾人かの将校は早くもジープを乗り回し、軍服を着込んでいました。うんざりしたもう一つの理由は、フィリピン人の間に広がった仲の悪さでした。私たちの部隊が他のゲリラ部隊と戦うことになるだろうと言われたんです。私は言いましたよ。「どうして他のゲリラたちと戦わなくちゃならないのですか。そんなことをして何も良いことはありませんよ」とね。当時、兵隊たちの気持ちが将校連に無視されていると感じていました。それで、私は一緒に連れていた少年に「家へ帰ろう」と言ったんです。私たちにとっての戦争はほとんど終わりでした。私は少年を連れ、もう一人の仲間と一緒にゲリラ基地を去り、サンタクルスに戻ったのです。

戻ってすぐ学業を再開しました。高校四年生「日本の学制では高一」だったと思います。やっと卒業したのは一九四五年一〇月です。日本が八月に降伏したのを知ったはまだ在学中でした。

フロレンシア・デグスマンさんはリサール州アガットの出身。

夫は他州に駐屯している兵士でした。一九四一年一二月初め、私は夫から近く帰宅するのでクリスマスの準備をするようにという手紙をもらいました。けれども戦争が起き、彼には二度と会えませんでした。マラリアで死んだそうです。

私たちは年中、移動していました。時には、一日二回も移動したのです。子どもが二人いて、三歳とちょうど生後六カ月でした。豚や鶏を連れているので動くのが億劫になりました。なぜって、ジャップが私たちを捕まえたら、全て無駄になることに変わりないじゃないですか。

生き延びるために、私たちは暗くなると畑へ出かけて行き、コメやいくらかの塩を手に入れました。もしサツマイモ《カモテ》その他の野菜が畑でとれる家に住まわせてもらえる幸運に出合っていたら、食べ物のことはそんなに大きな問題にはならなかったでしょうに。何か口の中でしゃぶれる物がありさえすれば、食べられる物にありつければ、おいしいかどうかなんて大騒ぎすることではありませんでした。

フィリピン人は他のフィリピン人の忠誠心を疑っていました。兄弟はゲリラになった親族の名前を挙げることができなければ、ゲリラたちに何度も殺されていたでしょう。同じように、日本人だってマカピリに絶対的に良くしたわけじゃありません。ジャップに処刑されることになった二人の女性のうちの一人の父親はマカピリで、娘の助命を嘆願しました。二人とも釈放されましたが、二つの物と引き換えでした。馬と荷馬車です。

別の時、日本人は私たちのいた所から若い女性七人を連れ出し、六カ月間一緒に住んでいました。彼女たちは戻ってくると、かわいそうにほとんど歩けないほど弱っていたんです。彼女たちは体を傷物にされたり、おもちゃにされたりしていないと言い張りました。多分、恥じたのです。

私たちが隠れていた時、そこは他の人も避難場所にしていた民家でしたが、大人の男五人が号泣しているのを見ました。自分の奥さんたちが日本人に殺されたのを悲しんでいたのです。妻が妊娠していたという男の人は、敵兵が彼女の腹を切り裂いて、子宮の中の胎児を引っ張り出したのを見たと言いました。胎児は空中に放り投げられ、銃剣で刺し貫かれたんですって。

戦後になって、日本人が仮に飢え死寸前でも何もしてやらないと自分に誓いました。でも、時は全ての傷を癒すものですね。今の私には何人か日本人の親しい友だちがいます。

七九歳のパス・バルガス・ヘリャさん（既出）はマニラのパコ地区シンガロン一六五五番地に住む。日本がこの首都を占領した時、娘が一人いた。

アメリカ人がいなくなった時、長兄のホルヘ・バルガスはコモンウェルス政府の官房長官でした。マヌエル・L・ケソン大統領が宮殿から避難した時、兄は行政の最高責任者に任じられました。ダグラス・マッカーサー将軍がマニラを「無防備都市」と宣言すると、ケソンは彼を任命して残していったのです。兄は戦争の歳月、マラカニアン宮殿にとどまりました。そこで暮らしたのではありませんが、日本軍が彼に宮殿の管理を任せたのです。ラウレルが大統領になったのは一九四三年になってからで、日本が私たちに「偽りの独立」をくれた時です。四二年から四三年にかけて兄は、フィリピンの指導者でした。侵略者たちは独立を与える直前まで、ホルへ兄が大統領になることを望みました。でも兄は望まず、大統領になったのはラウレルです。

日本軍のマニラ侵攻の序幕は空中戦と地上掃射でした。流れ弾が家々の屋根や壁を破り続けました。戦闘と爆撃が起こりそうだと分かったのは、サイレンの響きが危険の切迫を知らせたからです。でも、警報制度で死は防げません。私が思い出すのは、そんな攻撃が開始される前、一人の女性と赤ちゃんが自宅の階段に静かに腰を掛けていた姿です。すると日本の爆弾が落ちてきました。煙が晴れると、女性は死んで横たわっていました、赤ん坊は生きていて、彼女のそばで寝ているのが発見されました。気の毒な親子だったこと。誰かがその子を憐れんで救ったと思います。

六五歳のアメリア・レイエス・ゴテラさんは主婦で、マニラ首都圏ナボタス町カピットバハヤンＨ―一六番地在住。

戦争が勃発した時、トンド（マニラ市）に住んでいました。夫のペディックは日本がフィリピン空爆を開始したという見出しが出ている新聞を見せました。私たちはすぐ家財の荷造りを始めました。母がこの都会の状況はどんどん悪くなると言い、それで私たちは故郷に向けて出発したのです。

私たちはルセナ（現ケソン州）行きの列車に乗りました。何という大変な旅だったことでしょう。乗客全員が両手にあらゆる類の物を持っていました。ルセナでは、お金持ちのいとこの所に身を寄せました。大きな家で家族六人を住み心地良く収容できました。祖母と母、わが子のイシン、ペーン兄弟、いとこと私の六人でした。夫のペディックは男たちがそうしたようにマニラに残りました。家にとどまって財産を守らなければならなかったのです。

日本人のフィリピン人に対する野蛮な行為については、たくさん話がありますよ。私たちはできるだけ醜く見えるように努力しました。母は私を年寄りに見せようとして、自分のカミソン（ブラウスと下着）を着せました、私は髪を伸ばしてクシを入れず、ぼうぼう髪にしていました。

ある日、トラックに乗った日本軍の一隊が私たちの家を襲いました、私は二階に、母と祖母は階下にいました。弟のペーンは裏庭で遊んでいました。祖母はスペイン語を知っていたので、襲撃部隊の日本人指揮官と意思の疎通を図りました。二人はしばらく話していました。祖母は日本人の将校に、私が既婚であるばかりか、乳児を抱える母親だと話したのです。日本人の将校は私をじっと見つめ、それから近寄って私の髪をなでたんです。それから、そう、私の胸に触りました。なんてその手の冷たかったこと。すると祖母は、私が横になって赤ん坊に授乳する姿を将校が見たいと言っていると話しました。それで横になり、祖母がイシンを探しに行きました。私は恐怖で凍りついたようでした。この闖入者どもは、長くて抜くと光る軍刀をガチャガチャ鳴らし続けていたのです。

祖母がイシンを見つけ、私は彼に授乳するふりをしました。日本人の将校は仔細に観察していました。その間ずっと、彼が笑い出すのではないかと思っていました。将校はやがて私を見るのに飽きて戸外へ出て行きました。祖母とはずっと話し続けていました。まるで長く会わなかった友だち同士が再会したように見えましたね。でも、将校は屋敷内から出る前にペーンが遊んでいるのを見つけました。彼は子どもを連れて来て、自分の銃を渡したのです。ペーンはちっとも怖がらないどころか、その銃をおもちゃにしていました。ペーンが辺りを撃ったんですよ。鶏があちこちで、羽を広げて逃げました。すると日本人は子どもを連れ、二人で田んぼへ遊びに行きました。母と祖母は泣き叫びました。二人は将校にペーンを返してくれるよう懇願しました、日本人の将校は最後はばか騒ぎに飽きて部下たちに引き揚げを命令しました。ああ、神様、感謝します。私たちに被害はなかった。危害は加えられませんでした。多分、その将校にも自分の子どもがいたのでしょう。

二年かそこら経った後、ペディックが私たちにマニラの状況が好転していると言ってきました。それで長い家路をたどり始めたのです。

ある時、橋を渡ると身の毛のよだつ光景に出合いました。家畜や人間の死体が道沿いにずっと散乱していたんです。恐ろしい。私はほとんど吐きそうになりました。勇気を振るい起こして、見えないふりをして歩き続けました。

実際、ゴーストタウンになってしまった集落をたくさん通り過ぎました。人のいない集落って、気味が悪いものですよ。喉が渇くと、民家の一つに入り込んで、水の出る場所を探しました。住民はみんなどこかに避難してしまったようでした。

ブリアン[訳注16]まで来ると、出会った三人の男性が、マニラでは戦闘や殺戮がまだ続いているから行かないように、と言いました。それで私たちはブリアン小学校にしばらく滞在しました。生き延びるために、母はコーヒーと砂糖を売り、私は縫い仕事をしました。人々はコメで支払ってくれたんです。

かなり早く、ペディックと父親が私たちの居場所を割り出して合流したんです。マニラから来たのですが、二人の話では、マニラでは住民が病気で体が腫れ上がって飢え死にしているとのことでした。そこで、ブリアン滞在を延ばしました。

ある日、日本軍が私たちの住むブリアンの小学校をフクバラハップ［フィリピン共産党系のゲリラ組織「抗日人民軍」］のキャンプと誤って信じ込み、急襲しました。彼らのトラックが近付いて来る音を聞いて。私たちはドアと窓を全部、閉めました。日本軍はそこに弾丸を浴びせかけたのですよ。恐怖でちぢこまりながら、弾がビューと飛んで行くのを感じたんです。学校の壁やドアが部厚くて良かった。全くそうです。発砲が続いて、耳が聞こえなくなるほどでした。それから、ぱたっと止みました。気が付くと、攻撃してきた兵隊がいたる所に群がっています。彼らは私たちがゲリラでないと分かりました。最初になぜ、民間人だと言わなかったのかと怒っていました。でも、立ち去る前に私たちに謝ったんです。

クリセンシア・デル・バリェ・ヘリドンさん。戦時中、リサール州のピリリャとマニラ市サンタアナにいた。現在、フィリピン大学マニラ校の公衆衛生学部職員。

一九四一年一二月八日、戦争が勃発した時、私は最初の聖体拝領を受ける予定が決まっていました。前夜から何も食べないでいないと聖体拝領を受けられないので、自分がどんなに空腹だったかを覚えています。

通学していたラコンコルディア・カレッジの礼拝堂に私がいると、姉が突然呼びに来ました。姉はそっ

ラグーナ湖畔の町、リサール州ピリリャ町（2012年）

けなく言いました。「私たち、家に帰るのよ。わが国は戦争になったの」。サンタアナ（マニラ）に向かって帰宅する途中、私は泣きっ放しでした。

家に着くと、他の姉たちがまだ帰ってきていません。その朝早く姉たちはパシッグ市（マニラ首都圏）の祭り《フィエスタ》に行ったのです。父はとても心配しました。この都会に爆弾が落ちる轟音が聞こえたのですから、当たり前です。姉たちがやっと帰宅すると、父は姉たちの尻を叩いてお仕置きしました。

父親、キンティン・ヘリドンは遂に家族でリサール州ピリリャの実家に行くことに決めました。どのバスも田舎の実家に行こうとする人でぎゅうぎゅう詰めでした。私のような小さな子どもたちはバスの窓から押し込んでもらわないと、乗れなかったんです。

私たちはまず、マラヤという集落に落ち着いた後、一六ヘクタールも土地がある農園に移動しました。父は他の多くの家族が周りにいるのが嫌だったのです。そこで、私たちは小さなイピルイピルの木[訳注17]で自分たちだけの家を建てました。その家は「ロビンソン・クルーソー」みたいに建てられました。一家を挙げて取りかかったのですが、兄弟も父も建築の仕事に携わったことがなく、経験者を雇って助けてもらわねばなりませんでした。

父は森林管理官兼森林警備隊員で、国立フィリピン大学ロスバニョス校（ラグナ州）の先生もしていましたが、インディアン・マンゴーとバナナの貯蔵所を建てました。家族は自給自足でした。

数カ月過ぎると、父と話をしに男の人たちが訪ねて来るようになりました。内輪で静かな声で話をしていました。思い出すと、彼らは「ストローン」という名前をいつも口にしていました。それで、一人のアメリカ人ビジネスマンが私たちの所に隠れ家を求めているとわかりました。ストローンが指揮するゲリラ部隊のリサール州支隊が設置されるということだったのです。ヒュー・ストローン大佐はアメリカの退役情報将校で、リサール州の高地に幾つかの鉄鉱山を持ち、現ケソン州東海岸沖合のポリリオ島にも石炭とマンガンの鉱山を所有していました。戦争が勃発した時すでに六〇歳で、フィリピン最年長のアメリカ人ゲリラ指導者として知られていたのです。彼の部隊は「フィリピン・アメリカ非正規部隊」という名で知られ、ブラカン、ラグナ、ヌエバエシハ、ケソンそしてリサールの諸州から隊員を募りました。一時期、その司令部はリサール州ピリリャ町のキサオ集落にありました。彼は一九四三年八月五日、日本軍に捕まりました。

父のキンティン・ヘリドン大佐〔訳注18〕、兵籍番号、フィリピン陸軍「CE042240」はストローン大佐の首席参謀でしたが、一九四三年八月九日、アンダーソン大佐《訳者補足6》と連絡をとりに行った先のブラカン州で捕えられました。

姉たちのルス、パス、リディアも伝令役として関与しました。ルス・ヘリドンは二等中尉として、リディア・ヘリドンは三等中尉としてストローン大佐がマニラのさまざまな接触先に送る個人的な使者でした。マニラ市内で学業を続けているということにして、姉たちはゲリラ支援者と接触したのです。たとえば、マドリガルさんはゲリラ活動に医薬品や資金その他の物資を寄付していました。父はこのドン・ビンセンテ・マドリガルのためにも働いていたのです。フィリピン・アメリカ非正規部隊が一九四二年三月に結成された時、姉たちは特別情報任務を割り当てられ、ゲリラの司令部や前線部隊にラジオニュースのメモや地図、その他の伝達事項を届ける伝令を務めたのでした。憲兵隊は姉たちを監視下に置き、一九四四年八月一八日、遂にマニラ市サンタアナのカガヤン通り一八二番地の自宅で彼女たちを逮捕しました。

苦難といやがらせ

侵入者の軍靴の下での生活はどうだったか。ロシアンルーレットをしているようなものである。物事が正常に動いていると思って試してみる。次の瞬間に死んで葬られるといった具合だ。

食料は欠乏していた。衣料も同様だ。薬品も足りない。生きていくために必要な品々が全て足りなかった。供給される物資は戦いに勝った冷酷な外国軍隊を養うために回されてしまい、住民は自分で何とかするだけになった。

病気になった一般市民は生きるために物資を漁った。栄養を摂取するために、そして着る物を確保するために、木の皮や根や葉っぱ、その他何でも代用品にした。

人々は昔やったような物々交換に頼った。なぜなら商取引には日本人が発行した通貨（「ミッキーマウス・マネー」と呼ばれて嘲笑された）を詰めた袋やカバンが幾つも必要だったからだ。コメ一キロ、塩一カップ、あるいはマッチ一箱を買うのに「冗談みたいな貨幣」が数十万の単位で必要だった。

持ち家がある人たちでも、家や土地を泥棒や日本人の接収者連中のやりたい放題にまかせてしまい、山間部やトンネル、洞窟、ニッパハウス（ニッパヤシの葉で屋根を葺いた小屋）、地下壕などで雨露を凌いだ。

水浴びするにも石鹸はなし、立ったまま眠るのが生活の一部だった。しかし、昔からやりくり上手のフィリピン人はその日暮らしをやり抜いた。

結局のところ、敵の「一時的な勝利」といわれていた事態が三年間も続いた。仮借のない日本の兵隊たちは銃剣付きの長い鉄砲を携えて警備詰所に配置され、些細な非礼があったという理由で抵抗できない無実のフィリピン人を平手打ちし、一九四五年にこの国から叩き出されるまで居座ったのだ。

予想された通り、私たちが集めたたくさんの話は、フィリピンにおける日本人の敵意に満ちた行動のさまざまな局面に関するものとなった。語るもひどい話があり、その他は侮蔑の対象になるだけである。中には信じ難く、誇張されている話もあるかもしれない。拷問についての物語は非常に広まっていて無視することはできない。その上、マニラの国立図書館構内にある国立公文書館には、個人に対する虐待行為や地域社会での大量虐殺についての記録文書が山積みになっている。日本軍の集落襲撃行動には幾つかの美名が付けられている。「ソナ」（地区掃討作戦《ゾーニング》）、「地図作成作戦」、「ペネトラシオン《侵入》」などだ。

好んで用いられた非道な武器は銃剣だった。彼らが好んで選んだ犠牲者は女性だった。彼らはまた、軍事機関《マシン》を支えるために大量の強制労働と収奪に従事した。いずこの戦争もそうであったように、無防備な民間人が日本軍の蛮行の矢面に立たされた。

これらの物語の中で一つの集団が目障りなほど際立っている。日本軍事警察で「ケンペイタイ」という名の方が通用する。最初の一団は台湾から一九四一年一二月二〇日に到着した。パンガシナン州リンガエンから日本帝国軍隊にくっついてマニラにやって来た。四二年一月二日から一一日までの間、ケンペイタイはタフト通りに面した「ハイアライ・クラブ」とイントラムロスのサンチャゴ要塞に仕事場を構えた。四四年六月までに首都に三つの憲兵隊司令部ができていた。北部ではファー・イースタン大学、西部では「エアポート・ストゥディオ」、南部はバルドメロ・ロハス邸である。支所はマニラ首都圏マンダルーヨンのワクワク・カントリークラブにあった（参考文献、フェリサ・A・シフーコ[訳注19]〔Ma. Felisa A. Syjuco〕著 *The Kenpei Tai in Philippines : 1941-1945*, QC : New Day Publishers, 1988, p.12.)。

ジョセフ・エヘルシト・エストラダ副大統領[訳注20]。マニラ首都圏サンフアン育ち。

「私の一番生々しい記憶だって。日本占領期に一〇〇万人のフィリピン人が死んだってことさ」

質問　当時、あなたの町、サンフアンには、憲兵隊のアジトがたくさんあったのは本当ですか。

「兵営が幾つもあったね」

質問　あるインタビューで話されたと思いますが、サンフアンのご自宅の前にあった建物がその……。

「日本軍の兵営だったさ」

質問　そこでの野蛮な日本人の仕業を目にしたことを思い出しますか。

「日本人はそこに放り込んだゲリラを全員、射殺したんだ。私たちの家の前に地雷を埋めさえしたよ」

七八歳のセバスチャン・デミヒリョ氏。北コタバト州ピグカワヤン町マラガキット集落、ポブラシオン二号三四二番地在住。当時は農民。

日本軍は衣食にこと欠く家族にさえ、何か供出するように命令して、出さないと殺されるか、拷問にかけられるのさ。ジャップたちは自分が興味を持った物は何でも没収した。ごくちっぽけな品物もさ。日本軍はすごい力があったから、こっちは何もできなかったさ。

ある時、私は自分の農場からコメが半分入った袋を引きずって来た。地元の日本軍司令部の前を通りかかった。兵隊の一人が私を呼び止めて、何を運んでいるのかと訊問したんだ。そいつに、待っている家族の所に夕飯用に持って帰るコメだと言った。兵隊はコメを出せと言う。家族に必要なのだから、やるわけにいかないと一生懸命説明したよ。すると兵隊は私に銃剣を向けた。コメを差し出すほかはなかった。私はゲリラを助けようと心に誓ったね。そうしなかったのは、家族のことを心配したからさ。

エドゥアルド・ラウチェンコ氏。ラグナ州サンペドロ市サンパギータ・ビレッジ、マグノリア通り八番地在住。一九四四年当時は一〇歳で、マニラ市サンパロックの公立小学校三年生だった。

この実に恐ろしい事件についての記憶は今も鮮やかですよ。自宅から二軒先にハンサムな隣人が住んでいました。エリーと言う名でした。わが家にしょっちゅう来てましたけど、それは休暇で家に来ていたいとこに言い寄っていたからです。家族は小さな雑貨屋《サリサリストア》をやっていて、日本人の兵隊が朝の教練を終えると朝飯を食べに来ていました。連中はおばあちゃんに「アリガトウ」と挨拶して店から出ていったものです。それから二、三週間後、おばあちゃんは店を閉めてしまいました。それでも、おばあちゃんは日本人の将校や兵隊と仲良くしていました。

ある朝早く、祖父が私たちを起こし、家の階段の下にあった空襲の避難場所に入るように言ったんです。好奇心から私は窓の外をのぞきました。三台のトラックがエリーのアパート前に駐車して、一人のマカピリがアパートに住む人たちに手を上げて出て来いと怒鳴って命令しました。住んでいた連中はそれに対してマカピリの男に発砲、一緒にいた六人ばかりの日本兵にも発砲したんです。発砲が繰り返されました。銃撃戦が収まるまでに数時間もかかりました。その後、一軒ずつ家宅捜索がありました。男は全員、通りに出るよう命令されました。おじいちゃんと父は素早く秘密の通路を使って屋根に登りました。日本兵が私たちの家に入ると、いたのは以前から顔見知りのおばあちゃんでした。もてなしのよい一家の主婦として、おばあちゃんは菓子パンや飲物を出したのです。兵隊たちは出て行きました。

それから、あっちでもこっちでも叫び声が起きました。頭から袋をかぶった別のマカピリがいて、通りに出た男たちの首を一人ずつ斬っていました。首が幾つも本当に道路に転がったんですよ。それを見た時、私は総毛立ちになりました。血ぬられた朝でした。

大虐殺のあと、犠牲者の身寄りが愛する者たちの遺体の回収を始めました。その間に襲撃されたアパートの住民はエリーを含めて姿を消していました。後でわかったことですが、エリーはアメリカの陸軍中尉で、サンラサロ競馬場（マニラ市サンタクルス）に宿営していた日本軍の戦力に関する情報を収集するため、私たちの地域に派遣されていたんです。日本軍の建物は家からちょうど三〇〇メートル離れたところにありました。

この事件が起きたため、おじいちゃんは解放まで一族をヌエバエシハ州カバナトゥアンに移すことに決めました。やがて私たちはサンパロクに戻ったのです。あの血の海を忘れようとしましたが、首を切られた死体の光景は忘れられません。

ナルシソ（七二歳）、ペルペトゥア（六八歳）のメルカド夫妻。戦時中、セブ州ダラゲテ町［訳注21］の中心部《ポブラシオン》から八キロ離れた山間部の集落に疎開。敵軍が猛進撃して金持ちの住宅や町役場、教会を破壊していると聞いて逃れた。

日本帝国の軍隊が周辺に出没し始めた時、私たち夫婦はディンガヨップと呼ばれるオボの密林の中にある大洞窟に隠れました。清水の湧く泉に近く、他にもダラゲテ町のあちこちの地域から来たさまざまな家族が住む隠れ家がありました。私たちの住む場所には二家族、イノセンタ・サルバドール一族とバレンティン・アバルカ一族が一緒でした。長女のエスタンスラが産まれたのは洞窟の中でした。私たちはビソル［ビサヤ地方の言葉で小ぶりのタロイモを指す］やカッサバ《カモテン・カホイ》、タロイモ《ガビ》のような根菜で生きていたんです。各自の畠で栽培したのです。

日本人は執念深かったですね。連中のパトロール部隊がカディブディブでゲリラに待ち伏せ攻撃されると日本人は荒っぽくなり、民家を全部焼き払い、目に入った生き物は全て根絶やしにしました。男たちはその場で首を斬られました。一部の死体は投げ込まれた断崖で腐っていました。首が幾つも所有者のない荒れ地《バギリッド》に転がっていました。別の時ですが、マンタロゴンから家に帰る途中、私たちダラゲテの住民は日本軍の部隊に出くわし、所持品全てを没収されました。母親たちの中には、ジャップに命乞いし、自分たちが人妻だと証明するためにわざわざ乳房をさらけ出し、お乳が出るまで手で絞った者もいましたね。

トランキリーナ・コルテス・ベノサさん。首都圏ケソン市ノバリチェス在住。戦争中は、南イロコス州パエン・バンタイで耐乏生活をした。

日本人がわが国に侵攻した時、ゲリラたちは私たちに避難勧告を出しました。それで山間部に登ったのです。けれども、侵略者たちが町に戻るよう強制しました。私たちは普段通りに暮らそうとしました。状況が悪化した時は避難所に移りました。戦争が続くと、避難所では病人がどんどん増えました。マラリアが流行っていました。それは生ゴミのせいでした。どこでも構わずに眠りました。石鹸がないので、夜具を清潔にすることもできません。私たちはストーブの灰をかき集め、衣類を洗う「石鹸《トゥマ》」として使ったんです。起きて毛布をのけると豚じらみが転げ出してきたものです。アーア、本当に嫌でしたよ。病人や死にかかった人と一緒に住むよりましだからと、父は田んぼの真ん中の小屋に家族を移すことにしました。解放までそこにいたのです。

ファウスティーノ〝イスティヌ〟マカバブバッド氏。当時、カガヤン州にいた。

日本人はおれたち男に、自分たちのために労働を強制したよ。おれたちは塹壕や着陸用地（滑走路）の建設をやらされた。連中は衣類とかコメとか、品物で報酬を支払った。たいていの日本人は厳しかったが、何人かはましだった。トミさんは日本人の中で一番親切だった。彼はおれたちに滑走路の造り方を教えたんだ。誰にも悪いことはしなかった。彼が警備当番の時にはのんびりできたよ。しかし、他の日本人は、いやはや、絶望的さ。おれたちの中には現場監督にむちで引っぱたかれた者もいたよ。おれたちが塹壕と滑走路を建設し終えると、今度は地域の警備をやらせた。日本人は自分たちも夜間警備は交代でやると言っていたのに、警備は三夜ぶっ続けた。日本人が見張っているので、眠ることができなかった。もし、うたた寝が見つかったら、殺されたかもしれないさ。不平を漏らすと、連中は「貴様らフィリピン人はバカだ。首を斬るぞ」って言うんだ。本当に首を斬りかねなかった。

ある時、おれたち三人が（警察）分署に行く途中、馬に乗った日本人が突然呼び止めた。「お前たち、フィリピン人、腹這いになれ」。おれたちは土ぼこりを立てて腹這いになった。馬上の兵隊はおれたちがかがんでいる所へ来ると突然ムチで打った。何の「罪」だったのか、今でも分からん。

農業経営、セリョ・ランサン・アンティゴさん。七九歳。パンパンガ州ポラク町シニューラ在住。

日本の占領時代、私は二七歳だった。一家は田んぼに養魚池、家畜を所有していた。とても裕福だったから、日本人はこの集落に来ると、わが家に泊まりたがった。わが家を「兵営」に転用し、そこでフィリピン人を殺したこともあった。私たちは何もできなかったし、不満も口に出せなかった。なぜって、私たちを殺したかもしれないからさ。日本人が自分たちに盾突いていると疑っただけで、フィリピン人を処刑した様子をこの目で見たんだからな。

私の屋敷で日本人はダンスもした。たくさんの日本人がよく来た。女を連れてだ。連中がこうやって年中、邪魔するものだから、生活は苦しくなった。日本軍は私たちから物資を徴発できると知っていた。母親は日本人に食べ物、コメなんかを差し出さなければならなかったが、それは奴らが町の衆に悪さをしないようにするためだったよ。こういう点じゃ、私たちはいつも何かしら貢ぎ物があったので、比較的楽だった。町の衆、特に貧乏人とは違った。

主婦、リテニア・アンティゴ・トレドさん。六〇歳。当時、パンパンガ州ポラク町シニューラのマリノ集落にいた。

私たちのマリノ集落は住民が素朴平穏に暮らす静かな場所でしたよ。日本人が来てから全てが変わってしまった。警告なしに日本軍が私たちを攻撃する日々が続きました。日本人は家から逃げられなかった人々を殺したんですよ。ありとあらゆる非道をやった。奴らは女性をレイプしました。道を歩いて来た女たちまで捕まえたんですよ。奴らは家畜、特に鶏を没収して料理しました。だけど鶏の手羽や脚は食べなかった。だからフィリピン人は日本人が嫌いな部位を手に入れて、料理して食べたんです。

ロミー・サパタ氏。当時、六歳のカビテ州住民だった。

日本人は本当に残忍だった。ある夜、奴らは父を逮捕して殺害しました。私の生後七カ月から一〇歳までの兄弟、姉妹たちは銃剣でやられた。母を縛り上げてから家を全焼させた。七人兄弟姉妹で生き延びたのは四人だけだ。母と二人の妹、それに私だ。もう一人の妹は殺戮が起こった時、家にいなかった。ビニャン（ラグナ州）のおばの所にいたんだ。私は何とか助かったが、シーツをかぶって日本人に見つからず、銃剣で刺されなかったんだ。家が焼け落ちている間に、メイドのピピが駆けつけて手早く誰彼も引っ張り出してくれた。遺骸と生き残りの両方さ。

アドラシオン・マハンディさん。首都圏モンテンルパ市サウス・グリーンハイツ・ビレッジ、エバーラスティング・サークル八九番地在住。戦争中はパサイ市M・デラクルス通り、マカティ地区バンバン、カビテ州に住んだ。

ああ、あのころのことね。わが家には馬車が一台ありましたよ。一三歳でジャップのために働いたんですよ。仕事ですか。当時、娘たちは点火プラグやガソリン・プラグを掃除する仕事をしたのです。父親も日本人のために働いていました。父は砕石作業をしました、母は食料品を売っていただけです。マカティ市バンバンの家は日本軍駐屯地からすごく近かったんです。そうです、マカティのブエンディア通りとパソンタモ通りは全部、日本人の基地でした。

　そうですとも、日本人は残酷でした。私が日本軍の基地内で働いていた時、しばしばフィリピン人を裸にして縛り付け、縦、横六センチの角棒で殴っているのを目撃しました。日本人は私たちが駐屯地を出るのを許す前に身体検査しました。クギを二本、あるいは一本でも持っていようものなら、本当にクギたった一本でも引っぱたくのです。だから何一つ外には持ち出せませんでした。クギ一本すらね。

　マリア・ロレト・フォンタニリャさん。マニラ市マラテ地区ムニョス通り二六七六F在住。一九一二年七月八日生まれ。戦時中はイロイロ州サンホアキンに疎開したが、妊娠していた。

　森の中で出産しました。伝統的な民間の助産婦《マンヒヒーロット》が赤ん坊を取り上げてくれました。出産の二日後、日本軍が「侵入《ペネトラシオン》」してきて、私たちがいないのを発見しました。出産したばかりでしたが、私たちは森のもっと深くに急いで逃げなければなりませんでした。怯えながら暮らしましたよ。ある時、調理していると、ジャップが近くに来ているのがわかりました。その時、水がなかったのです。火におしっこして消しましたよ。

　時折、サンホアキン（イロイロ州）ではペネトラシオンがありました。強制的な集会が開かれ、日本人が住民を整列させて最新の状況を発表して聞かせるのです。次に質問されて答える場面になります。質問に正しく答えられないと死ぬことになります。どうして互いの言うことをわかったかって。ジャップにおべっかを使うフィリピン人も少数いて、日本語がわかったのです。普通、彼らは政府で高い地位にあった元役人でしたよ。庶民は連中に腹を立てていましたよ。（対敵）協力者ども。裏切り者、ってね。

　ある時、集落長がゲリラたちの食料の求めに応じました。日本軍がそれを知ると、ペネトラシオンを発動し、町民全員の目の前で集落長の首を斬りました。なんておぞましい。首が切り落とされたのに、胴体はピクピクと動き続けてるんですよ。私の人生で目撃した最も暴力的な出来事でした。それで満足せず、神も見放すジャップどもはその首を木の枝にぶら下げました。奴らは、これが日本人にあえて敵対した者たちの定めだぞってみんなを脅したのです。集落長の妻子が嘆き叫んでいるのに、卑劣なジャップは下品な高笑いをしていました。

レオニーダ・レブルタン・ブエナベントゥラさん。サンバレス州オロンガポ市で雑貨屋《サリサリストア》の店番をしていた。首都圏でも戦争に耐えた。

日本軍は全ての橋にダイナマイトを仕掛けました。私たちは震え上がりました。マニラではエスコルタ、ダスマリニャス、オンピン街が通行しても安心だと思える数少ない通りでした。アベニーダ（マニラ市サンタクルスのリサール通り）沿いでは、バオ（食椀に使うココナッツの殻）を手に歩道に腰を下ろす通行人を見かけたものです。中には重病でほとんど動けない人もいたし、栄養失調でハーハー息をしている人もいました。横たわっている一人の男はすでに死んでいるのがわかりました。食料を買う金のない人たちは、大通り沿いの木々から集めたココナツをあぶって食べるだけでした、足りなくなっているコメの袋を満載した日本軍の六輪駆動トラック〔訳注22〕が走り抜けると、飢えた男たちがその車両を追いかけて行き、袋を鎌で切るのです。女たちがこぼれたコメを汚い道から掃いて集めます。あのころ、コメがゆの味は天にも昇る心地にしてくれたものです。

マリア・カンブリさん。愛称は「ロラ・イヤ《イヤおばあさん》」。七八歳。カガヤン州アリマナオに住んでいた。

一九四一年一二月八日のことです。日本軍がアリマナオ（カガヤン州）を爆撃しました。私が洗濯をしていると突然、家の外で騒ぎが起きました。今は亡くなった近所のトゥン・ホセ（故人は「トゥン」を付けて呼ぶ）は、日本軍がアリマナオを爆撃していると教えてくれた一人でした。大勢死んだという話が伝わりました、それからすぐ、私たちは飛行機の轟音を耳にしました。私たちは逃げ出しました。三人の子どもの手を引いてです。当時、私のお腹にはぺぺがいました。何もかも残したままでした。どうしていいかわかりませんでした。沢山の人が泣いていました。大勢死んだからです。目にするのは煙と炎だけ。それでますます恐ろしくなりました。

妊娠中と言ったのを覚えているでしょう。日本軍が集落に近づいてくる時はいつも、住民の誰かが「日本人《ハポン》だ」と叫びました。すると皆が隠れたんです。マットを体に巻き付けた人もいました。常時、動物の血を用意しておき、体に塗りたくって死んだふりをする人もいました。ひどい目に遭わされないようにコメや食料を供出した人もいました。私の場合、もみ米が蓄えられている所に駆けて行ったんです。遠く感じたのですが、主家から六、七メートル離れた所に、ワイヤーで囲ってありました。走って飛び越えたものです。ある時、逃げようとしたら二人の日本兵が一メートルちょっと先に立っているじゃありませんか。私を見つけて銃を向けました、けれども一人が連れに何か小声で言うと、二人はそのまま立ち去りました、多分、私が妊娠しているのを見たのでしょう。祈りの力があると悟ったのはその時、その場でのことでした。

プラセデス・バルデスさん。サンバレス州マシンロックのバロガノン集落で暮らしていた。

日本人が子どもたちを波止場でどういうふうに強制労働させたかは決して忘れないでしょう。自分たちのために、子どもたちにクロム鉄鉱石《クロマイト》を船に積ませたのです《訳者補足7》。支払いは一ガンタ［一ガンタは一サロップ、三リットルに等しい］［訳注23］のコメ、一パックのアルハンブラ印の葉巻一箱、いくらかの砂糖でした。

フォルトゥナタ・ベロソ・ホルティリョさん。首都圏パサイ市バクララン在住。イロイロ州ハロ生まれ。

思い出すのは、喉が渇いた日本人が近所の人に新鮮なココナツを取って来いと命令した時のことです。言われた男はココナツの木に登る方法を知りませんでしたが、気の毒に日本兵の銃剣に追い上げられ、実に素早く木に登りましたよ。近所に住む女の人は日本兵たちにレイプされ、その間、退役軍人だった彼女の夫は見ているよう強制されました。二人が日本の兵隊をどんなに憎んだことかわかるでしょう。レイプした後、やつらは女性の両方の乳房を切り裂きました。兵隊の中には人妻には触れない者もいましたが、被害者が本当のことを言ってるかどうかをチェックするため、夫婦にセックスを強制したんですよ。やつらは本当に低劣でした。

ビルヒニア・ヤップ・エステリャ、通称ビビンおばさん。日本人に屈服しなかったサンバレス州でたった一人の市長、故コンラード・エステリャ氏［コンラード・エステリャは戦争当時、サンバレス州マシンロック市長］の妻。

町に行ってみると、夫がクマレン・ビナ［クマレはフィリピノ語で代母の意味。スペイン語のコマドレが原義］の店に首をくくり付けられているのを見つけました。彼の足もそんなふうに縛られ、宙吊りにされていました。私は日本人が彼の目を焼いているのも見ました。彼は糞まみれになっていました。靴は履いていませんでした。服装はぼろぼろでした。

戦争の中の女性

あらゆる地位や階級に属するフィリピン人が同一の敵と向かい合った。しかし、敵の危険性は社会を構成するある部分に他の部分よりも大きい影を投げかけた。それはこの構成部分、すなわち女性たちにとってより耐え難かった。母たち、妻たち、娘たち、姉妹たちは性的嫌がらせ、さらにはレイプに対して身を守る術がなかった。男性たちが労働と戦いのため、外へ出ていく中で、女性たちは家族を守るという重荷を背負っていた。

リガヤ・マウシグさん。一九二三年一一月三日生まれ。ラグナ州カラウアンにいた。

日本の占領時代、父は山間部に立て籠もるゲリラでしたが、私たち家族は町に戻っていたのです。間もなく父が憎ったらしい日本人に捕まったのを知りました。父の仲間のゲリラに助けを求めましたが遅すぎました。父が銃剣で突き殺されたという報せがあったのです。

当時、私は結婚前でした。一人の日本兵が私に欲情を催して追っかけ回したんです。父を殺した日本人など好きになれませんよ。あのころ、私はとても愛らしくて言い寄る男が多かったんです。野蛮な日本人はあきらめませんでした。日本人が私たちの集落を焼き払った時、炎が何キロも遠くから見えました。私たちは避難しました。誰かが私を拉致しました。そいつは私の顔を殴りつけたので抵抗できなくなりました。意識をとり戻すと、言い寄っていた日本人の顔が見えたのです。そいつは私をあそこの畑に連れて行ったんです。レイプしました。そいつを押し除けられなかったのは抵抗したら銃剣で刺すと脅したからです。どうしようもありません。あの畜生の日本人め《プータンギナ・ユン・ハポン》。私が拉致されるのを見ていた人もいたのに。誰も私を救ってくれませんでした。みんな怖がって慌てて逃げたからですよ。

　しばらくすると、気分がすぐれず、吐き気がするようになりました。妊娠したのではないかと恐れました。母は私がレイプされたことに気がついていませんでした。友だちしか知りませんでした（彼女はもう亡くなりました）。どうしようもなくなって母に打ち明けました。母も泣くしかありません。あの蛮行から生まれた子を育てるという思いに耐えられず、母と私は子を堕ろすことを決めました。あの日本人は決して知りません。二度とこのあたりに顔を見せませんでした。中絶は神に対する罪とは知っていました。

　このことを秘密にしていましたが、今はもう構いません。インタビューを受けて自分の話をできるのは良いことですよ。私は最後には結婚したんです。もちろん夫は何があったのかを知っています。たとえ何があったとしても夫は受け入れてくれたでしょう。そう、そうです、彼は私が犯されたのを知っていたのです。私は自ら身を投げ出したのではありません。

ジョセフィーナ・レイエスさん。六二歳。戦争中、首都圏サンフアンにとどまった。

　戦争中、母は何回も私の顔中に炭をぬりたくり、私の髪の毛を短くしておかなねばなりませんでした。そうすれば男のように見えるからです。母は私をベッドの下にマット《バニッグ》に巻いて隠したり、時には戸外の繁った藪の中に潜ませたりしてくれました。彼女がこうしたことをやらなければならなかったのは、暗い通りをほろ酔い気分でうろついて性欲を満たそうとする日本兵から私を守るためでした。

プリミティバ・P・ディビナさん。通称ナナ・プリミン。カガヤン州クラベリアで少女時代を過ごした。

私たちは鶏を殺した血で自分のスカートを汚しました。日本人はスカートに血がついているのを見るとすぐ引き下がりました。私たちがレイプから身を守る唯一の方法は生理中に見せかけることだったのです。

イグナシア・ラガレ・デニラさん。北アグサン州ブトゥアンのカバドバランで戦時中の三年間、ゲリラのために煮炊きし、コメのプディングを作って過ごした時は一五歳だった。

検問所で私は日本兵に拘束されました。日本兵は既婚かどうか尋ねました。嘘をついて「はい」と言いました。夫は川で水浴びしていると説明したんです。兵隊は左手を見て護身用に義兄の結婚指輪をはめているのに気付きましたが、嘘をついても無駄でした。私はやっぱり、女の「行列《パレード》」に入れられました。逃げる以外はないと必死になり、ジャップが別の家を捜索している間に、私は走り出しました。夢中で走りながら、どうか逃げられますようにと祈り続け、いつ銃弾が体を貫くのかと思いました。驚いたことに奴らは私を撃たなかったんです。木のとげが脚一面に刺さって血が出ました。私はそれでも走り続け、私に求婚していた男性の家にどうにか飛び込みました。彼はその時もう四六歳で、それまで二年間も言い寄ってきていました。身の安全のために彼と結婚することに決めました。でも、それは本物の結婚じゃなかったのです。なぜなら正式な挙式がなかったから。一緒に暮らしただけです。

ドロレス・ショホ・ロメロさん。マウンテンプロビンス州のバギオ市ケソンヒル在住。

戦争が勃発した時、私たちはバギオに住んでいました。爆撃が激しくなるとベンゲット州に避難しなければなりませんでした。市役所に勤めていた父は、短波ラジオを聴いた容疑で逮捕されました。父に会おうとしましたが、日本軍事警察は許可してくれません。あいつら日本兵がその時、父を拷問していたとは知りませんでした。私たちは泣き暮らしていました。その後、希望を失い、みんなが防空壕に避難すると一緒に行きました。爆撃が一時止んだ時に、壕の上にある小屋に行きました。ある時、数人の日本兵がその小屋に入り込み、私たちをレイプしようとしました。泣き声ながら、奴らに、「亭主持ちですよ。夫がいますよ」って言ったのです。けれども奴らは性器を出したまんま、とても長い銃みたいなものを私たちに向けましたよ。私たちはいつも、こうした性的嫌がらせには勇気をもって立ち向かったので、奴らは悪さをし損なったのです。その時、爆撃がまた始まりました。うまく逃れることができました。全員が壕に走って戻りました。その夜はずっと壕にいて何も食べませんでした。

カルメリーナ・デメリンさん。マニラ市ビトクルスとサンマルセリノ通りの間あたりで捕われた時、一七歳だった。

ある日本人が私に言い寄っていました。多分、愛らしかったのでしょうね。肌が白くて若かったですから。その人は訪ねてくるたびに缶詰だの食料品を運んで来ました。その人はもう結婚していて子どもだっていました。私に魅かれた日本人は彼だけじゃありませんでした。

歩哨の兵隊たちは検問所を通る全員を身体検査しました。なんてこと。私はレオン・ギント通りの検問所［マニラ市マラテの通り。現在は近くにLRTビトクルス駅がある］で一人だけ引っ張り出されたんです。分かりますか、その日本兵は私の身体をなで回したんですよ。彼の手が身体中をはい回りました。恐怖で体がかちかちになって、彼が何をしているかもわからなくなりましたよ。想像できますか。それから、兵隊はお尻をピシャンと叩いて、脇によけろって怒鳴りました。他のフィリピン人が通り抜けられるようにって。他の通行人も全員体を触られたのですが、性的ないたずらはされませんでした。私だけが引っ張られたんです。一緒にいた人たちは私がされていることに目も向けられなかったんです。日本兵をじっと見ることすら禁止されていたって知っていますか。人々はあえて助けようとしなかったし、そんなことをしたら一緒に捕まったでしょう。幸い、近くに将校宿舎に使われていた緑色のシャレー（バンガロー風の家屋）がありました。二軒あった家の一軒から日本人将校が四人出てきました。その一人が兵隊に話しかけたんです。日本語のやり取りでしたから、何が話されたのか分かりません。しばらくして、その将校が大声で私に「ゴー、ゴー」って言いました。それでその場を離れました。分かるでしょう。歩いているのに足が地に着いている心地がしませんでした。歩哨の所からずっと離れてから、そばで見ていた人たちが私に運が良かったと言いました。「あいつがあんたに何をしようとしたのか、分かるかい。あんたはレイプされるところだったのだ」って。

会社経営者、スサナ・サントス・リワグさん。八人の子どもを持つ寡婦。一九九一年一二月、彼女とのインタビューは日本によるハワイの真珠湾爆撃五〇周年記念の学校事業の一部として行われた。彼女は九二年五月に死去した。交通事故の犠牲だった。

一九四三年四月のことです。私は地元でよく知られた富裕な地主の家に嫁いだばかりでした。当時、夫とヌエバエシハ州コンセプシオンの農園に住んでいました。都市部はどこもかしこも混乱していましたから、誰もが日本軍から離れた田舎に滞在しようとしていました。田舎で問題なのは「ドロボウズ」［リワッグさんが日本語を使った］の脅威だけでしたから。

ある晩、八時ごろでした。夫と私は両親の家に集落長を招いて夕食後のおしゃべりをしていると、ドロボウ（ここではならず者の意味）の一味が集落に侵入し、自警団員を捕まえて縛り上げているという知らせを受けました。そいつらは自警団員に夫の居場所を言わせようとしたんです。幸い自警団員たちは私たちの居場所を全く知らなかったんです。安全のために用心して、どの屋敷にも長く滞在しなかったのです。自警団の一人が何とか逃げ出すとすぐ、集落長を捜し出して起きたことを報告しました。集落長と一緒だったので、悪い知らせをすぐ受け取ることができたわけです。急いで両親の家の地下貯蔵所に隠れました。

ならず者たちは一軒一軒、夫を捜し回りました。奴らは両親の家まで来て、家中を隅から隅まで探しました。隠れていた貯蔵所まで探したんです。いつ見つかるかもしれないと震えていました。ドロボウたちは部屋中を照らして探したんです。灯りの輪がもう一五センチ広がっていれば私たちの隠れている場所を見つけたことでしょう。狭いけれど山積みのコメ袋に囲まれた場所でした。

私たちはならず者と日本人の両方から逃れるため、今も住んでいるカバナトゥアン市に移りました。そこで一年以上暮しました。生き延びるために夫婦でコメの売買をしました。商売を始めたばかりで、またも酷い目に遭いました。今度の相手は日本人でした。

四四年一一月二五日午後三時のことでした。私は家に一人ぼっちでした。夫は自分をゲリラと疑っている日本人を避けて一時的にマニラへ移っていました。私は水浴びを終えたばかりでしたが、トラックに乗った日本軍の一部隊がブルゴス通りのわが家を取り囲んだのです。彼らは銃剣付きの銃を持ってあっちこっち探し回り、ゲリラを見つけようとしたんです。家の外に出ると、庭や倉庫《ボデガ》に日本兵が群がっていました。日本軍のフィリピン人通訳が私に近づいて、ガパン（ヌエバエシハ州）に配送する予定でコメ二〇〇袋を積んだ私たちのトラックを徴発すると通告したんです。日本の軍人たちは、私がコメをゲリラの地下組織に供給して支援していると非難しました。彼らは助手と運転手を逮捕し、私を含めた三人を私のトラックに乗せて日本軍の兵営に連行しました。

基地に着くとすぐ、日本軍オフィスのがらんとした二階に連行されました。そこはケンペイタイの領分で、連中がフィリピン人をたくさん射殺した場所です。地元で「行ったら戻れない役所《オフィス・オブ・ノーリターン》」として知られていました。そこへ連行された人は撃ち殺されたからです。

あたりはとても暗かったです。一人の日本兵が棍棒［原文では2×2×4 CLUBだがサイズは不明］を手に持って入って来ました。その棒切れで殴られたいのかと聞くんです。どうか殺さないでって嘆願しました。兵隊は部屋を出て行き、また一人になりました。一時間経つとフィリピン人通訳が入ってきて、一緒に来いと命じました。これで自分はおしまいだと思いました。連中は私を別の部屋に移したんですが、灯りは一本のろうそくだけでした。部屋の中にいる人間が誰かも分かりません。見えるのは影だけでした。

　日本人の将校一人と部下の兵隊たちが数人、部屋の中にいるのがわかり、連中は尋問を始めました。こんな風にです。「非合法のフィリピン軍の隠れ家を知っているか」とか、「カバナトゥアン町民はどこにもみ米を貯蔵しているのか知らないか」とかでした。何も知らないと言いました。将校は私の答えが気に入らず、私を「ブントット・パギ」〔フィリピン古来の武術で使われる固いムチ状の武器。アカエイの長い尾を乾燥させたもので、とげがある〕で叩きました。同じ質問を二度も三度もしたのですが、ゲリラのことは何も知らないと言い張りました。連中はもう叩きませんでしたが、銃剣を突き付け、銃の照準を私に合わせました。それから連中は私を部屋に残して自分たちの間で相談し、それから明るく灯りがともっているけれど死んだように静かな食堂に連れて行きました。助手と運転手が上げる苦痛の悲鳴を無理矢理聞かされたさっきの暗い部屋とは違いました。苦悶の叫びは聞こえません。その時までに二人は死んだものと思っていました。もっと怖くなりました。

　すると、通訳が私に近づいて来て、食事を取れって言うんです。私は戸惑いました。通訳にお腹が空かないので食べたくないと言いました。おまけに、出された食べ物は見た目も臭いもひどかったのです。通訳は、出されたものに手をつけないと日本人が腹を立てるかも知れないから少しでも食べるようにと、私に言いました。それで食べたんです。食べ終わった後、日本人の将校が来て、家に帰りたいかって聞いたんです。まあ、何てばかげた質問をしたのでしょう。もちろんよ。誰が家に帰りたくないものですか。

　連中は私を釈放しましたよ。けれど、やっぱり帰れません。日本軍は午後八時以降の夜間外出禁止令を設けていたのにもう夜の一一時でした。兵営の外にいる他の日本軍部隊にまた捕まってしまうことだってありますもの。私たちを捕まえた連中が検問所の歩哨に私たちの通行を連絡しました。運転手と助手はひどく殴打され、助手の方は両腕と両脚を骨折していましたが、生きて帰れただけ幸運でした。一緒に暗闇の中を五キロ歩いて帰りました。

無事、家に帰って、日本人との恐ろしい接触の後、まだ生きていたことを神様に感謝しました。

日本人に拘引されたわずか一週間後、三番目の事件がありました。町の市場にいると、日本人が私を逮捕し、またも同じ役所に連行したんです。私のコメの残りを没収した日本兵の一人について尋問しました。それから帰っていいと言ったんです。それが苦々しい日本人との最後の接触でした。神に感謝を捧げます。

少数民族の物語

華人やイスラム教徒など特殊な民族集団はどこか異った戦争体験を持つ。

日本人は華人の取り扱いについて、フィリピン人一般についての指針に何かを付け加えていたように思われる。

マニラ首都圏カロオカン市ラプラプ通りに住む会社経営者、ホセ・アンによると、日本人は華人を二つに分けていた。一つは味方の「汪精衛（汪兆銘）グループ」、もう一つは敵方の「蒋介石グループ」である。マニラにあった菲律濱中正学院高等学校[訳注24]（英名 Chiang Kai Shek School）のアンの仲間四〇人はマニラ市ディビソリアのファン・ルナで急襲されて殺害された。アンの両親は日本占領以前に中国からフィリピンに移住してきた《訳者補足8》が、アンは同じ華人の一人がこの殺害にかかわっていたと語った。日本人は中国人を標的にした。その理由は、中国人が平均的なマレー系フィリピン人よりも概して富裕と思われていたからである。レオナルド・フゴソ下院議員はマニラ市サンタクルスのペドロ・ゲバラ通りで育ったが、戦時下の年月でも、ビノンドに住んでいた中国人は依然、結婚披露宴で出席者にローリアット［普通、七ないし一〇コースあるフィリピン化された中国式正餐。南（福建）語源］で饗応する余裕があったと言っている。

マニラ市のマキシマ・コー・ウイさん。一九四四年当時、一四歳の花嫁。

義父のビセンテ・ウイは裕福な実業家でした。精米所と配送用トラック数台を持っていました。

カロオカン市にある中国人墓地（華僑義山）の「比律賓華僑抗日烈士記念碑」。マニラ市街戦で日本軍と戦った中国人義勇兵の慰霊碑（2012年）。

一九四四年、日本兵たちがやって来て彼を捕えました。義父がゲリラを支援していると責めたのですが、事実ではありません。

一カ月以上経って、私たちがとうとう希望を捨てた時、対日協力者の一人が日本軍に配送用トラックを供出した方がいいと言ったんです。そうしたら、わずか七日間後に義父は帰ってきました。トラックが彼の命を救ったのです。

義父は拘留されている間、両手首を高い梁にくくり付けられていました。帰宅した義父の手の筋肉はひどく痛んでいて、手がすごく震えました。ペンもきちんと握れず、筆跡はほとんど判読不能でした。

戦争中、私たちは他の人々に比べれば幸運だったと思います。一日も欠かさずにヘビ［干した小エビ］入りのビホン［ビーフン］を食べられました。近くに極貧のフィリピン人が住んでいる地区がありました。たいそう貧しくて、多くの人々が自殺するほかありませんでした。その人たちが鼠をバーベキューにして食べているのを見ました。二、三日すると汚い鼠の毒が彼らの足を腫れ上がらせ、大きく膨らんで爛れました。見てびっくりしました。一週間後、彼らは死んでしまいました。私たちの場所では死臭もひどかったのです。死人は土もかけないで無縁墓地に山積みされて腐るままでした。病気がひどく蔓延していました。でも、日本人は気にとめませんでした。日本人には、死んでいく人なんてハエが死んでいくようなものだったんですよ。

ブトカン・ランガレン氏。マギンダナオ、コタバト両州で戦った。

日本人が真珠湾を攻撃した一九四一年、コタバト州の学校全部が閉鎖されました。皆、家に帰されました。四二年、寮長で教師の一人だったヘルナンデス氏にゲリラとして募兵されました。私は父親の散弾銃を携えて行きました。

私たちは最初、リオ・グランデ・デ・ミンダナオ川河口〔訳注25〕のブカナ地区に配備されました。通信手段はどら《ゴング》でした。ブカナでゴングが鳴るのを聞くと、それは日本軍の艦隊が見えたという意味でした。ブカナのどらがもう一度鳴らされると、コタバト市のどら、PCヒル〔訳注26〕にあったどらがそれに応え、さらにパガラマタンのどらが鳴ったものです。さらにマラガスのどらが鳴って、ダトゥピアンまで鳴りました。そこまで鳴ると、日本軍の船がコトバト市に投錨しているのが見えたという合図で、私たちゲリラが山間部に移動する時が来たという報せでした。

当時、D中隊にいたマカマット・アディル中佐〔訳注27〕（現在は退役少佐）の指揮下で、シパンに配置されていました。ギナイド・ギアニ中佐が司令部S２（情報部）幕僚としてバイ集落に派遣された際、中佐は私に大隊司令部の将校食堂担当軍曹として同行するよう求めました。そういうわけで、D中隊より司令部近くにいたB中隊に最後までいたのです。

ある時、S２は私にコタバト市のマパナウ博士から銃を入手して来るという非常に危険な任務を与えました。私は新生フィリピン奉仕団《カリバピ》のダトゥ・ドゥマ・シンスアット議長〔訳注28〕の所に行って、カリバピ所属者に支給される手帳をもらい、集金人を装うことにしたのです。カリバピは、ゲリラの烙印を捺されたくなければ、誰もが持ち歩くべき居住者証明書を発行していました。カリバピ手帳を持つセールスマンのふりをしたのです。

私が銃を持って帰還するまでに、日本人はコタバト市を爆撃していました、私は日本軍の爆弾の落下した穴が幾つあるか数えて来るよう、再び派遣されたのです。ゲリラを警戒する峠の監視役になっていたタラヤニ（マギンダナオ州タラヤンの原住民〔訳注29〕）が危険なので、山間部は通り抜けられません。そこで、川沿いに行くことにしました。デュラワンに降りて、カブンタランに行く人々と一緒に、バンカボートに乗りました。日本人の歩哨兵には、デュラワンの市場から来てダトゥピアンに行くところで、その理由は、火曜日なのでカリバピのために集めた金を納入するためだと言ったんです。それで助かりました。

日本化

他の植民地支配者と同様に、日本人は被征服者に忠誠心を求めた。

一九〇〇年代初期のアメリカ人をそっくり模倣して、日本人はフィリピン人を「再教育」するために公立学校制度を用いた。最優先された思想なるものは「大東亜共栄圏」で、フィリピンの果たすべき役割があった。ニッポンゴは授業の媒体として、英語に代わり必修科目になった。文化の先触れは当然、日本人の「センセイ（先生）」（まさにトマサイト《訳者補足9》の蘇りだ）の派遣部隊だった。日本帝国軍はフィリピン人の著名な学者や自然科学者の「名簿」まであらかじめ用意しており、これらの人々は直ちに軍政監部に呼び出され、実質的にフィリピンの思想・文化のあらゆる分野に及ぶ専門論文や学術論文を提出するよう命じられた。調査委員会が軍政監部の下に組織され、上記の人々全員が委員になるよう要求され、彼らの「個人指南役」になる予定の日本人グループと合流した[参考文献レクト、二二一—二三頁]。これもかつてのアメリカの給費生計画《ペンシオナード》そっくりだが、フィリピン人エリート層の子弟たちが日本本国で学ぶために送られた。

もちろん、子どもが八歳になったら学校の授業に出席し、これらくだらないことの全てを学習する以外の選択肢はなかった。日本軍政監部の官報には禁書リストが掲載されていた。小学校でのコンラード・ベニテス著〔訳注30〕『フィリピン公民』、『フィリピン略史』、『小学校五、六年用　英語必修読本』などである。日本人はまた、アメリカ合州国やエイブラハム・リンカーンやトマス・エジソンのようなアメリカの英雄的人物、「星条旗《スター・スパングルド・バナー》」、「外国の子どもたち《フォーリン・チルドレン》」、「フィリピン国歌〔訳注31〕」のような唱歌の教材を検閲した（参考文献「サンデー・インクワイヤー・マガジン」掲載記事。一九九二年四月二六日、一三頁）。大人たちの中には、日本文化の「啓蒙的な」側面を心から評価した者もいた。かくして、大日本帝国の計画は作動した。とは言うものの、長続きしなかった。

ベレン・R・ヘニオさん。一九二三年二月一八日生まれ。戦時中、リサール州バラスと南カマリネス州シポコットに住んだ。

シポコットで小学校が再開されると、私は教えるよう要請されました。日本軍政下でも教えるのは楽しかった。個人的意見としては、日本人は善良で、敬意と寛容をもって教師を遇したと言えますよ。日本語を教えられるように、毎週土曜日に日本人の先生について勉強するよう求められました。若い娘として、私は教えること、それに愛想のいい日本の兵隊たちと仲良くすることを楽しみましたよ。

ベレン・ベレン・レイエス博士。当時、ラグナ州アラミノスで一六歳の少女だった。

当時、高校二年と三年でしたが、授業が始まる前にまず日本の国歌を歌い、それから日課として日本流体操をやったものでした。

サトゥルニーノ・デルビリャル氏。九歳で、マニラ首都圏マカティ市のピオ・デルピラール集落でゲリラの伝令役だった。

最初のうち、学校へ行き続ける子どももいましたが、教えられるのは日本のことばかり。使われる言葉はタガログ語とニッポンゴで、英語は少し。もっと悪いことに国旗掲揚式まで日本語で行われました。プラス体操です。「イチ、ニ、サン、シ」。何でもかんでもです。勉強を拒んだ理由ですよ。

フィリピン国鉄シポコット駅（2011 年）。

ルス・ビリェナ・ロメイさん。六五歳。当時、ケソン州パドレ・ブルゴス在住。戦争中、高校一年だった。

もちろん、アメリカについての本はしまい込まれて無視されました。他は変だと思った記憶はありませんね。ところで、私はまだ日本語の歌を覚えています。「私の兵隊《カタオナラ》」「日本語の題名は「兵隊さんよありがとう」である」という名でした。

日本語「カタ　オナラ　ベタニ　サンヨ／キョホガコ　エキロナワ／ヘタイサニョ　オカ　ネベス／オコニノ　タメニ　オコニノ／タメニタタ　カタ／ヘタイサニョ　アリガトウ」

（肩をならべた兄さんよ／今日も学校へ行けるのは／兵隊さんのおかげです／お国のために　お国のために戦った／兵隊さんよありがとう［肩をならべて兄さんと／今日も学校に行けるのは／兵隊さんのおかげです／お国のために／お国のために戦った／兵隊さんのおかげです］）

英訳しておくと、「兵隊さん、どこへ行くのですか　私は学校へ行きます。ありがとう」である。

対日協力

本当だ。侵略者に協力したフィリピン人がいたのである。この国に生まれて暮らす多くの者たちが何としても戦争の年月を生き長らえようとしていた一方で、外国人も彼らの支配の手助けをする相棒を必要としていた。たとえば、一九四二年一〇月現在、フィリピン群島全ての治安を任務とするケンペイは四五〇人しかいなかった。それで、日本人は必死にフィリピン人の従犯者を探したのだ。裏切り者の多くは金をもらう情報提供者としてケンペイタイのお先棒を担いだと言ってよいだろう。

彼らは土地の住民たちの間を目立たないように動いた。フィリピン人の中から徴募された者たちは地元の「クズ」どもだった。例を挙げるなら、女のひも、詐欺師、娼婦、酔っぱらい、前科者、ろくでもない経歴の元情報機関員たちである。金で雇われた土地者か、そうでないフィリピン人情報提供者たちも一時的な階級をもらい、ケンペイ隊員として訓練されたといわれる。情報提供者の多くはケンペイたちと寝食を共にし、月給四〇ペソから六〇ペソを受け取っていた。もたらした情報や容疑者たちの大物としての度合、あるいは重要性によって特別手当が与えられた。さらに、彼らはケンペイと一緒に巡回し、スパイの仕事をする際には通常、私服を着ていた。（参考文献　シフコ、五三頁）

対日協力に付きものの二つの単語がある。新生《カ》フィリ《リ》ピン《バ》奉仕《ピ》団とマカピリである。カリバピはいわゆる「第二共和国」期、ホセ・ラウレル大統領、ベニグノ・アキノ・シニア下院議長の一種の政党であった。しかし日本人はこの組織を無防備な民間人からの徴税と強制労働への徴用のために利用した。マカピリは、日本が後援したもう一つの「隣組的な組織」であった。マカピリには金銭的、性的あるいは個人的な理由から同胞である人々を密告したが、そんな時にいつも伝統的な袋《バヨン》で覆面するという卑しい連中が含まれていた。集落の器量のいい女たちの尻を追い回すイスタンバイ（フィリピノ語で「ろくでなし」）たちもいた。一日の正直な労働で頑張ろうとしない怠け者たち。心ならずもではあるが欲望に弱い自暴自棄の連中だった。

日本軍が後援したマニラ市ルネタ公園の親日イベント（1943 年）

　今日、対敵協力者やその子孫たちは、その行為を誰にもある生存本能のせいにしている。日本人は彼らがおそらく拒めなかったものを提供したのだろう。それで正当化されるだろうか。読者の判断に委ねたい。

バルトロメ・パムラクラキン氏、七八歳、一九一三年八月二四日生まれ、ラグナ州ロスバニョス、バヨグ。

　日本軍は一九四一年一二月八日、祭り《フィエスタ》の日にロスバニョスへ来ました。人々はケソン州や高地に逃げ込みました。私は町長にくっついていました。四三年になると、シエラマドレ山脈に逃げ込み、そこで日本軍が避難場所を提供しました。しかし、日本人は私たちを飢えさせました。トーヨ（醤油）以外に良い食い物なんてありませんでした。私はマカピリでした。日本人と一緒にいるほかありません。さもないと家族に危害が及んだでしょう。〈訳者補足10〉
　日本軍はここロスバニョスでたくさんの人に悪いことをしました。町の人はその日が来るとアミシタ将軍を捕えて、カレッジ（フィリピン大学ロスバニョス校）のエコロジー・ガーデンで縛り首にしました。連中はゆっくりと将軍の皮を剥ぎました。絶え間ない苦痛に、将軍は早く殺してくれと懇願しました。しかし、町の衆とゲリラは将軍をひどく憎んでいましたからね。

カビテ州から来た一人のゲリラを拉致したことがあります。木にくくりつけ、顔が腫れあがって気絶するまでパンチを浴びせました。それから、カレッジに連れて行って射殺しました。

私たちは日本人の炊事人とゴミ処理の役目で、山に連れて行かれました。食べ物はサツマイモ《カモテ》とトウモロコシでした。塩がなくって食えたものではありませんでした。味がないんです。そうです。ええ、金は持っていましたが、奥地じゃ何も買えません。ある時、歩き回っていて一人の焼き畑農民《カインゲーロ》がカモテの中にもみ米《パライ》を隠しているのを見つけました。私たちはジャップのために奪って持って帰りました。私たちは食い物を漁って回ったのです。そうしなければもう死んでいますよ。やがて、何も見つからない時が来ました。そうなったら、日本人は互いに殺し合いました。ジャップがジャップを撃ったのです。

私が脱走した途中の道でハエがたかっている日本人を見ました。まだ何とか生きていて、脈がかすかにありました。私はマカピリでしたが、日本人には頭に来ていました。山刀《ボロ》でそいつの喉をかっ切ろうとしましたが、神への畏怖が手を止めさせました。

戦士としてのフィリピン人の証言

フィリピン人は日本人の侵略を座視したのだろうか。多くの人々が命と肉体を危険にさらして侵入者たちと戦った。驚くにはあたらないが、質問に答えてくれた元戦士の多くは、軍隊の兵士から非正規戦闘要員になった人たちである。彼らは最初の段階から戦争にかかわり、猛攻撃を生き延びて、再び戦ったのだ。中にはバタアン死の行進と強制収容所の「同窓」、つまりそれらを一緒に経験した者たちもいる。その他の者たちは占領の後半にさまざまな職業に就いてリクルートされた。大半は偵察・情報活動に従事したが、銃の引き金を引く任務についた人もいる。

「わが国の少年たち」はいかに勇敢だったか。フィリピン人戦士たちは日本人に兵器で劣っていた。ネグロス島のあるゲリラ隊長によれば、大半の部隊の銃器装備率はわずか二〇%だった（参考文献　スタインバーグ、一八頁）。大部分は山刀《ボロ》要員として従軍した。われわれの報告には、これらの人々の談話が心をこめて記述されている。彼らは民間人を教導し、難儀に遭った娘たちを救い、敵の宣伝工作に反撃し、敵を苦しめた。連合軍の反攻では手となり足となった。一九四四年一〇月当時、アメリカ軍は二五万人規模のゲリラ戦士によって増強されていた。

エディー・バルガ氏、六九歳。マニラ首都圏マカティ市ヤゲ通り在住。当時、高校を卒業して、ルソン島シエラマドレ山脈の森林地帯で戦い、首都マニラ攻防戦の「アスファルト・ジャングル」でも戦った。

私はマニラ市のアレリャノ高校四年生でした。一八歳の者は全員、義務兵役に取られ、マッキンレー基地（現在のタギッグ市フォート・ボニファシオ）に連れて行かれました。われわれは日本軍と戦うためにアティモナン（現ケソン州）に送られました。火砲を欠いていたので、われわれは退却を余儀なくされました。ルセナで再編成されましたが、橋という橋が落ちていて全員が渡れません。武器なしで勝てるわけがないと分かっていたので、私は隊を離れました。もし留まっていたら自殺していたでしょう。私はシエラマドレ山脈のふもとにある集落の一つに隠れました。コプラ農民たちは同情的でかくまってくれ、民間人の着衣をくれました。五カ月間ラグナ州でじっとしていました。それからマニラに帰りましたが、再びゲリラとして働くことになって偵察任務を与えられました。当時、航空機の離発着に使われたアヤラ通り（マカティ）、グレースパーク（カロオカン）、そしてマリキナ（どれもマニラ首都圏内）がしばらくの間、担当した場所の中に入っています。私たちは短波無線機で貴重な情報やメッセージを伝えました。これが戦中の私の戦いの実質的な部分です。

そうこうして、一九四五年のある日、アベニーダ（現在のマニラ市サンタクルス、リサール通り）にアメリカ人の兵士がいるのを見て驚きました。私たちは最初、見慣れないヘルメットを被っているのでドイツ軍かと思いました。戦友に「兄弟、あいつらはドイツ人だな」と言いました。戦友は「違うよ。アメリカ人だ。背負ってる旗を見ろよ」と答えました。アメリカ軍が日本軍に砲爆撃を加えた時、われわれは大喜びでした。

戦中のネルソン飛行場の管制塔はアヤラ三角公園内にそのまま残り、ヘリテージ博物館になっている。アヤラ通りは滑走路だった（2012 年）

私はまだ日本人に仕返ししていません。この足の傷は弾丸がかすったものです。この胸の傷は銃剣で刺されたものです。

ベンハミン・サントス氏。当時、一八歳で、高校を卒業していた。

私は軍事教練を受けないと卒業が認められない最初で最後の高校生のグループに属しました。約二カ月間、ラグナ州カンルーバンで教練を受け、予備役になったんです。一九四一年一二月八日の戦争勃発当時はマニラにいて、秘書養成コースを取ろうとしていました。思い出すのは、市内に住んでいた日本人が拘束され、治安上の理由で日本人の商店やバザール（安売り店）が閉鎖されたことです。当時、多くの人たちが田舎に帰っていくのを見ました。

四二年四月、私たちはフィリピン軍の一員として出征するものと思われていましたが、どうにもならない状況になって各自の判断に任されました。地下に潜る以外の選択肢がなくなったので、私はグループの一員としてゲリラ部隊に入りました。ゲリラとしての任務はその土地の警備でした。

同じ年の夏、地区掃討作戦《ソーニング》で一人のマカピリが私を密告し、一三日間投獄されました。マカピリは一人当たり通常一〇〇ペソもらっていました。監房での生活は厳しいものでした。食べ物も水もありませんでした。投獄されるまで、母は私がゲリラとは知りませんでした。尋問では一貫してゲリラだということを否認しました。集落の警備員を自ら志願したにすぎないと言ったのです。

釈放された後、私は商人と偽って小物を買い込み、売りに行くふりをしました。現ケソン州インファンタに接触役がいたのでそこに移り、再び地下に潜りました。ところが、その二日目に日本軍が居場所を察知して再逮捕しようとしました。連中が踏み込んで来る前、私はシャツとズボン下姿《カルスンシリコ》で、わずかな所持品を抱えて逃げました。最初、町の中心に行き、それから故郷の町、ラグナ州パグサンハンに戻りました。しばらくして、再び高地部で自分のグループに合流しました。私たちは一九四五年の解放まで、そこで野営していました。

日本人が食料の大半を徴発してしまいましたから、「まともな」食べ物を調達するのに苦労した時代でした。国民の米穀、とりわけ農民たちのもみ米《パライ》が敵の物になりました。フィリピン人は元来は自分たちの物であるコメをちょっぴり返してもらうのに、ジャップの許可を求めねばならなかったのです。山ではカッサバ粉を使ったビビンカ（クリスマスの時期に出される小麦粉と卵を練って焼き上げたおやつ）やすりつぶしたトウモロコシ、カッサバとカスタノッグ（焼いたココナッツの果肉）の混ぜ物しか食べられませんでした。朝、甘いトゥバ（ココナッツからつくる地酒）をよく飲んだことを思い出します。食料がひどく不足したので、捕えた豚は塩とこしょうで保存食品にして地中に埋めておきました。

銃や弾薬も足りません。ですから敵との交戦は長くは続きませんでした。小競り合いは通常、町の外で行いました。集落の住民たちが飛び交う銃弾で負傷することを恐れたからです。宿営地が攻撃された記憶はありません。日本軍もわれわれを攻撃する勇気がなかったのです。

私の経験では、日本人は手ごわい連中で野蛮な相手だったと思います。日本占領時代は本当に苦しく、怖い生活でした。とりわけ女性たちにはそうでした。けれども、耐えに耐える苦しい状況にもかかわらず、祖国のために戦ってすごく充実した気持ちでした。

イレネオ・サラ・カスティーリョ氏。ケソン州ルセナ市四五六二二〇番地居住。一六歳の時、ルセナ市でアルサーテ大尉率いるハンターズ予備士官軍事教練課程ゲリラ部隊（ルセナ部隊）の一員だったが、一七歳でアンダーソン・ゲリラ部隊に参加した。軍人としての国家への寄与を認められて青銅十字章など六つの勲章を授与された。

ルセナにいた一人のマカピリが私を密告しました。怯えてしまい、「もうこれまでだ」と自分に言い聞かせました。でも私は否認を続けました。相手が何の証拠も持っていないと思ったからでした。マカピリの畜生は、私が回転式拳銃を隠した場所をジャップに教え、拳銃が発見されたのです。それで、奴らは私を彼らの兵営に連行したのです。奴らは家から監獄まで歩かせました。約三キロの道のりでした。逮捕されたのは私を含めて二〇人。たくさんのゲリラが監獄の中にいました。拘束者の中には二度と戻って来なかった人もいます。私は自分が死ぬものと思い込みました。

経験したのは絶え間ない拷問でした。仲間の多くが転向して、反逆者になってしまいました。私は裏切りより死を選びました。私は監獄を「逃れられない運命の檻」とみなしました。缶詰のイワシのようにすし詰めにされていました。息もできません。立ったままで眠ったのです。監獄での食事は草を煮たような代物で、それでも争って食べなければなりませんでした。家族とは面会できましたが、まともな会話は無理でした。話を許されたのは、わずか数分でしたから。

忘れられないのは、次の朝、鶏の鳴く時に死ぬと知らされた晩のことです。眠れませんでした。全てを神にゆだねました。全能の主は私の祈りを聞かれたのでしょう。というのは、まさに同時刻に母がジャップたちに私の釈放を嘆願していたのです。母はあの「切れ長の目」たちの前で地べたに這いつくばり、処刑者リストから私の名前を外してくれるよう懇願しました。多分、奴らはかわいそうだと思っ

親日派の地域だったケソン州サリアヤ町（2012年）

たのでしょう。思い出す次の場面は、その真夜中、釈放された時のことです。同房の人たちは駄目でした。それでも、二週間経たないうちに再びゲリラ戦に戻りました。誰の許しも求めずにね。

　アンダーソン・ゲリラの一員だった時、思い出すと一九四三年のことですが、日本人にまた捕まりました。今回は、弾薬を運んでいる時に捕まったんです。しかし、以前とは別のマカピリが助けてくれて、またもや脱走できたんです。

　ところで、サリアヤ（現ケソン州）を解放したのは私たちのグループです。この町は親日派の地域として知られていました。それで、ゲリラ隊は町長を待ち伏せ攻撃しました。彼はマカピリでしたから。

マルセロ・サンディエゴ氏、ブラカン州オバンド在住。一九四一年一二月八日の日本侵攻で悲しみに突き落とされた。

　一九四二年の初め、アレホ・サントス[訳注32]指揮下のゲリラとして、私はここオバンドの日本軍駐屯地を監視する任務を命じられました。戦争が始まる前から私は自作農でしたから、兵営内の土地の耕作許可状をハシント町長から手に入れることを考え付いたのです。敵の兵力、兵器、貯蔵品の種類を調べ、ゲリラの総司令部に連絡しました。総司令部がその情報を今度はアメリカ海軍潜水艦に無線送信したのです。日本人との付き合いには、非常に気を遣う必要がありました。身の安全を守る一方法として、同志と落ち合うのは墓場で、話をしている間、見張りを置きましたよ。当時、墓地なんかに入り込んでくるのは日本軍の密偵に違いありませんでした。

私はまた、袋《バヨン》で顔を隠しているマカピリたちの身元を割り出しました。敵の襲撃作戦の後、これらの「おとりバト」が「主人」と一緒に野営地に戻っていくのを尾行したんです。こいつら、ろくでなし野郎が宿営地から出て来た途端、私たちの「狙撃班《トリガー・スクワッド》」が殺しました。

　私は自作農だったので飢えることはありませんでした。しかし、糧食が必要な時はいつでも、メイカウアヤン（ブラカン州）の日本軍の陣地を攻撃し、奴らのコメや砂糖などを調達しました。これがごく簡単だったのは、ジャップたちは少数、一〇人から一五人くらいしかメイカウアヤン基地を警備していなかったからです。敵との銃撃戦はわずか二〇メートルの範囲で、しばしば接近戦で終わりました。その時、銃対銃、銃剣対銃剣、拳と拳の戦いを経験したのです。私には銃剣や銃弾の傷痕がたくさんあります。若い人たちは知らないでしょうが、町の人々に尋ねたら、あのころ、私が「偉大な戦士」と呼ばれていたと言うでしょう。オバンドに住んでいる人は多いのですが、これまでにゲリラとして認定されたのは、私たち五、六人だけです。

　この地で日本軍の威勢が弱まったと思った時、農作業を放棄して積極的な任務に就きました。私たちは町を出て北部ルソンのフィリピン・アメリカ連合軍の基地に合流しました。一九四四年から四五年のことです。解放された時、私はヤマシタ「山下奉文フィリピン方面軍総司令官」が降伏したマウンテンプロビンス州のサントドミンゴにいました。

　私たちは戦い、生き長らえ、勝利したのです。

ホセ・サンタマリア・アマド氏、七五歳。当時、北アグサン州ブトゥアン市、タルラック州カパス、そしてマニラにいた。

　やつらは野蛮でした。私は敵がわが方の兵士をリンチして斬首する様子をこの目で見ました。だから、自分の部隊には善戦して捕虜にならないようにせよ、と訓示しました。日本の軍人の中にも宗教心の篤い人はいたし、特に将校たちにいました。何人かは問題ありませんでした。全部が悪かったのではありません。しかし、日本人は狂信的です。良い戦士だったとは言いません。狂信的なだけです。多分、連中は自分たちの天皇を「神」だと本当に信じていたんです。狂信的だったから、死傷者がいくら増えても恐れませんでした。一〇〇人死んだら二〇〇人が戦いに戻って来ます。二〇〇人殺されたら、三〇〇人が戻って来て戦うのです。彼らの天皇崇拝で、死んだら真っ直ぐ天国に行くと考えていたに違いないでしょう。

　私は戦争捕虜でした。タルラック州カパス［日本軍が捕虜収容所に使用していた旧極東アメリカ軍のオドーネル基地を指す］に九カ月いました。捕虜収容所で私が「一時休暇」をとっていた時に出会った二人の日本人を特に覚えています。毎日、私にたばこをくれた日本の警備兵がいました。極東アメリカ軍の将校だったというので私に敬礼さえしました。あのジャップは良い人でした。彼は忘れません。

　二人目の日本人の話は、もっと面白い。戦前、私は母校のファー・イースタン大学のすぐ外でハロハロ［訳注33］を行商していた一人の日本人に会いました。彼は私に親切で、タガログ語が分かりました。戦争になって、私はブトゥアン市へ行きました。私がカパスに抑留されていた時、彼に再会したんです。彼は将校になっていました。驚きました。彼は私がやはり将校であることに気付きました。彼に「そうか、君は将校なのだな」と言いました。彼は「君もそうじゃないか」と答えました。短い「再会」で、その後は二度と顔を合わしませんでした。

　きわどい目に遭ったかですって。そうそう。その例を一つ思い出しました。馬車に乗っていたら、日本兵に止められました。連中は強制労働のためにフィリピン人の男たちを捕まえていたのです。当時すでに日本軍は北部に退却を始めていました。馬車に乗り合わせた一人の女性がニッポンゴを少し知っていて、その日本兵に言いました。片言の日本語でジャップに、私たちが夫婦だって話したんですよ。兵隊の一人が言い返しました。「おう、そうかい。それならキスしてみろ」って。それで私たちはキスしました。それで助かりました。幸運でした。しかし、その女性とは二度と会っていません。彼女の名前さえ聞かなかったのです。

ヘレミアス・C・カリクスト・シニア氏。戦争中は二四歳。カパンガラン集落［マニラ首都圏モンテンルパと思われる］にいた。

パナイ島のペラルタ中佐のゲリラ部隊が使用していた無線機（イロイロ博物館蔵、2011 年）

私はゲリラの同調者《シンパ》でした。実際、地下組織の無線機を持った（ゲリラ）兵士と一緒に活動していました。戦況情報を伝え広報していたのです。なぜって、ご存じのように日本軍はいつも勝っていると広言していましたからね。士気を鼓舞するために、人々に何が本当に起きているかを話すようにしていました。それが最初の仕事でした。

誰が（ゲリラ活動に）参加するように頼んだのでもありません。（コモンウェルス）政府を支持する心情からかかわったんです。それはアメリカ人のためだったとも言わなければなりません。だって、当時はアメリカ人の下にいたのですから。私は日本人の政府に加わりたくなかったのです。

妻は私を励ましましたよ。実のところ、多くの（ゲリラ）兵士がカパンガラン集落のわが家に来ていました。アメリカ人の友だちが一人、あのころのわが家に住んでいました。妻はゲリラを支援する女たちの指導者になりました。

活動していたゲリラは相当な数になっていましたよ。ボロメン（フィリピン農民が持ち歩く山刀《ボロ》で武装した戦闘員たち）も一緒にいました。《訳者補足10》ボロメンは民間人です。彼らは銃器を何も持っていませんでしたが、少なくとも、自分の山刀《ボロ》は持っていました。メッセージを伝達したり、警備の任務に就いたりしたんです。日本軍がその地区にいる時はいつでも、警戒するよう知らせてくれました。日本軍が来るたびに、ボロメンは警護役でも見張り役でもあったので、他の場所にも情報を伝えて用心するようにさせていました。時には、彼らはゲリラの武器の運び手として働きました。

私は日本人と交戦したことはありません。情報部門に属していたのです。戦闘の第一線にはいなかったのです。

パシアノ・デロスレイエス氏、六三歳。ラグナ州ロスバニョス、バコグ在住。


　日本時代、集落の焼き打ちは年中でしたよ。たくさんのフィリピン人が家を失い、追われて山に避難しました。就寝中に焼け死んだ人たちもいます。あのころ、私はいつも寝不足でした。なぜって、常時、集落と家族を護っていましたから。当たり前のことですよ。町の人々の面倒をみるように期待されていたんです。

　日本人にもマカピリにも友人がいたのですが、彼らは私をゲリラだと知らなかったんです。

　私がゲリラだと見破ったマカピリがいました。家族を山に避難させましたよ。そこで、一家は何カ月もひどい空腹を抱えながら、隠れていました。子どもたちに何も食べ物がないので、とんでもない時間帯に山を下りて町に行く冒険もしました。親切な町の人から食べ物をいくらか恵んでもらうためでした。

　あいつら、ジャップは凶暴でした。人を逆さまに吊るして痛めつけ、そうでない時はぶっ倒れるまで、重い棍棒でバンバン叩きました。時々、やつらは水責めをやりました。日本人は短時間に大量の水を飲ませる拷問をしたのです。私は恐れませんでしたよ。家族が巻き込まれるのを心配しただけです。

　フィリピン人が拉致され、召使いとして奉公を強いられ、時にはレイプされた話はたくさんありました。あいつら、ジャップどもは芯から恥知らずでした。あいつらはわが国の女性を辱しめ、女性たちが最も大切に守ろうとしている、まさにそのものを奪ったんです。


デメトリオ・パラス・メルカド伍長。一九一三年一〇月八日、パンガシナン州ラブラドルのサンゴンサロ生まれ。当時、ゲリラだった。ラキ・ペジョンという愛称だった。ラブラドル小学校を卒業したが、高校教育は終えなかった。日本軍がこの島国に侵攻した時、すでに町民仲間《カバレヤン》と結婚していた。

　一九四三年七月四日、私はゲリラの第一〇〇歩兵大隊に編入されました。同じラブラドル町のサンゴンサロ出身で、ゲリラ隊長だったガルシア大尉が私を徴募したのですが、部下のほとんど全部が同じ町の出身でした。伝令としての私の仕事は、手紙やマンガタレム（同じパンガシナン州）からの命令書をインファンタなど他の町々に届けることでした。敵を避けるため、通常は夜中に出かけ、手紙や命令書やゲリラ隊員名簿、その他の書類は自分の竹の杖の中に隠しました。たいていは目的地まで自分の足で歩いたのですが、時には馬車にも乗りました。そうした伝達書類は近くの町で別の伝令に渡すので遠くまで行かずに済みました。いいや、伝達物の中身は知りません。権限がありませんからね。持ち運んだ文書は読んだことがありません。

ゲリラとして、口頭試問や訓練を受けましたが、そんなに厳しいとは感じませんでした。たとえば、持久力をつけるため、山を駆け上ったり、駆け下りたりさせられました。勇気を試すのに、大佐殿や他のゲリラ野営地指揮官たちは、私たちが日本軍に遭遇すると思っていた平野部に送り込みました。

規律は厳しかったです。もし命令に従わないと処罰されました。どんな風にですって。一日か二日、食べ物を取り上げられるんです。支給されるのはスプーンに二、三杯のコメで、水はコップ半分だけです。最悪の罪は死刑でした。

初めのうち、私たちは町に住む金持ちたちから没収したわずかな銃器を持っているだけでした。アメリカ人が来ると、オーストラリアからはるばる送られてきた武器を供与されました。

私は軍事作戦の間、通常は司令部にいたものの、兵力がもっと必要な時になると、戦場にも送られました。インファンタとブクヌタンで小戦闘にかかわりました。

家族は平野部に残って自分たちで暮しをやりくりしていました。家族を山の隠れ家に連れて行けなかったんです。家族にとっては、もっと苦しいことになったでしょうからね。ゲリラ暮らしは本当にきつかったです。食料が全く足りず、主としてパパイアやバナナ、カッサバを食べていました。時には、ラブラドルや近在のブガロン、マンガタレム、スアルのような町の金持ちから差し入れがありました。厚い袋布で作った衣料を着ていたものです。多くのフィリピン人がマラリアで死にました。生活はどこでも苦しかった。高地にいようが、平野部にいようが、実際には変わりませんでした。

わが国の女性たちにとって、日本占領期はもっと大変でした。日本人に使われ、レイプされ、捨てられました。たとえば、ガルシア大尉の妻は自分の家でレイプされたのです。彼女はもうこの世にいません。

侵入者どもはまさに残虐でした。ラブラドル町では、たくさんの人間が日本軍に殺されましたよ。町役場の二人、ロサリオ町長と警察署長のミスラン警部補は日本兵に拷問されました。二人はコメぬかを食わされてから、大量の水を飲まされました。腹がぱんぱんになると敵は二人の腹を蹴ったんです。その通り、水責めですよ。

ある時、日本軍は町の男たち全員に広場に集まるよう命じて点検しました。私たちは、日本軍がゲリラの嫌疑がかかった男たちを皆殺しにする計画だという知らせを受けました。隊長と戦友と一緒に私は教会の塔に隠れ、もしもフィリピン人を一人でも殺害したら日本人を狙撃する決意でした。神のご加護で悪いことは起きませんでした。

また別の時。一人の日本人を捕えて教会の裏に連れて行きました。そこで、そいつに地面に大きな穴を掘るよう命令しました。それから、わが部隊の処刑担当者《ベルドゥゴス》の一人が彼を刺しました。死体はそいつが掘った穴に埋められました。また、日本軍スパイのフィリピン人たちを捕まえたこともあります。アクセサリーの行商人のふりをして、ラブラドルにやってきた女三人でした。町では見かけない女たちで誰も全く知りませんでした。女たちはゲリラの宿営地について町の人たちに繰り返し尋ねたんで、私はスパイじゃないかと疑がいました。山に連れて行って尋問しました。女たちは日本人のスパイだと認めました。それで、処刑担当者《ベルドゥゴス》が彼女たちを処刑したんです。

ある日のこと、スアル町（パンガシナン州）に行ってコメを三袋を持ってくるよう命令されました。私は日本軍に捕えられ、町役場に連行されました。奴らは、なぜ夜遅くにうろついていたのかと尋問したのです。私は、家族のために食べ物を手に入れるために外出したと釈明しました。運が良かったことに、ダグパン（パンガシナン州）で顔見知りだった日本人の一人、ナカシマという商人が私にすごく親切に

バギオ近郊のジョン・ヘイ基地（2012年）

してくれました。その夜、多くのフィリピン人が捕まっていましたが、日本人たちは一人のアメリカ人捕虜に集中していたんで、全員が釈放されました。日本人がアメリカ人をどうやって拷問するかを見ました。やつらはアメリカ人の手首を馬の鞍に固定しました。それから一人の日本兵が馬に乗り、アメリカ人を引きずりました。ひどいものでした。

司令部に戻る途中、ガルシア大尉や他のゲリラたちに出会いました。日本人がわずか一〇〇メートル先にいたので、私は彼らが前進するのを止めさせました。自分の身に起きたことを話していると、トラックに乗ったアメリカ兵が通り過ぎました。隊長と仲間の戦士たちはそのアメリカ軍のトラックを呼び止めて便乗しました。私はアラミノス町（パンガシナン州）アルス集落から来るゲリラたちを待つように命じられました。アメリカ軍とゲリラの合同部隊は敵の部隊とラブラドル、スアル両町の境で衝突しました。この銃撃戦でスアル出身ゲリラのベルソーサ中佐という人が戦死しました。

アメリカ軍の到着で、ゲリラたちはラブラドル小学校に置かれたアメリカ軍の司令部に集められました。私たちの中隊はカガヤン州、バウアン（ラウニオン州）、バギオ（マウンテンプロビンス州）で戦闘しました。日本軍が降伏した日まで、ジョン・ヘイ基地［バギオ近郊のアメリカ軍基地］にいました。

メレシオ・ラピタン氏。ラグナ州ロスバニョスのサンアントニオ出身。一九二四年五月一二日生まれ。

日本人が私たちのラグナ州に侵攻した時、一八歳でした。ロスバニョスの祭り《フィエスタ》の日に日本軍が到着したのをはっきりと覚えています。それは試練の時代でした。たくさんの国民が死んだり、苦しんだりしました。日本人がこの国を治めるやり方が大嫌いだったのでゲリラになったんです。侵略者たちのわが国への仕打ちは悲しいかぎりでした。日本人はわが国の所有者ではありません。フィリピンはフィリピン人のためのものです。

　私たちはカラウアン町（ラグナ州）に近い山に逃げ込みました。そこにはほとんど食べ物がありません。どうにもならず草まで食べました。ええ、草ですよ。ちょっとの時間でも腹に何もない苦痛を和らげるためです。どこで安全に水と食べ物を手に入れたらよいのか、分からないことが何度かありました。

　マカピリは日本人のスパイで、ゲリラたちの素性や隠れ場所を密告しました。その報復で、私たちゲリラはこれらの裏切り者を捕えたら、すぐ処刑したんです。自分の国の人間を外国人に売り渡して犠牲にするなんて我慢できないでしょう。

　そうは言っても、味方をしてくれたマカピリも一人いて、日本人の手に落ちた私が逃げ出すのを助けてくれました。草を食べるのが嫌になって「本物の」食べ物を確保しようと、山の隠れ家から町に下りて行き、敵に捕まってしまいました。誰かわからないのですが、「イヌ」が町で日本兵に私をゲリラだと密告したんです。敵兵が飛びかかって来た時、背中を向けていたので、捕まってしまったんです。敵兵は二人いて、一人が後ろから羽交い締めにし、もう一人が脇腹にナイフを突き付けました。日本兵は私をカレッジ（現在のフィリピン大学ロスバニョス校）に連行し、そこで拷問するつもりのようでした。その区域は大勢のマカピリに警備されていました。マカピリたちは自分たちの本部にいたので頭や顔を隠すために袋をかぶるような面倒はしていませんでしたよ。それで、彼らの何人かの素性がわかりました。その一人が親類だったんですよ。長年、会っていないいとこでした。

　彼の方も私に気付いたので助かりました。いとこはとても当惑していました。二人でちょっとした会話を短い間、交わせたんです。誰も見ていない時、彼は私の縛りをほどいて「マカピリ頭巾」を頭にかぶせ、仲間には私もマカピリの一人だと言ったんです。私は脱出しました。

後になって、そのいとこが殺されたことが私の耳に入りました。一人の日本兵が私の居所を探しに来た揚げ句、いとこが逃亡を助けたことを突きとめたのです。そうでしょうとも。ゲリラが自分たちの手をすり抜けたんですから、敵にとって一大事でした。いとこが本当にかわいそうでした。

アメリカ人が逆上陸すると、日本軍はマカピリを一緒に山中に連れて行きました。これらのマカピリは後で「主人」たちに殺されたそうです。

ゲリリェーロ・ファアン・サバラ氏。ビサヤ地方パナイ島でゲリラ作戦に参加した。結婚して八人の子持ち。

日本がフィリピンに侵攻した時、二〇歳でした。間もなく結婚することになっていたのですが、日本人は私の婚約者を拉致し、レイプして殺してしまいました。私の夢は粉微塵になりました。この悲しい出来事を思い出すたびに怒りが込み上げます。今でも日本人を目にすると、はらわたが煮えくり返りますよ。

日本の兵隊の多くは若く、一二歳から一六歳にしか見えませんでした。彼らは日本刀《サムライ》、銃剣、銃、それに手榴弾で完全武装していました。

日本の兵隊は残虐でしたよ。日本兵が銃剣で突き刺そうとした赤ん坊を助けようとしたことがあります。しかし、失敗しました。日本兵が私たちを見つけたので逃げなければならなかったからです。彼らは赤ん坊を人質にして、父親のゲリラたちを降伏させようとしたんです。

復讐のため、ゲリラは捕虜にした敵の兵隊を処刑しました。私は敵の首を斬る処刑人でした。愛する人を殺された記憶がその役を引き受ける厳しい決心をさせたんです。自分の手で日本兵九人を殺しました。時々、敵を処分する前、相手を泣かせ、天皇に命を助けてもらったらどうだと言いましたよ。またある時は、相手の両肩をぶった斬り、出血多量で死なせました。

友好的な日本人

激戦の真っ最中、そして拷問室の苦しみの底で、私たちがインタビューした人々は日本人を血の通った人間とは見ていなかった。日本人は魂をすする吸血鬼だった。

しかし、南部戦線では全く静穏な日々もあり、その間にフィリピン人たちはこの異国民の「別の」面も目撃したのである。

私たちの語り部たちが「この異国人たちとの親密な接触」で最初に覚った数少ない事柄の一つは、ある種の食べ物、特に野菜や果物に対する日本人の嗜好であった。他方、インタビューした人々の中には、この異邦人たちが生肉を食べるのを間違いなく見たと言う人もいた。

私たちが収集した話の四分の一から明らかになったのは、フィリピン人が「招かれざる客」の残虐行為を憎んだ半面、日本人の友好的な態度を目にした時は、それを認めるのにやぶさかではなかったことである。一部の日本人は気立ての良い人だと思われたが、それは贈り物をくれ、命を助け、きちんと支払いし、細やかな心遣いには敬意を表し、そして英語を話したからだった。

典型的な威圧的な態度とは別に、日本人はそうではない感情も示した。多くの日本人は明らかにホームシックだった。フィリピン人の子どもを見ては故国に残したわが子を想い、泣き出す日本人も多かった。また、古風だが本物の親密な仲間付き合いに飢えていた。日本人もまた、人間だったのである。

リテニア・アンティゴ・トレドさん（既出）。六〇歳の主婦。戦時中、パンパンガ州ポラックのシニューラ地区マリノにいた。

いくら日本人が非情だったといっても、中にはまともな人もいましたよ。私たちの土地であった話ですが、一人の日本兵がフィリピン人の女性を追っかけ回し、捕まえると性的な虐待を加えました。その日本兵が路上で女性に乱暴している時、日本人の将校が通りかかりました。将校は他の兵隊を呼んで、フィリピン人女性を放してやりました。レイプした日本兵は処罰されました。

ホルテンシア・レイエスさん、愛称はテンシン。ラグナ州サンタロサのサバリャ・ビレッジ在住。戦時中は一〇代だった。

母は畑仕事をし、家畜を飼っていました。日本人はこれらの「財産」を目当てに訪ねて来ました。そういうジャップたちはショウガを食べましたよ。大好きなタガログ種の鶏を見つけたら、日本人はすぐ捕まえてしまいます。何をするか、わかりますか。日本人はショウガを一杯入れたタレに生の鶏肉を浸して調理もしないまま食べました。そんなことをしたんですよ。

サトゥルニーノ・デル・ビリャル氏。マニラ首都圏マカティ市ピオ・デルピラール集落の小学生だった。

ええ、人柄の良い日本兵も中にはいましたよ。でも、まともなのは英語を話す少数の将校だけでした。将校でも、英語を知らない人は悪かったですよ。

彼らの下で働いたから分かります。日本兵が私たちにマカティ市のネルソン飛行場《訳者補足12》でタコツボ壕を掘らせた時、私はまだ九歳でした。タコツボ壕は日本兵の退避場所でした。日本兵は各自一つずつ、幅二メートル、深さ一メートルのタコツボ壕を暗くなる前までに掘るよう命じたんです。私たちにはコメ、「アキボノ」(「曙」)という名の日本のたばこ、食用油、灯油で支払いをしました。ただし、食料品はありませんでした。列を作って品物をもらって、それでおしまいです。

私たちは強制労働に徴用された人たち、つまり無給の被拘束者と一緒に働いたんです。しばらく、そこで働きました。そこには英語の話し方を知っている親切な日本軍人が一人いました。私は当時、三年生になっていたので少し英語が分かりました、彼は私を「水ボーイ」にしました。それで私はピコ（石けり遊び）［スペイン語のピコには穴を掘るツルハシの意味もある］をやめ、作業員たちに飲み水を運ぶことになったのです。そのジャップはオーケーでした。名前は思い出せません。彼は少佐で、教育があったので英語を知っていました。英語が出会ったさまざまな日本人を比較する私の尺度でした。教育のある日本人は良かった。フィリピン人に対して残虐だった育ちの悪い兵隊たちとは違いました。もし、さぼっているのを見つけると、奴らはフィリピン人の頭を竹の杖［竹の杖は剣道のシナイと思われる］で叩きました。仕事を終えなければ、日本の軍人はたとえ一晩中かかろうと、やり終わるまで叩き続けたんですよ。

エステル・マサガンダ＝ニエバさん。当時、マニラで一四歳。

日本占領期には学校へ行かされませんでした。第二次大戦が私の学業を中断してしまったのです。高校の卒業証書、あるいは大学の学位は取れたはずでしたよ。しかし、後悔はありません。代わりに音楽に集中し、プロの歌手兼ピアニストになったんですから。

父は一時期、日本人の高級将校と親しくしていました。ある日本人の役人は、父をケソン市のサンフランシスコ・デルモンテで集落長のような役［カリバピの地区長のことか］に任命しました。日本人は私たちの家にも泊まりましたよ。一緒にいると楽しい人々でした。彼らとパーティーもしました。言っておきますが、彼らは英語を話せました。それで意思の疎通ができたのです。教育がある人たちでした。日本軍は保有する原油を私たちの裏庭に貯蔵していました。アメリカ軍のレイテ上陸が伝えられると、日本軍はその油をドラム缶から漏出させました。ありがたいことに、日本軍は私たちの場所に放火しませんでした。本当に幸運でした。

ヘレミアス・C・カリクスト・シニア氏（既出）。マニラ首都圏モンテンルパ市サウス・グリーンハイツ・ビレッジのベルベナ通り七番地在住。

日本人に協力したことなんかないと正直に言うことができます。とはいえ、私は二人の日本人と知り合って、仲良くなりました。一人は日本軍の大尉で、私の精米を助けてくれたんです。友好的な話を交わしましたよ。もう一人いました。互いに言葉がわからなかったので、身振り手振りで話しました。彼は自分の子どもたちのことを言おうとした時は感傷的になりました。涙がこぼれ落ちないようにするのに苦労していました。

リブラド〝カ・リビイ〟ネリー氏（既出）。当時、マニラ市キアポ地区のラオンにあったフィリピン・エンジニアリング社の機械製図工だった。

私たちの事業所は日本人に接収されました。日本人はまあ、良かったですよ。一緒にいたジャップたちは技術に熟達していました。私と同じ製図工の日本人もいました。私の相棒になりました。日本人は最初のうちは総じて親切でした。しかし、最後の時期になると、そう、粗暴になったんです。日本人はわが国民を虐待しました。でも、職場仲間だった日本人は良い人たちでした。彼らは気持ちのいい三人組でした。人に平手打ちをするようなタイプじゃなかった。しかし、他の日本人たちは乱暴でしたよ。私たちは当番兵の前を通るたびにお辞儀しなければならなかった。そうしないと平手打ちしたんです。たとえば、私のようにね。もう少しで私は日本兵に殴られるところでした。ある時、ピーナツを食べていたら、当番兵がにらみつけました。それで、彼にピーナツを少し提供したんです。少しニッポンゴを知っていたので、「アリガト」と彼に挨拶までしました。実は、職場仲間の日本人が日課の体操が終わった後、私たちにニッポンゴを教えてくれていたんです。これもジャップの良いところでした。私たちは始業前に朝の体操をやっていました。彼らは親切に世話しましたよ。三人の仲間は意地悪じゃなかった。親切で善人でした。労働者の中には他の国の人たちもいました。ユダヤ人も一人、働いていたんです。日本人が見ている限り、ドイツ人たちは問題ありませんでした［ドイツ人がユダヤ人を迫害するような行動に出なかったことを意味する］。

デビー・ディチョソさん。六〇歳。ラグナ州サンパブロ在住。

日本軍が来た時、私たちは山に逃げました。けれど、あいつらは追いつきました。母の方を向いて、職業は何かと尋ねたんです。母は教師だと答えました。それから、病気の治療法を知っているかって、母に聞いたんです。兵隊の一人がけがをしていたからでした。母は手当てをしてあげました。すると、兵隊たちは私たちを町に戻らせたのです。学校の正面にある自宅に戻りました。学校は日本軍の駐屯地にされていました。それほど近かったので、日本人が逮捕して駐屯地に連行したフィリピン人をどのように殺害したかを見ましたよ。犠牲者たちは駐屯地の並びの集団埋葬地区に投げ込まれたんです。

でも、日本人は私たちには良くしてくれました。日母がけが人の一人を手当てしてやったからです。日本兵は私たちの家で食べ物を料理しましたよ。兵隊の一人は自分の子どもに似ていると言って、きょうだいの一人が大好きでした。兵隊たちは、母がゲリラとして基地の牢屋に入れられていた父やおじと面会することも許しました。父は釈放されました。

ある日、一人の日本兵が家に来て腕時計を出せと言いました。こっちが欲しいほどで、持っていないものはやれません。すると、そいつは家の食器類を壊したんです。家に火をつけて焼いたんです。私たちは山に逃げ戻りました。

フェルナンド・アガピト・フランシスコ・サンチャゴ氏、一九二二年五月一六日生まれ。一〇代で予備士官訓練課程を終了し、フィリピン軍の三等中尉[訳注34]に任命される資格があったが、未成年を理由に却下された。

アベ・シゲオというカバナトゥアン（ヌエバエシハ州）の日本軍司令官、副司令官のハマサキ、二人のトゥバン（当番兵）がわが家に住んでいました。私たちはこうした教養の高い将校たちと親しくしていたんです。

これらの日本人はオーケーでした。こんなことを思い出しますよ。当時、父は私に喫煙を禁じていたのですが、隠れて吸っていました。父が二階にいる時に、アベはよく私に煙草をくれ、見張りして父が来たら教えてやると請け合ってくれたものです。

家の滞在客として、日本人は自分たちに支給された食料を持って来ました。たくさんの豚肉などを料理のために持ち込んだのです。彼らは母の料理が大好きでしたよ。母がマニラから着くと彼らが文字どおり飛び上がって喜ぶのを見ました（母たちはマニラで繊維製品の卸・小売業を営んでいたのです）。トゥバンは母の料理に必要な大量の肉その他の食品を運んで来ました。ある時、母がトゥバンたちに豚のレバー、血、小腸を家に持ってきてほしいと頼みました。ところが、トゥバンたちは肉がたくさんあるのだからそんな物は必要ないと言い張りました。彼らはディヌグアン（豚の内臓を豚の血で煮たチョコレート色の料理）の珍味を知らなかったのです。トゥバンたちはとうとう豚の血その他の食材を運ん

かつての商業地区、マニラ市エスコルタに残る戦前の建物（2012年）

で来て、母は夕食にディヌグアンを用意しました。司令官が料理を味わうと、トゥバンたちの顔は信じられないというようにゆがみました。司令官は夕食のテーブルでは行儀よく振る舞うように、トゥバンを叱りつけなければなりませんでした。

後に、副司令官と従卒は別の部隊に配置替えになりました。ある時、マニラからカバナトゥアンに向かう途中、列車がガパン駅（ヌエバエシハ州）で止まりました。母と私が露天商の屋台から金を払って出て来ると、日本の軍人が突然、私たちの方に駆け寄って来て、「ママ、ママ」と叫んだのです。それはハマサキでした。彼は母の両手にキスし始め、うれしさにわれを忘れていました。彼は駅で売られていたスマン［もち米をバナナの葉に巻いて蒸したおやつ］やプト（米粉のケーキ）その他の品物を一杯詰めたかご《ビラウ》を持ってきて、母に渡しました。彼は自分が全部支払ったと身振りで示したんです。長く行方知れずだった息子のようでしたよ。

フェデリコ・M・キラン氏、一九一〇年二月一二日生まれ。カガヤン州トゥゲガラオ在住。

第二次大戦［正しくは真珠湾奇襲以後の太平洋戦争］が一九四一年に勃発する前、すでに私は軍務に就いていました。召集兵でしたが、戦時中に一等兵に昇格しました。三一歳でした。自慢はさておき、町出身の多くの軍人は必要なら死ぬまで戦っただろうと思いますが、私もその一人で、「私事より任務第一」という原則に忠実だったのです。カガヤン州リサールに（ゲリラ）指導者として滞在していた際、私の部隊と日本軍部隊が交戦したことがあります。日本軍の兵器は私たちより高性能でしたから負けました。指導者だった私は捕えられて日本軍駐屯地に連行され、拷問を受けました。

日本人どもは私を四時間も逆さ吊りにしました。幸い、日本軍人の一人が私の様子に心を動かされたのです。その人は宙吊りを止めさせ、食事をさせてくれました。家族にも食べ物を与えてくれました。というのは、私が逮捕された時、家族が「事情聴取」のために兵営に呼ばれていたのです。悲しいかな、親切な日本軍人の名前は忘れてしまいました。食べ終わると、その人は私と家族に帰宅するよう命じました。

フェルナンド・G・ガタン・ジュニア博士、フィリピン大学マニラ校の社会科学教授。戦争中、一三歳になり、イサベラ州カバガンに在住した。

世界大戦中に子どもだった者として、一番鮮明な思い出は私たちの町、イサベラ州カバガンに滞在した日本人医師、ドクター・スジが私の家を訪問したことです。ドクターは友人の日本軍人の数人と一緒にわが家によく来たものです。私は確か七、八歳でした。もう学校に通っていました。ドクター・スジはいつもおもちゃを持って来てくれましたよ。とても長い鉛筆をくれ、別の時にはキャンディーをくれました。来るたびに、ドクターは私を腕に抱いて泣くんです。午後に来るといつも、彼は日本の歌を口ずさんだり、ハミングしたりしながらすすり泣きました。私を抱っこしながら、ほっぺたには涙がぼろぼろ流れていました。ドクターに、日本に残してきた自分の息子に似ているって言われました。彼は私が大好きでした。私を空中に放り上げて抱きとめるような時もありました。彼は笑い転げながら合い間にオンオン泣いていたんです。

戦い終わって

戦争がとうとう終わった。だが、今なお悪夢が多くのフィリピン人にまつわりついている。死んでしまった愛する者たちの記憶、失われた機会、避け難かった犠牲。「昔の主人」の再来は一部のフィリピン人たちにとって心弾む再会であった。しかし、その他のフィリピン人たちは

「解放」という名の「チョコレート」に苦い後味があることに気付いた。私たちがインタビューした人々の中には、自分たちが受けるに値すると信じていた「何か素敵なもの」をもらえなかった者がいる。幾人かは、アメリカ軍が東洋人のライバルを追い出そうとした進撃行動の巻き添えで、押しつぶされた罪のない民間人がいたことを思い起こした。味方の誤爆を「友軍の発砲《フレンドリー・ファイアー》」と呼ぶのはこうした悲劇に対する軍の遠回しな表現なのだ。興味深いが、誰も「平時」の「魅力的な生活」に郷愁を抱いていないように見えた。

レオナルダ・ドゥガサンさん（既出）。マニラ首都圏マニラ市マラテ地区のF・Tベニテス通り一七一一番地在住。ワライワライ語圏［サマール、レイテ両島など］出身で、日本占領中は大学二年生だった。

わが国が解放されてまもなく、トロサ［レイテ州中部東海岸の町。アメリカ軍が奪還した後、海空軍基地となった］で学校を幾つも占拠していた日本軍がいつのまにか姿を消しました。山中に退却したのです。彼らは事実上、敗北していました。捕えられた日本人は首をはねられたのです。

マッカーサーが帰って来て、トロサのテレグラポ集落に上陸したのですよ〔訳者補足13〕。いいえ、パロに上陸したんじゃありません。そこはレイテ州の別の場所です。パロの浜辺が歴史書に言及されている地名ですが、有名な上陸があったのはそこじゃありません。ええ、同じ浜の続きですが、マッカーサー本人を含めて最初に到着した兵士の一団はトロサのテレグラポに上陸したんです。（アメリカ）政府と連絡があった人たちが上陸地点がパロだと間違って報告した張本人ですよ。本当の上陸地点はドゥラグとトロサの間のどこかであって、ドゥラグよりトロサに近い場所と書かれるべきなのです。マッカーサーはテレグラポ集落に滞在しました。将軍の到着のために（歓迎）行事の準備までしました。私が知っている理由は、その歓迎行事で踊り手の一人だったからです。カルロス・P・ロムロ准将［後のフィリピン外相。マッカーサー司令官の副官としてレイテ上陸を共に果たした］とセルヒオ・オスメーニャ・シニア大統領が将軍と一緒でした。ロムロが解放後の最初のコモンウェルス・デー祝賀行事で司会者だったのです。私も行事に参加しました。歌ったり、出演する踊り子たちを教えたりしたんです。

日本との戦争は身の毛がよだつようでした。二度とあってほしくない。

ロヘリア・マガ・カスティーリョさん、六一歳。サマール州カプル島にいた。

レイテ島パロ町にある「マッカーサー上陸記念公園」（2012年）

　アメリカ人が戻り始めたと分かったのは、アメリカ人が安全な場所を探すように勧告するビラを空からまいたためです。この周辺に爆弾を落とすことになるって警告したのです。それで、私たちは山の向こう側まで山道をたどって逃げたんです。アメリカ軍はこの地域を爆撃した後、住民に町に戻るように告げる別のビラをまきました。私たちが山を降りていると、日本軍が発砲しました。奇襲をかけられた時、父は私たちきょうだい四人を連れていました。幸い、誰も弾に当たりませんでした。町に戻ると、偶然アメリカ軍が日本軍の基地を攻撃するのにぶつかりました。アメリカ軍は基地を大砲や迫撃砲で取り囲んで砲撃しました。砲声で耳が聞こえなくなりました。ドーンドーンって雷鳴より大きかったですよ。その光景に驚いて、私は大泣きしたんです。

　町の生活は正常に戻り始めました。「グッドモーニング、ラタラタ（缶々）」って言葉がはやりました。意味ですか。そうですね、カワカイのそばにアメリカ軍基地があって、そこに食料品の缶詰が備蓄されてたからです。町の人たちは食べ物がなかったので、アメリカ人に缶詰をねだったのです。人々がこの風変りな言葉を使ったのです。「こんちは。食べ物を恵んでくれますか」みたいな意味です。

　どんな風に戦争が終わったのかって。アメリカ軍は日本語を話せる男を含めたフィリピン人の道案内と一緒に以前、私たちが避難場所にしたのと同じ山に登って行きましたよ。そこに立てこもっている日本軍に降伏を迫るためです。思い出すと、日本軍はそれまでに弾を使い尽くし、洞窟の隠れ家から出てこざるを得ませんでした。日本の兵隊たちがぼろぼろの服装で長い列を作っていたのを見ました。彼らの履き物はバナナの木の皮をまとめて縛っただけのスリッパでした。かわいそうなほどやつれた人もいました。

アルカディオ・ルブガン氏、七五歳。バタンガス州リアンの農民だった。

マッカーサーが約束を守って帰って来た時、私たちは感謝しました。アメリカ人から良い衣料品や缶詰をもらいました。日本人はもういません。アメリカ人は随分助けてくれました。この国がアメリカの植民地だったから日本人によって戦争に巻き込まれたんで、それもまたアメリカのなせる業ですよ。

フォルトゥナータ・ベロソ・ホルティィリョさん(既出)。首都圏パサイ市バクララン在住。当時、イロイロ州ハロに住む主婦で、一児があった。

あるゲリラの間違った報告のせいで、フィリピン・アメリカ連合軍は廃棄された日本軍の防空壕を誤爆したんです。その時、そこに砲爆撃を逃れたフィリピン人の避難民がいたんです。フィリピン人四九人がこの出来事で死にました。私の家族も殺された中に入るところでした。幸いにも、私は最初からカルメリテス女子修道院に残ることに決めていました。そこで修道女のために料理人をしていたのです。家族も一緒にしばらく身を寄せることに決めていたのです。

日本人の（占領）時代はずっと、日本人が何か見つけて私や家族を敵側と疑わないかと心配していましたよ。実際、何の罪がなくとも、日本人は私たちに恩情のある態度を取ってくれないと分かっていましたね。

メルチョル・サンタマリア・アマド氏、マニラ市サンタクルスのペドロ・ゲバラ通り在住の引退会計士。太平洋戦争中はフィリピン各地で勤務した二八歳の政府職員だった。

戦争が起きた時、私はマニラの国家コメ・トウモロコシ局《訳者補足14》で働いていました。私は地方勤務を申請し、ヌエバエシハ州カバナトゥアンのムニョスに一年間の任期で派遣されました。一九四三年、ヌエバビスカヤ州バヨンボンに配置替えになったんです。上司は日本の民間人でした。バヨンボン事務所長は当時、カナシルさんという名前でした。日本人たちは監督の仕事に来ると厳格でしたが、カナシルさんは親切な人でした。彼は私の家族に二袋のコメをくれ、マニラの自宅に配達するよう命じました。私が出納係なので、日本人は敬意を払ってくれたんです。連中は金の扱いを任された人間を尊敬しました。

バヨンボン事務所の近くに日本軍の基地がありました。私は、若いフィリピン人捕虜たちを運んでいたトラックのことを決して忘れませんよ。貧しい田舎の少年たちの一部が銃剣で刺され、大きな溝に投げ込まれるのを見たんですよ。日本人はこうした浅い穴に土をかけたのですが、新しく盛られた土が動いているようなのに気付きました。多分、生きながら埋められた犠牲者もいたのでしょう。

一九四四年の後半、日本兵の一隊がバヨンボンを通り抜けて、バギオ市（マウンテンプロビンス州）方面に向かうのを目撃しました。ほとんどの将兵は悲しそうで、頭を垂れて行軍していました。馬に挽かせた荷車が数台あって、大きくて重い木枠の荷物を乗せていました。隊伍の中に黒い馬に乗ったあごひげの日本人将校がいました。長い日本刀《サムライ》を帯びていましたが、この将校がゼネラル・ヤマシタ〔山下奉文第一四方面軍総司令官〕その人に他ならないという噂が広がっていました。山下将軍の裁判を報道した新聞に掲載された将軍の写真を見た時、そうだと確認しました。将軍はまさにバヨンボンで黒い馬に乗っているのを見たその人でした。

それはともかく、その同日、一人のケンペイが私に事務所の金庫に金貨一袋を一晩、収納しておくよう要求しました。〔訳注35〕彼は袋を預ける前、私の氏名を書き留めました。翌日、彼はその金貨を取りに戻って来ました。二度と会っていません。

アウレリオ・トリホス・オカンポ博士、カビテ州バコオル町アニバン在住。極東アメリカ軍の軍医としてバタアン死の行進を生き延びた。

一九四五年二月四日、カビテ州は解放されました。人々はとても幸せそうで、祭り《フィエスタ》の最中みたいでした。この年四月、キャンプ・マーフィルに帰隊報告し、私たちの地位は「行方不明中」から回復されたはずです。ところが四六年三月、アメリカ軍は、われわれの任務遂行を軍務と見なさないのでフィリピン人に対する手当は削除されたと通告しました。戦ったのはアメリカ人のためだったのに。私たちが敬意を捧げたのはアメリカ国旗だったのに。それがアメリカ人の仕打ちなのです。一九九〇年移民法はまさに愚者の報賞《コンスエロ・デ・ボボ》［スペイン語源で、自分で勘違いした功績を他人が蔑んで評する言葉］みたいなものでした。戦争は文明人の所業ではありません。だから、私にはどうして戦争がなくならないのか理解できません。

メルセラ・サヨ・タルシグ氏。当時、八歳で小学二年生。

日本人はとても厳格でしたよ。誰も日本人の許可なしには動き回れませんでした。ある時、私の兄とその友だちがぶらぶらしていました。メソニック・テンプル［フリーメーソンの集会所か］を通りかかると、日本人の番兵が「クラ（こらっ）」と怒鳴りました。その日本兵が前夜、建物に侵入した窃盗団と勘違いして兄たちは拘束されたんです。マニラ市イントラムロスのサンチャゴ要塞に連行されました、家族はその事件にショックを受けました。悪い知らせを聞いて母は気を失いそうになりました。両親とほかのきょうだいたちが監獄に訪ねていきました。兄は家族に、全員が罪を自白させようと拷問されたと話しました。しかし、兄は無罪を主張し続けたんです。それで家族はリカルテ家［アルヘミオ・リカルテ将軍は日本に亡命したフィリピン独立運動の闘士。日本のフィリピン占領とともに帰国した］に行き、力を貸してほしいと嘆願したんです。私たちはリカルテ一家と知り合いで、彼らが日本人に一定の影響力があることを知っていました。しかし、兄は放り込まれたままで、私たちは彼のために祈るばかりでした。二年経って私は一〇歳になりましたが、兄はまだ獄中でした。日本人がもはや戦争に負けており、大混乱が起ころうとしていると感じ、兄を出獄させる努力を倍はなりました。リカルテ家に助力をせがみました。マニラ解放の直前になって、兄はやっと釈放されたんです。

日本占領中、コメが乏しくて人々は代わりにカッサバを食べました。生き延びるために私たち一家は近所でパンを売りました。幼かったけれど、私はパコ（マニラ市）のグッドリッチ社に仕事を見つけました。他の少女たちと一緒に野球のグローブを作りました。朝の始業前、私たちは一時間半くらい体操しました。

会社の日本人の幾人かはオーケーでした。その一人は本当に良い人柄でした。名前はニカムラ大尉でした。大尉は私の「サヨ」という名字が日本語のように聞こえることから、二、三度日本人ではないかと尋ねました。しばしば私に家族の写真を見せました。自分の二人の子が自慢でした。そして、残してきた家族を思い出して、涙ぐみました。

会社の事務所には乱暴な日本人もいました。父親が日本人で母親がフィリピン人という日本人がそうでした。ごく些細な失敗でもフィリピン人労働者を殴りました。少女たちの髪を引っ張りました。

私の仕事は戦争末期、混乱が街をのみ込み始めた時に終わりました。街の通りには、もう人はほとんどいませんでした。私たちはパン屋の在庫品を全部売っていなかったので、幾らかでも食べ物があったことを神に感謝しました。

事態がさらに悪化したのは、アメリカ軍とゲリラたちがマニラ市を掌握しようと、日本軍との戦闘のために到着してからです。爆弾があらゆる場所に落ちました。サンマルセリーノ（マニラ市エルミタ地区）では、民家の一部が炎上し始めました、私たちはハリソン通り（現キリノ通り）に逃げました。当時、その周辺には家が建っていないで、茅《コゴン》が茂っていたんですよ。それからまた歩き続けたのは親戚の家を探したからです。たどり着くと、爆撃された後でした。誰かが私たちにシンガロン（セント・アンソニー教会）に避難するようにと言いました。教区に着くと、日本軍が教会に避難した人たちを機銃で射撃するかもしれないと言うんです。結局、自宅に戻ったら、家が建っていた場所にあったのは灰ばかりでした。父は私たちに防空壕に入るよう命じました。空腹で、地下避難所の「屋根」にぶら下がっていたカモテ《カッサバ》を食べました。

地上から騒ぐ声が聞こえたので避難壕の扉のすき間から覗くと、アメリカ人が見えたんです。みんな外に出て、「兵隊さん、勝った《ビクトリー・ジョー》」って叫びました。兵士たちは私たちにパコ地区（マニラ市）に移動するように命じました。私たちは歩いてホセ・P・ラウレル大統領邸に入り込み、そこで五日間過ごしました。それからマニラ市パンダカンのサモラに移り、野原のまん中にある大きくて、きれいな家に行ったんです。毎週、私たちはアメリカ人からコメ、砂糖、食品の配給を受けました。しかし、近くには日本軍の狙撃兵が一人いたので長居できませんでした。私たちはサンマルセリーノの自宅があった場所に戻り掘っ立て小屋《バルンバルン》を建てたんです。ところが、仮小屋を取り壊して、またも引っ越さなければなりませんでした。アメリカ軍がこの地域に基地を建設することになったからです。通りの反対側のサンアンドレス地区に移りました。そこで私はまた学校へ行き始めました。三年生になったのです。たくさんのアメリカ人が私を好きになり、食料品、チョコレート、食べ物を買うお金をくれました。私がメスティーソ（スペイン人との混血で肌が白い）なので、アメリカ人と思ったからです。アメリカ兵が基地を去る時には、私にすてきな毛布やワックス塗りのディナーボックスをくれました。

ホセ・サンタマリア・アマド氏（既出）、七五歳、米サンフランシスコ在住。日本の捕虜収容所を経験した。

兄のトニーはゲリラで、ある日本人が使っていた馬車の御者でした。そのジャップはどうしたのか、自分の折り鞄を紛失し、それをトニーのせいにしたんです。彼は兄をサンチャゴ要塞（マニラ市イントラムロス）に投獄させたんです。トニーは首を切り落とされる死刑囚リストに載せられたんです。父が兄を助け出しました。偶然にもタタイ（フィリピン語の父さん）は国家コメ・トウモロコシ局に務めていて、日本人の職場仲間がいました。その日本人将校に助力を頼んだのです。それで兄は釈放されました。トニーはジャップに拷問されたけど、家族の中で日本人女性との結婚に漕ぎつけた唯一の人間です。

心の浄化

戦争を体験して変わらなかったと言う人は一人もいない。多くの人たちが精神的外傷《トラウマ》に苦しむ。生き残った者たちは、自分たちがほとんど何でも乗り越えられると信じるようになった。民族国家間の諸関係は気まずいものとなった。

フィリピン人の魂の奥にひそむ人間としての最善と最悪の資質がさらけ出された。同じ家族のきょうだい同士が食べ物のことでまさに殺し合った。逆に英雄たちは命の危険を顧みず、見知らぬ他人を救出し、食べ物を与えた。

半世紀後、激情は冷め、かつての物語の主人公たちが丁重な言葉を交わし合い、信頼すら育つようになった。被害者側の人々の中には、かつての敵の間に知己を得た者もいる。かつて悪鬼のようだった人間たちの中にも、少数ながら悔い改めた者もいるであろう。

ジョージ・チャプマン［英国の詩人。一五五九―一六三四］は一六三〇年にこう書いている。

「戦争は、それを体験したことのない者たちにとっては甘美である」と。

私の世代は四〇年から五〇年の違いで、第二次世界大戦を体験しなかった。当時を生きたフィリピン人たちは死に絶えつつある。私たちはその真実をつかみとりたいのだ。《訳者補足15》

わが民族は悲しみ、嘆き、そして許した。だが、忘却は許されていいはずがない。

■訳注

訳注1　アメリカの軍事史家。一九〇〇―七七。第二次世界大戦の戦場にいたアメリカ兵で敵を狙って発砲したのは全体の二五％にすぎないという分析を発表して論議を巻き起こした。

訳注2　ケソン大統領の官房長官を務め、日本軍が侵攻した一九四一年当時はマニラ市長の職にあったが、大統領から国内残留を命じられた。日本軍政下で内閣に代わる機能を持った「行政委員会」の長を務めた。日本の後ろ盾で独立を宣言した第二共和国の大統領への就任要請を拒み、駐日大使となった。戦後は主として経済界で活躍した。一八九〇―一九八〇。

訳注3　現在はマニラ軽量高架鉄道ブルーメントリット駅の所在地として知られる。マニラ北部墓地や中国人墓地に近く、マーケットがある。

訳注4　ビダル博士は法医学専門家。フィリピン国家捜査局（N

ＢＩ）の検視官として活躍するとともに、麻薬撲滅運動に献身。一九九八年に出版された著書「麻薬常習との戦い」は国際的にも知られている。

訳注5　フゴソ氏は一九八七年から九八年までマニラ三区（サンタクルス、ビノンド、キアポ地区など）選出の下院議員を三期務めた。父は一九三五年から四一年までマニラ市長職にあったバレリアーノ・フゴソ。二〇一二年一月死去。

訳注6　東南アジアで最も古いと言われる競馬場。一八六七年、スペイン植民地時代に富裕階級のメンバー制クラブとして発足、アメリカ植民地時代の一九〇三年から馬券が発売された。マニラ市サンタクルス区に一七年までに競馬場が完成し、人気を集めた。二〇〇三年、カビテ州カルモナに移転した。

訳注7　ワライワライ語はビサヤ地域のサマール島を中心にしてビリラン島、レイテ島北東部の住民ないし出身者が使う地方語。ちなみにフィリピンでは国語であるフィリピノ語のほかに、一四言語、ビコール語、セブアノ語、チャバカノ語（スペイン語系のクレオール語）、ヒリガイノン語、イロカノ語、カパンパンガン語、キナラヤ語、マギンダナオ語、マラナオ語、パンガシナン語、タガログ語、タラシクーノ語、ワライワライ語が地方公用語として認められている。

訳注8　タヤバス州は一九四六年七月、同州出身の第二代フィリピン大統領を記念してケソン州と改名された。州都は一九〇一年からルセナ。五一年には州北部がケソン大統領夫人の名を取ってアウロラ州として分離した。

訳注9　サンパブロ市は大小七つの火山湖に囲まれた小都市で、プラシード・エスクデーロ夫妻が一九世紀にココナツ栽培の大プランテーションを経営した。同農園は一九八一年から保養地「ビリャ・エスクデーロ」としてオープンしているが、構内に旧日本軍のゼロ戦の機体や戦車などが展示されている。

訳注10　マッカーサー将軍の有名な「アイ・シャル・リターン」という言葉は、戦争初期から潜水艦などで持ち込まれたビラに繰り返し書かれ、フィリピン人の間に広がっていった。一九四三年八月、オーストラリアのブリスベーンにあった連合軍南西太平洋方面軍司令部のフィリピン担当、ホイットニー大佐はフィリピン抗日ゲリラ支援の宣伝工作にマッカーサー将軍の誓約である「アイ・シャル・リターン」という文言の活用を思い付き、巻きタバコの箱やマッチ箱に印刷し、潜水艦や軍用機で主としてビサヤ地域に持ち込んだ。日本軍の圧制に苦しむフィリピン民衆の間に親米気運を盛り上げ、アメリカによる戦後統治にも寄与した。「アイ・シャル・リターン」は心理戦争史上まれに見るほどの成功を収めた作戦によって広がった。

訳注11　「ガバナー・ライト」号は英国船（パナマ船籍）で、一九四一年一二月一二日、フィリピン近海で日本軍用機の爆撃を受けて沈没した。アメリカ海軍の記録でも詳細は不明。船名の「ガバナー・ライト」はアメリカのルーク・エドワード・ライト第二代フィリピン総督に因んだものとみられる。

訳注12　エリンウッド・マラテ教会派プロテスタントの統一教会派に属するフィリピンの教会。アメリカ植民地時代の初期から布教活動に入った。

訳注13　南ルソン鉄道の始発駅があるマニラの下町。一六世紀には日本人町があったと言われ、現在はキリシタン大名、高山右近の記念碑がある。

訳注14　ビセンテ・エスタシオはハンターズ予備士官軍事教練課程ゲリラ集団の創設メンバーの一人で、リサール州タギッグ出身。四四年六月、マニラ近郊モンテンルパのビリビッド監獄を襲撃、囚人を解放した作戦の司令官だった。

訳注15　在フィリピン中国人の抗日運動はルソン中部のバタアン、ヌエバエシハ、タルラック、パンパンガ、ブラカン、リ

サール、ラグナ、タヤバス、バタンガス州に広がり、主として反日宣伝や情報伝達などの地下活動をしていた。武装ゲリラ集団にはアンポー部隊、ホアチ四八スコードロン（華菲四八抗日遊撃支隊）などがあった。ゲリラ指導者ではチュア・シイ・チャオが有名。アランパイ牧師は「スコードロン」を「レジメント（連隊）」と間違って記憶していたのではないかと思われる。

訳注16　バタンガス州ブリアンはバタンガス市南方の島に所在するが、地理的におかしい。カビテ州シランのブリハン集落が適合するが、特定は不能。

訳注17　日本ではギンネム、ギンコウカンと呼ばれる中南米原産の樹木。成長が速く、薪炭用に用いられる。沖縄県でも繁茂している。

訳注18　キンティン・ヘリドン大佐はモンテンルパのビリビッド監獄に拘置されたが、四四年八月にゲリラの仲間とともに脱獄に成功したという。

訳注19　フェリサ・シフーコ・タン氏はアテネオ・デ・マニラ大学社会科学学部の非常勤講師。日本占領時代についての論文も多い。

訳注20　ジョセフ・〝エラップ〟・エストラダ氏は当時、ラモス政権の副大統領だった。一九九八年に第一三代大統領に就任したが、汚職問題が紛糾して二〇〇一年一月、「ピープルズパワー2」の大衆運動に野党政治家や国軍指導部が同調して追放された。マニラ首都圏の高級住宅地区、サンフアンで育ち、フィリピンで最も人気のある映画スターとなった。長年、サンフアン市長を務め、一九六九年に上院議員に当選して中央政界入りした。二〇一三年からマニラ市長。

訳注21　ダラゲテはセブ島のほぼ中央に位置する農産物の集散地。州都セブ市の南約八〇キロに位置する。マンタタロンゴンはそこから西の山間部にある。

訳注22　旧日本陸軍の六輪駆動トラックは東京自動車工業（いすゞ自動車の前身）が製造した九四式六輪自動貨車と呼ばれる車両で、一九三四年に制式化された。ディーゼル・エンジン、ガソリン・エンジンの二種類があった。

訳注23　アルハンブラはフィリピン高級葉巻のブランド名。ルソン島北部イサベラ州産の葉タバコを原料とし、軽やかな味わいを持つ。ALHの冠名を持つ商品ラインアップがある。

訳注24　中正学院高校は一九三九年、黄俊盛（ウォン・チュンセン）によって創立された華人学校で、当時の中国民族主義を代表していた蒋介石国民党総統を冠名とした。一九六五年に大学（カレッジ）として認可された。マニラ市トンド地区に本部校舎があり、現在の学生数は約七〇〇〇人とされる。卒業生にはフィリピン財界を代表するフィリピン航空元会長、ルシオ・タン（陳永栽）、SMデパート・グループの総帥、ヘンリー・シイ（施至成）、ファミレス王、トニー・タン・カクトン（陳覺中）らがいる。同学院のサイトによると、太平洋戦争中に学校施設は破損し、教師、学生一四人が抗日地下運動に参加して殺害された。

訳注25　ミンダナオ川とも呼ばれる。フィリピン第二の大河川で全長は約三七三キロ。ミンダナオ島北部ブキドノン州山間部を水源地として多くの支流を併せて同島南西部のイリャナ湾に注ぐ。河口部ではコタバト市の南北、コタバト川とタメンタカ川に分かれる。

訳注26　コタバト市の中央、高さ約二七メートルの丘がPCヒルで、かつてスルタン首長国の石造の要塞があった。そこからミンダナオ川を南東に遡るとパガラマタン、ダトゥピアンと山間部につながる。

訳注27　当時のゲリラ指揮官はかなり恣意的に階級を名乗っていたが、戦後、フィリピン国軍ないしは国家警察軍に編入される

とあらためて階級が授与された。

訳注28　ダトゥ・シンスアットはコタバト市に近いマギンダナオ州ダトゥ・オディン・シンスアット（旧ディナイグ）町を本拠とするモスリム豪族の出身で、日本占領時代の一九四二年から四四年に旧コタバト州知事を務めた。カリバピ議長の役職にもあったかもしれない。アメリカ植民地時代に司法裁判所の罰金徴収請負人として頭角を現し、州知事顧問を経てケソン・コモンウェルス大統領の知遇を得て、上院議員に選ばれたという。ミンダナオのイスラム教徒社会の親米的指導者だったが、日本占領中は協力していたようだ。一九四九年死去。

訳注29　ミンダナオ島にはイスラムにもキリスト教にもなじまない少数民族が山間部に居住しており、「ルマド」と呼ばれている。おおまかに一五種族内外に分類されているが、セブアノ語を共通言語としている。タラヤナンはルマドには含まれていない。

訳注30　コンラード・ベニテスはフィリピン大学の経済学部長、人文学部長などを務め、ジャーナリストとしても活動した。経済学者だったが、フィリピンの歴史に関する著作が多い。一八八九―一九七一。

訳注31　フィリピン国歌は現在、フィリピノ語で歌うことが法律で義務付けられている。その二節目の歌詞には大意、「選ばれた地　貴き英雄たちの揺りかご　侵略者たちにその神聖な海辺を踏みにじらせない」とあり、日本占領軍にはとても受け入れられなかった。日本軍政監部はこの節を「フィリピン国民の命と豊かさ　外国の手から取り戻し　蘇らせる」と虫のいいアメリカ非難に書き換えさせた。

訳注32　アレホ・サントスはアメリカ極東軍将校としてバタアン半島で戦った後、故郷のルソン島中部ブラカン州で抗日ゲリラ・グループを組織した。戦後、アメリカ政府から軍功によりフィリピン人ゲリラとしては最高位の准将に任命された。戦後は政界入りしガルシア政権の国防長官を務め、一九八一年の大統領選ではマルコス大統領の対抗馬として立候補して評判を落とした。一九一一―八四。

訳注33　フィリピン人に人気のあるデザート。戦前、バギオでの道路建設に当たった日本人労働者向けに持ち込まれた「あん蜜」がフィリピン化したともいわれる。一九二〇年代から三〇年代にかけてマニラには日本人の氷屋が多かったことも関係があるかもしれない。

訳注34　三等中尉は第二次世界大戦当時、アメリカ軍では任官前の二等中尉（日本軍の階級では少尉）を呼び、訓練課程の軍事指揮課程を修了したと認定された者も任命対象になった。

訳注35　日本軍がマニラ撤退時に巨額の財宝を隠したという、いわゆる「山下財宝」の伝説の根拠にされるような話の一つである。目撃された高級軍人が山下将軍かどうかは確認できないが、こうした証言が今は伝承化されている。

■訳者補足

《訳者補足1》

一九三四年、アメリカ議会は独立を前提にフィリピンを自治領（コモンウェルス）に昇格する「タイディングス・マクダフィー法」を成立させ、これに基づいて三五年に憲法が制定され、選挙によって国民党のマヌエル・ケソン大統領政権が誕生した。ただし軍事、外交はアメリカ政府の専権事項であり、アメリカ政府の高等弁務官が駐在した。ケソン大統領はアメリカ陸軍参謀長を辞任したばかりのダグラス・マッカーサー将軍を最高軍事顧問として招き、国軍建設事業を開始した。太平洋戦争で日本がフィリピンを占領すると、ケソン大統領、オスメーニャ副大統領はコレヒドール島からミンダナオ島経由で国外に脱出、アメリカに亡命政府を樹立した。ケソン大統領は四四年八月、客死したが、オスメーニャ大統領が四四年一〇月、マッカーサー連合軍司令官とともにレイテ島に上陸し、日本が支援した第二共和制のラウレル政権の無効を宣言、コモンウェルス政権が復活した。フィリピンは四六年七月四日、独立した。コモンウェルス期のフィリピンでは、農村部に不在地主制が広がって、地主と小作農民との対立が深刻化し、右翼のサクダリスタ党、左翼のフィリピン共産党、社会党が勢力を伸張した。

《訳者補足2》
無防備都市（オープン・シティ）は一八九七年のハーグ陸戦条約二五条の規定が国際法上の初出で、現在は「ジュネーブ諸条約第一追加議定書五九条」に基づく「無防備地域宣言」の規定が準用されている。防衛側が一定の都市地域の軍事的行動を一切放棄することを宣言して、攻撃側の破壊行動を避けることを意味するが、細部の規定が明確ではないため、違反行動が発生する。マッカーサー極東アメリカ軍司令官は一九四一年一二月二六日、オープンシティを宣言する声明を発表、マニラの新聞・放送が一斉に報道した。しかし、日本海軍機の編隊が翌二七日、マニラ港とパシッグ川沿岸を爆撃、船舶や教会を含む地上施設に被害を与えた。アメリカ軍側は無防備宣言以降も軍用物資の運び出しなどを継続しており、日本軍がこれを阻止しようとする根拠もあった。本間雅晴第一四軍司令官は戦後、戦犯裁判でバタアン死の行進のほか、この無防備都市爆撃の責任も問われ、四六年四月に銃殺された。

《訳者補足3》
カリバピ（KALIBAPI）はフィリピノ語のKapisanan ng Paglilinkod sa Bagong Pilipinasの略で、日本語では「新生比島奉仕団」と呼ばれた。日本軍政監部が一九四二年一二月、親日政権による独立を準備するため結成した挙国一致の政治団体で、日本の「大政翼賛会」をモデルにした。総裁にはベニグノ・アキノ、書記長にはピオ・デュランが就任したが、アキノは第二共和国成立後の下院議長に就任したため、総裁職をカミーロ・オシアスに譲った。州知事、町村長は全てカリバピの役職を与えられた。カリバピはタガログ語の奨励を含む精神教育、道徳心の高揚、心身の鍛練、経済の活性化などを目標とし、一般国民を教化、統制しようとした。第二共和制のラウレル大統領はカリバピを日本軍の協力機関ではなく。フィリピンの民族主義を日本の干渉から守るために利用したという主張もある。庶民の間では隣組組織などを通じた生活指導側面、青年団運動やラジオ体操、日本語教育などの印象が強く残ったとみられる。

《訳者補足4》
アルテチェ一族はカトバロンガンを本拠とするサマール人の名族で、比米戦争ではアメリカ軍に対して激しく武力抵抗を挑んだ後、屈服した。ペドロ・アルテチェはアメリカ統治からコモンウェルス政権時代にかけて制憲議会代表やサマール州知事を歴任した人物で、一九四二年ごろから抗日ゲリラを組織し、自ら司令官となった。四四年一月、日本軍に捕われてレイテ島のタクロバンに送られた後、サマール島住民宣撫のため、身柄をカトバロンガンに移されたが、教会での住民集会の後、行方不明になった。弟のメリシオと共に処刑されたとみられる。サマール島の北東部にはメリット・グループ、南東部にはバレー・グループ、カウシグ・グループなど連合軍南西太平洋方面軍司令部の指揮、支援を受ける有力ゲリラ組織があり、アルテチェ・グループはその中では小規模だった。司令官は悲劇の死を遂げた。サマール島は戦略的な価値が乏しく、日本軍はカルバヨグ、カトバロンガンの両市を支配しただけで、ゲリラ支配地域には抗日派の民政府が成立していた。

《訳者補足5》
ハンターズ予備士官軍事教練課程（ＲＯＴＣ）ゲリラはフィリピン士官学校学生と予備士官軍事教練課程の大学生が中心となってルソン中部の山間部で活動したゲリラ集団。バタアン半島とコレヒドール島が陥落した後、マッカーサー将軍から密命を受けたスペイン系アメリカ人のヒュー・ストローン退役大佐がフィリピン・アメリカ非正規部隊の結成を試み、ハンターズ予備士官軍事教練課程ゲリラやマーキング・ゲリラが指揮下に入った。ストローン大佐が、本文で後述されるように、一九四三年八月、日本軍に捕われて処刑されると、各ゲリラ組織は独立性を強め、ハンターズとマーキングが武力衝突を起こすこともあった。ハンターズの司令官は士官学校生だったエルーシオ・アデボソ（ゲリラ名　エリー・モンゴンゴル）で、戦後は政界で活躍した。

《訳者補足6》
ルソン島における抗日ゲリラ活動は日本軍の濃密な配備のため、一九四四年に入るまでオーストラリアの連合軍南西太平洋方面軍司令部との連絡が困難だった。しかしバーナード・アンダーソン少佐の率いるゲリラ集団、「カラヤアン・コマンド」約一五〇〇人は、シエラマドレ山脈地域を根城にして展開しながら、司令部との無線連絡に成功、潜水艦による武器、宣伝素材、食料などの搬入ルート開拓に成功した。連合軍がレイテに上陸、マニラへの北上を開始すると、アメリカ第六軍はフィリピン人部隊の編成をアンダーソン少佐に指示、「アンダーソン大隊」三〇〇〇人が結成された。同少佐は四二年、バタアン半島での降伏に納得せず、フィリピン人抗日ゲリラに合流したが、日本軍の住民報復が多くの死者を出すため、四三年ごろから戦闘行為を抑制して情報・宣伝工作に重点を移すとともに、他のゲリラ集団にも物資を供給して団結に貢献した。日本軍の収容所に婚約者がいたことも影響したと言われる。戦後、空軍大佐で退役、九七年に八四歳で死去。

《訳者補足7》
日本軍政はフィリピン鉱産物の銅、クロム、マンガンを重要視していた。鉱山周辺の治安が回復すると、日本企業に運営を任せ、鉱石のほとんどを日本へ送った。サンバレス州マシンロックのクロム鉱山は第一四軍参謀副長兼軍政監部総務部長、宇都宮直賢大佐（当時）の回想によれば、一九四二年三月に占領、古河鉱業が順調に採鉱したという。しかし、フィリピンでの鉱山経営は抗日ゲリラの出没などで困難を極めた。

《訳者補足8》
一般に中国本土から海外に移住した一世は華僑、その子孫が華人と呼ばれる。中国・台湾籍の保有者が華僑で、居住国の国籍を取得した者が華人とも定義されるが、そうなると華人と華人系の境があいまいになる。フィリピン華人の歴史は古く、スペイン植民地時代の一五九四年、マニラ市のビノンドに華人地区が建設された。現存するチャイナタウンとしては世界最古といわれる。しかし、サングレーと呼ばれた華人の商業活動がスペインの中継貿易の障害になったため、数度にわたる大虐殺を含め迫害を受け続けた。このため華人は生き残りを図って、マレー系フィリピン人と通婚して混血の華人メスティーソが形成された。フィリピン人の姓名で明らかに華人系と識別できるのはタン（陳）、オン（王）、リム（林）、ゴー（呉）、ウイ・ウォン（黄）、チュア・クア（蔡）、シイ（施）、コー（許）、リー・ディー（李）、チン・チョン（荘）など。また、漢字がスペイン語化された姓名ではツアソン（長孫）、ディソン（次孫）、サンソン（三孫）、シソン（四孫）、ゴソン（五孫）、ラクソン（六孫）などがある。因みに、コファンコなど姓名の語尾にコ（ｃｏ）がつくのは中国の「哥」で兄の意味である。アメリカ植民地時代初期はアメリカ本国の中国人排斥法が適用され、出入国が厳重に制限されたが、日中戦争が激化するとフィリピン移住者が増えた。アモイなど福建省南部からの渡来者が多いのが特徴。一八九八年、中国語（福建語を含む）を教える学校としてアングロ・チャイナ・スクール（中西学校）が開設され、いわゆる中華学校は一九三〇年代、フィリピン全土で五〇余校、学生数は七〇〇〇人を超えたという。

　当時の村田省蔵駐比大使は四五年三月、ラウレル大統領の日本亡命に随行して帰国したが、四月に日本の対フィリピン政策を総括するメモ、「対比政策批判」を書いた。その一五項目は「華僑をして経済機構より離脱せしめること」と記している。その内容は単なる政策批判ではなく、当局者の一人として当時の日本軍政の非人道的な側面を記録している。「我派遣軍の比島各地を占領するや、重慶に通ずるものと否とを問わず、華僑一般に対して苛烈なる態度を以て臨み、抗日の疑いあるものは極刑に処し、甚だしきはマニラに於ける支那総領事館館員全部の処刑に迄及べり。（中略）華僑なき経済市場は混乱そのものと化し去れり」。日本軍は国際法を無視して中華民国総領事館員八人を四七年一月に拘束し、四月には中国人墓地で斬首した。

そうであったとしても、外国人侵入者に抗して戦争を生き延びるという体験が共有されたことは出自を問わず少しは結び付きを濃くした。民族的少数派の運命は低地のキリスト教化されたマレー系の人たちの運命と結び付いていた。結局、皆同じフィリピン人だったのである。

《訳者補足9》

アメリカ政府はスペイン植民地だったフィリピンを併合した後、武力抵抗には激烈な平定作戦を実行する一方、フィリピンの英語化政策を実施した。最初の試みはアメリカ軍によって行われたが、一九〇一年から二年にかけてボランティアの若者たち計一〇七四人を送り込んで、英語による基礎教育とフィリピン人教師の養成に当たらせた。これらの若者たちは、主力をマニラに輸送したアメリカ船「トーマス」の名を取って「トマサイト」と呼ばれる。トマサイトの努力はやがて実を結び、フィリピンは急速にアメリカ文化圏に吸収された。現在、フィリピン人のほとんどはスペイン語の姓名を持っているが、スペイン語の読み書きは通常、できない。フィリピンの公立小学校では子どもが入学すると地元公用語とは異なるフィリピノ語、次いで英語を学習させる。このため、フィリピン人の外国語習得能力はきわめて高く、一般庶民も外国語学習をためらわない。また「ペンシオナード・プログラム」はフィリピン各州から選抜された若者たちの学費を植民地政府が負担してアメリカの大学に留学させる制度で、帰国後は一定期間、行政機関に勤務することが義務となっていた。フィリピンの若者はアメリカの学生生活にすっかり溶け込んで、アメリカ人の価値観と生活様式を持ち帰ったが、マニラのアメリカ人社会には受け入れられず、民族意識を芽生えさせたという。

《訳者補足10》
ラグナ州ロスバニョスには国立フィリピン大学の農学部・森林学部キャンパスがあり、占領中、日本軍は構内を捕虜収容所として使用していた。アメリカ陸軍第一一空挺師団所属の小部隊とフィリピン人のハンターズ予備士官軍事教練課程ゲリラ集団が一九四五年二月二三日、収容所を襲撃して、抑留されていた二一〇〇人余りの解放に成功した。フィリピン側の記録によると、逃走した日本軍の警備隊はロスバニョス周辺でフィリピン人の民家に放火、住民を殺害するなどの残虐な報復を行ったとされる。一年後の四六年二月二三日未明、フィリピン戦犯裁判で部下の残虐行為を理由に死刑を宣告されていた第一四方面総司令官、山下奉文将軍が絞首刑を執行されて死亡した。軍人として軍服による銃殺刑を認められず、囚人服姿だった。元マカピリのバムラクラキン氏が「アミシタ将軍」と呼んでいるのは山下将軍のことだが、将軍はアメリカ軍の管理下で遺言を残して死んでおり、リンチを受けた事実は全くない。違う日本軍人がリンチ死を遂げたことがあったのかもしれない。

《訳者補足11》
ボロはフィリピン全土の農民が草木の切り払い、ココナツの実割り、蛇退治、護身術用など多目的に使う山刀で、その多くは日本の鎌のように内向きの反りを持ち、重心が先端に片寄っているため、打撃力が強い。柄の部分も内反り傾向がある。中南米諸国のマチェテと似ている。フィリピンの警察官の主要武器でもあった。ボロメンはスペインからの独立革命、比米戦争で銃器の乏しかったフィリピン独立軍が組織した斬り込み部隊で、第二次世界大戦中は銃器を持つゲリラ集団の周辺に集まる軽武装の農民たちを指したとみられる。アメリカ軍はボロの形状を取り入れた多くの銃装着用の短剣「ミリタリー・ボロ」を開発、フィリピン戦線にも多量に投入され、ゲリラに支給されたようだ。

《訳者補足12》
ネルソン飛行場は当時、日本陸軍第四航空軍が管理していた航空基地（長短滑走路二本）で、一九四四年一〇月、山下奉文第一四方面軍司令官がここに降り立ったことで知られる。戦前、アジアで最も完備した民間空港として営業したが、アジアの戦雲が垂れこめると、極東アメリカ軍の基地になっていた。第四航空軍はレイテ作戦や特攻攻撃で運用機のほとんどを失い、総司令官の富永恭次中将がマニラ死守を唱えつつ、四五年二月、台湾に逃亡したことで悪名を残した。戦後、マカティ市の急速な開発で、往年の姿をほとんどとどめていない。

《訳者補足13》
アメリカ軍は一九四四年一〇月二〇日、猛烈な艦砲射撃の支援を受けながらビサヤ地方のレイテ島に上陸、最高司令官のマッカーサー将軍は二年七カ月ぶりに「アイ・シャル・リターン」の公約を果たした。日本側は一〇月中旬、台湾沖でアメリカ太平洋艦隊に大打撃を与えたという誤った情報に狂喜、ルソン決戦の基本方針を変えて、レイテ島での反攻作戦を試みた。しかし同月二四日から二六日にかけてのレイテ沖海戦で、日本の連合艦隊は戦艦「武蔵」はじめ戦力の大部分を失い、物量的にアメリカ軍に対抗することは、もはや不可能だった。マッカーサー将軍は二〇日、タグロバン、パロ間の砂浜に上陸、二三日にはタクロバン市役所前で、同行した亡命政権のオスメーニャ大統領とともに、フィリピン政府の樹立を宣言した。レイテ島の死闘は日本側の「神風」特攻を含めて約半年続いたが、日本の第三五軍約八万人がほぼ全滅して翌年四月に収束した。日本軍はアメリカ軍に協力するフィリピン人抗日ゲリラの襲撃を受けて戦闘力を衰弱させた。レイテ戦末期にはすでに沖縄戦が始まっており、日本の戦争指導者が合理的に判断して敗北宣言をすべき時期であった。戦役の全体像は大岡昇平の記念碑的作品、『レイテ戦記』にくわしい。

《訳者補足14》
日本軍政当局は占領体制を構築する中で、フィリピンの国家コメ・トウモロコシ局を統制下において、コメの配給制度を実施した。しかしフィリピンはコメ主食国であるにもかかわらず、生産が需要に追い付かないコメ輸入国であり、軍政当局も二年間、ベトナム米約五万トンを輸入せざるを得なかった。その後、第二共和制のラウレル政権がコメの統制政策を引き継いだが、華僑の支配を排した流通過程は機能せず、ヤミ取引が幅を利かせるようになった。ゲリラによる輸送妨害も激しくなった。戦争末期、日本軍はビサヤ地方を主戦場とする陸海「捷」号作戦に向けた食料調達を加速させており、マニラ首都圏では極度の食料難が広がり、市民は農村部に疎開せざるを得なくなっていた。日本の戦争方針は基本的に安定・持続的な経済政策を欠いており、関係諸国の民心を捕えることがなかった。

《訳者補足15》
本章記載の証言は計六八人、七六記録である。複数回の記載がある証言者には（既出）と注した。

■原著参考文献

1. Eleuterio L. Adevoso, *A Personal Story*, Parañaque : Carmen F. Adevoso, 1989.
2. David Bergamini, *Japan's Imperial Conspiracy*, NY : Pocket Books, 1971.
3. Renato Constantino and Letizia R. Constantino, *The Continuing Past*, Manila : FNS, 1979.
4. Lin A. Flores," A Sorrt of Childhood " , *Sunday Inquirer Magazine*. April 26, 1992, pp 8, 12.
5. Greg Francisco, " My Farther, My War Hero", *Sunday Inquier Magazine*, April 26, 1992, pp12-13.
6. Robert S. La Forte and Ronald E. Marcello, *Remembering Pearl Harbor*, NY : Ballantine Books, 1992.
7. Pau R. Lindholm, *Shadows from the Rising Sun : An American Family's Saga during the Japanese Occupation of the Philippines*, QC : New Day Publishers of Christan Literature Society of the Philippine, 1978.
8. Harry Maurer, *Strange Ground*, NY : Avon Books, 1990.
9. Claro M. Recto, *Three Years of Enemy Occupation*. Book 6 of the Renato Constantino Filipiniana Reprint Series, Mandaluyong : Cacho Hermanos, 1985.
10. Rafael Steinberg and the editors, *Return to the Philippines*, World War II Time-Life Books, Alexandoria : Time-Life Books, 1980.
11. Ma. Felisa A. Syjuco, *The Kempei Tai in Philippines : 1941-1945*, QC : New Day Publihers, 1988.
12. Sam Tiongson, "Scarred for Life", *Sunday Inquier Magazine*. April 26, 1992, p. 11.
13. Arthur Zich and the editors, *The Rising Sun*. World War II Time-Life Books, Alexandoria : Time-Life Books, 1980.
14. World War II : Asia and the Pacific, Map produced by the Cartographic Division of National Geographic Society, December 1991.

往時再訪して未来を夢見る
——訳者あとがきに代えて

スペイン、アメリカ合州国、日本の植民地支配を経験した不幸な祖国、フィリピンに真の民族国家（ネーション・ステート）の建設を夢見た歴史家、レナト・コンスタンティーノと彼を敬愛する知識人たちがこの本の英語版を出版してからほぼ二〇年が過ぎた。寄稿者の一人、ベルナルド・カルガニーリャが記した通り、二〇年前の大学生にとってすら、太平洋戦争の最も悲惨な局面である日本のフィリピン軍事占領のイメージはぼやけていた。それから時がさらに流れて、この本の中にさまざまな直接体験を貴重な史料として残した語り部たちの多くが死に絶えた。受け継がれるべき物語は風化を重ねて、さらさらと淡く幽かになり、時にはかなり歪んでしまっている。たとえば元従軍慰安婦として勇敢にカミングアウトしたマリア・ロサ・ヘンソンさんも一九九七年に亡くなった。日本人は中国人や韓国人、北朝鮮に住む人たちと同様、現在のフィリピン人の曽祖父母、祖父母たちをいかに侮辱し、打ちのめしたかを忘れようとしている。日本と戦地にされた国々の間では、先の大戦に関するイメージの落差はどうしようもなく大きい。

けだし、今日の日本人の戦争イメージはフィリピン人よりもはるかに歪んでいるとして、言い過ぎではあるまい。コンスタンティーノの主著の題名、〝A Past Revisited〟（往時再訪）に倣って過去を遡れば、ダグラス・マッカーサー将軍統率下のSCAP（連合国軍総司令部）が草案を作成した日本国憲法を受け入れ、墨守することによって、日本は六〇年以上にわたり、アメリカの庇護下で戦争の災厄を免れたばかりか、朝鮮半島、インドシナなどアジアでの戦争遂行に狂奔した米国の特需が復興と急速な経済成長の足がかりとなったのである。敗戦直後から日本人は「無条件降伏」という形の戦争処理を奇貨とし、さらには極東軍事裁判で戦争指導者が勝者側の一方的な論理で処刑されたことを無批判に受け入れ、全ての戦争責任を軍部に押し付けてしまったように思える。もちろん戦争遂行のトップにいた昭和天皇は訴追を免れ、象徴天皇制が生き延びた。残ったのはサイパンや沖縄での民間人を含む玉砕の伝承、東京大空襲をはじめとする大規模無差別爆撃、そして広島・長崎に落とされた原子爆弾の惨禍の記憶であった。つまり戦争被害者としての残像だった。私はその世代の最後尾に属する。

あえて言えば、日本人は加害者としての戦争体験を都合よく忘却の彼方に押しやり、被害者としてのルサンチマンだけを「反戦平和」の呪文として抱え込んだ。ミンドロ島をさまよった敗残兵だった作家、大岡昇平はフィリピンにおける日米決戦の様相を名著『レイテ戦記』に書き残したが、その中にはノーマンズランドの地獄に引きずり込まれたフィリピン人の姿がほとんど描かれていない（最終章でレイテ島の農民が水牛を徴発されたことなどに触れているが、相対的に軽視している印象は拭えない）。日本は政治・外交的に米国に従属するという恥辱をカッコに入れてしまい、民族の集団的エネルギーのありったけを企業経済の発展のために注ぎ込んだ。この間、「パクス・アメリカーナ」の演出者、アメリカ合州国のはからいで、日本政府は東南アジア諸国との戦時賠償問題を外交的に処理し終え、国民がそのツケを税金で支払ったのだが、そうした国事行為には生な贖罪感が伴わなかったことは確かだろう。フィリピンの対日戦争賠償要求に対して、旧宗主国の米国政府が巧妙に圧力を行使して賠償額を値切ったことなど記憶している人はほとんどいないはずだ。

フィリピンの戦場では民間人を含め五〇万人以上の日本人が命を失った。豊かになった一九七〇年代以降、日本からは生き残った戦友や戦死者の遺族たちが弔いに訪れ、各地に慰霊塔や記念碑、仏像などを建てたが、こうした民間の活動が戦争についてのフィリピン人との対話に結び付くことはほとんどなかった。今はそれらの塔や碑の多くは草に埋もれ、朽ち果てつつある。日本は国家として戦争責任のツケは払ったものの、民族としては戦後六〇年以上経っていまだ近隣諸国の人々に道義的責任を果たしていないことは確かなのである。この小文を書いている現在、韓国や中国では、反日感情が暴力的に燃えさかっているが、フィリピンにその気配は窺えない。だからと言って、このままで良いのか。謝罪や補償の話ではない。日本人はフィリピンとの真の友好関係を取り戻すため、自ら一歩前に出るべきなのだ。

この本に寄稿した人々が聞き書きの形で収集した小さな物語の多くは、数世代前の日本人がいかに無知で民族的偏見に満ち、尊大で思いやりに欠けていたかを示していて、読み進むうちに人知れず顔が赤らんでしまうことがある。当時の日本の国粋イデオローグたちは白人支配からのアジア諸民族解放を「八紘一宇」という手前勝手なスローガンに仕立て上げたものの、実は欧米列強を手本にしてアジアの諸資源を略取しようという魂胆であった。東南アジア地域は当時、「南洋」と呼ばれていたが、そこに住む人々を公然と「土民」と呼び、遅れた未開の民として心の底から蔑視していたのである。戦争指導者たちは日清、日露両戦争に勝利し、文明開化の近代化路線で成功した相対的先進国としてビッグブラザーを気取っていたが、兵士を含む一般庶民は征服者のつもりであった。フィリピンの都市知識人層から見れば、野卑で野蛮なのは日本人の方だったのである。当時の平均的日本人の人権意識と知的水準はフィリピンの庶民とあまり変わらず、時には劣ってすらいた。そのくせ征服者として威張り散らし、日本国内では当たり前だったビンタ（平手打ち）や日本流のお辞儀をフィリピン人に強制したのであった。明治国家とは薩長出身者を中核とする文明開化のにわかエリート層による日本列島の植民地支配体制であるという説があるが、当時の日本軍官の過半数は国内外の差異もよく理解できない連中であったかもしれない。いや、そうだったろう。帝国主義者としても愚鈍であった。

日本帝国軍隊が侵入した時、フィリピンは四年後にアメリカ合州国から独立を「贈与」されるのを待っているコモンウェルス（自治領）であった。米国は当時すでに領土獲得型の植民地主義では採算がとれないことを熟知しており、行政は現地人の政権に委ねて経済的利益だけを確保する戦略に転じていた。第一次世界大戦後の一九一八年、ウィルソン第二八代大統領が平和一四原則で「民族自治」を打ち出したのだが、民族自治のスローガンこそアメリカの新植民地主義の「八紘一宇」であったと言える。日本は「大東亜共栄圏」というアジア解放の構図を示したものの、古い直轄支配型の植民地主義から抜け出ることができず、侵略した先々に神社を建てたり、日本語教育を強制したりしていた。しかし、フィリピン人は独立を与えるという恩情の裏にあるアメリカ為政者の深謀遠慮に気付くはずもなく、ビッグブラザーの善意をそのまま信じていたのである。とはいえ、マッカーサーと前後して故国を脱出したマヌエル・ケソン自治政府大統領の在米亡命政権は、ロンドンで樹立されたドゴール将軍の自由フランスとは異なり、自国民への継続的な呼び掛けの機会を与えられず、亡命フィリピン人部隊も組織されなかった。民族主義政治家としてのケソンは戦前、アジアで独立の維持と統治体制の近代化を果たした日本に強い関心を抱いた時期があったが、サトウキビや葉タバコなどの大農園経営が浸透する中で窮乏化した農民の不満を巧みに組織したベニグノ・ラモス率いるサクダル党一派が日本に急接近したため、日本を信用しなくなっていた。しかし、ケソンは日本に中立政権を認めさせる可能性があると信じ、祖国を離れることをためらって悩んだのである。東條英機首相ら日本の指導部は、たとえケソン大統領が居残っても、軍政下の傀儡政権しか認めなかったことだろう。この間の事情は、この本ではアンヘリート・サントスが簡潔に叙述している。

反日ゲリラは米軍の航空機や潜水艦による武器、物資補給に依存しつつ、日本軍に小規模な撹乱攻撃を仕掛け、出血を強い続けた。また、地方を実質的に支配しているカシケ（有力地主階級）政治家たちの一部は表向き日本軍政に協力しつつ、裏ではゲリラ指導者と接触を維持して、米軍の再上陸への準備に怠りなかった。敗色が濃厚になった戦争の後半、日本軍がゲリラの襲撃に神経質に対応し、農村部などでゲリラ・シンパとして多くの非戦闘員を殺害したことは間違いない。フィリピン戦時共和国に派遣された村田省蔵大使の『比島日記』には「ミンドロ島ナウハンに於ける守備隊の暴行の如き、処女を逆さにつるし陰部に棒を突き立てるが如き此種の暴行を敢てするものあり」（一九四四年八月一五日付）と記され、ラウレル大統領から直接の抗議を受けたとメモしている。日本軍の兵士たちは弾薬どころか糧食すらまともに支給されず、次第に飢えた野獣に変貌したが、最終局面では人肉を口にするような飢餓地獄に陥ったのである。他方、日本軍事警察である憲兵隊は各地で反日分子を検挙し、非人間的な牢獄に留置し、むごたらしい拷問にかけ、さらには人知れず処刑した。戦時法規さえ無視した陰惨な事態はどんなに弁明しようとも、戦後のフィリピンに長く「ケンペイタイ」という日本語が残ったこと一つをとっても否定のしようがない。都市部においては、日本の占領機関である軍政監部は華人系が支配していた米穀の流通ルートを掌握することができず、野放図な軍票発行とあいまって激しいインフレを招き、人心の離反を早めた。ほとんど信用されず、流通しない不換紙幣を乱発して物資を調達するのは強奪に等しい。その間、日本の占領幹部たちはマニラのゴルフ場や高級レストランに出入りし、時には現地人を情婦として囲いながら、フィリピン社会の窮状を無視し続けていた。

民族国家としての日本の最大の恥辱は戦況の悪化にもかかわらず、最後まで日本の戦争を支持、支援し抜いた協力者（コラボラトール）を戦後、見捨ててしまったことであろう。特にフィリピン戦役末期の一九四四年一二月に結成された親日武装組織、マカピリ（フィリピン愛国同志会）はルソン島北部に向けて退却を続ける一部の日本軍に従い、最後まで戦い続けた。そして米軍の再上陸後、各地で日本軍の手先として狩り立てられ、民衆の憎悪を一身に浴びてリンチを受け、殺傷された。米国のフィリピン学者、デービッド・スタインバーグによると、戦後、米陸軍対敵防諜部隊（CIC）で取り調べを受けたフィリピン人の総数は約六〇〇〇人だが、その半数はマカピリ所属者だったという。当時、フィリピンの法廷はマカピリに所属していただけで国家反逆罪を構成すると見なしたともいう。しかも、一九四八年一月に宣言されたロハス第五代大統領の対日協力者特赦令の適用から外された人も少なくなかった。マカピリはその後、スパイや裏切者を意味するフィリピノ語の普通名詞となり、憲兵隊の通訳や密偵となったガナップ党員（サクダル党の後身）も十羽一からげでそう呼ばれるようになった。汚名をかぶされた人々とその家族が長く地域コミュニティーから村八分された実情は二〇〇五年九月、NHK（BSチャンネル）の特集番組「忘れられた対日協力者」で報道されたが、遂に日本国内で大きな関心を集めることがなかった。当時、第二共和国と呼ばれるラウレル戦時政権がフィリピンの若者を日本の戦争に動員することをあくまで拒否したため、マカピリは親日義勇軍として組織された。参加者の中には生計のために志願した下層庶民も少なくなかったと言われるものの、動機は何であれ、日本のために戦った人々であって、日本が国家として手厚く償う以外には救われない。アメリカ政府が戦後、戦時中の約束を果たして対日ゲリラ活動参加者に軍人恩給を支給し続けたのに対し、日本人とその政府はマカピリとその末裔に対してねぎらいの言葉すらかけていないのである。日本人は身勝手で民族としての矜持に欠けていると非難されても仕方がない。

そうした恥ずかしい事例は近年にも起きている。アメリカ国務省が二〇〇四年の人身売買報告書で日本で出稼ぎをしているフィリピン人ホステスが「性的搾取」の被害者になっていると指摘すると、当時の小泉純一郎政権は実情すらきちんと釈明せず、いわゆる「興行ビザ」の発給条件を引き上げることによって、フィリピン人女性の日本国内での就労を極端に困難にしてしまった。確かにフィリピン・パブ、フィリピン・スナックと呼ばれる風俗営業は客とホステスの性的関係を媒介する機能を持ってはいたが、ソープランドなどあからさまな管理売春の場を提供するものではなかった。しかし、日本政府は国連安保理常務理事のポスト獲得などの理由で、アメリカの一方的な干渉に対して自主的な判断を示すことを控えた。結果として出稼ぎフィリピン女性は全体として売春婦のイメージを押し付けられることになった。日本人の若い女性が結婚対象についての条件を上げたため、条件を満たせない男性たちが貧しいフィリピン人女性と恋愛して結婚する例は少なくなかったのに、偏見が今もこうしたカップルを苦しめ続けている。貧しい家族のために日本に出稼ぎし、そうした草の根交流を通じて両国間の距離を縮めた女性たちの人格は傷つけられたままなのである。

　フィリピン人にとって「戦争」は今も身近である。国軍部隊とフィリピン共産党（ＣＰＰ）が指導する「新人民軍」やイスラム分離主義者のゲリラ部隊との戦闘は毎日のように発生しており、交戦が激化すると、住民たちは家を捨てて難民化する。都市部でも時折り、戦死した兵士らの遺体が送り届けられてくる。実はこうした内戦はフィリピン各地で繰り広げられた日米戦争が尾を曳いているのだ。というのは、連合国の南西太平洋方面軍（ＳＷＰＡ）はフィリピン奪回作戦の中で、フィリピン人反日武装グループの活動を督励し、効果的に利用したのだが、戦争が終わるとルソン島中部の左派系ゲリラ集団、フクバラハップを異端視してことごとに差別、抑圧した。フク団の後裔こそ「新人民軍」であり、実体は当時も今も食い詰めた貧農たちである。また、イスラム分離主義の中核組織となった「モロ民族解放戦線」（ＭＮＬＦ），その後継組織である「モロ・イスラム解放戦線」（ＭＩＬＦ）が勢力を増大させたのは、フクバラハップ弾圧の一環として、マグサイサイ大統領政権（一九五三―五七）がルソン島のカトリック農民をミンダナオに大量移民させたことが遠因である。これら一連の戦略方針は、日本、フィリピン両国と因縁浅からぬ米国の将軍政治家、ダグラス・マッカーサーが対日協力者の一人、マヌエル・ロハスを戦後の最高指導者とする布石を打ち、戦前のカシケ《有力地主階級》支配体制の復活を工作した時点から始動した。フィリピンの政治経済を牛耳っているのは、中央と地方の行政機構を血縁集団で占有している百家族余りのオリガーク（寡頭支配エリート）と言われるが、オリガークたちはロハス大統領が対日協力問題の追及を打ち切ったことによって、かろうじて支配の正統性を維持したのであった。同時に一部のオリガークは米軍の支援による豊富な銃器で武装したゲリラの残党を私兵団（グーン）として子飼いにし、その結果、フィリピンの選挙を数年ごとの血なまぐさい争闘の繰り返しに変えてしまったのである。

フィリピンと日本の近代史は米国の帝国主義的支配戦略の陽画と陰画を形成したが、両国はそうしたパースペクティブとは無縁に、有機的な結び付きを強化できないまま二一世紀を迎えてしまった。陰と陽の差ができたのは、日本がペリー提督率いる黒船艦隊の恫喝に屈して開国を受け入れただけであったのに対し、フィリピンはアンドレス・ボニファシオを指導者とする秘密結社、「カティプナン」が曲りなりに実現したスペイン植民地からの独立という成果をアメリカに盗まれ、直轄植民地にされたところに原因があるだろう。カティプナンがスペインからの独立闘争に決起した時、日本はすでに明治維新と内戦を経て李氏朝鮮の内政に干渉し、アジアでの帝国主義的な膨張路線をひた走っていた。しかし、日本の敗戦は両国を米国統治下という同じスタートラインに立たせることになった。フィリピン列島を日本の支配から軍事的に奪回し、独立への路線を決定したマッカーサー将軍とその部下集団、「バタアン・ボーイズ」が次に日本の占領行政を担うという因縁が両国を近づけると同時に、疎遠にさせる遠心力にもなったのである。マッカーサーは戦前から親しく交際し、利権の媒体でもあったカシケ層を中心にフィリピンの植民地行政を再興する構図を描き、全ての対日協力者を厳罰に処することを主張した本国政府に逆らった。そして親日政権の閣僚だったマヌエル・ロハスを大統領に当選させる下地を作って、日本での任務に移っていったのである。マニラで長く弁護士経験を持つＧＨＱ民政局長のコートニー・ホイットニー准将は東京で、マッカーサーの指示により日本憲法草案（英文）を作成したが、その中には後に憲法第九条となる条項が含まれていた。しかし、この条項はホイットニーの創意とは関係なく、実はフィリピン自治領憲法（一九三五年制定）が「国策の手段としての戦争放棄」を謳っていたのを採用しただけなのである。憲法第九条を世界平和を希求する理想として尊重するのは良いが、「戦争放棄」

条項がアメリカの伝統的な植民地法制の一環として存在していたことを認識しておく必要があるのではないか。

戦後、日本とフィリピンの国力の差を決定的にしたのは、両国を実質的に支配した米国のソフトパワー行使の結果、すなわちマッカーサー将軍の占領統治マシーンが生産性の低い地主—小作農体制を覆す農地改革を成功させたか否かの違いだろう。日本では、絶対的な占領権力が戦前に芽吹いていた農地解放の動きを実現させ、自作農を創設することによって余った低廉な労働力を中卒者の集団就職や出稼ぎなどの形で、都市部の二次、三次産業に吸収することに成功した。一方、フィリピン自治領政府は農地解放政策の立案に着手していたものの、日本の侵攻によって立ち消えとなってしまった。マッカーサー将軍とホイットニー准将は地方行政の再建に当たって戦前からのカシケ層を戦後秩序再編の基軸に据えたが、その結果、農地解放とは一八〇度異なるアシエンダ（大農園）中心の農業構造を再興させたのである。土地を持たないどころか、刈り分け小作の耕地すら確保できない農民たちはサトウキビ、バナナ、コプラ（ココナツ）、パイナップルなどのアシエンダに農業労働者として雇われたが、職にありつけない人々が浮浪化して都市部のスクォッター（不法土地占拠者）となるのはしばらく後のことである。特化した商品作物の輸出は国際市況の乱高下に翻弄され、賃金は飢餓線上すれすれに抑え込まれることが少なくなかった。多くの大農園は欧米系多国籍企業に牛耳られつつ、アメリカの差別的輸入政策に依存して存続した。結果として、潜在的失業人口は農村に滞留し、労働力として活用できる産業の発展は遅れた。日本の自作農民の末裔たちは戦後、産業労働力として規律と技能を教え込まれ、工場制生産体制の発展に大きく寄与したが、フィリピンの農民たちは工場で働くのに必要な時間制労働の規律すら知らないまま、町や村の片隅に屯して時間を浪費したのである。フィリピン経済の後進性を宿命付けてしまった原因の一端は、日本の軍事占領が誘因となったアメリカの旧体制依存がフィリピン社会の内発的発展過程を邪魔したことにあると言えまいか。フクバラハップの弾圧がその典型である。

振り返れば、戦後の東南アジア諸国では、農村の余剰労働力をいかにして近代的な労働者に生れ変わらせるか、その成功の度合いによって経済格差が生じたといって過言ではあるまい。そして、そうした労務関係の基本的パターンを移植し、定着させたのは戦後賠償のシステムに乗り、安価な労働力を求めて海外進出していった日本の多彩な製造企業群であった。一九七〇年代に始まる日本の自動車、電機、食品、水産加工業の韓国、台湾、東南アジアへの工場移転がこの地域の産業構造の転換に大きなインパクトを与えた。マレーシアのマハティール首相が一九八一年、「ルックイースト」政策を唱えて、日韓両国の企業誘致に拍車を掛けたのは広く知られている。同首相はアジアの政治家として初めて、外国の資本・技術の効果的な導入には、工場や事務所での勤務時間内拘束を個人や家族の都合に優先させる労働者意識の成立が不可欠であることを認識し、それを「日本式の労務政策の採用と定着化」として奨励したのである。この認識はやがて改革開放を掲げた中国に広がり、この国の巨大な経済発展を招来させた。ところが、東南アジア諸国連合（アセアン）加盟国の中で、フィリピンのマルコス独裁政権だけが米国流の民主主義と市場の自由を金科玉条とし、米企業と結び付いて第二次産業分野や金融、通信分野に進出したカシケのずさんで搾取的な前近代的経営を支持し続けた。マルコスはそのツケを、膨大な都市部半失業マルティチュードの反乱に敗北することによって支払った。いわゆるピープル・レボリューションだが、皮肉にも後継政権はルソン島中部の代表的オリガーク一族、コファンコ家の跡取り娘、コラソン・アキノだった。フィリピン政治は地方に群雄割拠して国家財政の分け前にあずかって利権を奪い合う「カシケ民主主義」（ベネディクト・アンダーソン）に本卦がえりしただけであった。アキノ大統領の義父は戦時中、対日協力推進者として国家反逆罪に問われた大物政治家、ベニグノ・アキノ元上院議長だが、日本はマルコス政権に深入りしていたため、アキノ政権との間に生産的な友好関係を構築できなかった。

歴史の古層を探ると、フィリピンと日本には意外なほど多くの共通点があるように思える。確かにフィリピンはローマ・カトリックの国だが、実のところ、フィリピンのカトリック信仰はきわめて異色で、多神教的な要素をたくさん包含している。フィリピンの村落コミュニティーは収穫祭的な要素の強い「フィエスタ」の祭事実行組織として、構成員が貧富、性、年齢の差なく結束している。かつての日本でも「むら」が神仏混淆した八幡大菩薩などを共通の信仰対象とし、祭事の挙行がコミュニティー最大の行事であった。今日、ふるさと起こしの中核となる活動といえば土地の祭りの振興が想起されることからも、日本人コミュニティーが祭事団体としての枠組みを伝統的に維持していることがわかる。その意味で、両国のコミュニティーはいわば同質であって、そこから生まれるエスニックな心性も想像以上に似通っているとみてよいだろう。

第二に、両国は共に東アジアに位置し、中国の文明圏に属して漢民族文化の影響を強く蒙っている。現代の両国民は前世紀のほとんどをアメリカ文明の力に圧倒され、中国文化の残響はほとんど意識されなくなっているが、民族意識の底部には中国文化への根強い共感と反感が息づいていると思う。日本では敗戦に至るまで、基本的教養といえば四書五経と呼ばれる儒教の古典や中国の史書に関する知見であった。日本人の民族意識は、中国古典を独自に解釈するという思想的営為の中で育まれ、たどり着いたのは儒教の「孝忠」の価値観を「忠孝」に逆転させ、血縁・地縁関係よりも主従関係を重くみる秩序の構築であった。これに対して、フィリピンでは一七世紀以降に連綿として流入した華人が先住のマレー人（インディオ）と婚姻関係を通じて同化しながら、中国系メスティーソ層を形成した。彼らは父祖から受け継いだ大家族制度を基盤とする道教的価値観を離れることがなかった。スペイン人によってカトリックへの改宗を強制されたものの、中国南部から伝わった伝統的な宗教意識は聖母マリア信仰や守護聖人信仰に形を変えて残った。華人メスティーソはやがて「イルストラード」（開明知識人）と呼ばれる地主エリートであるカシケ層の主流となっていく。現代フィリピン人社会を支える大家族ネットワークはそのように考えると、中国の「孝」の観念に連なる。現代の日本とフィリピンでは家族のありようはひどく異なっているが、受容した中国文化の相違を尺度にすることによって見えてくるものがある。大胆に言うと、日本は「忠」の観念を媒介にして民族国家の精神基盤を構築したが、フィリピン人では「忠」の観念がカトリック教会における神と信徒の関係に収斂してしまい、世俗社会には「孝」、すなわち家族愛だけが残った。フィリピンが民族国家として発展するためには、民族のアイデンティティをさらに強化する必要があるが、その道を阻むのが家族意識に凝り固まって公共の精神を欠く現代のカシケ階級たちである。

第三に、突飛かも知れないが、フィリピンも日本と同様に長く鎖国状態を経験したはずである。日本の鎖国は徳川幕府の政策方針であったが、フィリピンもスペインが植民地として囲い込み、二百数十年にわたって先住民を外部から隔離した。西方世界とはガレオン船の交易だけでつながっていたが、スペイン人が独占していた。つまり、二つの島国の住民とも大航海時代以後の多彩な多民族交流関係から大方遮断されて生きてきたのである。さらに、太平洋戦争後、両国は冷戦中もその後もアメリカの世界支配に従属することによって国際政治における自主的な立場を半ば放棄してきた。つまり両国民はアメリカという名の繭の中に囲い込まれ、そこから抜け出る道を発見できないままで、いわゆるグローバリゼーションの時代を迎えてしまった（フィリピン南部のイスラム教徒は例外である）。

そう考えると、比日両国の最大の共通性は、米国が軍事力を背景とする征服者でありながら、巧妙なソフトパワーの行使によって長期にわたり「恩情家《ベネファクター》」として振る舞うことを許したことにあるだろう。しかし、両国は今やアメリカ主導のグローバリゼーションやリバタリアニズム（新自由主義）が必ずしも世界に平和と繁栄をもたらすものではないと覚る一方で、露骨な覇権主義を打ち出して来た中国から安全保障上の脅威を受けている。米中の狭間の中で、両国は民族国家として生き延びるため、新たな道を探らなければならなくなっている。互いに共通点を確認し合い、米中との関係を粘り強く改善し、互恵の立場から新しい二国間関係を築く努力が必要な時代である。

そればかりではない。地球規模での人口爆発と資源の枯渇、さらには環境の制約が加わって、資本主義的な経済成長は次第に動力を失っているかに見える。もてはやされた新興国群もリーマン・ショック以降、混迷を深めている。日本の社会は急速に少子高齢化に踏み込んでおり、フィリピンも時間差を伴うにせよ同じ道を歩み始めている。しかし、フィリピン人は貧しくともコミュニティー内での相互扶助と祝祭、子どもを中心とする家族の団欒と信仰を最大の幸福とし、苦楽を分け合い自足して生きる生活の智慧を失うことがなかった。反グローバリゼーションの論客として国際的に知られるウォルデン・ベロ下院議員（パーティーリストのアクバヤン所属）らはマルコス政権を倒したピープル・パワーの再生と強化にあらためて希望を託し、輸出重視型ではなく国内市場充実型の経済成長を目指す環境に優しい国づくりを呼び掛けている。一九八六年のピープル・レボリューションは「アラブの春」現象の先駆けでもあった。その意味で、フィリピン人はいつか物質的な豊かさをきわめなくとも、環境や地域コミュニティーと調和のとれた国づくりで世界の最前線に位置するようになるのかもしれない。それはまだ見果てぬ夢の段階だが、日本人がフィリピン人から学ぶことも少なくないと思う。

この本の再刊がそのために小さな役割を担うことを祈りたい。

二〇一二年一一月八日　東京にて

水藤《すいとう》　眞樹太《まきた》

日本での初刊行に寄せて

第二次世界大戦に敗北して満七〇年の時が流れた。日本は原爆二発を含む猛烈な都市爆撃で非戦闘員の厖大な死を積み重ね、遂に降伏したが、その惨禍は筆舌に尽くせないほど、すさまじいものであった。世代が変わっても、民族のＤＮＡの中に厭戦の記憶因子が強く刻み込まれて当然である。いわゆる非戦憲法は連合国軍政機関によって半ば押し付けられたにせよ、疲弊し、飢餓線上にあった大戦後の国民大多数の心の琴線に触れたことは否定できない。

とはいえ、日本は戦争期の大半、中国大陸と東南アジア地域を軍事占領して、そこに住む人々を殺傷、凌辱し、食糧や必需品、諸資源を奪い続けた。理不尽な加害者としての罪を忘れてはなるまい。ここ数年、中韓両国による官民挙げての歴史問題追及は内患を外攻に転位させる政治的意図見え見えで、日本の右傾化を誘う逆効果になっている。だからと言って日本人が外征戦争の罪を忘れていいはずがない。特に戦後日本に友好的姿勢を堅持し、かつ日本の経済発展に貢献してきた東南アジア諸国に対する支援と配慮は日本にとって義務に近いものがあるだろう。

中でもフィリピンは日本の外征戦争の最大の被害国で、戦争による死者は一〇〇万人を超える。フィリピンの民があの大戦争をいかに凌ぎ切ったか。本書はその貴重な聞き書きノートである。戦争を知らない現代日本人はこの記録を読んで、戦乱の実相を身近に、かつイデオロギー抜きで知ることができるだろう。二〇世紀アジア屈指の歴史家であったレナト・コンスタンティーノの厳密な知性と愛国心が反映している素朴な人民の伝承集なのである。

本書は一九九三年、フィリピンで日英両語の地元日刊紙、マニラ新聞が英文で公刊した。同紙の創刊二〇周年記念事業として、日本語訳を含めた復刻本が二〇一二年、マニラで刊行された。日本での上梓は初めて。史料価値も高いと信じている。

二〇一五年七月一日　　東京にて記す

水藤　眞樹太

著者紹介（執筆順）

アンヘリート・L・サントス

フィリピン大学文芸学部教授。同大学で文学博士号取得。フィリピンの日英両語日刊紙「マニラ新聞」英文部門編集長。「フィリピン文学連盟」、「フィリピン民俗学会」に所属。二〇〇四年死去。51歳。

ジョーン・オレンダイン

コミュニケーション専門家でジャーナリスト。主な著書に『ブルネイのスルタン』、『ブルネイの独立《ムルデカ》』。その他、セブ地方の銅鉱山史など。

ヘレン・N・メンドーサ

フィリピン大学で英語を教える（一九五三―八五）。ミネソタ大学で博士号（アメリカ文学）を取得。環境問題に取り組む「フィリピン気候変動ネットワーク」会長。

ベルナルド・LM・カルガニーリャ

フィリピン大学マニラ校で第二次世界大戦史を含むフィリピン・アジア史を教える。マラヤ紙のコラムニスト。歴史認識の重要さを啓蒙する非政府組織、「歴史意識化協会《カマライサヤン》」を主宰。

≪編者紹介≫

レナト・コンスタンティーノ（Renato Constantino）

1919年にマニラで生まれる。フィリピン大学法学部を経てニューヨーク大学大学院に学ぶ。45－46年、イブニング・ヘラルド紙コラムニスト。46－49年、国連本部駐在の外務省顧問。帰国後、ファー・イースタン大学の政治・歴史学教授。フィリピン大、ロンドン大、津田塾大などの客員教授を歴任。英字紙のコラムニストとして健筆を振るい、朝日、毎日新聞にも寄稿した。主な著書に『フィリピン・ナショナリズム論』（勁草書房）、『フィリピン民衆の歴史』（同）、『第二の侵略』（びすく社）、『日本の役割』（同）など。「共同ニュースデイリー」（マニラ新聞の前身）創刊にも貢献した。フィリピン大学法学部名誉博士。歴史家・コラムニスト。1999年9月15日死去。80歳。

≪訳者紹介≫

水藤 眞樹太（すいとう・まきた）

共同通信社の記者として国内では警視庁公安・警備部、防衛庁（現防衛省）、外務省を取材。1972年、75年にベトナム戦争を現地で取材、77年、福田赳夫首相がアジア外交政策の基軸として「福田ドクトリン」を発表したマニラ訪問に随行した。バンコク、テヘラン、ニューヨーク支局長。退社後、日本大学の学生新聞、「日大新聞」社長を務め、2004年から08年までマニラ新聞副社長（編集担当）としてマニラに在住。1937年生まれ。一橋大学経済学部卒業。訳書にミャンマーの新聞経営者、ウ・タウンの自伝『将軍と新聞』（新評論社、1996年）。長女が米国帰化のフィリピン人と結婚し、孫娘二人は日比混血の米国人。

日の丸が島々を席巻した日々　フィリピン人の記憶と省察

2015年8月15日　第1刷発行　定価3600円＋税

編　者　レナト・コンスタンティーノ
訳　者　水藤 眞樹太
発　行　柘植《つげ》書房新社
〒113-0033　東京都文京区本郷1-35-13　オガワビル1F
TEL 03（3818）9270　FAX 03（3818）9274
郵便振替 001604-003372
http://www.tsugeshobo.com

印刷・製本　創栄図書印刷株式会社

乱丁・落丁はお取り替えいたします。　ISBN978-4-8068-0675-2　C0030

第二次世界大戦とは何だったのか

エルネスト・マンデル著／湯川順夫、山本ひろし、西島栄、志田昇訳
Ａ５判並製／336頁／定価3700円＋税
ISBN978-4-8068-0653-0

第二次大戦を背景、根本的要因、諸勢力の対立と攻防、資源、戦略、戦争の具体的展開などを批判的マルクス主義の観点で分析。補論ではユダヤ人ホロコースト問題に言及した「歴史家論争によせて」を掲載。

絵で読む 大日本帝国の子どもたち
戦場へ誘った教育・遊び・世相文化

久保井規夫著
Ａ５判並製／128頁／定価2800円＋税
ISBN978-4-8068-0553-X

男子は逞しい皇軍兵士に育てられ、女子はその皇軍兵士になるべき男子を生み育てる軍国の母としての存在だった。子どもたちを取り巻く教育・遊び・世相文化がいかにして戦場へ誘ったかを数多くの当時のカラー資料を使って解き明かす。

絵で読む 紫煙・毒煙「大東亜」幻影
日本の戦争と煙草・阿片・毒煙

久保井規夫著
Ａ５判並製／104頁／定価2500円＋税
ISBN978-4-8068-0572-4

戦前・戦時に、嗜好品として広く定着していた煙草文化を通して、帝国日本が東アジアに展開した戦争を眺める。煙草には戦争賛美・協力の標語が入れられた。戦場の兵士に送られた慰問袋には煙草も入れられた。

岐路から未来へ

共同通信社編
四六判並製／272頁／定価2500円＋税
ISBN978-4-8068-0674-5

東日本大震災と原発事故は、日本が歩んできた道に重い問いを投げかけている。戦後の焼け跡から、復興を目指して70年、この国の文化と文明の分かれ道はどこにあったのか、岐路の記憶をたどり、歩むべき明日を考える。

未来への選択　地球最新報告

共同通信社編

Ａ５判並製／248頁／定価2000円＋税

ISBN978-4-8068-0541-6

氷の大陸・南極には雨が降り始めた。ネパールの山村やバングラデシュの海辺にも温暖化が及ぶ。肥満という病が世界に広がる裏側にはアフリカの飢饉があり、チェチェンやイラクでは自爆テロリストたちが「出撃の日」を待つ。われわれはどこにいて、どこに行くのか。

アフリカ四半世紀の物語を撮る

中野智明＝写真／沢井俊光、金子大＝編著

Ａ５判並製／184頁／定価2000＋税

ISBN978-4-8068-0609-7

ナイロビに拠点にアフリカ大陸の写真を撮り続けて25年になるフォトジャーナリストの写真に、メディアとして最も多く共に取材した歴代共同通信特派員が文章を綴ったアフリカ四半世紀の現代史の断面。

アジア・ルポルタージュ紀行
平壌からバグダッドまで

石山永一郎著

四六判並製／216頁／定価1800円＋税

ISBN978-4-8068-0658-5

著者は共同通信記者として世界各地を訪れ、記事を配信し続ける。アジアの裏町から島々までをさまよい、泥の海を歩き、戦火を駆け抜けた渾身のルポルタージュ集。時空を超えた幻想の旅路として描く新機軸のアジア紀行。

時代を読む　新聞を読んで●1997-2008●

水島朝穂編

四六判上製／304頁／定価2800円＋税

ISBN978-4-8068-0592-2

1997年４月からＮＨＫラジオ第１放送の「新聞を読んで」を担当して早11年。毎年４～５回、１週間の出来事を全国紙、地方紙などの記事から読み解き、解説している。新聞を通して20世紀から21世紀へと変わる時代を読み解く。